KNAUR
SCIENCE FICTION

Herausgeber
Werner Fuch



Als die Pilger, religiöse Auswanderer von der Erde, den Planeten Destiny ansteuerten, hatten sie auf ihrer langen Reise schon viele Enttäuschungen erlebt. Alle Welten, die sie zuvor in Augenschein genommen hatten, waren lebensfeindlich gewesen – unfruchtbare Wüstenwelten oder dampfend-heiße Dschungelplaneten. Da mutete Destiny mit seinem gemäßigten Klima und den smaragdgrünen Wiesen wie eine Offenbarung an. Überdies gingen die Vorräte der Siedler zur Neige, es blieb keine andere Wahl mehr. Also richtete man sich auf Destiny ein; diese Welt sollte die neue Heimat der Pilger werden.
Aber schon bald darauf zeigte sich Destiny von einer anderen Seite. Schreckliche Gewitterstürme kamen auf und ertränkten Mensch und Vieh. Und dann war da noch die Sonne des Planeten, ein riesiger Gasball, dessen Protuberanzen Mutationen hervorriefen. Zuerst bei den Tieren, dann bei den Menschen. Unter hundert Geburten waren nur wenige normal, und die Pilger erkannten, daß Destiny eine schwere Prüfung für sie darstellen würde. Allerdings hatten die Mutationen auch positive Auswirkungen, nur wurde das von den gestrengen Pilgern nicht erkannt...

Sydney J. van Scyoc wurde 1939 in Mount Vernon, Indiana, geboren und begann in den frühen sechziger Jahren SF zu schreiben. Ab 1971 erschienen Romane von ihr, bis heute insgesamt acht. In ihnen legte die Autorin eine große Naturverbundenheit an den Tag, so daß man ihre Werke ohne weiteres als Grüne Science Fiction bezeichnen kann. Zu ihren besten Titeln zählen neben dem vorliegenden die Romane »Cloud Cry« und »Darkchild«.

Deutsche Erstausgabe

Titel der Originalausgabe »Sunwaifs«

Aus dem Amerikanischen von Andreas Brandhorst
Umschlagillustration S. R. Dodd
Satz IBV Lichtsatz KG, Berlin
Druck und Bindung Clausen & Bosse, Leck
Printed in Germany · 1 · 10 · 884
ISBN 3-426-05782-4

1. Auflage

Sydney J. van Scyoc

# Vergessen unter fremder Sonne

Science-Fiction-Roman

Deutsche Erstausgabe

Knaur

ISBN 3-426-05782-4 780

*Für Scott*

## *Prolog*

## *NADD*

Ich sitze an meinem Schreibtisch, starre auf die roh behauene Wand vor mir und frage mich, wie viele von den jungen Leuten sich noch daran entsinnen, wie sich uns die Lage auf Schicksal einst darbot. Manchmal kommen mir unsere Jungen wie Fremde vor – sie kennen nicht jene Realität, die damals ein so hartes Regiment über unsere Ansiedlungen führte; ihnen sind unsere Probleme und Mühen fremd, unsere Legenden, sogar die Zeremonien und Rituale meiner eigenen Jugend.

Und deshalb beginne ich meinen Bericht so: Fremde, ihr steht auf dem Boden Schicksals. Ein angemessener Name für diesen Planeten, der genau in Flugrichtung des Schiffes lag, mit dem unsere Urgroßeltern Damalserde verließen. Und trotz des recht angenehmen Erscheinungsbildes, das diese Welt heute bietet, war Schicksal nicht immer ein gastlicher Planet. Selbst während meiner Jugend, die noch gar nicht so lange zurückliegt, ließ sich das Filigranwurzelgras auf der Wiese nur mühsam verdrängen, um während der Pflanzzeit die schwarze Erde freizulegen, und anschließend eroberte es sich rasch seinen ursprünglichen Platz zurück und erstickte die gerade erst ausgebrachten Keimlinge. In regelmäßigen Abständen wurde die ganze Ebene von Regenfluten überschwemmt. Über Nacht gediehen dann Moose und Pilze, und sie setzten Sporen frei, die unser lebendes Inventar zu selbstzerstörerischen Tobsuchtsanfällen veranlaßten. Die Rinder rammten die Schädel gegen die Stämme der Fingerpalmen, bis durch die Wucht des Aufpralls die Schädelknochen zerbarsten und scharfe Splitter tief in die Hirne der Tiere getrieben wurden. Quiekende Mastschweine krümmten ihre fetten Leiber derart, bis sie schließlich dazu in der Lage waren, sich die eigenen Eingeweide aus dem Körper zu reißen.

Nein, Schicksal war damals wirklich nicht gerade sonderlich gastlich. Doch als sich unsere Vorväter mit einem dahinschwindenden Treibstoffvorrat konfrontiert sahen, als sie feststellen mußten, daß ihnen nicht nur allmählich die Nahrungsmittel ausgingen, sondern auch die Geduld, nachdem sich alle anderen Planeten während der langen Reise entweder als siedendheiße Wüstenwelten oder Dschungelhöllen erwiesen hatten – da wurde Schicksal ihnen zum Schicksal. Das kleine Schiff landete, und unsere Vorväter stolperten hinaus. Die dunklen Bärte der Jungväter kräuselten sich skeptisch, als die Männer die Welt zu ihren Füßen in Augenschein nahmen. Die Frauen und Kinder blickten sich mit großen Augen um und wagten es nicht, Hoffnung zu entwickeln. Dann aber schlugen alle Herzen mit herandämmernder Freude höher.
Denn auf den ersten Blick erschien ihnen Schicksal genau als die Welt, die sie alle gesucht hatten. Weite Wiesen erstreckten sich vor den schweren Stiefeln der Neuankömmlinge, und das Gras glänzte in einem saftigen Smaragdgrün. Hier und dort wuchsen Bäume aus dem mit dichter Vegetation bedeckten Boden: Fingerpalmen streckten ihre großen fünffingrigen Hände dem gold- und lavendelfarbenen Morgenhimmel entgegen; Blauweiden erhoben in breiten Baldachinen ihre umfassenden Hauben aus herabhängenden Zweigen und umschmeichelten die knorrigen Wurzeln mit sanften Schatten. Kleinere Pflanzen wuchsen als Ansammlungen schimmernder Blüten – ein funkelndes Blattwerk, das das Sonnenlicht wie ein Facettenkonglomerat winziger Spiegel reflektierte und strahlende Funken stieben ließ über das umgebende Gras.
So bot sich Schicksal auf den ersten Blick dar. Die Älteren sanken auf die Knie. Die Jungväter nickten und forderten die Frauen und Kinder dazu auf, ebenfalls Demut zu zeigen. Dann neigten auch sie die Köpfe. »*O Heilige Macht, die du diese wenigen Kinder erblickest, die deine eigenen sind, die du diese wenigen Kinder ernährst und kleidest, die du sie aus dem zugrunde gegangenen Garten Eden der Jetzterde hinausführtest, durch die gähnende Leere des Spiralarms der Galaxis, die du ihnen ständig Hoffnung eingeflüstert hast, die du ihnen Wel-*

*ten versprachst, auf denen die Kinder der Kinder groß und stark und glücklich werden mögen...«*
Aber wenn man diese rituellen Worte bei der Landung einfach so zu Papier bringt, dann fehlt es an dem Echo aus zweitausend Kehlen. Es sind eben Worte, nichts weiter als leere Worte.
Und vielleicht kennen einige von Ihnen nicht einmal die Geschichte von der Ersten Warnung. Zwei Tage nach der Landung standen die ersten Unterkünfte auf der Wiese. Es waren kaum mehr als provisorische Konstruktionen, doch etwas Besseres hatten unsere Älteren der dem Projekt mit äußerster Zurückhaltung gegenüberstehenden Ökonomie von Damalserde nicht abringen können. Das Schiff hatte man zu jenem Zeitpunkt bereits teilweise demontiert. Alle Einzelteile wurden zur Gründung der Kolonie benötigt. Ein freudiger Gesang durchwehte die Morgenluft, als Männer, Frauen und Jugendliche Hand in Hand arbeiteten, um die Heilige Macht zu preisen. Die Kinder spielten auf der Wiese und wandten sich mit kreischenden Stimmen an einen Schwarm melodisch zirpender Schreivögel, der von den Bäumen aufgestiegen war. Gefederte Farbkleckse waren es – Lavendel, Scharlachrot, Smaragdgrün und Gold –, und die Vögel durchzogen die Morgenluft einem beweglichen Regenbogen gleich. Verspielt segelten sie auf die Kinder zu und gaben weit über das Land hallende und überaus wohltönende Zirprufe von sich.
Doch dann schien es plötzlich, als sei ein innewohnender Dämon Schicksals erzürnt über die Freude der Neuankömmlinge, und der Himmel des Planeten veränderte sich. Das lavendelfarbene Firmament überzog sich zunächst mit einer violetten Patina und nahm dann eine indigofarbene Tönung an. Es donnerte in düsteren Wolkenbänken, die noch eine Viertelstunde zuvor überhaupt nicht zu sehen gewesen waren. In der Ferne durchzuckten grelle Blitze die herangezogene Schwärze, und dem nachfolgenden Rumoren folgte eine sonderbare Stille – so als hielte nun eine Himmelsfurie den Atem an. Die Schreivögel ließen ihre warnenden Stimmen erklingen, zogen Kreise und schwirrten fort. Sie flohen nicht in Richtung der großen Fingerpalmen oder in das dichte Zweigegewirr der wie aufgedun-

sen wirkenden Blauweiden, sondern stürzten sich wie auf ein Kommando hin dem Boden entgegen und verschwanden im hohen Gras der Wiese.
Aufgeregt kehrten die Kinder zu den Arbeitenden zurück. »Die Vögel sind weggeflogen! Die Vögel sind weggeflogen!«
Inzwischen hatten die Männer und Frauen die Werkzeuge sinken lassen und blickten zum düsteren Himmel empor. »Die Vögel spüren eine sich nähernde Gefahr«, verkündete Jungvater Doss. »Wir müssen uns vor dem Grimm der Natur in Sicherheit bringen.«
Erfahrenvater Grumann pflichtete ihm bei und erhob seine donnernde Stimme. »Sucht sofort Schutz, die ihr zu unserer großen Familie gehört. Ein Unwetter zieht heran, um unser Recht, hier ein neues Leben zu beginnen, in Frage zu stellen.«
Aber wo sollten die Vorväter Zuflucht suchen? Das Raumschiff war bereits demontiert worden, und weder die zur Hälfte fertiggestellten Hütten noch die Hauptkuppel verfügten über ein Dach. Eine kleine Gruppe der Neuankömmlinge eilte sofort auf die nächste Blauweide zu, doch Erfahrenvater Grumann rief sie zurück. »Ihr müßt die unmittelbare Nähe von in die Höhe ragenden Dingen meiden«, mahnte er. »Elektrische Finger tasten in erster Linie nach Bäumen und anderen großen Objekten.« Prüfend glitt sein Blick über die nun furchtsamen Menschen hinweg. »Jungväter, Anverwandte – wir haben Ladekisten und Zeltplanen. Verbergt euch darin und deckt euch mit dem Ölzeug zu. Niemand soll sich ungeschützt dem Unwetter darbieten. Wir werden uns nicht einfach so den zornigen und hungrigen Elementen ausliefern.«
Und so drängten sich die Siedler an ihre halb fertiggestellten Hütten. Einige von ihnen kauerten sich in Container-Kisten zusammen, und andere duckten sich unter schwere Zeltplanen. Sie beobachteten, wie die Himmelsstirn Schicksals sich mit wolkiger Empörung furchte. Das Unwetter eilte donnernd und auf zuckenden weißen Beinen heran. Kurz darauf war es, vom Horizont kommend, heran, und zischende elektrische Zungen leckten über den Boden am Rande der entstehenden Kolonie. Ihre Spitzen tasteten nach den Bäumen. Einer der knisternden

Blitze spaltete die nächste Blauweide – genau die, unter der die schutzsuchende Gruppe einiger Siedler Zuflucht zu finden gehofft hatte, ein Vorhaben, von dem die Männer und Frauen durch die Mahnung Erfahrenvater Grumanns abgebracht worden waren –, und blaue Flammen sengten über den Stamm des Baumes.

Dann tasteten die Blitze in die Kolonie selbst hinein und leckten zornig nach der Hauptkuppel, dem einzigen soliden Bauwerk. Mit einer Entladung nur wurden nicht nur die Kunststoffsegmente geschmolzen, die bereits montiert worden waren, sondern auch jene, die noch auf dem Boden lagen. Anschließend nahm sich das Unwetter das Raumschiff selbst vor und stellte mit heulender Wut seine Gegenwart auf der Ebene in Frage.

Die Neuankömmlinge hatten den Eindruck, stundenlang in den Kisten und unter den Planen zu kauern, während das Gewitter sehr deutlich seine Mißbilligung zum Ausdruck brachte. Und als bereits in allen Augen der trübe Glanz zu lange unterdrückter Furcht schimmerte, erhoben heftige Böen ihre gebietenden Stimmen und fegten die unheilvollen schwarzen Wolken fort.

»Rührt euch nicht«, ordnete Erfahrenvater Grumann an. »Vielleicht erwartet uns noch mehr.«

Die Männer und Frauen kamen nicht hervor, während der Wind nach ihnen tastete, unter den Zeltplanen nach ihnen griff, durch ihre Haare heulte und mit unsichtbaren Händen an der durchnäßten Kleidung zerrte. Dann wirbelten die Böen fort und folgten dem Donner, und strömender Regen schloß sich an. Aus nassen grauen Wolken spülten eiskalte Fluten. Die Schutzsuchenden drängten sich enger aneinander, und bald strömte der Regen so stark auf die Wiese hinab, daß der Boden die Menge nicht mehr in sich aufnehmen konnte. In glänzenden Lachen sammelten sich die Fluten im Filigranwurzelgras und wurden dort immer größer. Die unter den Zeltplanen liegenden Frauen und Männer richteten sich widerstrebend auf und drängten sich aneinander. Sie waren bis auf die Knochen durchnäßt.

»Die Vögel!« rief eins der Kinder. »Die Vögel werden ertrin-

ken!« Dutzende von anderen Kindern reagierten sofort auf diese Worte. Sie verließen ihre Kisten und spritzten durch die überflutete Wiese. Keins von ihnen hörte auf die Eltern, die sie zur Rückkehr aufforderten.
Der Schwarm schwamm wie eine Regenbogenflotte unter den Zweigen und Blättern der großen Fingerpalmen. Die Schreivögel hatten sich aufgeplustert, und das Gefieder umgab sie nun mit einem dichten Kokon. Wie farbenprächtige Perlen hüpften sie auf den Wellen der Wiesenfluten auf und nieder, und die schillernden Federn stellten einen ausgezeichneten Schutz vor dem noch immer niederströmenden Regen dar.
Die Kinder stapften weiter durch das Wasser und begannen damit, den flaumigen Regenbogen aufzusammeln. Sie stopften die sich nicht zur Wehr setzenden Vögel in ihre weiten Jacken und beluden sich mit so vielen Schreivögeln, bis sie keinen Platz mehr hatten und ganz aufgebläht aussahen.
Als sie durch die Wiese tollten, ertönte in der Ferne erneut das Donnern des Gewitters, und eine nähere Wolke beantwortete das dumpfe Rumoren und spuckte einen Blitz zu Boden, nur wenige Meter von der überfluteten Kolonie entfernt. Die Kinder blieben stehen und starrten zum düsteren Himmel empor. Die Wolke in der Ferne erhob noch ein weiteres Mal ihre Stimme, und plötzlich wurde der kleine Charles Edward Dumler – er war ungefähr elf Jahre alt – von einem Lichtstrahl erfaßt. Er erstarrte, die erhobenen Arme in einem strahlenden Netzwerk gefangen, den Kopf mit einer Wucht zurückgeworfen, die ein Genick brechen konnte.
Die höchst besorgten Eltern schrien den Kindern zu, sie sollten sich zu Boden werfen. Donnern übertönte ihre Stimmen, und Charles Edward auf der Wiese erschlaffte, stürzte nieder und blieb mit dem Gesicht im Wasser regungslos liegen. Sofort verließen Mütter und Väter Kisten und Zeltplanen und riefen Anweisungen. Doch noch bevor sie die Wiese erreichten, tastete der Blitz nach einem zweiten Kind – Heidi Helger, acht Jahre alt. Als das Glühen sein tödliches Spiel mit dem Mädchen beendet hatte, stieß es das Kind zur Seite – eine zerrissene Puppe, die in der kalten Flut hin und her zuckte.

Als die Erwachsenen die Kinder erreichten, zerrten sie sie hinab ins überflutete Gras und preßten sie an sich, während um sie herum Blitze zischten und knisterten. Sie wagten es kaum, den Kopf zu heben, bis die Wolken schließlich davonzogen. Dann standen sie vorsichtig auf.

Langsam versickerte das Wasser im Boden und hinterließ vier Leichen im feuchten Gras: Charles Edward, Heidi und zwei andere Kinder. Die beiden letzteren waren ertrunken, ebenso wie eine ganze Anzahl der farbenprächtigen Schreivögel, die sich die Kinder in die Jacken gestopft hatten und die dann im Wasser zwischen den zitternden Leibern und dem Boden gefangen gewesen waren. Schicksal hatte den menschlichen Neuankömmlingen zum erstenmal seinen Zorn gezeigt und Tribut gefordert. Der Planet hatte sie mit Feuer und Regen auf seine Empörung über die Eindringlinge hingewiesen.

Aber diese Warnung war zu spät erfolgt. Die Siedler verfügten nun weder über ein Raumschiff noch ausreichenden Treibstoff, um dem unbarmherzigen Schicksal zu entfliehen. Wie groß ihr Widerstreben auch sein mochte: Sie waren dazu verurteilt, auf der Filigrangrasebene um ihr Überleben zu kämpfen, Opfer der Gewitterwut und zornigen kalten Regenfluten dieser Welt.

Sie hatten keine andere Wahl, und sie kämpften zwei Jahrhunderte lang. Sie jäteten das Filigrangras, um Platz zu schaffen für die eigenen Nutzpflanzen – nur um festzustellen, daß die zähen Wurzeln innerhalb weniger Wochen zurückkehrten und die Keimlinge verdrängten. Wenn der morgendliche Tau üppiger war als sonst oder wenn es in der Nacht wieder geregnet hatte, dann erwachten sie in einer Welt, die bedeckt wurde von grünem Moos, braunem Schimmel und rasch gedeihenden Pilzen. Auf allen Dingen bildeten sich dann smaragdgrüne, sandfarbene und violette und schwarze Polster und Krusten.

Nun gut, es tauchten dann sofort die Schreivögel auf, um sich an den Moosen und Pilzen zu laben, doch es dauerte nicht einmal bis zur Mittagszeit eines feuchten Tages, bis die ersten Sporen reiften. Als praktisch unsichtbare Gezeitenwoge sprühten sie durch die Luft. Dann duckten sich ängstlich die Rinder und versuchten bald, die Umzäunung zu durchbrechen, um sich an den Baumstämmen die Schädel einzurammen. Mastschweine schnappten nach ihren eigenen Bäuchen, und die Schwächsten unter den Siedlern gaben sich alle Mühe, sich das Leben zu nehmen. Erst wenn die Schreivögel das sporengebärende Moos und die Pilze gänzlich verschlungen und die Fahlmotten alle Reste der Sporenschwemme aus der Luft getilgt hatten, ging eine weitere Suizidraserei für die Siedler zu Ende.

Eine hoffnungslose Situation, meinen Sie? Das Leben der Siedler – ein typisches Beispiel für eine sinnlose Existenz? Die Trostlosigkeit des neuen Lebens auf Schicksal tilgte bestimmt alle freudige Erwartung aus ihren Gemütern. Im Verlaufe einer einzigen Generation entwickelte sich unter den Neuankömmlingen eine starre Gesellschaft aus strengen Patriarchen, abweisenden Frauen und furchtsamen Kindern. Ihre Lieder und Hymnen wurden ernst und tragisch. Freude und Vergnügen verwandelten sich in eine Perversion; Gebete wurden zur Pflicht, das Leiden zu einem Recht, das man mit der Geburt erwarb. Nur der mystische Kern ihres Glaubens blieb unbeeinträchtigt. In der Stille der Nacht lagen Männer, Frauen und Kinder wach und lauschten nach der flüsternden Stimme, die sie anleitete, und ihre einzige Sehnsucht galt der Hoffnung auf Erlösung.

Es kam einer Ironie des Schicksals gleich, daß jene Erlösung beinah durch Ignoranz und die unglückliche Herrschaft des Dogmatismus zunichte gemacht wurde, als sie schließlich heranzog. Und jetzt kann ich Hinweise auf die Geburt einer zweiten Generation von Messianern erkennen – Menschen, die sich ebensosehr von denen der ersten Generation unterscheiden wie die heutigen Siedler von jenen gestrengen Leuten, die damals auf Schicksal ein neues Leben begannen. Und obgleich diese neuen Messianer als furchterregende Geschöpfe erscheinen mögen, die kaum etwas Menschliches an sich haben, muß man darauf vorbereitet sein, ihnen alle Hilfe zu gewähren, während sie aufwachsen, die Gaben und Fähigkeiten zu akzeptieren, mit denen sie uns konfrontieren werden, ganz gleich, wie außergewöhnlich und bizarr sie auch sein mögen. Wir müssen das, was

sie uns zu geben bereit sind, zum besseren Wohle aller Menschen Schicksals verwenden. Sie warten darauf, die Welt zu betreten, diese neuen Messianer – von der Sonne zum Leben erweckt, vom Mond aufgezogen. Wenn man ihnen nicht gestattet, uns andere auf dem Kamm ihres Wellenberges mitzunehmen, dann werden sie vielleicht vernichtet – und wir mit ihnen.
Aus diesem Grund bitte ich Corrie, mir dabei zu helfen, die Chronik der Entwicklung jener ersten Generation von Erlösern zu schreiben. Die folgenden Seiten werden kaum eine gute Anleitung für die Entwicklung der zweiten Generation darstellen – aber es dürfte die einzige sein, die überhaupt zur Verfügung steht. Lesen Sie also sorgfältig, denken Sie nach, und treffen Sie entsprechende Vorbereitungen.

# DIE HÜTTE

# CORRIE

## Schicksal, Jahr 0212

Heute kam Nadd mit seinem Plan zu mir; wie ein Fleisch gewordener Gott stolzierte er über den Pfad auf meine Hütte zu. Doch er blieb stehen, als er den Bereich des Sprühregens erreichte, der sich von meinem Baumheim heraberstreckt. Er starrte auf seine schmutzigen Stiefel, und in seinem Blick kam nicht in erster Linie Abscheu zum Ausdruck, sondern eher Furcht. Und anstatt die herabhängenden Moosfladen beiseite zu schieben, die vor dem Zugang zu meinem Heim hängen, und einfach in den schattigen und kavernenartigen Freiraum unter den ausladenden Ästen und Zweigen einzutreten, starrte er nur wortlos in das dichte Blattwerk weiter oben. Als ich ihn durch das Moos musterte, sah ich in ihm für einen Augenblick das ängstliche Kind, das er vor gar nicht so vielen Jahren gewesen war, und ich lächelte unwillkürlich.

»Corrie!« Seine Stimme war tief und schallend. Doch die Furcht blieb in ihm und kam in seinen scharf geschnittenen Gesichtszügen deutlich zum Ausdruck.

Bei seinem dritten Ruf trat ich hervor, und das Blättergewand raschelte mir an den Fußknöcheln. »Was ist es heute, Nadd?« fragte ich und ließ meine Stimme in voller Absicht scharf klingen. »Du kommst nie zu mir, ohne etwas ganz Bestimmtes von mir zu wollen. Und nie willst du etwas von mir, das du auch von jemand anders bekommen könntest. Womit können dir Trebb oder Feliss oder Ronna also nicht weiterhelfen?«

»Sie befinden sich... nicht im Dorf«, erwiderte er. Der Blick seiner tiefliegenden Augen klebte an meinem raschelnden Gewand, und sein Gesicht war grau.

»Du meinst, sie sind heute nicht Fleisch«, vermutete ich. Wann hatte ich Feliss zum letztenmal gesehen? Vor einem Monat? Zwei? Vor einer knappen Woche hatte ich kurz Trebb zu Gesicht bekommen, als er über ein gerade bepflanztes Feld geschritten war und die zarten Sämlinge versucht hatten, seine nackten Füße zu erreichen. Selbst zu jenem Zeitpunkt war er nicht von dem Grün getrennt gewesen, und ich kam zu dem Schluß, daß er innerhalb der nächsten Stunde Wurzeln schlagen würde. Und Ronna... Ich lächelte, krümmte den rechten Zeigefinger – und aus dem Nieseln wurde kalter Regen. Nadd trat unwillkürlich einen raschen Schritt zurück, gewann dann seine Fassung wieder und zwang sich dazu stehenzubleiben.

»Sie sind alle... anderweitig beschäftigt«, wich er aus. »Und außerdem liegt es geradewegs auf der Hand, daß ich mich mit meinem Anliegen in erster Linie an dich wende.«

»Und was ist dein Anliegen?« fragte ich. »Komm herein und erzähl mir davon. Ich kann dir Samenkuchen anbieten und habe gerade Rindentee ziehen lassen.«

Er fuhr sich kurz mit der Zunge über die Lippen. Der Regen dunkelte ihm Haar und Bart, aber freiwillig wäre er niemals in mein moderiges Zuhause eingetreten. »Heute habe ich keine Zeit«, log er.

Selbst meine Freude daran, Nadd zu verspotten, hatte ihre Grenzen. Eine plötzliche Woge aus Verdruß durchspülte mich, und ich ließ einen Blitz über die Wiese zucken und schüttelte den Kopf, untermalt von einem grollenden Donnern. »Dann sag mir rasch, was du auf dem Herzen hast«, forderte ich ihn gebieterisch auf. »Bevor ich mich anderer Dinge annehmen muß.«

Er warf einen unbehaglichen Blick zum Himmel empor, der sich nun unheilverkündend verdüsterte. Er stolperte über seine eigenen Worte, als er mir schließlich von Zeichen berichtete, die er gesehen habe, Hinweise auf bestimmte Geburten, die er erwartete. Und er vertraute mir an, wie besorgt er sei, die Siedler könnten sich, ohne eine entsprechende Vorbereitung, jenen neuen Geburten gegenüber ebenso verhalten, wie es bei uns der Fall gewesen ist. Im Anschluß daran brachte er das Manuskript zur Sprache, zu dessen Erstellung er unserer Mitarbeit bedürfe – damit die Leute in den Dörfern ein gewisses Verständnis entwickelten für die Entwicklung, die wir sechs in unseren jungen Jahren durchgemacht haben.

Um Ihnen also eine detaillierte Schilderung von Nadds sentimentaler Prosa zu ersparen – und zum Teil deshalb, weil mir diese Aufgabe gefällt –, will ich an dieser Stelle nur sagen, daß ich mich bereit erklärte, dem zu erstellenden Bericht einige Kapitel beizufügen. »Natürlich beginnen wir die Geschichte mit unserer Geburt«, überlegte ich, als er den düsteren Himmel mit nervösen Blicken versah. »Oder nicht? Beginnt das Leben nicht eigentlich schon mit der Empfängnis, mit der geschlechtlichen Vereinigung von Vater und Mutter oder der der Großeltern? Oder fängt die Geschichte an mit der Reise von Damalserde hierher? Mit...«

»Mit diesen Dingen habe ich mich bereits beschäftigt«, sagte er steif. »Ein Teil des Berichts beginnt mit unserer Geburt.«

»Und du hast Angst davor, hierzubleiben und noch etwas länger mit mir darüber zu reden«, verspottete ich ihn und schleuderte ihm Böenranken entgegen, die an seinem nassen Bart zupften. »Du bist der einzige von uns, der über eine permanente Körperbindung verfügt, und trotzdem gibst du dich noch immer wie ein furchtsames Kind.«

»Ich bin ein erwachsener Mann«, erwiderte er ärgerlich und hochtrabend und stemmte seinen gottähnlichen Leib gegen den stärker werdenden Wind meines Hohns.

»Du bist ein furchtsamer Mann.« Ich konnte die Beunruhigung in ihm nun ebenso deutlich erkennen wie einst in dem zwergenhaften Knaben. Als ich erneut einen Blitz über die Wiese tanzen und ihn dann an den oberen Zweigen meines lebenden Heims entlangleuchten ließ, zog er sich zurück, und seine Beine trugen ihn in seiner Angst fast stolpernd und hastend über den Pfad. Vergnügt warf ich den Kopf in den Nakken, und mein Gelächter war wie eine Peitsche, die ihn weiter antrieb. Ich war bereit, die Kapitel zu schreiben, die er verlangte, aber ich hatte auch meinen Preis dafür gefordert.

Und wie gewöhnlich traf er die Sache nicht auf den Punkt, indem er mich darum bat, mit unserer Geburt zu beginnen. Unsere Geschichte beginnt eindeutig mit der Empfängnis. Tatsächlich werde ich in meiner Schilderung unsere Geburt nicht einmal erwähnen. Bestimmt haben Sie diesen Teil der Geschichte schon gehört: die Geburtsliege, hinter dicken Vorhängen verborgen, das Stöhnen der Mutter, die Helfer und Verwandten mit ihren finsteren und strengen Mienen, die alle auf die Geburt... von was warten? Von wem?

Die Antwort mag etwas mit der Sonne zu tun haben. Ich habe gehört, im Vergleich mit der Sonne der Erde sei sie recht groß. Jeden Morgen geht sie wie ein riesiges flammendes Auge im Osten auf und gießt Farbe über den dunstigen Himmel: Scharlachrot, Violett, Gold, Azur. Ihre Strahlen brechen sich gleißend an den Spiegelblättern der Glanzbüsche und werden von ihren strahlenden Blüten versprüht. Einige behaupten, die Sonne sei nichts weiter als ein riesiger Gasball, dem unsere Aktivitäten völlig gleichgültig seien. Doch wenn ich zu ihr aufblicke, sehe ich ein Gesicht, und dann weiß ich, die Sonne stellt mehr dar als nur eine ferne Verdichtung verschiedener Gase.

Zu der Zeit, zu der mein Bericht beginnt, wurden die Kinder Schicksals während der Winterpause geboren, in der die Mütter nicht für die Arbeit in den Feldern gebraucht wurden. Die ersten Sonnenstürme, die in den Aufzeichnungen Erwähnung finden, ereigneten sich während unserer Empfängnis. Aus keinem ersichtlichen Grund gingen von der Sonne zornig flammende Glutarme aus. Sie streckten sich über den lavendelfarbenen und goldenen Himmel und gleißten dort eine ganze Weile, bevor sie sich langsam wieder zurückzogen. Ringe und Schleifen formten sich, ein kosmischer Schmuck, der den aufgeblähten Gasleib der Sonne dekorierte.

Die Eruptionen kennzeichneten ein Jahr, das bereits schlecht begonnen hatte. Dorsonville und Henches' Plowbourne waren infolge später Winterstürme überflutet worden. Blitze hatten Häuser und Kornkammern in jeder Dorfgemeinschaft in Brand gesetzt, und die Rinder und Schweine waren in rasender Panik ausgebrochen. Nach den Unwettern überzog sich alles mit rasch wachsenden Moosen und Pilzen. Sie setzten ihre Wahnsinn induzierenden Sporen frei, und zu Beginn des Schicksalsfebruar, dem traditionellen Monat der Empfängnis, war die Kraft der Siedler arg in Anspruch genommen. Es gab die Irren, die man beschützen, verletzte Tiere, die man schlachten und deren Fleisch man räuchern mußte, und bald war es auch an der

Zeit, erneut das Filigrangras auf den Feldern zu jäten, damit die Frühjahrssaat ausgebracht werden konnte. Auf dem Höhepunkt dieses allgemeinen Durcheinanders wurden in den Aufzeichnungen Erfahrenvater Dresslers kurz die Sonnenstürme erwähnt, die bei den anderweitig beschäftigten Siedlern aber kaum Beachtung fanden.

Doch als der Frühling ins Land zog, kam es zu weiteren Anomalien. An allen Fingerpalmen hingen Fahlmotten-Kokons, einer Vielzahl von Papierlaternen gleich. Doch als die Zeit des Ausschlüpfens heranbrach, erschienen die Insekten mit den Flügeln wie aus Pergament nur in geringer Zahl. Manchmal kam aus ganzen Kokonbündeln nicht eine einzige lebende Motte hervor. Und zum erstenmal waren die durch die Luft des Frühlings schwirrenden Motten nicht von einem fahlen Gelb, fahlen Grün oder fahlen Orange, sondern boten sich den erstaunten Blicken der Siedler in grellen Violett- und Scharlachrottönen dar. Einige verfügten plötzlich über mit Widerhaken versehene Fühler, während andere brüteten, ohne jemals ihre Seidenpapierflügel zu entfalten. Für die Älteren war das ein Rätsel. Ganz gewiß konnte die geringe Zahl an Motten nicht auf eine Verknappung ihres Nahrungsangebots an Sporen zurückgeführt werden – in jenem Frühjahr war die Luft voll von potentiellem Wahnsinn. Und aufgrund des unerklärlichen Mangels an Fahlmotten änderte sich daran auch nichts.

Im Verlaufe des Frühjahrs erwies sich auch die Brut der Schreivögel als gering. Normalerweise wurde während der Zeit des Ausbrütens kein Mensch in der Nähe der Blauweiden mit den langen, herunterhängenden Zweigen geduldet. In jenem Jahr wurde der junge Jode Dunn damit beauftragt nachzusehen, ob in den Nestkörben unausgebrütete Eier zurückgeblieben waren. Jode fand die grasigen Behältnisse vollkommen leer vor. Der Boden unter den Bäumen aber, so berichtete er, sei mit winzigen Knochen übersät gewesen, ganz seltsamen Knochen, bei denen es sich kaum um Skelette der ausgeschlüpften Schreivogelbrut handeln konnte. Aber was mochten sie sonst darstellen?

Eine Krankheit? Waren sowohl die Fahlmotten als auch die Vö-

gel einem geheimnisvollen Virus oder Bakterium zum Opfer gefallen? Hatten sie einen wunden Punkt gemeinsam, der den Siedlern bisher nicht aufgefallen war?
Die Älteren und Jungväter beobachteten daraufhin voller Sorge das gedeihende Filigrangras. Wenn auch die Schneckenwürmer von dieser seltsamen Veränderung betroffen waren, wenn sie nicht durch ihre langen Wintertunnel emporkrochen, um an den Wurzeln des wuchernden Grases zu nagen, dann mochte das Frühlingsjäten in diesem Jahr doppelt mühsam werden.
Nach einer Weile gespannten Wartens krochen die ersten Diamantsmaragde und Graufuchsien mit gewetzten Zahnknochen aus dem Boden. Auf den Feldern wuchsen Kreise nackter Erde in die Breite, als die Würmer an den Filigranwurzeln kauten, um Nahrung für ihre Larven zu gewinnen. Erleichterung erfaßte die Dorfgemeinschaften, und Erfahrenvater Dressler berief das Fest der Würmer. Ältere und Jungväter versammelten sich am Rande der Felder und sangen, während sich Frauen und Kinder in den sich erweiternden Bereichen auf dem schwarzen Boden ausstreckten.
Frauen und Kinder, wohlgemerkt. Während jener Periode unserer Geschichte beschmutzten sich fromme Ältere und Jungväter höchstens ihre Knie beim Gebet, aber von den Frauen und Kindern wurde erwartet, daß sie durch Schlamm krochen.
Der erste eindeutige Hinweis auf eine sich anbahnende Katastrophe erfolgte bald nach dem Fest der Würmer, als im späten Frühling deformierte Mastschweine geboren wurden. Sonderbar mißgebildet erschienen sie in den Kompost- und Abfallpferchen, und viele von ihnen waren kaum mehr als Ferkel zu erkennen. Erfahrenvater Dressler befahl ihre sofortige Tötung, so als stelle allein ihre Präsenz eine Gefahr dar. Seine Anweisung wurde entschlossen ausgeführt, und danach hallten Gebete unheilsträchtig durch alle Hütten.
Nach dem Unglück mit den Schweinen wurden die Rinder genau beobachtet. Wie ein Grabgesang hing das bevorstehende Kalben über den Dorfgemeinschaften. Im Hochsommer wurden verendende Kälber geboren, Dutzende und aber Dutzende.

Sie starben mit dem ersten Atemzug, und ihre dürren Glieder waren deformiert, die Köpfe auf gräßliche Weise verunstaltet. In den Herden aller Ansiedlungen überlebten nur dreißig Kälber, und die Hälfte von ihnen wurde kurz darauf getötet. Erneut wurden die gleichen bohrenden Fragen gestellt. Eine Krankheit? Gab es einen einzelnen Auslöser, der sowohl die Nachkommenschaft der Schweine als auch die der Rinder in Mitleidenschaft zog? Hatten sie einen gemeinsamen wunden Punkt, der erst jetzt offenbar wurde?
Doch halt: Erfahrenvater Dressler studierte alle Unterlagen, die von den ersten Neuankömmlingen auf Schicksal von der Erde hierher mitgebracht worden waren. Bald entdeckte er die Ursache für die Katastrophe. Während der kritischen Monate Februar und März hatten die Sonnenstürme zu einer ungewöhnlich hohen Strahlungsaktivität geführt. Die Kokons und Nestbehältnisse waren davon ebenso durchdrungen worden wie Kompostpferche und Ställe, und dadurch war Einfluß genommen worden auf das genetische Material der noch nicht geschlüpften Motten und Vögel und auch auf die ungeborenen Ferkel und Kälber. Nur die Schneckenwürmer waren den verheerenden Auswirkungen der Strahlung entgangen, weil sie sich im Schutze abschirmender Gesteins- und Bodenschichten aufgehalten hatten.
Aber die Menschen hatten sich nicht in Höhlen vor den möglichen Auswirkungen des Sonnensturms in Sicherheit gebracht, und die Frauen der Dorfgemeinschaften waren inzwischen hochschwanger.
Ironischerweise hatte die Heilige Macht die Menschen gerade in diesem Jahr mit einer besonderen Fruchtbarkeit gesegnet. Selbst die jüngsten und ältesten Frauen – pubertäre Mädchen, die noch zu jung für eine Ehe waren, und Frauen, die die mittleren Jahre längst hinter sich gelassen hatten und ohne Partner waren, weil der Ehemann bereits ins Reich der Toten eingegangen war oder sie nie geheiratet hatten – konnten sich aufgrund der eifrigen Pflichterfüllung der Jungväter fast alle einer Schwangerschaft rühmen.
Glücklicherweise erlitten viele von ihnen in den ersten Mona-

ten nach der Empfängnis eine Fehlgeburt. Aber als sich allmählich der Sommer dem Ende entgegenneigte, wußte das Konzil, daß die Geburt menschlicher Ungeheuer drohte, und erklärte die Vormundschaft des Rates für jedes Neugeborene, das im bevorstehenden Winter das Licht der Welt erblicken mochte. Kein Elternpaar sollte allein mit der schwierigen Entscheidung fertig werden müssen, ein neugeborenes Kind zu hegen und zu pflegen oder aber zu töten. In dem dem Winter folgenden Frühjahr stand wieder eine Menge Arbeit an, und zu deren Erledigung konnte keine Hand entbehrt werden, die vielleicht versuchen mochte, einen schwachen und mißgebildeten Säugling am Leben zu erhalten. Die Frauen wurden isoliert, und die Kolonie wartete in qualerfüllter Spannung auf unsere Geburt.

*Unsere?* Gibt es einen triftigen Grund für mich, *uns* mit *ihnen* gleichzustellen? Oder sollte ich die fünfzig Wunderlinge, die schließlich in Käfigen untergebracht wurden, und die dreihundert anderen, die das Glück hatten, kurz nach der Geburt zu sterben, gesondert schildern? Nein, ich werde noch eine Zeitlang von »wir« und »uns« sprechen. Eines der Totgeborenen war mein eigener Zwilling, ein Umstand, der – wie Nadd immer wieder zu behaupten beliebt – zu einigen Rissen in meinem Charakter geführt hat.

Einer nach dem anderen kamen wir zur Welt, insgesamt dreihundertzweiundsechzig, und man brachte uns fort von den anderen, in eine spezielle Kinderbetreuungsstelle, die jenseits von Draes Kreuzung gebaut worden war. In Flechtkörben liegen wir, auf dem schmutzigen Boden eines Lagerhauses, und wir weinen und wimmern mit dünnen Stimmen. Stellen Sie sich die Mißbildungen vor: Praktisch jeder Säugling wies eine auf, die meisten sogar mehrere. Und das Mitleiderweckende war noch schlimmer als das Groteske.

Nur sechs aus diesem ganzen Haufen machten einen vergleichsweise normalen Eindruck: Ronna, Trebb, Nadd, Feliss, Herrol und ich selbst. Wir wurden ein wenig abseits von den anderen in einer speziellen Reihe abgestellt und erfuhren eine besonders aufmerksame Pflege, während die mehr als zehn Krankenschwestern den anderen mit einer Art stummer Ablehnung und Nachlässigkeit begegneten. Das Füttern wurde vergessen. Man übersah, die kleinen Körper vor der Kälte der Nacht zu schützen. Heilbare Entwicklungsfehler wurden nicht behandelt. Innerhalb weniger Wochen wurden aus dreihundertzweiundsechzig zweihundertvierzig, dann hundertfünfundzwanzig, schließlich hundert. Hartnäckig verharrte hier die Anzahl für einige Monate.

Fünf Wochen nach der letzten Geburt wurden wir sechs in eine kleinere Betreuungsstelle gebracht. Dort konnten unsere Augen, die gerade die Fähigkeit entwickelten, mehr zu sehen als nur verschwommene Schemen, gestrichene Wände und einen sandfarbenen, hölzernen Boden betrachten – Annehmlichkeiten, die nur wenige Schicksalssäuglinge erfuhren. Man versah uns mit dem verschwenderischen Luxus weicher Decken und flaumiger Kleidung. Und ständig hingen die zärtlichen und fürsorglichen Gesichter der Pflegerinnen über uns.

Fürsorgliche und strahlende und freudige Gesichter – aus welchem Grund konnte ich nie jenes andere Gesicht vergessen, das mir durch die Schleier des Fruchtwassers eine Grimasse schnitt und in dessen blicklosen Augen eine stumme Anklage lag?

Gesichter. Wer will behaupten, ich könnte mich nicht an den Ausdruck Erfahrenvater Dresslers erinnern, als er kurz nach unserer Überführung in die neue Betreuungsstelle kam, um mich zu besuchen. Er musterte mich mit strenger Miene, und seine Stirn furchte sich infolge eines ganz privaten Leids, als eine energische junge Pflegerin meinen Strampler aufknöpfte, auch die Windel öffnete und mich nackt seinen Blicken darbot. Erfahrenvater Dressler starrte auf mich herab, zupfte an seinem langen weißen Bart und runzelte die Stirn.

»Beides?« fragte er schließlich, und voller Abscheu ließ er die beiden struppigen weißen Augenbrauen in die Höhe steigen. »Warum wurde mir diese Anomalie nicht sofort gemeldet? Warum ist dieser Säugling als normal eingestuft und hierher gebracht worden? Ein normales Kind muß entweder männlich oder weiblich sein.«

»Aber man kann...«, setzte die Pflegerin an und biß sich auf die Lippe. »Man kann es nur hieran erkennen...«

»Ich kann deutlich sehen, daß dieser Säugling in die falsche Betreuungsstelle gebracht wurde. Er gehört ohne jeden Zweifel in die andere mit den Unheilbaren.«
In diesem Augenblick erschien Heiler Caine und hob seine halb gelähmte linke Hand; seine weiße Robe wogte wie ein zarter Schleier. »Nein, nein, Erfahrenvater, diese Anomalie ist durchaus heilbar«, erklärte er und trug nachdrückliche Selbstsicherheit zur Schau. »Wir müssen uns nur darüber klarwerden, was wir wollen, ein Mädchen oder einen Jungen – und dann sollten wir das Kind entsprechend anziehen. In ein paar Jahren wird es genau das sein, wofür wir uns entschieden haben, weiblich oder männlich.«
»Es wird keins von beiden sein«, grollte Erfahrenvater Dressler.
»Beides«, berichtigte ihn die Pflegerin und sah ihn gespannt an.
»Beides *ist* keins von beiden«, bekräftigte Erfahrenvater Dressler seinen Standpunkt. »Und allein die Kleidung macht einen Jungvater nicht aus, Heiler Caine.«
»Dann soll das Kind die Kleidung eines Mädchens bekommen«, verkündete Heiler Caine und bemühte sich noch immer, seine Stimme fest und zuversichtlich klingen zu lassen. Nervös massierte er sich seine verwelkte linke Hand. »Und außerdem: Wen kümmert es schon, was sich unter dem Rock oder Coverall einer Frau verbirgt? Wer kann es sehen?«
Erfahrenvater Dressler schnaubte, und seine buschigen Brauen zogen sich zusammen. Sein Blick verschleierte sich kurz mit einer Wolke des Kummers, und wie in einer stummen Bitte tastete er sich über den Bauch. »Und wer würde dazu bereit sein, mit diesem Wesen ein Paar zu bilden?« fragte er, als sein Gesicht langsam wieder Farbe gewann. Er wandte sich von mir ab und marschierte mit ausholenden Schritten durch die Betreuungsstelle; seine Stiefel polterten dumpf über den hölzernen Boden. »Wenn es diesen Ort hier verläßt, Heiler, wäre es fortan zu Einsamkeit verurteilt.« Langsam kehrte er wieder zurück, bis sein breites Gesicht erneut über meinem Körbchen hing. Ein kalter Blick bohrte sich in den meinen hinein, und die

darin zum Ausdruck kommenden Gedanken hielten es für völlig ausgeschlossen, daß sich mir diese Szene ins Gedächtnis einprägte. »Nein – entweder ihr schneidet es zu einem deutlich erkennbaren Mädchen zurecht, oder es wird in die andere Betreuungsstelle zurückgebracht.« An dieser Stelle lockerte sich seine finstere Miene ein wenig. »Und das wäre wirklich schade. Drei Jungen, drei Mädchen – sie passen genau zusammen. Von Geburt an.« Seine Augen fingen den widerstrebenden Blick Heiler Caines ein. »Kann es bewerkstelligt werden?«

»Es . . . ja, natürlich«, versicherte der gutmütige Heiler, und drei Tage später wurde es in Angriff genommen. Es war eine primitive Operation, was auf das Unvermögen Heiler Caines zurückzuführen war, aber nun bin ich eine Frau, zumindest äußerlich.

Feliss, Ronna, Herrol, Trebb, Nadd, ich selbst: Manchmal entwickle sogar ich eine gewisse Sentimentalität, wenn ich an unsere Säuglingszeit zurückdenke. Wir waren Kinder des Sonnensturms. Unsere Eltern lernten uns niemals richtig kennen. Unsere Brüder und Schwestern hüteten sich davor, uns zu berühren, und nie wurden wir von unseren Tanten liebevoll umarmt. Statt dessen wurden wir Tag und Nacht von Pflegerinnen umsorgt. Während jenes ersten Jahrs schienen unsere kleinen individuellen Besonderheiten – abgesehen einmal von meinen eigenen in Mitleidenschaft gezogenen Organen – keine Rolle zu spielen: Ronnas zu massiger Kiefer und ihre graubraune Hautfarbe; Herrols erdfarbene Fingernägel, Trebbs spindeldürre Gliedmaßen, das hintergründige Funkeln in Feliss' Augen. Wir waren der Beweis dafür, daß selbst die schlimmste Katastrophe auch ihre gute Seite hat. Die Heilige Macht hatte seine Kinder nicht im Stich gelassen. Sie hatte die Sonne entfacht, und wir lebten.

Ein weiterer Frühling brach an, diesmal ein normaler, und wir waren kurz Anlaß eines Disputs. Wenn mit uns alles in Ordnung war, warum wurden wir dann nicht zu unseren Eltern zurückgebracht? Mit welchem Recht isolierte uns das Konzil von den Dorfgemeinschaften, ohne die jeweiligen Väter und Mütter auch nur davon in Kenntnis zu setzen, daß ihr eigenes Kind unter den Überlebenden war?

Und mit welchem Recht, so begegnete Erfahrenvater Dressler den Vorwürfen, sollten sich sechs Familien freuen, während alle anderen trauerten? Wir waren so verschieden, daß jede Familie in uns insgeheim die eigenen Abkömmlinge sehen konnte. Es sei besser, so führte der Erfahrenvater aus, uns wie ursprünglich geplant großzuziehen, als Mündel der Gemeinschaft, als Söhne und Töchter von allen. Dann brauchte sich keine Familie mit der bitteren Erkenntnis abzufinden, daß der eigene Nachkomme tot war.

Eine gerechte Entscheidung. Unvoreingenommen, erhaben, geprägt von edler Menschlichkeit.

Vielleicht.

Aber ich habe Ihnen noch nicht von den Ereignissen erzählt, die der Entscheidung Erfahrenvater Dresslers vorausgingen. Der erste Winter unseres Lebens überfiel die Siedlungen mit frostiger Härte und bescherte ihnen eine Zeit großer Mühsal. In den Frühjahrs- und Sommermonaten vor unserer Geburt hatte der Wahnsinn schwer zugeschlagen, und durch den Mangel an Schreivögeln und Fahlmotten setzte sich diese Plage auch noch in den Winter hinein fort. Die Sporendichte nahm zu, und auf der Haut aller Menschen bildeten sich Flecken – abgesehen nur von den Greisen, die den ganzen Tag über an den trocknenden Flammen der Hausfeuer hockten. In Gesichtern und auf Händen, Armen und am Hals bildeten sich häßliche und wuchernde Pilzfladen. Manchmal erfaßten sie den ganzen Körper und formten überall aufgedunsene rote und schorfige, schwarze Geschwülste. Und schließlich brach die Pneurrhea aus, eine Krankheit, die sich erst auf Schicksal entwickelt hatte. Im Verlaufe des Winters erkrankten mehrere hundert Menschen daran, und ganze Scharen fielen ihr zum Opfer.

Doch für diejenigen, die sich um uns kümmerten, bot sich der Winter anders dar. Sie kamen zu uns in die erste Betreuungsstelle und wiesen die häßlichen Male der Hautflecken auf. Allmählich aber bildeten sich die Infektionsfladen zurück. Die Rekonvaleszenz wurde besonders deutlich, als wir sechs wieder im zweiten Kinderhort untergebracht und dort der Obhut unserer beiden Pflegerinnen übergeben wurden. Die Geschwülste

im fleckigen Gesicht Larissa Dunns heilten innerhalb der ersten Woche. Als Nira McCree zu uns kam, war ihr linkes Auge von einem pulsierenden Pilzfladen verklebt. Innerhalb von zehn Tagen löste er sich vollständig auf. Und im gleichen Zeitraum gelang es Heiler Caine auf rätselhafte Weise, die gelähmte linke Hand, die seit Jahren eine Behinderung dargestellt hatte, wieder teilweise zu bewegen.
In jäher Aufregung erstattete Heiler Caine Erfahrenvater Dressler einen entsprechenden Bericht. Kurz darauf beauftragte Erfahrenvater Dressler seine beiden jüngsten Töchter Daya und Miss damit, den Pflegerinnen im Kinderhort zur Hand zu gehen – beide litten an stark ausgeprägten Pilzinfektionen.
Nur kurze Zeit später war die weiche Haut der beiden jungen Frauen wieder vollkommen rein. Und nach dieser Heilung begann Erfahrenvater Dressler damit, jeden Tag unseren Körbchen einen Besuch abzustatten, und sein sonst so steinern und streng wirkendes Gesicht drückte tiefe Verwirrung aus. Als der Winter dem Frühling wich, verringerten sich die Fälle von Pneurrhea in den Dorfgemeinschaften. Die Hautflecken bildeten sich im hellen Schein der Frühjahrssonne zurück. Aber niemand von denjenigen, die zu uns in die Betreuungsstelle gekommen waren, hatte einen Anfall von Pneurrhea erlitten, und niemand von ihnen konnte von einem erneuten Entstehen der Pilzflecken berichten. Man hörte, wie sich die Frau Erfahrenvater Dresslers darüber wunderte, daß verschiedene Beschwerden, über die er noch unlängst klagte, im Verlaufe jenes harten Winters verschwunden seien.
Nur Ronna wies einige Anzeichen einer Schwächung auf. Sie war ein häßliches und plumpes Baby. Ihr dünnes Haar wies die Farbe von Sommerstaub auf, und die Hauttönung wirkte sonderbar schmutzig. Als der Winter dem Frühling zu weichen begann, wurde sie immer kränklicher. Und als sich die letzten dunklen Wolken des Winters aufgelöst hatten, war sie kaum mehr als ein Bündel aus zerzaustem Haar und einem völlig abgemagerten Körper.
Eines Morgens schließlich stellte Larissa fest, daß Ronna völlig

regungslos in ihrem Körbchen lag, und sich ihre Augen getrübt hatten. »Sie stirbt«, jammerte sie, und ihre fleischigen Hände beschrieben Gesten nervöser Besorgnis.
Als der herbeigerufene Heiler Caine erschien, widersprach er ihrer Vermutung nicht. »Ich habe sie immer wieder untersucht und konnte nichts finden. Kein Anzeichen einer Infektion, keine Larven, die ein Organ geschädigt haben, keine innerorganischen Anomalien, die bisher unserer Aufmerksamkeit entgingen. Ich habe auch ihr Blut untersucht: Sie ist nicht anämisch. Mit ihren Lungen ist ebenfalls alles in Ordnung. Ein Hinweis auf eine Herzschädigung ergab sich auch nicht. Und doch ...«
Und doch starb sie. Mein Körbchen stand direkt neben ihrem, und ich bemerkte, wie sich das Fleisch auf ihren Knochen zurückbildete und die Jochbeine immer deutlicher hervortraten. Mit der neugierigen Faszination eines Säuglings hatte ich in den letzten Monaten beobachtet, wie auf Ronnas schmalen Schultern nach und nach ein Totenkopf wuchs. Für mich kam das einer Rückkehr in den Mutterleib gleich – einer Rückkehr in jene Zeit, als das bekannte Universum auf ein trüb erkennbares, in unmittelbarer Nähe schwimmendes und totes Gesicht und das dumpfe Pochen des Herzens meiner Mutter reduziert gewesen war.
Man gab Erfahrenvater Dressler Bescheid. Er stand neben dem Bettchen Ronnas und zupfte nachdenklich an seinem Bart. Seine Augenbrauen zogen sich zusammen, als er konzentriert überlegte. Er blickte an den Krippen entlang und gab sich alle Mühe, die Situation im Kinderhort so genau wie möglich einzuschätzen. »Hier geht etwas völlig Ungewöhnliches vor«, sagte er schließlich und betrachtete Ronnas verfallenden Körper. »Etwas findet hier statt, ein Vorgang, der vermutlich verursacht wurde von ...« Doch an dieser Stelle hielt er inne, da er die Aufmerksamkeit zu vieler Blicke auf sich gerichtet fühlte. Langsam wandte er sich von der Gruppe der Helfer ab: Heiler Caine, Nira, Larissa, seine eigenen Töchter. Seine Augen mieden den verblüfften Blick Heiler Caines. Er durchmaß die ganze Länge des Raumes und blieb an jedem Körbchen stehen,

um uns alle zu mustern. Es war, als hielte er nach den Anzeichen einer verborgenen Gabe Ausschau. Schließlich kehrte er ans Bettchen Ronnas zurück. »Hilf ihr nach bestem Wissen, Heiler Caine«, sagte er, und in seiner Stimme kam so etwas wie barsche Ungeduld zum Ausdruck – oder war es etwas anderes? Unzulänglichkeit? Verwirrung? Einfach nur Widerwille?
Heiler Caine seufzte schwer, und die Falten seiner weißen Robe schienen Kummer auszudrücken. »Ich habe daran gedacht, sie von den anderen zu isolieren.«
»Es ist deine Entscheidung«, meinte Erfahrenvater Dressler. Doch erneut glitt sein Blick aufmerksam an den Reihen der Körbchen entlang. Tiefe Furchen fraßen sich in seine Stirn. »Ich werde die Kleinen weiterhin jeden Tag besuchen. Auch die Kranke.« Er nickte, als bestätige er sich damit einen ganz persönlichen Entschluß, und dann verließ er den Kinderhort wieder.
Die verbliebenen Erwachsenen rührten sich unbehaglich. »Ja, ich isoliere sie«, entschied Heiler Caine, nachdem er Ronna noch einmal untersucht hatte. »Bringt sie in das kleine Zimmer am Ende des Korridors. Kümmere dich um sie, Nira, aber störe sie nicht mehr als unbedingt nötig. Vielleicht ist ihr Nervensystem noch zu empfindlich, als daß es das ständige Kommen und Gehen hier im Saal ignorieren kann.«
Eine einfältige Diagnose. Gehüllt in seine weiße Robe schritt er davon und ballte unwillkürlich die einstmals gelähmte Hand. Larissa rollte Ronnas Bettchen fort, und Tränen rannen ihr dabei über die dicken Wangen. Ich drehte mich auf den Bauch, starrte auf die Stelle, die zuvor der Korb Ronnas eingenommen hatte und verspürte plötzlich das Gefühl einer sonderbaren Einsamkeit. Erneut war ich einer Präsenz beraubt worden, die ich so gut verstand und an der ich nicht minder hing: die des Todes.
Trotz seiner verkündeten Absicht sah sich Erfahrenvater Dressler aufgrund der Erfordernisse des Jätens und Säens für einige Wochen außerstande, den Kinderhort erneut zu besuchen. In seiner Abwesenheit flüsterten Daya und Miss hinter vorgehaltener Hand über die nächtlichen Wanderungen, die er

nun wieder unternahm, über die Rückkehr jener plötzlichen Schmerzattacken, die ihn erbleichen ließen.

Nachdem Ronna einen Monat lang isoliert gewesen war, hatte sie sich vollständig erholt und wurde in den Kinderhort zurückgebracht. Zwei Tage später erschien Erfahrenvater Dressler. Sein Gesicht war ernst, und Peinfalten zeigten sich in den eingefallen wirkenden Zügen. Eine Viertelstunde lang stand er am Korb Ronnas und starrte auf sie hinab, als gelte es, eine unwiderrufliche Entscheidung zu treffen. »Du?« hört ich ihn murmeln, und die Worte wurden von dem dichten Bart gedämpft. »Warst du es? Aber wie... wie?« Dann schritt er mit gesenktem Kopf fort und besuchte die Betreuungsstelle nie wieder. Im Delirium vor seinem Ende nahm er seiner Frau das Versprechen ab, unter keinen Umständen ihm das Baby Ronna ans Bett zu bringen. Die bösartige Natur seiner Krankheit würde das kleine Mädchen vernichten, orakelte er, völlig vernichten. Aber zu jenem Zeitpunkt war er natürlich schon nicht mehr ganz bei sich. Oder?

Als Ronna zu uns zurückgekehrt war, erlebten wir somit den ersten Sommer gemeinsam. Vater Sonne sandte sein helles Licht durch schmutzige und trübe Fenster, tastete damit über unsere wachsenden Körper und neckte die Augen, die ein solches Strahlen nicht gewöhnt waren. Wir versuchten, nach den staubdurchsetzen Lanzen zu greifen und das Funkeln ganz für uns zu behalten.

Sommer. Zu jenem Zeitpunkt hatten wir ein volles Bewußtsein füreinander entwickelt. Stundenlang beobachtete ich das hektische Strampeln von Trebbs dünnen Armen und Beinen und war ganz fasziniert davon. Feliss starrte Herrol mit spöttisch und hintergründig funkelnden Augen an und wurde mit einem unmutigen und herausfordernden Blick seinerseits belohnt. Nadd und Ronna umfaßten die Gitterstangen ihrer Körbchen und musterten sich gegenseitig mit konzentrierter Hingabe.

Und das Netz formte sich, ein Gespinst aus Ranken, das uns bald zu einem großen Ganzen machen würde. Wenn Ronna im Frühjahr das Leben verloren hätte, wären die drahtigen Sehnen vielleicht nie so prächtig gediehen. Möglicherweise war das

Gleichgewicht von sechs Geistessphären und Talenten entscheidend für die Entwicklung. Vielleicht wären wir alle der Normalität anheimgefallen, hätte man Ronna nicht zu uns in den Kinderhort zurückgebracht.
Vielleicht. Aber Ronna erholte sich wieder, und so konnte sich das Netz bilden und uns fest aneinander binden – bis wir einem Büschel Wiesengras ähnelten, von dem jeder Halm ein wichtiger Teil des Ganzen ist und allein nicht zu überleben vermag. Und bis heute hat sich nichts an dieser Bindung verändert. Dem äußeren Anschein sind aus uns sechs unabhängige Individuen geworden. Über Wochen hinweg begegneten wir uns nicht. Aber die Welt zu unseren Füßen ist eins, die Biosphäre, in der wir leben, ist eins, und die spirituelle Kraft, die uns die Gabe verleiht, ist eins – so wie auch wir sechs.

## *NADD*

Schicksal, Jahr 0217

An die ersten Sommer unserer Kindheit entsinne ich mich mit einer Art idyllischer Sentimentalität. Ein scharlachroter Nebel wallt über die Wiese der Erinnerung; bei sonnigen Tagen nimmt er eine lavendel- oder goldfarbene Tönung an, und während niederströmenden Regens verwandelt er sich in ein schimmerndes Grün oder ein ganz dunkles Indigo. Das Gras wächst hoch und saftig und neigt sich wellenartig im sanften Wind. Manchmal verlassen auch die Schneckenwürmer ihre Schlupflöcher im Boden und kriechen ins Sonnenlicht, und sie machen einen sonderbar prächtigen Eindruck mit ihren komplizierten Smaragd- und Fuchsienmustern. Dann kommt aus der Nähe von Draes Kreuzung ein Zug von Tagespilgern, die Frauen und Kinder in langen schwarzen Tuniken und die Älteren und Jungväter in schlichtem Musselin – und sie alle haben den geweihten Fluß zum Ziel, der jenseits unserer Hütten dahingurgelt, und dort werden sie den ganzen Tag über fasten und beten. Während sie singend über den schmalen Pfad schreiten, ziehen Schreivögel und Fahlmotten einen Regenbogen über den Morgenhimmel, einer heidnischen Prozession gleich.

Während eines Sommers auf Schicksal kommt es oft vor, daß die Nachmittage plötzlich ganz still werden. Dann erscheinen düstere Wolkenbänke am Horizont und werfen finstere Blicke auf die Ebene. Lavendel ergreift vor Indigo und Violett die Flucht, und Unwetter heulen über das Land. Immer wenn dies geschah, beeilten sich Nira, Larissa, Daya und Miss damit, uns sechs in die Hütte zurückzubringen. Dort drängten wir uns am Ende des dunklen Korridors zusammen und zitterten erwartungsvoll, während es vom Himmel herabdonnerte, und Regen mit lautem Pochen auf das Dach strömte und gegen die Fenster prasselte.

Meistens gelang es Trebb und Feliss, sich freizuwinden und in den Regen zu entkommen. Nira und Daya sprangen dann auf und eilten ihnen nach. Wir anderen rissen uns von Larissa und Miss los und stürmten an die Fenster, um die Verfolgungsjagd zu beobachten.

Trebb mochte es, durch die gischtenden Regenfluten zu rennen. Er hatte den Kopf weit zurückgebeugt und den Mund geöffnet, um etwas von der kalten Nässe aufzuschnappen. Er sprang und tollte umher und lief über den Spielplatz auf die Wiese hinaus. Und während er lief, ließen seine Füße das sich in Pfützen ansammelnde Wasser aufspritzen, und das Gras wogte hin und her und schien ihn noch mehr anzustacheln. Es neigte sich in großen grünen Kreisen hin und her, als er hindurcheilte, und es war, als beuge es sich unter unsichtbaren streichelnden Händen. Von seinem Weg ausgehend wurden immer weitere Bereiche der Wiese von diesem smaragdfarbenen Wogen erfaßt, so als fände eine Flut der Erregung ihre Fortsetzung.

Feliss fand besonderen Gefallen daran, ihre Verfolger zu nekken. Ein kleiner stämmiger Knirps mit glattem schwarzen Haar war sie; sie rannte ein ganzes Stück auf die Wiese hinaus, rollte sich angesichts des Regens wie ein Schreivogel zusammen und verbarg sich im Gras, und wenn Nira oder Daya näher herankamen, sprang sie wieder auf und hetzte weiter. Etwas weiter entfernt warf sie sich dann erneut zu Boden, die Arme um die Beine geschlungen, den Kopf tief gebeugt.

Larissa und Miss stöhnten kummervoll und erschrocken, wenn Blitzfinger die Hatz erleuchteten. Ronna tastete blindlings nach einer Hand, an der sie sich festhalten konnte, und ihr breites und kantiges Gesicht wurde ganz scheckig aufgrund ihrer tiefen Besorgnis. Herrol zappelte mit den Beinen, und Corrie starrte finster in den Regen hinaus; in ihren dunklen Augen funkelte es in Erwartung eines schrecklichen Todesmahls. Ich verfügte noch immer über die Säuglingsgabe, auch wenn nur mir allein das bewußt war, und ich war die einzige, die den inneren Gehalt dieser Ereignisse begriff, die spürte, daß es sich dabei nur um ein Gebärdenspiel handelte, das einen Wendepunkt markierte. Dementsprechend war ich auch die einzige von uns, die nicht erleichtert – oder enttäuscht – seufzte, wenn die Ausreißer wieder in den Kinderhort zurückgebracht und dort in den Wäscheschrank gesperrt wurden.

Nicht etwa, daß sich Feliss und Trebb vor der Dunkelheit im Innern des Schrankes fürchteten. Nur kurz hämmerten sie ihren Protest gegen die hölzerne Tür. Dann wurde es still, und schließlich horchten Miss und Daya und argwöhnten neue Streiche der beiden Eingeschlossenen. »Das ist doch keine Strafe«, klagte Nira und schritt im Korridor auf und ab. »Sie ziehen keine Lehren daraus, und es gefällt mir gar nicht, daß sie da im Dunkeln allein sind.«

»Es sind doch nur kleine Kinder«, wandte Miss ein. »Sie tollen im Spiel umher, und Sittenlosigkeiten haben sie bestimmt nicht im Sinn.«

»Und Erfahrenvater Jones verbietet körperliche Züchtigungen«, warf Larissa ein. Im Anschluß daran zog sich Nira für gewöhnlich mit verdrießlicher Miene zurück, und die vom Regen durchnäßte Kleidung klebte an ihrem hageren Leib. Miss und Daya kicherten dann leise und wandten sich wieder der Schranktür zu. Wenn es nur nach Larissa, Daya und Miss ge-

gangen wäre, hätten wir zu Halbwilden heranwachsen können, aber glücklicherweise war Nira unsere Hauptpflegerin.
Aber ich schildere die Entwicklung so, als wären wir Ihnen gut bekannt, als könnten Sie sich jeden einzelnen von uns gut vorstellen. Nehmen Sie sich einen Augenblick Zeit, und schließen Sie die Augen, damit ich uns für Sie beschreiben kann. Zuerst Feliss: Sie ist klein, und in ihren Augen liegt ein freches Funkeln; ihre Einstellung zum Leben ist eher kokett. Sie hat dünnes, schwarzes Haar, das ihren Kopf umweht, wenn sie sich bewegt. Wenn sie sich draußen befindet, ist sie ständig von einem Halo aus Schreivögeln umgeben. Und wenn sich das Licht der Sonne auf ihren nackten Armen widerspiegelt, dann scheint sie von der Strahlenaura eines Regenbogens eingehüllt und von einer Farbenpracht umgeben zu sein, die der des Gefieders der Schreivögel entspricht.
Trebb ist groß und hager. Sein Haar hat eine sandfarbene Tönung, und seine Augen sind grün. Sein Gesicht ist schmal und lang, und die Züge sind in dauernder Bewegung und reagieren sofort auf Veränderungen in seiner Umgebung. Selten hält er sich lange genug an einem Fleck auf, um seine flatterhafte Aufmerksamkeit auf eine bestimmte Sache zu konzentrieren. In gewisser Weise ähnelt er einer rasch emporgeschossenen Rebe, die immer wieder neue Ranken entwickelt, die sich hin und her tastend in alle Richtungen ausstrecken, ohne daß sie dabei jemals festen Halt finden oder auf etwas wirklich Bedeutendes stoßen.
Herrol ist unser Athlet. Er hat einen Stiernacken, breite Schultern und muskulöse Arme und Beine. Seine Augen sind dunkel und trotzen der Welt mit einer permanenten und herausfordernden Feindseligkeit. Er grollt, anstatt zu sprechen, und sein durchdringender Blick kommt einer Drohung gleich. Auf den ersten Blick fällt einem sein ungewöhnlich niedriger Haaransatz auf, die breite Nase und die kantige und oft in mahlender Bewegung befindliche Mundpartie. Bei näherer Betrachtung stellt man fest, daß seine Fingernägel erdfarben sind und auf den Handrücken bis hin zu den Fingerkuppen dunkles Haar wächst.

Ronna ist so reizlos wie Herrol. Ihr staubbraunes Haar wächst in zerzausten Strähnen – wie Federn, die man durch Schmutz gezogen hat. Ihrer Haut haftet eine lehmige Tönung an und überzieht sich mit weißen Flecken, wenn sie erregt oder ängstlich ist. Ihre Augen sind groß und matt und braun. Normalerweise kommen in ihnen nur zwei Stimmungen zum Ausdruck: Furcht und Apathie. Sie hat ein schweigsames, dunkles und nach innen gekehrtes Wesen.

Corrie scheint zwei Geschlechter in sich zu vereinen: Manchmal drückt ihr Gesicht eine emotionale Strenge aus, die besser zu einem eben flügge gewordenen Jungvater passen würde, und dann wieder gibt sie sich ganz sanft und sensibel. Aber bei dem Objekt ihrer zärtlichen Zuwendung handelt es sich kaum um einen brütenden Schreivogel, den sie aufgrund des knisternden Flügelschlags oder durch den von einer fernen goldenen Wolke erzeugten lavendelfarbenen Schatten entdeckt. Statt dessen gilt ihre liebevolle Aufmerksamkeit eher einem Bodenwiesel, das sich hin und her windende Schneckenwürmer oder Fahlmotten hinunterschlingt, die verzweifelt versuchen, mit zerfetzten Pergamentschwingen in die Nachmittagsbrise aufzusteigen und sich in Sicherheit zu bringen. Und außerdem kann sich Corries entartete Zuneigung von einem Augenblick zum anderen in kalte Wut verwandeln.

Und ich selbst? Ich werde mich von Corrie beschreiben lassen, und ich bin sicher, sie nimmt dabei kein Blatt vor den Mund.

Inzwischen haben Sie bei uns sicher schon spezielle Paarbeziehungen sondiert: Feliss und Trebb, der eine Partner hintergründig mit einem Hauch von Verschlagenheit, der andere immer nervös und niemals still; Ronna und Herrol, beide schweigsam und nach innen gekehrt; und Corrie und ich selbst, wobei ihre Offenheit meine Scheu kompensiert. Als wir dazu in der Lage waren, die ersten Gehversuche auf dem hölzernen Boden des Kinderhorts zu unternehmen, hatten unsere Pflegerinnen bereits die gleiche Einteilung vorgenommen. Wenn Herrol sich in einer Ecke verkroch und seinen Wollbären gegen die Wand schmetterte, dann schnappten sich Larissa oder Daya rasch die meistens am Fenster sitzende Ronna und setzten sie

neben ihn. Wenn Trebb im Spielzimmer herumtobte, so wurde Feliss dazu aufgefordert, ihm nachzuhetzen und seine Aufmerksamkeit auf sich zu lenken. Und wenn ich ganz vertieft war in ein Bilderbuch, dann setzte man Corrie neben mich und versah mich mit einem leisen Tadel: »Hier, Nadd; du solltest deine kleine Freundin nicht allein lassen.« Überrascht sah ich dann in die funkelnden Augen Corries und fuhr unwillkürlich zurück, wenn ich dort Dinge erblickte, die mir angst machten.
Oder Corrie war ganz intensiv mit der Zerstörung irgendeines Spielzeugs beschäftigt, das ihr dann fortgenommen und durch mich als angemesseneres Objekt ihres Bedürfnisses nach Zerstreuung ersetzt wurde. In diesem Fall schienen Flammen aus ihren schwarzen Augen zu züngeln, und ihre Lippen bebten in dem sehnsüchtigen Verlangen, mich Stück für Stück auseinanderzureißen. Doch wenn ich von ihr fortkroch, schoben mich die Pflegerinnen wieder an ihre Seite. »Seht nur«, kicherte es dann. »Er weiß, daß er seiner kleinen Freundin niemals entkommen kann.« Und sie lachten, wenn Corrie meinen Arm packte und hineinbiß. »Er muß lernen, sich zu verteidigen«, bemerkte Larissa geziert, während Miss und Daya lachten. »Wenn er erwachsen ist, sollte er schließlich in der Lage sein...«
Mich verteidigen? Gegen eine schwarzäugige Furie, die die letzten Monate im Mutterleib in Gesellschaft eines direkt vor ihren Augen schwimmenden toten Zwillings zugebracht hatte? Ich war offenbar der einzige, der sich fragte, wie ihr Bruder oder ihre Schwester ums Leben gekommen war. Vor meinem inneren Auge malte ich ein Horrorbild von sehnigen fötalen Händen, die durch das Fruchtwasser griffen und nach einem Opfer suchten, und ich schreckte vor dem Blick aus Corries glühenden schwarzen Augen zurück.
»Seht ihr, wie er sich hin und her windet? Und doch wird er ihr niemals entkommen.« Und dann erscholl wieder das Gelächter.
Dummköpfe.
Oder war ich der Dummkopf, weil ich glaubte, doch noch entkommen zu können? Weil ich glaubte, irgend jemand von uns

könne die unsichtbaren Fäden zerreißen, die uns bereits alle fest aneinander banden? Wir lernten Laufen, Sprechen, Spielzeuge auseinanderzunehmen und auf subtile Art und Weise bei den Pflegerinnen unseren Willen durchzusetzen. Aber die bedeutendste Lektion der frühen Kindheit bestand im Begreifen der Tatsache, daß wir eine Einheit bildeten, daß die Spannungen und Sympathien unter uns weitaus entscheidender waren als alle Zärtlichkeiten, die uns die Pflegerinnen schenkten, wichtiger und effizienter auch als selbst die härtesten Strafen, die uns irgendein Gehilfe auferlegen mochte.
Wir lernten, daß wir niemanden aus unserer Gruppe ausstoßen konnten, trotz des zerstörerischen Charakters Corries, trotz der Verschlagenheit Feliss' und der Nervosität Trebbs, trotz Ronnas introvertierter Häßlichkeit und Herrols Jähzorn, trotz meiner hier und dort Ärger hervorrufenden Aufrichtigkeit. Und es konnte sich auch niemand von selbst zurückziehen.
Bis wir sechs Jahre alt waren, war unser tägliches Leben recht angenehm. Der erste Unterricht wurde uns gemeinsam in dem Klassenzimmer erteilt, das der Hütte hinzugefügt worden war. Nira übernahm die Rolle der Rektorin, und Daya wanderte im Raum umher, klatschte dann und wann in die Hände und unterband eine geflüsterte Unterhaltung. Am späten Nachmittag eines jeden Sabbat kam Erfahrenvater Jones zu uns und stimmte mit uns einen verkürzten Lobgesang an. Regelmäßig marschierten Tagespilger murmelnd den Pfad hinunter, der von Draes Kreuzung zum Fluß führte. Die Kinder schwankten in mit Kapuzen versehenen schwarzen Roben dahin, und ihre Gesichter erblaßten, während sie uns aus großen Augen verstohlene Blicke zuwarfen.
Doch kurz nach unserem sechsten Geburtstag fiel mir auf, daß zwar all die anderen Kinder von Draes Kreuzung an Gottesdiensten und Pilgergängen teilnahmen, wir sechs aber von diesen Zeremonien ganz offensichtlich ausgeschlossen waren. Und es dauerte nicht lange, bis ich mir weiterer Unterschiede bewußt wurde, sowohl in mir als auch den anderen. Wenn wir auf der Wiese spielten, dann schmiegte sich das Filigrangras wie zärtlich um Trebbs Fußknöchel, und Schreivögel folgten

Feliss, wohin auch immer sie lief. Den Pilgerkindern wurden solche Wunder sicher nicht zuteil. Doch die höchste Macht schenkte uns keine Beachtung.
Zaghaft begann ich Nira danach zu fragen. Aber sie wich der Antwort mit einem Stirnrunzeln aus. Eines Tages schließlich, als sie gerade die Laken ausklopfte, wandte ich mich mit zorniger Entschlossenheit an sie. »Bestraft uns die Heilige Macht aufgrund irgendeiner Sünde? In dieser Woche habe ich jeden Abend zu ihr gebetet, und sie hat mir nicht einmal eine geflüsterte Antwort gegeben. Und als ich die anderen fragte, sagten sie mir, auch sie hätten noch nie ihre Stimme vernommen. Trebb meinte...«
Nira drehte sich zu mir um, und ihre Augen hatten sich in gottesfürchtigem Erschrecken geweitet. »Sag das nie wieder«, erwiderte sie tadelnd. »Sie flüstert allen zu, selbst den Sündern und Ketzern. Du hast einfach nicht richtig zugehört, Nadd. Du hast dich nicht auf die erforderliche Weise mit ihr in Einklang gebracht – niemand von euch.«
»Aber wie sollen wir lernen, ihre Stimme zu vernehmen, wenn man uns nicht erlaubt, an den Pilgerzügen teilzunehmen?« beharrte ich und versuchte, sowohl unseren Mangel an religiöser Einsicht als auch die chronische Reizbarkeit Niras auszuloten. »Hier gibt es nicht genügend Stimmen für einen richtigen Sabbat-Gesang. Erfahrenvater Jones, sechs Kinder, vier Frauen – wie soll die Heilige Macht denn bei so wenigen Stimmen überhaupt erfahren, daß wir sie verehren?« Und trennte uns vielleicht unsere Andersartigkeit von ihr? Genau auf diesen Punkt konzentrierten sich meine stärksten Zweifel. Aber wie konnte ich es in Worte fassen, wenn Nira bereits ärgerlich war angesichts der Richtung, in der meine Fragen zielten?
»Die Heilige Macht weiß alles, Nadd. Sie ist überall um uns herum und beschützt uns und wacht über unsere Schritte. Sie kennt dein Herz, und sie kennt auch das meine. Sie flüstert dir jede Nacht zu und bietet dir Anleitung und Beratung an – es sei denn, man ist zu jung oder zu unaufmerksam, um ihr zu lauschen.«
»Aber warum...«

Doch ihre Lippen preßten sich zu einem festen Knoten zusammen, und ich wußte, daß sie mir wieder ausweichen würde. »Ich habe jetzt keine Zeit, darüber mit dir zu diskutieren, Nadd. Wenn du ihre Stimme nicht hörst, dann liegt das vielleicht daran, daß du nicht darauf vorbereitet bist. Schließlich bist du noch ein Kind. Und was die Pilgerzüge angeht: Such bei dir selbst nach dem Grund dafür, daß man dich bisher noch nicht aufforderte, an einem davon teilzunehmen. Such ihn bei dir und deinen Brüdern und Schwestern.« Und mit diesen Worten eilte sie fort, die Lippen nur mehr ein dünner weißer Strich.

Ich war zerknirscht und verwirrt, und ich hatte keine andere Wahl, als den Rat Niras zu befolgen. Ich versuchte mir vorzustellen, wie Feliss demütig den Pfad hinunterwankte, gekleidet in eine schwarze Robe mit spitzer Kapuze. Statt dessen sah ich sie durch das Gras hüpfen und beobachtete, wie sie sich fest einschnürte in das heilige Gewand, in den Schatten einer Blauweide sprang und in schallendes Gelächter ausbrach. Vor meinem inneren Auge malte ich mir ein Bild von Trebb, um dessen lange und dürre Glieder schwarzes Tuch flatterte, und ich sah ihn über die Wiese tollen und Feliss folgen. Ich sah Corrie, die den Älteren finstere Blicke zuwarf und sich weigerte, sich zusammen mit den anderen Kindern zu Boden zu werfen.

»Ronna, Herrol und ich könnten doch mit den anderen Pilgern gehen«, beharrte ich, als ich Nira in der Küche wiedertraf. »Ronna hat sich nie etwas zuschulden kommen lassen.«

Nira preßte die Lippen zusammen. »Vor vielen Jahren hat es Erfahrenvater Dressler verboten, daß Ronna in Kontakt mit anderen Kindern tritt. Es soll erst erlaubt werden, wenn sie sehr viel älter und erfahrener und kräftiger geworden ist.«

Ich kniff die Augen zusammen. Ich hatte eine solche Antwort zwar nicht erwartet, aber sie stellte für mich mehr eine Bestätigung des in mir wachsenden Argwohns dar, als eine Überraschung. »Warum?« hakte ich nach.

»Es hat seine Gründe«, erwiderte sie knapp.

Was bedeutete, sie wußte es nicht. »Aber Erfahrenvater Dressler ist seit fünf Jahren tot«, meinte ich.

»Er hat diesen Entschluß in einem speziellen Berichtsbuch niedergeschrieben«, verkündete sie mir. »Und Erfahrenvater Jones schwor, ihn zu respektieren.«
»Dann also Herrol.« Ich gab noch immer nicht auf und kaute nachdenklich auf der Unterlippe. »Es gibt keinen Grund, warum Herrol ...«
»Du hast ja erlebt, was letzte Woche geschah, als ich Miss anwies, ihm für den Sabbat die Hände zu rasieren. Miss hätte für immer verunstaltet sein können – und Herrols Finger sind noch immer mit Borsten bedeckt.«
Das stimmte wirklich. Miss hatte den schreienden und sich ihr widersetzenden Herrol in den Waschraum gezerrt, wo er nach dem Rasiermesser gegriffen und sie damit attackiert hatte. Die Wände waren von dem Blut aus ihren Schnittwunden bespritzt worden. Glücklicherweise waren die Verletzungen binnen eines einzigen Tages verheilt, ohne irgendwelche Narben zu hinterlassen. Doch das machte die Hände Herrols nicht vorzeigbarer. Und es stellte ihn auch in anderer Hinsicht nicht den Kindern von jenseits der Kreuzung gleich. »Womit nur noch ich übrig bleibe«, argumentierte ich mit gedämpfter Stimme und versuchte, den gnomenhaften Knirps zu vergessen, der mir jeden Morgen aus dem Spiegel entgegenstarrte, und dessen Kopf schwankend auf schmalen Schultern balancierte – ein Zwerg, dessen Augen und Blick sich manchmal trübten, und der sich mit verwirrenden visionären Bildern konfrontiert sah, die hinter der Stirn, ohne feste Konturen anzunehmen, dahinhuschten.
»Allein kannst du nicht gehen«, erklärte Nira unnachgiebig und wandte sich von mir ab. »Ich werde nicht zulassen, daß einer von euch in den Genuß spezieller Privilegien kommt. Frag mich nie wieder, Nadd.« Und damit drängte sie sich an mir vorbei und eilte steifbeinig fort.
Kurz nach meinem Bewußtwerdungsprozeß sah ich mich somit der Tatsache gegenüber, daß man uns im Laufe der ersten paar Jahre allmählich mit einer Isolation belegte, sowohl in sozialer und geistiger Hinsicht, als auch in Fragen der Ausbildung. Unser spezieller Kinderhort hatte sich ganz langsam in ein Wai-

senheim verwandelt, und nicht einmal diejenigen, die sich unserer annahmen, waren sich über diesen Wandel klargeworden. Die Jahreszeiten waren ins Land gezogen, und bei jenen Familien, die zuvor kurz um unser Schicksal trauerten, hatte sich normaler Nachwuchs eingestellt. Von den abgelegeneren Dorfgemeinschaften waren wir praktisch vergessen worden, und die Bewohner von Draes Kreuzung, das wurde mir auf eindringliche Weise bewußt, spürten unsere Andersartigkeit, und sie begegneten uns mit einer Einstellung, die näher an Furcht grenzte als an Neugier oder gar Zuneigung. Die Pflegerinnen hatten allein mit uns zu tun, und trotz der ernsthaften Bemühungen Niras war es ihnen nicht gelungen, uns auf ein geselliges Leben vorzubereiten. Es herrschte die vage Annahme, eines Tages würden wir zu Jungvätern und Müttern, aber wie sollten sich in uns die erforderlichen Charakteristika entwikkeln, wenn unser tägliches Leben so sehr von dem der Pilgerkinder separiert war? Wie sollte ich die Art und Weise lernen, in der man Verantwortung trug und Leitungsfunktionen übernahm, wenn ich nur selten mit der Praxis dieser Eigenschaften konfrontiert wurde? Und ich beschäftigte mich auch noch mit einer anderen Frage: Wie sehr unterschieden wir uns von den Kindern der Kreuzung? Begriffen die Führer der Dorfgemeinschaften denn nicht, daß unsere Exzentrizitäten von einer fortdauernden Isolation nur verstärkt und nicht abgemildert werden konnten?

Eines Tages kam ich zu einem Entschluß. Wenn ich meine Geschwister überzeugen konnte, wenn es mir gelang, ihnen zu zeigen, daß wir die heiligen Rituale erlernen und sie in der angemessenen Weise ausüben konnten – dann mochte man uns vielleicht akzeptieren. Im darauffolgenden Frühjahr, als in den Blauweiden die Schreivögel brüteten und die pastellfarbenen Schwärme geschlüpfter Fahlmotten durch die Luft flatterten, organisierte ich ein Pilgerspiel. Ich kleidete Herrol, Trebb und mich selbst in weiße Tücher und wies Feliss und Ronna schwarze Regenkutten zu. Als ich es ablehnte, Corrie ebenfalls Weiß tragen zu lassen, zog sie sich ans Fenster des Schlafraums zurück und versah uns von dort aus mit haßerfüllten Blicken.

Ich führte meine Pilger immer wieder über den Spielplatz und stimmte mit ihnen einen melancholischen Lobgesang an. Zunächst gaben sie sich ganz diszipliniert, doch als Nira am Fenster des Klassenzimmers auftauchte, hatte Trebb damit begonnen herumzutollen, und Herrol hatte seine übliche herausfordernde Haltung eingenommen und sah sich mit finsteren Blicken um. Ich schalt sie und hielt mich ganz steif und aufrecht, um ihnen ein Beispiel zu geben. Aber als ich die letzte Strophe anstimmte, entstand wieder das freche Funkeln in Feliss' Augen, und sie breitete das Tuch ihrer behelfsmäßigen schwarzen Robe aus und rief schrill: »Ich höre Sie! Ich höre Sie! Die Heilige Macht flüstert mir etwas zu.« Und unmittelbar an diese Worte schloß sich eine schallende Kaskade aus Obszönitäten an, und ihr Gesicht verzerrte sich in unbändigem Vergnügen. »Ich höre Sie! Ich höre Sie! Ich höre Sie!« schrie sie, warf sich zu Boden und zuckte dort wie eine Besessene am ganzen Leib.
Nira stürzte aus dem Klassenzimmer, und ihr Gesicht glich einer Maske der Wut. »Schluß mit diesem Sakrileg!« rief sie. »Hört sofort damit auf!« Aber anstatt sich Feliss vorzunehmen, riß sie mir meine weiße Robe fort und schlug mir heftig auf beide Wangen. »Wenn du noch einmal eine solche Blasphemie begehst, Nadd, dann sage ich Erfahrenvater Jones selbst Bescheid. Du wirst diese Laken nun in den Schrank zurückbringen und dort drinnen bleiben. Du kommst erst wieder heraus, wenn ich es dir erlaube.«
»Ich habe doch nichts Falsches getan!« versuchte ich mich zu rechtfertigen, aber ich brachte die Worte nur als unverständliches Stammeln über die Lippen. Feliss und Trebb hetzten bereits über die Wiese davon und zerrten ihre Roben mit sich. Ronnas Lippen bebten, und Herrol zerrte sich seine weiße Tunika vom Leib, trampelte darauf herum und starrte mich finster an.
»In den Schrank mit dir!« befahl Nira, und ihr Gesicht war ganz blaß. »Du kannst noch von Glück sagen, daß ich dich nicht mit einer Tracht Prügel bestrafe. Bestimmt hätte auch Erfahrenvater Jones in diesem Fall nichts dagegen.«
Sie waren unverbesserlich, sie alle: Feliss, Trebb, Corrie, sogar

Ronna und Herrol. Verletzt und gedemütigt schlich ich fort. Bis zum nächsten Morgen blieb ich von den anderen getrennt. Dann folgte ich Nira mit gesenktem Kopf durch den Korridor ins Klassenzimmer. Dort sah ich mich um und versuchte, so etwas wie Mitgefühl zu erkennen. Die anderen Kinder mieden meinen Blick. Und selbst Larissa verweigerte mir ihr Lächeln. Und nur ich war bestraft worden. Feliss blickte mit großen und unschuldigen Augen zu Nira empor. Als sich Nira zur Tafel umwandte, beugte sich Corrie über ihren Tisch, und in ihren Augen funkelte boshafte Schadenfreude. »Wenn du über die Gabe eines Sehers verfügst, Nadd, warum hast du dann nicht zuvor erkannt, welche Folgen das Pilgerspiel haben würde?« verspottete sie mich.
Ja, warum? Ich starrte auf meinen Griffel und dachte nach. Während des letzten Jahres hatte sich in mir allmählich die Überzeugung herausgebildet, daß es sich bei den verschwommenen Visionen, die ich manchmal sah, um Streiflichter der Zukunft handelte. So oft war es bereits geschehen, daß ich völlig ruhig war, wenn sich die anderen ängstigten. Dann wieder schreckte ich mitten in der Nacht aus einem Alptraum, der mir quälende Bilder der Zukunft gezeigt hatte, während meine Geschwister ganz friedlich schliefen. Aber wenn ich tatsächlich jene Gabe besaß, warum eröffnete sie sich mir dann so sporadisch und uneinheitlich? War mein Talent vielleicht nichts anderes als Stolz – der verzweifelte Versuch eines Kindes, sich selbst wichtig zu machen? Eins jedenfalls stand fest: Die Visionen waren nicht unfehlbar; nur zu oft erwiesen sie sich als unverständlich.
In jenem Sommer zogen immer größere Pilgergruppen über den Pfad zum Fluß. Und er bescherte uns auch eine ständig nachlassende Wachsamkeit von seiten unserer Fürsorgerinnen. Im Winter zuvor war das Konzil zu dem Schluß gelangt, die allgemeine Fruchtbarkeit könne nicht länger Nira, Larissa, Daya und Miss ausnehmen. Deshalb verschwanden sie nacheinander zur angemessenen Zeit im Jungfrauenhaus, um dort ein Rendezvous mit einem maskierten Jungvater wahrzunehmen. Als der Sommer näherrückte, gab sich Nira immer ange-

spannter, und ihre Miene verwandelte sich in eine finstere Maske. Larissa und Daya wurden immer blasser und hohlwangiger, so als nähre sich die in ihnen wachsende Leibesfrucht in erster Linie von ihren vorher so wohlgerundeten und gesunden Körpern. Nur Miss erblühte in ihrer Schwangerschaft. Sie wurde von einer sonderbaren Euphorie erfaßt, tanzte in der Hütte umher und sang verrückte Lieder.
»Miss, sei doch still!« wandte sich Nira ärgerlich und mit schroffer Stimme an sie. »Die Kinder...«
»Aber ich stecke doch voller Leben!« jubelte Miss und tanzte weiter.
Dementsprechend waren unsere Fürsorgerinnen nicht sonderlich auf der Hut, als eines Morgens eine große Pilgergruppe über den Pfad wanderte und warme Sommerluft mit ihrem Chorus erfüllte. Ich beobachtete sie und litt sehr daran, nicht zu ihr zu gehören. Tief in mir fühlte ich die Gabe eines Erfahrenvaters, die sich langsam entwickelte und nach Anerkennung verlangte. Die Pilger aber sahen nur ein kleines Sonnenkind, mit zu großem Kopf und einem zu durchdringenden Blick, ein Objekt des Mitleids und der abergläubischen Furcht. Wenn ich zu ihnen lief und sie darum bat, sie begleiten zu dürfen, würden die Kinder ängstlich vor mir zurückweichen und die Frauen nervös und beunruhigt den Blick von mir abwenden. Und ich war davon überzeugt, daß mich der Ältere unter den Pilgern mit einem barschen Wink fortschickte. Niemand von ihnen würde in mir einen normalen Menschen sehen. Ich erzitterte am ganzen Leib, drehte mich um und schlich von dem Zaun fort.
Kurz darauf hörte ich, wie Feliss auf der Wiese schrie. Ich wirbelte herum und sah, wie Trebb, Corrie und Feliss durch das hohe Gras rannten, das sich an den Pfad anschloß, und ein Schwarm Schreivögel folgte ihnen wie ein farbenprächtiger Schatten. Das Gras reagierte auf sie und formte rechts und links von ihren eilig dahinstapfenden Füßen träge Wellenmuster. Wie gelähmt blieb ich auf der Treppe zum Klassenzimmer stehen und starrte ihnen nach, plötzlich erfaßt von einer Vision von ungewöhnlicher Deutlichkeit: die singenden Pilger, die da-

hintollenden Kinder, die zirpenden Schreivögel und das tanzende und wogende Gras – und vervollständigt wurde das Muster von der Düsternis einer Katastrophe, gleich einer noch nicht ganz ausgeformten Sturmwolke, die sich über dieser Szenerie erhob.

Ich zögerte auf den Stufen. Wenn ich den anderen nachlief, wenn ich sie zurückrief auf den Spielplatz, wenn ich verhinderte, daß sich die schwarze Wolke weiter zusammenzuballen und dann ihre vernichtenden Gewalten freizusetzen vermochte ... Aber konnte ich meiner Vision vertrauen? Ich überlegte nur einen Augenblick lang, dann gab ich der schrecklichen Furcht nach, die in mir emporgequollen war. Hastig sprang ich die Stufen hinunter und sauste über den Spielplatz. Und als ich durch das Gras der Wiese lief, gab ich heisere Schreie von mir.

Ein in eine weiße Robe gekleideter Jungvater versah mich mit einem trüben Blick, die Sinne von dem Chorus betäubt. Ich warf mich ins Gras und verbarg mich dort, bis die Litanei der Pilger in der Ferne verklang. Dann stand ich vorsichtig auf und beobachtete die Wiese. Weit voraus erkannte ich drei tanzende Köpfe. Erneut stieß ich einen Schrei hervor und stürzte auf sie zu.

Daya und Miss haben oft behauptet, in der Nähe unserer Hütte wuchere das Filigrangras üppiger als überall sonst. Es bildete dort ein dichtes Teppichgespinst, das den ganzen Boden bedeckt. Und an jenem Morgen war es ganz gewiß besonders tükkisch. Immer wieder wickelte es sich um meine Stiefel und brachte mich dadurch mehrmals zu Fall. Als ich schließlich schon einige Flecken davongetragen hatte und mein Coverall von oben bis unten verschmutzt war, hörte ich voraus Feliss' Stimme. »Warte! Warte auf mich!«

Ein paar Minuten später erreichte ich sie, angeleitet von der sonderbaren Bewegung des Grases und des Vogelschwarms, der sie umschwirrte, einem hin und her wehenden Regenbogen gleich. Als ich näher kam, rollte sich Feliss zu einer Kugel zusammen und ließ sich zu Boden fallen, den Kopf unter den einen Arm gezwängt. Sofort sanken auch die Schreivögel zu Boden und ließen sich überall um sie herum als glänzende und aufgeplusterte Bälle nieder – lavendel- und smaragdfarben, scharlachrot und gelb. Sie falteten ihre Schwingen zusammen und verbargen die Köpfe.

Verwirrt blickte ich zum Himmel empor. Aber nirgends ballten sich die Wolkenbänke eines Unwetters zusammen. Plötzlich lachte Corrie schallend und hob einen einzelnen goldenen Federball. Ihre Finger schlossen sich und zermalmten den zarten Leib des Vogels. »Wir pilgern zum Fluß, Nadd«, warf sie mir entgegen, und der Blick ihrer Augen war so alt wie die Ewigkeit, so alt wie der Tod.

»Nein«, hauchte ich und starrte auf das tote Tier in ihrer Hand. »Nein. Niemand hat euch dazu aufgefordert. Und ich sehe ...«

»Du brauchst uns nicht zu sagen, was du siehst«, erwiderte Corrie barsch. »Wir haben selbst Augen, und wir gehen ans Wasser, dorthin, wohin auch die Pilger ziehen. Davon kann uns nichts abhalten.«

»Ans Wasser, ans Wasser«, sang Trebb und warf dabei die Arme empor. Das Gras wogte in dieser und jener Richtung und tanzte in Kreisen von ihm fort. »Feliss! Ich packe dich!«

Mit einem lauten Quieken sprang Feliss auf die Beine und lief von ihm weg. Corrie versah mich mit einem glühenden und herausfordernden Blick und eilte dann den beiden anderen hinterher, wobei ihr langes schwarzes Haar wie ein Banner wehte. Ich starrte auf den toten Schreivogel hinab, den sie achtlos zu Boden geworfen hatte, blickte dann meinen drei Geschwistern nach. Das Sonnenlicht brach sich an den Spiegelblättern eines nahen Glanzbusches und sprühte in schimmernden Prismen über das Gras. Drei Kinder tollten unter einem lavendelfarbenen Himmel, und das Wiesengras wogte in großen Wellen und kennzeichnete so ihren Weg. Ein funkelnder Schwarm Vögel schwirrte über ihnen. Aber dennoch sah ich keine Schönheit. Ich erblickte etwas Düsteres, über dessen Ausmaße ich mir noch nicht klarwerden konnte; doch die Präsenz dieser Gefahr war ganz eindeutig, unmittelbar und real. Mit vibrierender Stimme rief ich nach ihnen, lief ihnen hinterher und stolperte durch das an meinen Beinen entlangpeitschende Gras.

Allmählich wuchs es weniger üppig und verfilzt. Voraus erhoben sich die Bäume, die das Ufer des Flusses markierten, Fingerpalmen, die ihre ernsten Hände einem lavendelfarbenen Himmel entgegenstreckten, das Geäst von Blauweiden, die mit ihren herabhängenden Zweigen schattige Höhlen bildeten. Feliss, Corrie und Trebb krochen dicht vor den Bäumen durchs Gras.

Corrie warf mir einen mißbilligenden Blick zu, als ich mich keuchend neben ihr ins Gras warf. »Das ganze Flußufer ist heilig«, warnte ich sie heiser. »Alles, was in die Schatten der Bäume eintaucht, ist der Heiligen Macht geweiht. Nur Pilgern ist der Zugang dorthin erlaubt. Wenn ihr weiterkriecht...«

»Aber wir *sind* Pilger, Nadd«, erwiderte Corrie scharf. »Als die anderen am Spielplatz vorbeizogen, rief die Heilige Macht auch uns zu den Bäumen. Wir wissen, daß Nira darüber zornig sein und uns vielleicht bestrafen wird, aber wir müssen Ihrem Gebot folgen. Uns trifft keine Schuld.«

»Sie... Sie hat euch gerufen?« Ich musterte meine drei Geschwister verwirrt. Wenn das stimmte, wenn die Heilige Macht tatsächlich zu ihnen gesprochen, obwohl ich noch nie ihre Stimme vernommen hatte...

Feliss kicherte plötzlich. »Ich kann Sie jetzt hören!« quiekte sie und sprang auf die Beine. Sie lief einige Schritte und warf sich, umgeben von einem zirpenden Schwarm Schreivögel, wieder zu Boden, wobei sich ihr massiger Leib konvulsivisch hin und her wand. »Ich kann Sie hören, Nadd!« rief sie schrill. »Sie flüstert zu mir.« Und dann begann sie damit, die gleichen Obszönitäten hervorzustoßen, die sie bereits einige Wochen zuvor über die Lippen gebracht hatte.

Mein Gesichtsausdruck verhärtete sich. »Hör auf damit!« Ich bahnte mir mit wedelnden Armen einen Weg durch die Schar der Vögel, die sie umgab, packte ihren Coverall und schüttelte sie. »Hör auf damit, Feliss. Die Heilige Macht kann alles hören, was du sagst.«

»Und ich höre alles, was die Heilige Macht flüstert!« schrillte Feliss triumphierend. In ihren Augen gleißten Irrlichter, als sie wieder aufsprang. »Lauf, gebietet sie mir! Laufe und schreie

und kreische!« Und in einem wirbelnden Durcheinander aus Armen und Beinen stürzte sie auf die Bäume am Flußufer zu.
Trebb gab einen gedämpften Laut von sich und folgte ihr. Corrie erhob sich ebenfalls, aber ich ergriff ihren Arm. »Laß das nicht zu. Ich sehe ... ich sehe ...« Aber Corrie schenkte meiner Warnung nicht die geringste Beachtung. Sie befreite sich mit einem Ruck, warf mir noch einen letzten boshaften Blick zu und lief dann den beiden anderen hinterher. Das Gras kräuselte sich, und farbenprächtige Schwärme aus Schreivögeln verschwanden im Geäst der Bäume.
Ich war wieder allein, atmete keuchend und tief durch und hielt die Luft an. Sollte ich ihnen noch einmal folgen? Sollte ich sie anflehen, von ihrem Vorhaben abzulassen? Aber die Furcht in mir breitete sich aus und beeinträchtigte meine Willenskraft. Welches Sakrileg sie auch immer dort unter den Bäumen planen mochten, ich hatte nicht die Absicht, daran teilzunehmen. Wenn Nira davon erfuhr, würde sie sich ganz bestimmt an das Pilgerspiel erinnern und mich dafür verantwortlich machen.
Aber wenn ich ihnen nicht folgte, wenn ich sie nicht anflehte ... Niedergeschlagen starrte ich dorthin, wo sie verschwunden waren. Ich vernahm leise Stimmen, gedämpft von dichtem Blattwerk. Ich trat einen Schritt vor, biß mir auf die Lippe, drehte mich um und lief zur Hütte zurück. Der Atem war ein zischender Wind zwischen meinen Zähnen.
Kurz darauf erhoben sich aus der Wiese die langen und niedrigen und Sicherheit versprechenden Konturen der Hütte. Doch als ich den Spielplatz erreichte, löste sich die mich marternde Vision einer drohenden Katastrophe nicht auf. Verzweifelt sah ich mich um. Larissa saß auf der Treppe, und aufgrund ihres geistesabwesenden und flüchtigen Blicks kam ich zu dem Schluß, während meiner Abwesenheit nicht vermißt worden zu sein.
Schwer belastet von der Bürde der Finsternis, die auf den Schultern meiner Seher-Gabe lastete – gequält davon –, rannte ich ins Innere des Gebäudes, warf mich ins Bett und verkroch mich unter der rauhen Decke. Immer wieder betete ich zur Heiligen Macht und hoffte darauf, ihre ratgebende flüsternde

Stimme zu vernehmen. Sollte ich Nira aufsuchen und die Ächtung akzeptieren, mit der mich meine Geschwister aufgrund des Verrats versehen würden? Oder sollte ich besser schweigen und hoffen, von Nira nie in Verbindung mit dem gebracht zu werden, was auch immer geschehen mochte? Abrupt verwandelten sich meine Gebete in zornigen Trotz. Wenn ich die Vision nicht klar sehen konnte, dann wollte ich sie überhaupt nicht mehr betrachten. Ich wollte nicht länger von Schemen gequält werden, die ich nicht richtig zu erfassen in der Lage war und die mir entgegenwehten. Statt dessen bat ich die Heilige Macht darum, meinem inneren Auge ein anderes Bild zu schenken, mein Augenlicht selbst zu verändern und mir damit die entsetzliche Last dieser übernatürlichen Befähigung von den Schultern zu nehmen. Dann war ich vielleicht auch in der Lage, ihre Stimme zu hören, wenn ich mich in der Dunkelheit der Nacht an sie wendete. Vielleicht war auch ich dann gesegnet mit der gleichen geflüsterten Anleitung, der sich die frommen Kinder von Draes Kreuzung erfreuen konnten, wie mir Nira versicherte.

Ich betete und flehte um Erlösung. Die Antwort bestand nur aus Schweigen und dem andauernden Gefühl eines sich anbahnenden Unglücks.

## *CORRIE*

### Frühjahr 0217

Ich lief Feliss und Trebb hinterher, bahnte mir einen Weg durch Ansammlungen von Glanzbüschen und kroch dann in ein Dickicht aus den herabhängenden Zweigen einer Blauweide hinein. Auf Händen und Füßen schob ich mich durch das Gestrüpp und fand mich schließlich in einer muffigen Höhle aus Blättern und Ästen wieder. Meine Hände versanken in den Überresten vermodernden Blattwerks. Ich schnitt eine Gri-

masse, kroch weiter und eilte dann auf das Ufer zu. Träge wälzten sich die Fluten des Flusses dahin – ein breites Band aus braunem Wasser. Dicke Baumstämme ragten daraus hervor, und von jedem Zweig hingen die sonderbaren Fladen einer grauweißen Moosart herab. Das abfallende Ufer war schlammig und glitschig. Einen Augenblick lang empfand ich so etwas wie scheue Furcht. Aber die Entschlossenheit, die mich dazu veranlaßt hatte, dem Pilgerzug zu folgen, die mich bis hierher getrieben hatte, übte noch immer ihre Wirkung auf mich aus. Ich hob den Kopf und sah mich um. Überall wuchs graues Moos, filterte das Sonnenlicht und durchzog die Luft mit einem muffigen und modrigen Schleier. Selbst die breiten Blätter der hier und dort aufragenden Fingerpalmen waren mit dieser ungewöhnlichen Moospatina überzogen.
Ich holte tief Luft und versuchte dann, das den Flußbereich beherrschende Konglomerat verschiedenster Gerüche zu bestimmen: Schlamm, Zerfall, Auflösung und ein seltsam scharfes Aroma. Dann vernahm ich irgendwo ganz in der Nähe ein Murmeln. Ein Prickeln durchlief mich, und ich hatte ein eigenartiges Gefühl der Unwirklichkeit, als ich mich wieder in Bewegung setzte und die Moosfladen zur Seite schob, die von jedem Zweig herunterhingen. Die Schleier zerrissen sofort unter meinen Berührungen und bedeckten den Coverall mit grauem Staub. »Trebb?« rief ich und hustete angesichts des Rieselns. »Feliss?« Meine Stimme klang gedämpft.
Es raschelte in einem nahen Busch. Feliss trat daraus hervor, und in ihren großen schwarzen Augen glänzte Furcht. Gleichzeitig mit ihr kam Trebb zum Vorschein, und seine Augen waren ebenso weit aufgerissen wie die von Feliss.
»Wo sind die Pilger?« fragte ich.
Feliss schüttelte den Kopf, und Strähnen ihres dünnen schwarzen Haars fielen ihr ins Gesicht und bedeckten die niedrige Stirn. »Ich weiß nicht«, erwiderte sie verdrossen. »Es gefällt mir hier nicht, Corrie. Ich verstehe nicht, warum du unbedingt hierher wolltest.«
»Du hättest ja bei der Hütte bleiben können«, zischte ich. »Ich habe dich nicht dazu gezwungen, mich zu begleiten.«

»Aber du hast doch gesagt...«
Trebb unterbrach den Einwand Feliss' und faßte die Situation in wenigen Worten zusammen: »Es stinkt hier.«
»Das sind die vermodernden Blätter, die du riechst. Und das Moos...« Ich runzelte die Stirn, zupfte einen an einem Blatt haftenden grauen Bart ab, zerriß und schüttelte ihn und verwandelte ihn damit in eine dahinrieselnde Staubwolke. Versuchsweise atmete ich ein, und in meinen Fingerspitzen entstand das Prickeln einer beginnenden Taubheit. Das Moos roch ekelhaft scharf. Und als ich sprach, schien meine Stimme plötzlich aus weiter Ferne zu kommen, so als beeinträchtige der Staub die Wahrnehmungsfähigkeit meiner Sinne. »Das Moos riecht würzig scharf und nach Schimmel. Das Moos...« Ich hob die Hand, starrte sie verwundert an und erwartete, daß sie sich selbständig machte und über das brackig-braune Wasser hinwegschwebte. »Schüttel das Moos, Trebb«, brachte ich leise hervor. »Schüttel es ab, bevor ich zu weit weggleite.« War das der Grund, warum es mich zu den Bäumen gezogen hatte? Dieses zeitlose Gefühl des Dahinschwebens?
Trebbs Gesicht schwamm ungewöhnlich groß in der trüben Luft. Mit großen und erstaunten Augen zupfte er an einem Moosfladen und warf ihn fort. Unwillkürlich zog er sich von der dadurch entstehenden Staubwolke zurück.
»Schnupper daran«, forderte ich ihn auf und atmete erneut tief durch. Meine Stimme verklang. Vergangenheit, Gegenwart und Zukunft verschmolzen auf schwindelerregende Weise zu einer einzigen Präsenz, die jetzt und für immer durcheinanderwallte und sich untrennbar miteinander verband. Und wann war ich? Und wer war ich?
»Es...« Trebb nahm all seinen Mut zusammen und roch kurz an den grauen Schwaden. Kurz darauf umspielte ein dünnes Lächeln seine Lippen, und er schnupperte erneut. »Es riecht...«
»Es stinkt«, wimmerte Feliss.
»Es stinkt überhaupt nicht, Liss.« Aus seinem Lächeln wurde ein einfältiges Grinsen. »Es riecht wie Pfefferkuchen. Es riecht so, als habe Miss gerade frische Pfefferkuchen gebacken.«

Und meine eigene Stimme sagte lallend: »Es riecht gut, Liss. Versuch es selbst einmal.«
»Versuch es, Liss, versuch es«, forderte auch Trebb sie auf, und seine Worte glichen einem benommenen Singsang.
»Es fühlt sich wirklich gut an, wenn man es einmal versucht hat, Liss.« Seine dünnen Lippen formten ein stupides Lächeln, als er nach einem weiteren Moosfladen griff und ihn schüttelnd für Feliss in Staub verwandelte.
Sie trat einige Schritte von ihm zurück und gab ein furchtsames Quieken von sich. »Ich will es nicht riechen, Trebb. Es stinkt nach Moor. Es stinkt ganz schrecklich. Und mir gefällt es hier nicht. Hier fühlt sich alles so komisch an.«
Mit aus ihm herausplatzendem Lachen sprang Trebb ihr nach und wischte Moosschleier beiseite. Als sie am Flußufer entlangtollten, wobei Trebb ein zusammenhangloses Lallen von sich gab und alle Mühe hatte, nicht das Gleichgewicht zu verlieren, verwandelten sich die Moosfladen, die sie berührten, in wehende Staubschlieren und hüllten sie beide ein. Ich stürzte ihnen wankend nach und atmete den duftenden Staub tief ein. Bei jedem Schritt hatte ich den Eindruck, den Fuß einen ganzen Meter hochzuheben und ihn dann mit einem fröhlichen Stampfen wieder auf den Boden zu setzen. Irgendwo ganz weit oben schwankte mein Kopf fast haltlos von einer Seite zur anderen, nur durch einen dünnen Halm mit dem Körper verbunden. Ich war mir nur am Rande des gurgelnden Kicherns bewußt, das mir von den Lippen tropfte. »Versuch es nur, Liss«, schwärmte ich. »Ha' schjemand Lust, mi' mir wegzuflieg'n?«
Wegfliegen, vom Jetzt ins Dann und von dort aus ins War. Durch ganze Jahrhunderte gleiten, so als handele es sich dabei nur um Tage – und durch Tage wie Äonen. Fliegen, ohne Schwingen und blind, und doch alles sehen können und alles wissen.
Die schwankende Hatz fand in Zeitlupe statt und zergliederte sich in ein zärtliches Entlangstreichen an spitz zulaufenden Zweigen und eine Abfolge unzusammenhängenden Quiekens. Plötzlich erlag Feliss den Auswirkungen der staubigen Sporenwolke, die wir unter den Bäumen aufgewirbelt hatten, und sie

warf sich zu Boden und rollte sich zu einem Knäuel zusammen.
»Vögelchen!« schrillte Trebbs Stimme, als sie fortrollte und unter einem Glanzbusch verschwand. Rasch schlang er ebenfalls die Arme um die Beine und kugelte ihr hinterher.
Ich wurde langsamer und blieb stehen, und plötzlich schien sich eine umfassende Stille unter den Bäumen auszubreiten. Ich schloß die Augen und lauschte konzentriert. Trotz des Kicherns im Buschwerk vernahm ich eine Stimme, die aus der Ewigkeit selbst zu mir sprach, eine Stimme, die meine ganze Aufmerksamkeit fesselte, die Stimme des Flusses, der unter den Kronen der Bäume dahinströmte – und dessen Wasser hier schon immer geflossen waren, seit dem Anbeginn der Zeit selbst, gischtend und unveränderlich. Ich folgte dem Ruf dieser Stimme und drehte mich langsam um, ganz langsam, wie magnetisch davon angezogen. Ruhig und gelassen flossen die braunen Fluten durch das breite Flußbett und lockten mich mit ihrem ewigen Murmeln. Wie hypnotisiert stolperte ich das Ufer hinab, legte mich auf den Bauch und streckte die Hand nach dem Wasser aus, nach der Zeit. Meine gesamte Wahrnehmung modifizierte sich, und ich betrachtete das Wasser wie eine geheimnisvolle Flüssigkeit, die ich noch nie zuvor gesehen hatte. Einem Lebenselixier gleich rann es mir an den Fingern entlang – ein Elixier, das zwar nährte, niemals aber besessen werden konnte; es kam mir vor wie das süße Blut der Welt selbst, das dick und braun und kühl aus der unterirdischen Herzquelle des Bodens quoll.
Als ich beide Arme in das sich auf geheimnisvolle Weise verändernde Wasser getaucht hatte, schob ich mich in dem Schlamm weiter vor und ließ die Strähnen meines Haars von den Fluten liebkosen. Das Wasser zupfte zart daran, benetzte meine Kopfhaut und kühlte sie. *Ich taufe mich in deinem Blut-Wasser, Mutter Schicksal,* verkündete eine undeutlich flüsternde Stimme irgendwo in mir, die durch meine nunmehr völlig andersartige Betrachtung des Wassers und der Welt zum Leben erweckt worden war. Denn nur dann, wenn sich die Zeit verdichtete, konnte ich erkennen, daß die trägen, schmutzigen

und seelenlosen Fluten doch voller Leben und Empfinden waren – und voller Macht. Und ich, die ich auf flinken Füßen umherlief und deren Wahrnehmung innerhalb einer Sekunde kam und ging – ich war nicht mehr als ein Staubkörnchen des Lebens, das hilflos in einem hellen Schacht ewigen Sonnenlichts schwebte. *Sieh nur, wie ich den Kopf vor dir beuge, sieh nur, wie ich mich dir hingebe. Blute mir an den Fingern entlang, blute durch mein Haar, laß die Kraft deiner Existenz ausströmen für deine dich liebende Tochter,* betete ich und kannte nur den einen Wunsch, die Ewigkeit des Wassers zu kosten, ein wenig davon für mich zu gewinnen. *Blute für mich, Mutter.*
Und meine Mutter-Fluten bluteten für mich, als ich am Ufer des Flusses lag, die Arme weit ausgestreckt, die Augen halb geschlossen in euphorischer Ekstase, das Haar vom Naß umschmiegt. Mutter Schicksal blutete für mich, und in einer wahren Durstorgie schluckte ich den Schlamm des Ufers und spritzte mir Blutwasser braun und kühl über das Gesicht und den Coverall. Dann kniete ich mich im Fluß nieder und tauchte die Arme bis zu den Ellenbogen in die gurgelnde Vene Mutter Schicksals. Mit beiden Händen streichelte ich das schlammige Wasser, schöpfte es und ließ es mir an den Zähnen entlangspülen, während ich damit meinen brennenden Durst stillte. *Nähre mich, nähre mich, nähre mich!*
Und meine Bitte wurde erfüllt. Während ich in einer von den Moossporen induzierten Inkohärenz im Wasser hockte, nährte sie mich sanft; sie nährte mich gut, sie nährte mich wie eine Mutter ihre Tochter, liebkosend, behutsam. Sie nährte mich mit Zeit. Sie nährte mich mit Ewigkeit. Sie nährte mich mit dem, was die eigentliche Essenz des Immer darstellt.
Und schließlich war ich satt. Ich kroch ans Ufer zurück und ließ mich auf eine Fläche mit vermodernden Blättern sinken. Von dort aus starrte ich zu dem trüben und zergliederten Lichtmuster empor, das von der Sonne erzeugt wurde in dem Versuch, durch die dichte Haube des Blattwerks zu mir herunterzutasten. Lächelnd beobachtete ich die vergeblichen Versuche, mein Gesicht mit einem Gitter aus Lichtfäden zu überziehen. Dann döste ich ein.

Während ich am ganzen Leib mit Schlamm bedeckt unter den Bäumen schlief, nagte die Sonne unstet an den Kronen über mir. Dann glitt sie langsam von ihrem Gipfelpunkt herab und zielte mit ihren glühenden Lichtspeeren von der Seite her auf mich. Doch meine Mutter Schicksal stellte Moos und Blattwerk zur Verfügung, um mich damit abzuschirmen, und so konnten mir die sengenden Strahlen nichts anhaben. Schließlich hockte sich Feliss neben mir nieder und sagte leise: »Ich bin ein Vogelkind. Wußtest du das, Corrie?«
Mühsam hob ich den Kopf. Ich konzentrierte den Blick auf sie und musterte sie, als sie still neben mir saß. Regenbogenfarbene Schreivögel kauerten auf ihren Schultern und dem Kopf. Sie zwinkerten mir ernst zu und hatten ihre goldenen und smaragdgrünen Schwingen eng an die flaumigen Leiber gepreßt.
»Wußtest du, daß ich ein Vogelkind bin?« wiederholte Feliss ihre Frage und versah mich mit einem ebenso durchdringenden und würdevollen Blick wie die Vögel. »Ich befehlige alle Vögelchen. Wenn ich sie rufe, dann schwirren sie herbei, und wenn ich sie dazu auffordere, wieder fortzufliegen, so verschwinden sie. Die Vögel machen alles was ich will, Corrie.«
»Ich weiß«, murmelte ich und fragte mich, woher ich das wußte.
»Und Trebb ist ein Gras- und Baumkind. Alles Grüne wächst nur für ihn, alle Wiesen und Wälder.«
»Mhm-mhm.«
»Und was ist Corrie?« fragte Trebb mit dumpfer Stimme. Er lehnte an dem moosgepolsterten Stamm einer Fingerpalme; sein Gesicht war völlig entspannt, und zum erstenmal war er ganz ruhig und zappelte nicht.
»Was bist du, Corrie?« wiederholte Feliss, wie sein Echo.
»Ich...« Zwinkernd sah ich mich in der moosigen Kaverne um, in der wir uns befanden. »Ich bin ein Widerstand, eine Gegenkraft«, sagte ich und war mir nicht sicher, ob diese Antwort überhaupt einen Sinn ergab. Sie tropfte von ganz allein von meinen Lippen. »Ich bin ein Gegensatz von Kräften. Ich bin das Kind meiner Mutter und die Tochter meines Vaters. Meine Mutter nährt mich, und mein Vater warnt mich. Ich...«

»Dein Jungvater?« kicherte Feliss.

»Mein Vater Sonne«, erwiderte ich mit beherrschter Ungeduld. »Mein Vater wärmt das Land, und meine Mutter kühlt die Luft. Mein Vater ballt die Wolken am Himmel zusammen, und meine Mutter läßt sie in Form von Regen niedersinken. Dann donnert die Stimme meines Vaters, und die meiner Mutter knistert. Sie kratzt sich mit Blitzen die Hand, und mein Vater tadelt sie mit seinem Grollen. Meine Mutter...«

»Es ist nicht schicklich, sich zu kratzen«, belehrte mich Feliss.

»Aber wenn meine Haut aus Schlamm und Gras bestünde...«

»Ich bin das Graskind«, warf Trebb ein.

»Wenn meine Haut aus Schlamm und Gras bestünde und juckte...«

»Ihre Haut besteht aus Schlamm und Gras und Fels. Ihre Muskeln sind die Berge und Täler und Wiesen. Wenn sie sich das Haar kämmt, dann wachsen hohe Bäume daraus. Irgendwo gibt es eine Quelle, und das ist ihr Herz. Es pumpt ihr Blut durch alle Flüsse, bei denen es sich um ihre Adern handelt. Es pumpt ihr Blut zu mir, und ich trinke es. Ich wasche mir das Gesicht darin. Ich spritze ihr Blut auf meine Kleidung. Vor langer Zeit habe ich darin meinen Bruder und meine Schwester ertränkt. Mein Bruder, der finster blickende Sohn meines Vaters und meine Schwester, die lächelnde Tochter unserer Mutter – sie waren ein Individuum, und ich bin es ebenfalls. Ich bin ein Mensch und zwei, und wenn Erfahrenvater Dressler versuchte, den Sohn meines Vaters umzubringen.« Meine Stimme glich einem gedämpften Singsang und stellte damit eine Entsprechung zu Feliss' undeutlichem Lallen, Trebbs verwirrtem und erstauntem Murmeln und auch dem zufriedenen Zirpen der Schreivögel dar, die in ganzen Scharen auf Feliss' Schultern und ihrem Kopf hockten.

Die Zeit verstrich, und ich erzählte ihnen die Geschichte von der Schöpfung. Die Zeit verstrich, und Feliss berichtete uns, warum die Schreivögel flogen und aus welchem Grund sie sangen. Die Zeit verstrich, und Trebb schilderte murmelnd das innere Wesen des Wiesengrases und beschrieb die ewige Einheit des Grüns. Ich ließ Wind über das Land zischen; Feliss befahl Schwärme von Schreivögeln herbei, die auf den Böen dahinritten, und Trebb veranlaßte das Gras dazu, sich zu beugen und im Takt des Zirpens zu tanzen. Und während jenes einen Augenblicks waren alle Kräfte real, verwirklicht von dem grauen Staub, der von dem sich sanft hin und her neigenden Moosfladen herabrieselte.

Infolge einer komplizierten inneren Evolution ging dann die Zeit des Träumens zu Ende, und wir standen auf. Die Schreivögel spürten unsere Absicht und schwirrten in die Bäume zurück. Dann schritten wir vier – vier, weil ich ebenso der Sohn meines Vaters als auch die Tochter meiner Mutter bin – schweigend am Ufer entlang flußaufwärts und durchwanderten dabei die ganze Länge der rauschenden Herzvene meiner Mutter. Wir gingen ganz langsam und vorsichtig und achteten darauf, die dicken und von allen Zweigen herabhängenden Moosfladen nicht zu berühren und damit neue Wolken des grauen Traumstaubs freizusetzen. Wir wollten nicht erneut zu Boden sinken und der lallenden Hilflosigkeit anheimfallen. Unsere Seelen waren prall gefüllt mit neuen Verständnissen. Und die hauchdünnen Schlieren des feinen Staubes, die sanft dahinsickerten, bewegt von dem von uns erzeugten Luftzug, erhielten den erhabenen Zauber aufrecht.

Flußaufwärts wanderten wir. Neben uns rauschte das Wasser mit einer tröstenden Melodie dahin und lockte uns in Richtung einer verborgenen Herz-Quelle, die sich irgendwo fern in den Bergen befand. Immer weiter flußaufwärts schritten wir, bis wir auf den Zugang zu einer sonderbaren Lichtung stießen. Das unter den Bäumen wachsende Buschwerk war entwurzelt und entfernt worden, und man hatte auch die niedrigeren Zweige der Blauweiden beseitigt, um auf diese Weise eine tiefe und von Moosfladen umsäumte Kaverne zu bilden. Die Sonne sandte einige trübe Strahlen durch das Blattwerk und die modrige Luft. Der Rand der Lichtung wurde gekennzeichnet von einer Vielzahl abgestreifter Roben und Tuniken, sowohl schwarze als auch weiße, die an Ästen und Zweigen hingen. Dutzende von Musselintüchern waren es, die von ihren Besitzern hier im Stich gelassen worden waren, mit leeren Kapuzen und Ärmeln.

Schweigend bedeutete ich Feliss und Trebb stehenzubleiben. Ganz allein kroch ich auf die stille Lichtung. Schlammbedeckte Gestalten lagen nackt auf breiten Polstern aus vermodernden Blättern. Männer und Frauen, Jungväter und Mütter und Kinder – sie alle hatten sich unter den Bäumen auf dem Boden niedergelassen, und ihre ineinander verhakten Gliedmaßen verwandelten sie in ein mehr-individuelles Menschengeschöpf. Sie hatten die Augen geöffnet, und die trüben Blicke klebten an den moosbehangenen Zweigen über ihnen. Eine leichte Brise bewegte ihre abgelegten Roben und trieb Schwaden des grauen Traumstaubs durch die Luft. Ich hielt den Atem an, beobachtete die langsam zitternden Lippen und begriff, daß sie gemeinsam einen unhörbaren Chorus angestimmt hatten.

Dann wandte ich den Kopf in Richtung des schlammigen Flußufers. Auch dort lagen Pilger. Ihre Hände wurden von dem braunen Wasser umspült, und die Züge ihrer so verschiedenen Gesichter verschmolzen infolge der glückseligen geistigen Verzückung zu einer einheitlichen Mimik. Mit wachsendem Ekel starrte ich auf die fleischigen Leiber, die mit dem feuchten braunen Blut meiner Mutter bedeckt waren. Ich betrachtete finster ihr dünnes Haar, das ebenfalls mit dem geweihten Blut benetzt war. Sehr rasch verflüchtigte sich das angenehme Gefühl der geistigen Sättigung, das sich in mir entwickelt hatte, als wir an der Herzvene meiner Mutter entlanggewandert waren. Es verwandelte sich in ungläubiges Erstaunen, dann in Zorn und schließlich in neidische Wut.

Sie stahlen mir meine Mutter. Sie saugten an ihrer Brust. Sie labten sich an den nährstoffreichsten Fluten ihres Blutes und überließen meinen durstigen Lippen nur einen dünnen Rest. Gierige Parasiten waren es, die mir mein köstliches Elixier raubten und sich widerrechtlich daran erfreuten. Und sie beschmutzten diesen heiligen Ort und beleidigten meine Mutter mit ihren blasphemischen Lobgesängen und Gebeten, in denen sie einen falschen Gott verehrten. Während ich sie aus den Schatten des Buschwerks beobachtete, begann in meinen Augen heiße Wut zu funkeln. Ich ballte die Fäuste, und in meinem ganzen Leib krampften sich die Muskeln zusammen.

Feliss und Trebb krochen langsam ebenfalls auf die Lichtung und versahen die Pilger mit großäugigen Blicken.

»Sie stehlen ihr Blut«, brachte ich hervor. »Und sie benutzen ihre Bäume als eine Kirche für ihren Gott.« Ich erwartete, daß sich mein empörter Zorn in den Augen Feliss' und Trebbs widerspiegelte. Statt dessen blickten sie mich verwirrt an, und das sonst so helle Glänzen ihrer Pupillen war noch immer von der Wirkung des scharf riechenden und nach wie vor überall in der Luft schwebenden Traumstaubs umwölkt. »Sie trinken ihr ganzes Blut und lassen mir nichts übrig«, wiederholte ich, doch keiner meiner beiden Begleiter kniff in eifersüchtiger Entrüstung die Augen zusammen.

Schließlich zwinkerte Feliss und kicherte nervös. »Ohne ihre Roben sehen sie komisch aus. Ist es das, was Larissa sündignackt nennt?«

Trebb riskierte ein hintergründiges Lächeln und warf mir einen verstohlenen Blick zu. »Wir könnten unsere Coveralls ausziehen. Hier gibt es niemanden, der uns ausschimpft.«

»Wir könnten mit Schlamm auf unseren Bäuchen herumlaufen«, stimmte Feliss zu, und allmählich kehrte das Funkeln in ihre Augen zurück. »Ich könnte mir sogar Dreck ins Haar schmieren.«

»Wie Corrie.«

»Und dann könnte ich meine Schreivögel herbeirufen und ihnen allen befehlen, sich eine Feder für mich auszuzupfen. Die Federn würde ich mir dann mit Schlamm an den Leib kleben, und dann breite ich meine Schwingen aus, zirpe wie ein Schreivogel und fliege fort.«

»Aber ich würde mich so groß wachsen lassen, daß ich dich pakken und vom Himmel herunterholen kann«, rief Trebb und ging ganz auf ihre Vorstellung ein. »Ich strecke meine Hand nach dir aus...«

»Bei der es sich statt dessen um einen Grashalm handelte...«

»Und ich würde ihn dir um den Körper wickeln, so daß du nicht mehr weiterfliegen kannst. Es wäre wie eine grüne Fessel, die dir deine Flügel an die Seiten preßt. Dann würdest du vom Himmel herunterfallen und dir alle Knochen brechen und sterben, und Nira müßte dich begraben. Sie müßte dich im Boden vergraben und einen Trauergesang anstimmen.«

»Ihr alle müßtet um mich weinen«, erklärte Feliss begeistert und tastete nach dem Saum ihres Coveralls. »Ihr würdet singen: ›Hier liegt Feliss, und sie starb in Wonne; Feliss ruht hier, und sie starb am Himmel.‹« Rasch streifte sie sich den Coverall ab, warf ihn zur Seite und präsentierte sich in ihrer fleischlichen Nacktheit: schlank und weiß. Dann hob sie die Arme, rief nach den Schreivögeln und war kurz darauf von ganzen Schwärmen eingehüllt. Sie winkte sie herbei, und die Vögel segelten von allen Bäumen zu ihr herab. Mit winzigen Krallen klammerten sie sich an ihrer Haut fest und verwandelten sie selbst in einen Regenbogen. Jene, die keinen Halt zu finden vermochten, flatterten um sie herum, ein fedriger Panzer, in dem es keine Lücke gab.

Trebb fuhr sich mit der Zunge über die Lippen, warf einmal Feliss einen durchdringenden Blick zu, dann mir. Wir waren wie die beiden Seiten einer Münze – Freude und Zorn. Feliss gab sich einem euphorischen Ritual hin, während ich von Wut erfüllt war, und in meinen Augen ein dämonisches Feuer loderte. Für welche dieser beiden Ekstasen würde er sich entscheiden?

»Die Pilger trinken das Blut, von dem das Gras der Wiesen genährt werden sollte«, wandte ich mich in einem hypnotischen Tonfall an ihn. »Sie saugen es in ihre sündig-nackten Körper, Trebb, und sie lassen es sich durch die Kehlen rinnen, um auf diese Weise ihr verderbliches und unnützes Wachstum zu nähren. Wenn der Fluß an diesen Bäumen vorbeiströmt, wird er nur noch ein Rinnsal sein, und dann bleibt all dem Gras nur die Nässe des Regens, mit dem es seinen Durst zu stillen vermag. Und wenn es regnet, dann stellen die Pilger die Regenfässer nach draußen und stehlen alle Tropfen für sich. Dann verwelkt das Gras und vertrocknet schließlich. Braun und verbrannt sehen die Halme dann aus. Das Gras...«

Trebb riß die Augen weit auf, und sein Blick verschleierte sich. »Und die Bäume?« fragte er. »Was ist mit den Bäumen?«

»Bist du auch ein Baumkind?« ertönte die Stimme Feliss', die den zirpenden Kokon aus Schreivögeln durchdrang.
Ich hatte einen wirksamen Zauber gesponnen. Trebb hörte sie nicht. Sein Blick klebte an mir, und er versank immer tiefer in den schwarzen Schlünden meiner Augen. Er wiederholte seine Frage, und seine Stimme klang heiser infolge des in ihm emporkeimenden Entsetzens. »Was ist mit den Bäumen?«
»Kannst du es dir nicht vorstellen?« erwiderte ich. »Die Pilger belegen auch das Wasser mit Beschlag, das den Bäumen zusteht. Meine Mutter Schicksal ließ die Stämme hier wachsen, damit sie über den Fluß wachen. Sie wuchsen hier schon vor Jahrhunderten, zu einer Zeit, als die Vorväter noch nicht einmal daran dachten, Damalserde den Rücken zu kehren. Ihre Kronen wölben sich über den Fluß, und ihre raschelnden Äste und Zweige schützen die Fluten vor dem grellen Licht der Sonne. Sie streicheln das Wasser mit ihren ausgebreiteten Armen und hüten es – damit es dem Gras und ihnen selbst zukommt. Wenn die Pilger das ganze Wasser trinken, werden die Bäume verdursten und eingehen. Ohne das Wasser werden bald alle Bäume tot sein, die Blauweiden, die Fingerpalmen...«
»Auch die Glanzbüsche?« warf Feliss ein und strich sich einige Schreivögel aus dem Gesicht, so daß sie mich aus ihren funkelnden schwarzen Augen mustern konnte.
»Auch die Büsche sterben dann. Sie werden keine Beeren mehr tragen, um die brütenden Schreivögel zu nähren. Und es wird keine Blauweiden geben, in denen sie ihre Nestkörbe flechten können, keine Fingerpalmen, in deren Zweigen sie sich beim Sonnenuntergang versammeln. Und dann gibt es kein Gras mehr, zwischen dessen Halmen sie vor einem Unwetter Schutz finden. Und...«
»Dann bleibt überhaupt nichts Schönes mehr übrig!« platzte es aus Trebb heraus. »Wenn wir es zulassen, daß die Pilger das ganze Wasser trinken, dann gibt es keine Freude mehr für die Pflanzen und Vögel.« Empört sah er sich auf der Lichtung um. Sein entflammter Blick fuhr hinauf und glitt an den Bäumen entlang, zählte jeden einzelnen brutal abgerissenen Zweig. Er

begann am ganzen Leib zu beben. Seine Augen wurden plötzlich trüb, und es schien, als entfliehe sein Geist dem von einem eigenartigen Zittern erfaßten Leib und konzentrierte sich auf etwas ganz anderes.

Als oben ein zorniges Knistern und Rauschen ertönte, blickte ich ebenfalls empor und bemerkte fasziniert, daß das Zittern von Trebbs Gliedmaßen in den Ästen und Zweigen der Bäume eine Entsprechung fand. Wuchtig und wütend neigten sie sich hin und her, und ihre moosigen grauen Bärte bebten in greisenhafter Empörung. Große Wolken scharf duftenden Dunstes wirbelten auf und trieben durch die sich trübende Luft. Am Rande der Lichtung schüttelten Glanzbüsche entrüstet ihre Spiegelblätter, und Ranken wanden sich hierhin und dorthin, schlangen sich umeinander und tasteten rasch nach den menschlichen Leibern.

Feliss quiekte in Erwartung des Kommenden und warf Schwärme von Schreivögeln hoch. »Ich kann es ebenfalls, Trebb! Ich kann es mit meinen Vögeln bewerkstelligen!« Sie juchzte und rief und spornte ihre gefiederten Freunde an, und die Vögel stürzten sich auf die träumenden Pilger hinab und begannen damit, auf das nackte Fleisch einzuhacken. Ihre kleinen Schnäbel waren breit und nicht sonderlich lang und dazu geschaffen, Grassamen aus ihren Hüllen zu schälen, aber die Vögel hieben sie bis zu den Atemlöchern in die Körper der Benommenen und schufen so lange und blutende Wunden.

Der Schmerz holte die Pilger aus den tiefen Gewölben der Träume zurück, und stöhnend hoben sie die Oberkörper und standen auf. Aus einem instinktiven Reflex heraus legten sie die Hände schützend auf ihre besonders empfindlichen und intimen Körperstellen und versuchten, sie vor der einer Raserei verfallenen Regenbogenflut abzuschirmen, die über die Lichtung gischtete. Mit furchterfüllten und weit aufgerissenen Augen starrten sie in die zornig rauschenden Baumkronen empor, dann auf die dicken Ranken hinab, die aus dem Dickicht krochen und sich um ihre Waden schlängelten. In ihren Blicken kam Verblüffung und ängstliches Erstaunen zum Ausdruck. Sie gaben unartikulierte Laute von sich. Doch nach einer Weile streiften sie ihre Benommenheit trotz der sich immer weiter verdichtenden Traumstaubwolken zumindest so weit ab, um die Flucht zu ergreifen.

»Freßt sie!« rief Feliss mit schriller Stimme ihren Vögeln zu, als die Pilger in das dichtere Buschwerk hineinstolperten. »Trinkt ihr Blut!«

»Laßt nichts von ihnen übrig!« grölte Trebb, und die Bäume, Büsche und Ranken unternahmen immer wütendere Versuche, die Eindringlinge zu vernichten.

Männer, Frauen und Kinder stöhnten entsetzt und flohen in den schmalen Vegetationsgürtel hinein, der sie von der Wiese trennte. Wir eilten ihnen nach – drei wütende und zornige Kinder. Feliss kreischte, und Trebb schrie, und die Äste und Zweige der Bäume neigten sich dem Boden entgegen, um auf nacktes Fleisch einzuschlagen. Ranken schlängelten hervor und brachten die Unachtsamen zu Fall, und die harten und scharfkantigen kleinen Spiegelblätter der Glanzbüsche schnitten den am Boden Liegenden in die Haut. Die Schreivögel folgten den Pilgern mit krächzendem Zirpen. Und überall verwandelten sich filigrane Moosfladen in dahinrieselnde und Benommenheit induzierende Staubwolken, die das allgemeine Chaos noch weiter verstärkten.

Schließlich erreichten die Pilger die Wiese, und inzwischen bluteten sie aus zahlreichen Wunden. Sie keuchten und schluchzten aus Furcht und infolge der Schmerzen, die sie empfanden, die Blicke noch immer umwölkt von jenen mystischen Halluzinationen, die sie am Flußufer genossen haben mochten. Als sie sich bemühten, den Pfad zu erreichen, wickelten sich die Halme des Wiesengrases um ihre Füße und brachten sie immer wieder zu Fall. Neue Schwärme von Schreivögeln erfüllten den Himmel mit prächtigen Farben, ebenfalls herbeibeordert von Feliss' Rufen, und sie vergrößerten das Durcheinander noch weiter. Sie fielen über die stolpernden Pilger her, kratzten fröhlich über die nackte Haut der Fliehenden und ließen überall Blut hervorsickern.

Ich verließ den Schatten der Bäume und beobachtete das Gehacke mit dem berauschenden Gefühl der eigenen Verantwortlichkeit. Die Pilger hatten mir Zeit und Enthüllungen geraubt und ihre nackten Körper damit bespritzt. Und begeistert spürte ich, wie die Kraft weiterer Fähigkeiten in mir emporquoll und sich über den Horizont meines bewußten Denkens erhob. Der graue Staub hatte ganz tief in meinem Unterbewußtsein verwurzelte Talente in mir erweckt, Gaben, von deren Vorhandensein ich bisher nichts geahnt hatte. Ich blieb am Rande der Wiese stehen, und das Gras strich mir an den Waden entlang. Ich erhob mich auf die Zehenspitzen, hielt den Körper ganz steif und aufrecht und warf den Kopf zurück. Ich hob die Arme, und Dunstwolken zischten aus dem Boden zu meinen Füßen und wallten empor. Anschließend preßte ich die Handgelenke zusammen, und die Feuchtigkeit kondensierte zu einer düsteren Bank kleiner schwarzer Wolken. Ich spreizte die Finger, und die dichten kleinen Wolken zerfaserten und formten sich zu aufragenden Gewitterfronten. Vom Horizont her zogen sie rasch heran, bis sie eine Glocke über der Wiese bildeten und es so finster wie in der schwärzesten Nacht wurde. Ich jubelte triumphierend. Als ich dann loslief und Freudenschreie von mir gab, vernahm ich das erste Knistern des Donners, sah das erste Schimmern der sich ankündigenden Blitze und spürte den ersten Regentropfen auf der schlammverkrusteten Wange.

Ich selbst hatte den Sturm beschworen. Meine Mutter und mein Vater hatten ihn gemeinsam am Horizont für mich erschaffen, und nun sandten sie ihn zur Wiese, dorthin, wo ich ihn brauchte. »Lauft!« rief ich Trebb und Feliss zu. »Meine Mutter wird ihnen mit elektrischen Fingern die Augen auskratzen. Und mein Vater läßt sie mit seinem Donner taub werden. Lauf, bevor die Vögel in den Regenfluten ertrinken, Feliss! *Lauf!*«

Die Pilger wandten ihre furchterfüllten Gesichter dem herangezogenen Gewitter entgegen und kämpften gegen das zähe und sich hin und her windende Gras an, das sich immer wieder um ihre Füße wickelte. Ich stieß einen Jubelschrei aus, und ein aufglühender Blitz zuckte herunter und tastete über den Boden in ihrer Nähe. Donner grollte – die Stimme eines zornigen Erfahrenvaters, die Kinder ermahnte, die sich etwas hatten zuschulden kommen lassen. Wimmernd und stöhnend warfen sich die Pilger nieder und preßten sich an den Boden. Mit kratzenden Fingernägeln krochen sie über den Pelz von Mutter Schicksal und erflehten mit schrillen Stimmen den Beistand der Heiligen Macht.

Mit einem kurzen Schrei rief Feliss die Schreivögel zurück, und die Gefiederten bildeten daraufhin wieder eine dichte Wolke um sie herum. Rasch ließ Feliss den Schwarm auseinandertreiben und im Gras Schutz suchen. Trebb gab zusammenhanglose Laute von sich, und unmittelbar darauf fanden die peitschenden Bewegungen der Äste und Zweige hinter uns ein Ende. Auch die Grashalme kamen zur Ruhe und nahmen die Vögel in ihre Obhut. Nur mein eigener Zorn tobte sich noch weiter aus, heulte vom Himmel herab und wirbelte dichte Regenschleier über die Wiese.

»Lauft!« rief ich. »Das Gewitter wird uns nichts anhaben.« Jubelnd stürmte ich durch das Gras auf den Pfad zu, sprang über die am Boden kauernden Leiber von Pilgern hinweg und hielt nur inne, um einen scharlachroten Schreivogel aus dem Gras zu nehmen. Das Geschöpf fühlte sich warm und weich an in meiner Hand, und es war so verletzlich, so ungeheuer verletzlich. Trebb und Feliss folgten mir. Mit freudigen Schreien liefen wir drei – wir *vier*, Vater Sonne – durch den Sturm, und die gleißenden Todeszungen, die hinter uns über die Wiese leckten, konnten uns kein Leid zufügen.

Schließlich erreichten wir den Pfad und liefen so lange weiter, bis uns der Atem in den Lungen schmerzte. Erst dann wurden wir langsamer, bis wir nurmehr gingen. Hinter uns löste sich die größte Wut des Unwetters allmählich auf, und die Regenfluten zogen fort und ergossen sich über den Bäumen. Langsam erhoben sich bleiche Gestalten aus dem Gras der Wiese. Sie schickten uns starre Blicke nach, und es sickerte Scharlachrot aus ihren Schnitt- und Kratzwunden.

Nach und nach fand das haltlose Wanken meines Schädels ein Ende, und ich büßte auch den Eindruck ein, als seien meine Glieder unabhängig dahinschwebende Extremitäten. Das Gras wuchs höher und üppiger. Voraus erhob sich unsere Hütte. Ich

hielt den Atem an, und aufkeimende Furcht nagte an irgendeinem Nerv tief in mir. Die Traumbilder verblaßten, und ich war wieder ein Kind, ein schwaches und verletzliches Kind. »Nira«, kam es mir unwillkürlich über die Lippen. Sie war die einzige von unseren Fürsorgerinnen, auf die es wirklich ankam.
»Sie wird uns dafür verprügeln, ganz gleich, wie die Anordnungen von Erfahrenvater Jones lauten«, ahnte Feliss und warf mir durch den Schleier nasser schwarzer Haarsträhnen einen prüfenden Blick zu.
»Sie wird uns eine Woche lang im Schrank einschließen.«
»Wir bekommen nichts zu essen.«
»Wir müssen ohne Decken schlafen.«
»Wir kriegen nicht einmal Wasser oder Brot.«
Entschlossen ballte ich die Faust. Das mahlende Knirschen der zerbrechenden Knochen des kleinen Schreivogels, den ich noch immer in der Hand hielt, machte mir wieder Mut. »Niemand wird glauben, was die Pilger vielleicht über uns erzählen«, sagte ich mit fester Stimme. »Denn jetzt wissen wir, was allen anderen längst bekannt war: Der Wahnsinn lauert unter den Bäumen am Fluß. Die Pilger ziehen dorthin, um den Traumstaub einzuatmen und mystische Offenbarungen zu erfahren. Wenn man uns beschuldigt, dann sagen wir, wir hätten uns im Picknickgehölz aufgehalten, seien dann durch die Wiese gewandert und rasch nach Hause gelaufen, als wir das Unwetter heranziehen sahen. Wenn uns die Pilger sahen und unsere Anwesenheit mit den Unbilden und Veränderungen in der Natur in Zusammenhang bringen ...«
»Aber sag es nicht in solchen Worten, Corrie«, riet Feliss, und die wieder in ihr entstehende Hoffnung rief das Funkeln in ihre schwarzen Augen zurück.
»Ich werde kindliche Worte benutzen«, versprach ich und preßte die Lippen aufeinander. »Ich werde lispeln, sollte sich das als erforderlich erweisen, und du kicherst, Feliss. Und Trebb schreit und läuft herum.«
»Und dann wird niemand erfahren, daß die Erzählungen der Pilger der Wahrheit entsprechen«, schloß Trebb triumphierend.

»Niemand«, bestätigte ich. Wir würden einfach von der Wiese auf den Spielplatz laufen und unsere Mienen in kindlicher Unschuld erstrahlen lassen. Wir würden unsere nassen Sachen auf der Veranda vor der Hütte ausschütteln – und hoffen, daß Larissa das Fehlen von Feliss' Coverall nicht bemerkte – und dann eintreten, um uns abzureiben und trockene Kleidung anzuziehen. Und wenn die Pilger nach Draes Kreuzung zurückgestolpert waren und dort eine seltsame Geschichte von verrückt spielenden Bäumen, in einzelnen Wellen angreifenden Schreivögeln und Kindern erzählten, die ein Gewitter beschworen, saßen wir längst ganz brav beim Abendessen. Und wenn die erste Aufregung abgeklungen war, mochten die Wunden der Pilger auf einen vom Traumstaub induzierten Wahn zurückgeführt werden – ebenso wie ihre phantastische Geschichte selbst. Niemand würde es jemals für möglich halten, daß ihr ganzer Bericht der Wahrheit entsprach. Niemand würde es auch nur ahnen.

## *NADD*

### Frühjahr 0217

Am Abendtisch rührte ich in meinem Haferbrei und fühlte mich viel zu elend angesichts der andauernden Vorahnung einer sich anbahnenden Katastrophe, als daß ich in der Lage gewesen wäre, den Grund für die nervöse Aufregung, die am Tisch herrschte, in Erfahrung zu bringen. Corrie, Feliss und Trebb waren zurückgekehrt, als Daya gerade die Schüssel aufs Feuer geschoben hatte. Nira hatte sie nicht im Wäscheschrank eingesperrt, trotz ihres nassen Haars und schmutzverschmierten Gesichter; statt dessen hatte sie ihnen erlaubt, frische Coveralls überzuziehen und dann an den Tisch zu kommen. Ich versuchte, die Düsternis in mir zu verdrängen und blickte über den Tisch zu Nira. Sie starrte ins Feuer, die eine Hand auf der

sich entwickelnden Schwangerschaftswölbung ihres Bauchs, und in ihrem Gesicht spiegelte sich eine Besorgnis wider, die nicht in erster Linie uns galt.
An unserem Ende des Tisches ertönte ein leises Zischen, und Ronnas erdfarbenes Gesicht wurde scheckig. Ihr Interesse galt plötzlich einem Objekt, das Corrie ihr zeigte, wobei sie die Hand im Schoß unterhalb der Tischfläche hielt. Ronna griff danach. Corrie fuhr unwillkürlich zusammen und gab einen leisen Fluch von sich, doch noch bevor sie es verhindern konnte, wechselte das unter dem Tisch verborgene Objekt den Besitzer. Unmittelbar darauf rutschte Ronna vom Stuhl und lief in den Schlafraum, wobei sie sich etwas Kleines und Buntes an die Wange preßte. Corrie erhob sich halb, und in ihrem Gesicht entstand ein düsterer Ausdruck.
»Corrie!« sagte Nira scharf, als sie ihre Aufmerksamkeit wieder dem Tisch zuwandte. »Hast du deine Mahlzeit beendet und der Heiligen Macht deinen demütigen Dank zugeflüstert?«
Rebellischer Trotz irrlichterte in den dunklen Augen Corries, einem unheilvollen Vorzeichen gleich. Auf rätselhafte Weise gelang es ihr, dieses Schimmern zu verdrängen, und sie sank auf ihren Stuhl zurück. »Nein, Nira«, antwortete sie nachgiebig.
»Dann hol das nach, bevor du den Tisch verläßt«, wies Nira sie an, und ihr Blick glitt in eine Welt zurück, die nur sie betrachten konnte. »Und sprecht heute abend eine zusätzliche Strophe, ihr alle. Dank des Regens, mit dem die Heilige Macht uns zu bescheren gedachte, werden morgen wieder die Moose blühen.«
»Ja, Nira.« Es gelang Corrie, ihr Gesicht in das überzeugende Abbild einer frommen Maske zu verwandeln. Sie beugte sich über ihren Teller und löffelte den zähen Haferschleim in sich hinein. Bei jedem Bissen murmelte sie einen demütigen Dank. Der Blick ihrer dunklen Augen glitt rechts und links am Tisch herab und suchte verstohlen nach einer Reaktion auf ihre unterwürfige Pose. Feliss kicherte, und Corrie stieß ihr daraufhin den Ellenbogen in die Seite, während in ihren Pupillen kurzer Zorn aufblitzte.

Ich hatte meinen Teller zur Seite geschoben und den rituellen Dank geflüstert, als Miss, die dem Tisch bereits zuvor den Rükken gekehrt hatte, um ruhelos durch die Räumlichkeiten der Hütte zu tanzen, plötzlich im Eingang erschien und aufgeregt hervorstieß: »Nira, Daya, Larissa – kommt und seht euch die Pilger an!« Ihre Stimme vibrierte und klang fast hysterisch. »Kommt und seht, wie die Heilige Macht sie für das Unwetter gekleidet hat.« Mit einem leisen Lachen tänzelte sie wieder fort.

Niras Miene drückte noch mehr unwirsche Verärgerung aus. »Weiterer Unfug«, verkündete sie und schob den Stuhl zurück. »Fahrt mit euren Dankgebeten fort, Kinder.« Mit raschelndem langen Rock eilte sie Miss nach. Daya und Larissa warfen sich einen kurzen Blick zu, dann standen sie auf, um ihrerseits Nira zu folgen.

Als ich über den Tisch sah, erkannte ich in Corries Augen das Aufschimmern schadenfrohen Entzückens. Feliss atmete tief durch und kämpfte ganz offensichtlich gegen das Verlangen an, laut zu kichern. Trebb sprang auf, und seine Arme und Beine vollführten sonderbare gymnastische Bewegungen. Nur Herrol zeigte keine Reaktion. Ein plötzlich in mir entflammendes Begreifen ließ mich erblassen. Rasch schob ich meinen Stuhl zurück und hastete Nira hinterher.

Die auf den Spielplatz hinausführende Tür stand offen. Ich blieb auf der Schwelle stehen und starrte ungläubig auf das Gefolge, das vom Fluß kommend den Pfad hinaufstolperte. Zu zweit und zu dritt schwankten die Pilger nach Draes Kreuzung zurück, und jeder von ihnen war so nackt, wie er das Licht der Welt erblickt hatte. Ihr Haar war völlig durchnäßt, und sie bluteten aus Dutzenden von Schnitt- und Kratzwunden. Geplagt wandten sie die Köpfe in Richtung Spielplatz, als sie an der Hütte vorbeikamen. Sie sangen nicht. Sie gaben nicht einmal ein gedämpftes Murmeln von sich. Statt dessen schwankten sie schweigend durch die sich verfinsternde Abenddämmerung, versahen die leeren Fenster unserer Hütte mit unheilvollen Blicken, stolperten dann weiter und verschwanden schließlich in der anbrechenden Dunkelheit der Nacht.

Als ich ein krächzendes Lachen vernahm und mich umdrehte, sah ich, wie Corrie Trebb fest in den Arm zwickte. Mit schrillem Kichern schob sich Feliss an ihnen vorbei und lief auf den Spielplatz. Bei ihrem Erscheinen erhob sich ein entsetztes Stöhnen aus den Reihen der vorbeikommenden Pilger, und sie wandten sich von dem Pfad ab und flohen ins Gras der Wiese, als sei der Teufel selbst hinter ihnen her.

Nira drehte sich um und preßte kurz die Lippen aufeinander. »Kinder, die sind kein geeigneter Anblick für euch.« In der sich weiter trübenden Dämmerung wirkte ihr Gesicht so blaß, daß ihren Zügen ein grünlicher Schimmer anhaftete. Als wir uns nicht rührten, hob sie ihren langen Rock ein wenig an und kam mit grimmiger Miene auf uns zu. »In den Wäscheschrank, ihr alle!« Sie griff nach Feliss' Arm, zerrte das Mädchen herum und stieß sie barsch auf die Tür zu. »Hinein mit euch! Und erhebt eure Stimmen zu einer Litanei der Reue darüber, daß ihr dieses Wahns ansichtig geworden seid.«

»Aber Nira...« wandte ich ein und wich vor ihrem Zorn zurück.

»Keine Widerrede, Nadd. Ich habe euch gesagt, ihr sollt am Tisch sitzen bleiben, und ihr habt nicht gehorcht. Darum werdet ihr jetzt im Wäscheschrank eingeschlossen.«

Corrie packte Feliss' Hand und zog sie vor mir her, als wir ohne Ausnahme in den Schrank steigen mußten. Die schwere Tür schloß sich und öffnete sich wieder, damit erst Herrol und dann auch Ronna ebenfalls zu uns steigen konnten. Anschließend drehte sich der Schlüssel im Schloß herum, und Schritte eilten fort. Ich starrte blind in die Dunkelheit, während sich die anderen um mich herum bewegten. War dies das Unheil, das ich vorausgesehen hatte? Jene rätselhafte Gruppe wie im Traum dahinwankender Pilger? »Corrie...«

»Pscht!« ertönte irgendwo in der Schwärze ihre zischende Antwort.

»Habt ihr die vielen nackten Busen gesehen?« fragte Trebb aus der Dunkelheit. »Habt ihr...«

»Warum sollen wir eigentlich nicht erzählen, was...«, setzte Feliss an.

Ihre Worte wurden untermalt von einer raschen Bewegung, und aus Feliss' Einwand wurde ein schmerzerfüllter Aufschrei.
»Wir werden nicht darüber sprechen«, zischte Corrie. »Wir verlieren nicht ein einziges Wort.«
Aber ich war nicht mehr in der Lage, allein mit der dunklen Wolke der Vorahnung fertig zu werden, die sich während des ganzen Nachmittags über immer weiter in mir verdichtet hatte. »Corrie, du hast Nira und Larissa erzählt, ihr wärt heute zum Spielen auf die Wiese gelaufen. Du sagtest, weiter als bis zum Picknickgehölz hättet ihr euch dabei nicht entfernt. Du...« Ich heulte unwillkürlich auf, als sich mir aus der Dunkelheit spitze Fingernägel entgegenstreckten, sich um meinen Unterarm schlossen und schmerzhaft in mein Fleisch schnitten. »Du...« Ich schluchzte, und Tränen schossen mir in die Augen.
»Wir gingen auf der Wiese spazieren«, flüsterte mir Corrie nachdrücklich ins Ohr. »Im Picknickgehölz spielten wir Packen und dann Verstecken. Dann bemerkten wir das heranziehende Unwetter, also liefen wir los. Aber bis wir nach Hause kamen, regnete es bereits in Strömen, und so wurde unsere Kleidung durchnäßt. Und ich fiel hin und machte mich so von Kopf bis Fuß ganz schmutzig.« Für eine Zeitlang umklammerte sie auch meinen anderen Arm, dann wandte sie sich von mir ab. »Ronna...«, vernahm ich ihre zischende Stimme. Jenem Wort folgte ein gedämpfter Streit im Dunkel einer Schrankecke.
»Er ist weggeflogen«, ertönte die laute und bebende Stimme Ronnas aus der Finsternis. »Als ihr alle auf dem Spielplatz wart, habe ich das Fenster des Klassenzimmers geöffnet und ihn freigelassen.«
»Das ist eine Lüge«, stieß Corrie hervor. »Du hast ihn noch, und es ist besser, du gibst ihn mir nun zurück.«
»Er ist weggeflogen«, wiederholte Ronna. »Herrol hat es gesehen. *Herrol!*«
Herrols verdrießlich knurrende Stimme erklang im vorderen Bereich des Schranks. »Wenn du den zerquetschten Schreivogel zurückhaben willst, Corrie, dann ist es jetzt zu spät. Ronna hat ihn geheilt und anschließend freigelassen.«

»Wenn du mich anlügst...«
»Er ist weggeflogen«, bekräftigte Herrol halsstarrig.
Corries Atem zischte zornig, und Ronna stöhnte, als Corrie sie bestrafte. Dann kroch Corrie fort in den rückwärtigen Teil des Schranks und gab keinen Ton mehr von sich. Bald schwiegen auch Feliss und Trebb – niedergedrückt von der Enge und der feuchtwarmen Luft.
Wir hatten den Eindruck, als hockten wir stundenlang zusammen in dem Schrank. Draußen, zunächst vom Spielplatz her, vernahmen wir das dumpfe Poltern und Rumpeln von Stimmen, gelegentlich durchsetzt von einem fast hysterischen Aufschrei, der jedoch sofort gedämpft wurde. Ich verspürte noch immer die schwere Last meines ganz persönlichen Elends, und ich kroch an die Schranktür heran und preßte das Ohr gegen die dicken Holzbohlen. Undeutlich hörte ich Niras Stimme, der nun ein eindringlicher Tonfall anhaftete. Kurz darauf wurde sie von allgemeinem und dumpfem Protest übertönt. Daran schlossen sich wieder die tiefen Stimmen an, einmal ernst und streng, dann wieder besorgt. Die Diskussion dauerte eine ganze Stunde oder noch länger, aber ich war nicht dazu in der Lage, einzelne Worte zu verstehen.
Und ich konnte auch nicht Niras Gesichtsausdruck interpretieren, als sie uns eine ganze Weile später schließlich wieder aus dem Schrank befreite. Als sie die Tür öffnete, und als eine dunkle Silhouette vor uns stand – der Rücken ganz steif und gerade, den Kopf zwischen die Schultern gezogen –, erwartete ich unwillkürlich eine heftige Anklage von ihr und duckte mich an eins der Schrankregale. Aber obgleich ihr Gesicht kreidebleich und ihre Miene streng war, meinte sie nur »Geht zu Bett« und marschierte dann durch den Korridor davon, ohne sich einmal zu uns umzublicken.
Bedachtsam suchten wir den Schlafraum auf. Daya saß mit gesenktem Kopf auf einem Stuhl neben der Tür, und sie hatte ihr dickes Nachtgewand eng um die Schultern zusammengezogen, um sich vor der Kälte zu schützen – oder vor etwas, das ihr noch mehr zusetzte, noch weitaus frostiger war. Als wir den Raum betraten, hob sie den Kopf und sah uns aus großen Augen an.

»Zieht eure Nachthemden an und betet«, wies sie uns an, aber ihre Worte klangen dumpf und waren ohne Nachdruck, so als sei sie zu sehr mit sich selbst beschäftigt, um uns mehr als nur oberflächliche Aufmerksamkeit zu schenken.

Dann verbarg ich mich zum zweitenmal an jenem Tag unter der Decke und fühlte mich ganz elend angesichts des unheilvollen Eindrucks in mir, der noch immer nicht verblaßt war. Blutende Pilger wandelten durch meine Träume, ein endloses Gefolge düsterer Phantome. Und im Klassenzimmer erhoben sich immer wieder die dumpfen Stimmen. Aber wenn das, was sich unter den Bäumen zugetragen haben mochte, jenem Verderben entsprach, das ich vorhergeahnt hatte, warum bedrückte mich dann noch immer das Gefühl einer sich anbahnenden Katastrophe? Tränen des Kummers quollen mir aus den Augen, und ich zog mir die Decke über den Kopf. Als ich eine Weile später wieder darunter hervorblickte, sah ich Daya, die an der Tür stand und mich mit einem furchtsamen Blick versah.

Als ich am darauffolgenden Morgen erwachte, war Daya fort, und bedrohliche Schatten wallten unter der Decke umher. Ich biß mir auf die Lippe und wanderte durch den Raum. Braune Schimmelfladen wuchsen auf den Fensterscheiben und bildeten bizarre Schemen aus dem grauen Licht der Morgendämmerung. Ich starrte durch eine noch einigermaßen klare Stelle der Scheibe und stellte fest, daß der Spielplatz mit grünem, violettem und sandfarbenen Moos bedeckt war. In dicken Kissen wuchs es auf den Spielgerätschaften, und es hing in diffusen Schleiern von den Zaunpfählen herab. Die Außenwand bot sich mir als ein flaumiges Mosaik dar. Die aufgehende Sonne tastete mit blassen violetten Fingern über die Wand hinweg. Ich zwinkerte und konnte die ersten gelben Blüten erkennen, die ihre Kelche öffneten.

Schwankend wandte ich mich vom Fenster ab. Feliss schlief noch, das Kissen mit beiden Armen fest umschlungen. Ich rüttelte sie wach, weil ich mich nach Begleitung sehnte. »Feliss, das Moos ist überall. *Feliss!*«

Sie schlug die Augen auf, und in ihrem Blick kam kurzes Erschrecken zum Ausdruck. »Was? Hat Erfahrenvater...«

»Draußen wächst das Moos auf allen Dingen: den Schaukeln, den Sprossen, den Wänden des Klassenzimmers. Wir können den ganzen Tag nicht raus, wenn es den Schreivögeln nicht gelingt, alles aufzufressen.«
Sie rieb sich die Augen, stand auf und folgte mir ans Fenster. Furchen fraßen sich in ihre schmale Stirn, als sie hinausblickte in die flockige Welt. »Ich mag das Moos nicht«, sagte sie verdrießlich. »Bei den Sporen muß ich immer husten. Und ich mag es auch nicht, den ganzen Tag über hier drin bleiben zu müssen.« Dann flackerte erstauntes und gleichzeitig ängstliches Begreifen in ihren Augen auf. Sie blickte sich in dem noch halbdunklen Zimmer um. »Unsere Fürsorgerinnen...«
»Sie haben uns nicht zur Morgenandacht geweckt«, bemerkte ich erst jetzt und war ebenfalls verwirrt. Normalerweise knieten wir jeden Morgen bei Sonnenaufgang neben unseren Betten. »Feliss, die Leute, die gestern abend kamen, während wir zur Strafe im Schrank eingesperrt waren...«
»Ich habe Erfahrenvater Jones gehört«, erwiderte sie langsam. Sie blickte kurz auf Corries Bett. Corrie lag inmitten eines zerwühlten Durcheinanders aus mehreren Decken. »Und es waren auch Frauen dabei. Nicht nur Nira und Miss – Frauen von der Kreuzung. Sie hielten sich eine ganze Weile hier auf.«
Ich griff nach ihrem Arm. »Feliss, ich weiß, daß gestern am Fluß irgend etwas geschehen ist. Ich weiß...«
»Du weißt überhaupt nichts!« verkündete sie und machte sich mit einem Ruck frei. »Und ich werde nicht darüber sprechen.« Sie sauste durchs Zimmer und riß die Tür zum Spielplatz auf. Ohne zu zögern sprang sie hinaus, und ihr Nachthemd schleifte durch den Schmutz. »Ich mag das Moos nicht!« schrie sie mit schriller Stimme und in den Nacken gelegten Kopf. »Ich hasse das Moos! *Ich hasse es, hasse es, hasse es!*«
Wie ein jähzorniger Geist stürzte Larissa aus dem Korridor. Sie eilte durch die Tür hinaus, packte Feliss und zerrte sie zurück in den Schlafraum. Das schwarze Haar Larissas stand ihr in zerzausten und miteinander verknoteten Strähnen zu Berge, und es sah aus, als habe sie die ganze Nacht damit verbracht, daran zu zupfen und es zwischen den Fingern hin und her zu drehen.

»Wir haben es dir wieder und immer wieder gesagt, Feliss: Du darfst niemals, *niemals* die Tür öffnen, wenn draußen der Wahnsinn lauert. Willst du, daß deine Fürsorgerinnen den Verstand verlieren und euch alle ins Ofenfeuer stecken?« Sie bückte sich, und ihre funkelnden und von roten Rändern gesäumten Pupillen starrten durchdringend in die Augen Feliss'. »Willst du, daß wir dir die Augen auskratzen und dir Arme und Beine ausreißen, um so dem von den Sporen verursachten Zerstörungstrieb Genüge zu verschaffen?«
Ich starrte sie an und beobachtete die furchterstarrte Haube, in die sich ihr Haar verwandelt hatte. Ich bekämpfte die in mir aufsteigende Übelkeit und wandte ein: »Larissa, keine von unseren Fürsorgerinnen...«
Sie ließ Feliss ganz plötzlich los und bohrte mir spitze Fingernägel in den Unterarm. »Keine eurer Fürsorgerinnen litt jemals an dem Zerstörungsdrang?« stieß sie mit vibrierender Stimme hervor. »Keine eurer Fürsorgerinnen verlor jemals den Verstand, wenn die Sporen durch die Luft schwebten? Aber keine eurer Fürsorgerinnen war bisher schwanger, kleiner Naseweiß. Und bisher hat auch noch keine eurer Fürsorgerinnen die Angst vor dem Tod kennengelernt – eine von der Tatsache genährte Furcht, hier mit sechs Sonnenkindern separiert zu sein...«
Ich preßte die Lippen zusammen. »Angst...«
Sie griff erneut nach Feliss und zerrte uns beide zusammen. Ihr flackernder Blick bohrte sich tief in unsere Augen. »Oder hast du unserem kleinen Alleswisser nichts von dem erzählt, was ihr gestern mit den Pilgern angestellt habt, kleines Vogelmädchen? Hast du ihm nicht berichtet, wie ihr die Pilger aus dem heiligen Gehölz hinausgejagt und Blitze nach ihnen geschleudert habt, die vier von ihnen den Tod brachten? Hast du ihm nicht erzählt, wie Vogelschwärme sowohl Ältere als auch Kinder angriffen? Hast du ihm nicht erzählt, wie die älteste Tochter von Erfahrenvater Jones von peitschenden Ästen und Zweigen attackiert und geblendet wurde? Hast du...«
Nira eilte ins Zimmer, und ihr schmales Gesicht glich einer angespannten Maske des Zorns. »Larissa, man hat dich angewie-

sen, diesen Unsinn den Kindern gegenüber nicht zu wiederholen.«

»Unsinn?« wiederholte Larissa, und ihre Stimme klang eine Spur schriller. Sie stieß Feliss und mich zur Seite und wirbelte zu Nira herum. »Du hast die gleiche Geschichte gehört wie ich. Du...«

»Ich habe gehört, wie Wahn eine Geschichte des Wahns erzählte, so wie er von den Regensporen verursacht wird. Du hast doch selbst schon an Pilgerzügen teilgenommen, Larissa. Und gewiß erinnerst du dich an die sonderbaren Empfindungen und Wahrnehmungen, die man unter den Bäumen am Fluß erlebt.«

»Du weißt ganz genau, daß ich jenen Ort schon einmal besucht habe«, gab Larissa scharf zurück. »Ich erinnere mich daran, daß die Heilige Macht zu mir sprach, als ich noch ein kleines Kind war – sie *sprach* zu mir –, und sie wies mich an, in allen meinen Taten Weisheit und Milde walten zu lassen.«

»Dann befolge diesen Rat jetzt!«

»Und ich sah ihr Gesicht zwischen den Bäumen«, fuhr Larissa unnachgiebig fort. »Es war wunderschön, streng und zärtlich zugleich, mit großen Augen und vollen Lippen. Ich werde es niemals vergessen. Ich beobachtete ihre Lippen, als sie jene Worte formten, nach denen ich fortan mein Leben gestalten sollte. Und wenn du behauptest, die Offenbarung der Heiligen Macht könne mit einem Sporenwahn oder der Hysterie verderblicher Kräfte verglichen werden, die in Gestalt von tief in unserem Innern wohnenden Dämonen lauern...«

»Ich schließe mich nur den Worten von Erfahrenvater Jones an, der schließlich bemerkte, der Staub des Flußmooses beinhalte einen Wirkstoff, der dazu in der Lage sei, einen tranceähnlichen Zustand herbeizuführen. Und wenn sich ein Pilger in einem solchen Zustand hoher Sensibilität und Beeinflußbarkeit befindet, dann kann er sehr gut dazu gebracht werden, Dinge zu sehen und zu hören, die es in Wirklichkeit überhaupt nicht gibt.«

»Blasphemie!« platzte es aus Larissa heraus.

»Wenn es sich dabei um Blasphemie handelt, wieso vertritt

dann auch Erfahrenvater Jones diese Meinung? Und warum unterstützten auch die die drei Älteren des Konzils, die gestern abend hier weilten, letztendlich diese Ansicht?«

»Weil sie nicht an der heiligen Andacht unter den Bäumen teilnahmen, die schließlich von solchem Unheil heimgesucht wurde!« entgegnete Larissa. Ihr funkelnder und durchdringender Blick galt Feliss und mir und den anderen, die inzwischen aus ihren Betten gekrochen waren und sich am Rande von Larissas Hysterie hielten. »Meine eigene Schwester hat erlebt, wie Corrie das Gewitter vom Himmel herbeirief. Und ihr Säugling gehört zu den vier Toten! Mein Neffe, mein kleiner Helmer...«

»Du bist völlig außer dir«, sagte Nira scharf. »Geh zu Bett und bleib dort, bis du dich wieder gefaßt hast.«

»Ich sage nur die Wahrheit, nichts anderes! O ja, ich erinnere mich daran, als Feliss und Trebb noch ganz klein waren. Ich weiß noch, wie sehr wir uns um sie kümmerten und wie wir sie mochten. Aber du weißt ganz genau, was für abscheuliche Geschöpfe aus ihnen geworden sind. Corrie mit ihren stechenden Augen; Herrol, der mehr ein Tier ist als ein Mensch; Nadd mit seinem viel zu großen Kopf. Sie alle sollten...«

»Darüber werden wir nicht sprechen!« unterbrach Nira sie mit schneidender Stimme. Sie griff nach Larissas Arm und geleitete sie aus dem Zimmer. Ihr Disput fand draußen im Korridor seine Fortsetzung, und sie unterhielten sich in einem gedämpften und zischend klingenden Flüstern.

Verwirrt drängten wir uns in der Mitte des Zimmers zusammen. Feliss zitterte am ganzen Leib, und Tränen rannen aus ihren dunklen Augen. Herrol hatte die Lippen aufeinandergepreßt, starrte finster um sich und trat von einem Bein aufs andere. Trebb ließ sich zu Boden sinken und schlang sich die Arme um den Kopf. Ronna setzte sich langsam neben ihn, und ihre erdfarbene Gesichtsfarbe durchsetzte sich mit einem scheckigen Muster aus weißen Flecken.

Corrie sah uns alle aus funkelnden Augen an. »Ich habe euch ja gesagt, daß sie den Berichten der Pilger nicht glauben würden.«

»Larissa hält sie für wahr«, jammerte Feliss. »Ich mag Larissa. Fast jeden Abend steckt sie mir heimlich Süßigkeiten zu.«

»Nun, bald wird sie ohnehin nur noch Augen für ihr Baby haben.«

Ich befeuchtete mir die Lippen. »Ihr... ihr...«

»Wir liefen ins Picknickgehölz und spielten Kriegen und Verstecken«, sagte Corrie mit fester Stimme. »Und jetzt werde ich mich anziehen und zum Frühstück fertigmachen.«

»Wenn Daya uns überhaupt etwas zubereitet«, meinte Feliss kummervoll.

»Wenn das nicht der Fall ist, kümmern wir uns selbst darum«, erwiderte Corrie und suchte in ihrem Koffer nach einem frischen Coverall.

Der Topf mit dem Haferbrei stand in der Mitte des Tisches, kalt. Darum herum reihten sich unsere Teller, genauso wie wir sie am Abend zuvor zurückgelassen hatten. Schweigend bedienten wir uns. Keiner stimmte ein demütiges Gebet an. Zu aufmerksam lauschten wir dem ständigen Murmeln, das aus den Zimmern der Fürsorgerinnen an unsere Ohren drang.

Als wir das Frühstück beendet hatten, verließen wir nacheinander unsere Plätze und suchten das Klassenzimmer auf. Die sich hebenden und senkenden Stimmen waren nun noch leiser und undeutlicher, aber niemand von uns wagte es, näher heranzuschleichen und zu horchen. Ich saß an meinem Unterrichtstisch, verschloß die Ohren vor dem Wispern und konzentrierte mich ganz darauf anzunehmen, es mit einem Tag wie jedem anderen zu tun zu haben. Sollte Nira kommen und uns auffordern, die Schiefertafeln hervorzuholen. Sollte Larissa eintreten und uns vertraulich zuzwinkern, während Nira die große Tafel beschrieb. Sollte Trebb mit einem Schrei aufspringen und durchs Zimmer rennen. Sollte Feliss...

Doch als ich die Augen öffnete, bemerkte ich statt dessen, wie Feliss, Trebb, Corrie, Ronna und Herrol mit ernsten Mienen in Richtung Fenster sahen. Ich folgte ihren Blicken und erkannte das farbige Huschen von Flügeln, als Schreivögel an dem Schimmel zu picken begannen und einzelne freie Flächen auf der Scheibe erzeugten.

Aber die Aufmerksamkeit der anderen galt nicht den glänzenden Schwingen oder dem Schimmel. Sie blickten an den Vogelschwärmen vorbei auf ein Meer aus Gesichtern. Ich gab einen leisen Schrei von mir, eilte ans Fenster und preßte die Nase an die Scheibe. Jenseits unseres von einem Zaun umgebenen Spielplatzes hatte sich eine schweigende Menge versammelt. Männer, Frauen und Kinder – sie trugen Trauergewänder, dunkelbraune Kutten, die mehrfach geschlitzt waren und in langen Streifen herabhingen. Darunter war schwarze Unterwäsche zu sehen. In ihren Gesichtern kam etwas zum Ausdruck, das ich noch nie zuvor gesehen hatte: eine sonderbare Leere, so als hätten sie nunmehr alles Eigenpersönliche verloren, als seien Mann und Frau, Älterer und Jungvater zu einem einheitlichen Ganzen verschmolzen. Auf ihren blassen Wangen zeigten sich mit Holzkohle aufgetragene schwarze Trauerkreise. Sie drängten sich an den Zaun und starrten zu den Fenstern empor. In ihren Händen trugen sie alle nur vorstellbaren Utensilien: Schaufeln, Hacken, Beile, Spieße. Schwarze Kummerfahnen wehten in der Morgenbrise, und diese Banner verliehen der Ansammlung einen deutlichen Hauch der Bedrohung.
Ich fuhr vom Fenster zurück, und eine neu in mir emporgischtende Woge unheilvoller Vorahnung nahm mir den Atem. »Nira...!« rief ich unwillkürlich.
Corrie tauchte neben mir auf, und ihre Zähne erstrahlten in einem Lächeln seltsamer Zärtlichkeit. In ihren Augen funkelte es düster. »Setz dich, Nadd, wenn du Angst hast. Sie können uns durch das schimmelbesetzte Fenster sehen.«
»Nira...« Das war alles, was ich angesichts der sich weiter in mir verdichtenden Panik hervorbringen konnte. Ich klammerte mich am Fenstersims fest und kämpfte gegen die heranwogende grauschwarze Dunkelheit an. *Katastrophe.*
»Ich hasse das Moos und die Sporen.« Feliss' Stimme ertönte von der anderen Seite des Zimmers und drang mir nur wie aus weiter Ferne an die Ohren. »Nira hat heute noch nicht einmal die Schlechtwettervorhänge vorbereitet.«
Trebb sprang mit wirbelnden Armen auf. »Ich hole die Gieß-

kannen und die Vorhänge. Wir können das auch ganz allein erledigen.«

»Dann brauchen wir nicht mehr ihre Gesichter zu sehen«, meinte Feliss seufzend. »Dann braucht Larissa nicht mehr zu befürchten, heute einen Tobsuchtsanfall zu erleiden. Und Miss und Daya ebensowenig.«

»Larissa hat bereits den Verstand verloren«, zischte Corrie. Ihre Lippen deuteten noch immer jenes zärtliche Lächeln an, bei dem mir ein kalter Schauer über den Rücken lief. »Und alle anderen ebenfalls, Feliss. Meine Mutter und mein Vater mögen den Geschmack des Wahnsinns. Heute werden die Leute in der Wiese schreien und bluten, und dann kann mein Vater ihr Blut in den Himmel saugen und daraus ein ganz besonderes Unwetter formen. Denn meine Mutter ist ganz versessen nach dem Aroma von Blut und Tränen, die auf ihren grasigen Pelz herabregnen. Meine Mutter ...«

Mit einem leisen Wimmern entfloh ich dem bedrückenden Lächeln. Auf dem Korridor stieß ich mit Nira zusammen, die gerade aus dem Bereich der Fürsorgerinnen kommend zu uns eilte. Sie packte mich an den Schultern, und ihre Augenbrauen waren durch ein verwirrtes Stirnrunzeln zusammengewachsen. »Geh wieder ins Bett, Nadd«, wies sie mich an und versah mich mit einem scharfen Blick.

»Nira, die Leute von der Kreuzung ...«

»Ich habe sie gesehen. Erfahrenvater Jones schickte vor einer halben Stunde einen Kurier, um uns mitzuteilen, daß sie kommen. Er wird mit ihnen reden und sie wieder zur Vernunft bringen. Aber bis er das geschafft hat, müßt ihr alle ins Bett gehen und euch ganz still verhalten. Heute mag die Welt scheußliche Dinge erleben. Und die Leute von der Kreuzung ...«

»Die Leute glauben, Corrie und Feliss seien für alles verantwortlich«, platzte es aus mir heraus.

»Und Trebb«, fügte sie geistesabwesend hinzu und stieß mich durch den Korridor vor sich her. »Aber ihr seid alle in Gefahr. Wenn ihr jetzt nicht ganz still seid und wieder ins Bett geht, dann muß ich euch noch einmal im Schrank einschließen, bis der ganze Wahnsinn vorüber ist.«

Doch als wir das Klassenzimmer betraten, um die anderen zu holen, erhob sich auf der Wiese jenseits des Zauns ein unheilvoller Grabgesang. Er begann ganz leise, schwoll jedoch rasch an, drang durch die Ritzen und Spalten zwischen den Bohlen und hallte dumpf von den Wänden des Raumes wider. Nira blieb plötzlich stehen und erblaßte. Dann griff sie nach ihrem Rock und eilte ans Fenster.

Ich folgte ihr und preßte erneut die Nase gegen das Glas. Die Frauen und Kinder auf der Wiese hatten sich ins Gras geworfen, mit dem Gesicht nach unten. Sie hatten die Arme ausgestreckt, und die Hände wiesen in demütigem Flehen nach oben. Die Älteren und Jungväter faßten sich über den am Boden dahinkriechenden Leibern an den Armen und schwankten im Rhythmus des Gesangs hin und her, und über ihren Köpfen erhoben sich Hacken und Beile und Trauerbanner.

»Die Litanei der Verdammten«, hauchte Nira. Sie wandte sich um und starrte auf mich herab.

Ich fuhr mir mit der Zunge über die spröden Lippen und wich vom Fenster zurück. »Ich habe diesen Gesang noch nie zuvor gehört.«

»Ich auch nicht«, flüsterte sie. Ihre Augen waren nun ganz groß und trüb. »Ich habe ihn ebenfalls noch nie gehört, kenne ihn aber trotzdem. Keiner der Einwohner von Draes Kreuzung hat ihn bisher angestimmt, doch wenn es an der Zeit ist, kommt ihnen diese Litanei ganz spontan von den Lippen.«

»Aber singen sie sie... für *uns?* Verdammen sie uns damit?«

Sie schüttelte langsam den Kopf. »Es ist ihre eigene Verdammung, die sie auf diese Weise besingen, die Verdammung von Menschen, die von ihrem geheiligten Ort vertrieben und in Schande unter einem hohnlachenden Himmel dahingejagt wurden. Sie bekennen sich zu ihrer elementaren Unwürdigkeit. Und wenn sie die letzte Strophe zu Ende gesungen haben...«

Ich hielt den Atem an und wartete darauf, daß sie weitersprach. Statt dessen aber schien sie plötzlich wieder aus ihrer Starre zu erwachen. Mit einem Ruck wandte sie sich vom Fenster ab. Corrie stand in der Mitte des Raumes, die Arme weit ausgebreitet, so als empfange sie einen unheilvollen Tribut. Die anderen kauerten auf den Stühlen vor ihren Unterrichtstischen und waren vor Furcht wie gelähmt. Selbst Trebb war ganz still. Er hatte sich die langen Arme um die Brust geschlungen, und der Blick seiner weit aufgerissenen Augen war ganz starr.

»Kommt, Kinder«, sagte Nira scharf und griff nach meiner und auch der Hand Feliss'. Sie lief beinah, als sie mit uns in den Schlafraum eilte, uns dort zu Bett brachte und fest in die Dekken wickelte. Als sie sich über mich beugte, klirrten die Fensterscheiben infolge des sonoren Verdammungsgesangs, und die dumpfen Stimmen schienen direkt aus den Wänden zu dröhnen.

»Halt dir die Ohren zu, Nadd.«

»Sie... werden sie...«

Sie schüttelte den Kopf und sah mich mitfühlend an. »Sie werden euch kein Leid zufügen. Die jetzt drohende Gefahr...«

»Gefahr?« flüsterte ich, und mein Leib erzitterte, als ich von einer neuen Flutwelle düsterer Ahnungen durchspült wurde. »Gefahr?«

Aber sie gab keine Antwort. Sie schüttelte nur stumm den Kopf und eilte fort.

*Gefahr.* Aber ich wußte, daß heute auf der Wiese eine Kraft lauerte, die unheilvoller war als eine Gefahr. Die Bezeichnung Gefahr deutete auch auf die Möglichkeit des Entkommens hin, auf die Chance der Rettung. Und eine solche Chance *gab* es nicht.

In meinem furchterfüllten Elend krümmte ich mich zusammen und hielt mir die Ohren zu. Aber bei der Litanei handelte es sich um mehr als nur ein Geräusch. Von zweihundert Kehlen wurde sie hervorgestoßen, vielleicht sogar von dreihundert, und dadurch gewann sie reale Substanz. Beharrlich donnerte sie durch die Wände der Hütte und bahnte sich einen widerhallenden Weg in meinen Brustkorb hinein, tropfte kreischend an den Nervenbahnen hinter meinen Augen entlang und grollte in den Schlünden zwischen meinen einzelnen Hirnzellen. Ich keuchte und hustete. Ich war nicht dazu in der Lage, das Dröhnen zu verdrängen. Schließlich kroch ich unter der Decke her-

vor und versuchte, die trüben Schlieren vor meinen Augen mit den Blicken zu durchdringen. Ich sah mich im Zimmer um und begegnete dem Blick Corries. Ihre Pupillen starrten mich begierig an und labten sich an meinem Elend.
Ich formulierte einen unartikulierten Protest. Aber die Intensität des Chorus, die alles überwältigende akustische Wucht, die sich immer weiter steigerte, legte sich wie ein bleiernes Gewicht auf meine Schultern und preßte mir die Luft aus den Lungen. Ich war mir kaum bewußt, mich bewegt zu haben, und ich fand mich auf dem Boden wieder, zu einer Kugel zusammengekrümmt, den Mund zu einem lautlosen Schrei weit aufgerissen.
Nira und Daya erschienen eine Ewigkeit später und wateten durch einen Ozean aus dröhnendem Gesang auf mich zu. Nira hob mich vom Boden hoch. Sie richtete einige Worte an Daya, einige an mich. Daya nickte, wie ein Geist mit ihrem langen blonden Haar, das ihr bis zu den Hüften reichte, ihr Gesicht nun rund und bleich und furchterfüllt. Sie nahm mich aus den Armen Niras entgegen und trug mich zum Wäscheschrank. Als sich die Tür hinter uns beiden schloß, begann ich zu schluchzen und bebte am ganzen Leib.
*Verhängnis und Verdammnis. Unfaßbarer Schrecken; unerträgliche Pein. Ewiger Tod.* Ich wurde erfaßt von einer entsetzlich klaren und deutlichen Katastrophenvision, einer Ekstase des Grauens. Ich klammerte mich so lange an Daya fest, bis die Intensität meiner Vision zu groß wurde. Dann krümmte sich mein Leib und zuckte konvulsivisch – und ich verlor das Bewußtsein.
Es war Nacht, als ich ganz langsam und wie widerstrebend das Bewußtsein wiedererlangte. Man hatte mein Bett ins Klassenzimmer gebracht. Ein Feuer knisterte im Kamin und ließ düstere Schatten über die Wände tanzen. Nira saß in einem hochlehnigen Stuhl neben mir, und ihr Haar war völlig zerzaust. Doch in ihrem Gesicht stand eine sonderbare Ruhe geschrieben. Ich zwinkerte und bewegte vorsichtig und versuchsweise Arme und Beine. Das schreckliche Gefühl einer bevorstehenden Katastrophe war endlich verschwunden, einem Fieber

gleich, und es hatte mich völlig erschöpft. »Die Leute...« brachte ich mühsam und undeutlich über die Lippen.

Die gleiche unheimliche Ruhe, die in Niras Zügen zum Ausdruck kam, kennzeichnete auch ihre Stimme. »Dieser Tag wird niemals in Vergessenheit geraten«, sagte sie, und die Worte klangen weich, fast zärtlich. »Auf der Wiese traf zweifacher Wahnsinn aufeinander – einer, der noch von gestern stammt und unter den Bäumen am Fluß entstand, und ein anderer, der heute von den Sporen des Mooses verursacht wurde, das überall wuchs. Es verloren viele, viele ihr Leben – Männer, Frauen und Kinder, die vorhergehende Sporeninvasionen ohne Schaden überstanden.«

»Sie... sie brachten sich gegenseitig um«, sagte ich. »Als sie mit dem Gesang fertig waren...«

Sie nickte. »Ja. Als sie die letzte Strophe der Litanei der Verdammten beendeten, wandten sie sich einander zu und töteten sich gegenseitig mit ihren Hacken und Beilen. Ich habe alles vom Fenster aus gesehen. Männer und Frauen rissen sich ihre Trauergewänder vom Leib, kopulierten und prügelten sich dann zu Tode. Und die Rinder, um die sich niemand mehr kümmerte, brachen aus ihren Pferchen aus und stürzten sich ebenfalls in das Gemetzel hinein. Sie zertrampelten und zerschmetterten all jene, die nicht fliehen konnten – oder nicht wollten. Kinder und Ältere machten einander nieder und verbluteten im Gras.«

Trübe und verschwommene Visionen eines furchtbaren Blutbads trieben durch den Raum – Augen, deren Blicke gebrochen war, Blut, das der Boden gierig aufnahm. »Wenn sie nur zu Hause geblieben wären«, stöhnte ich. »Wenn sie doch nur die Schlechtwettervorhänge aufgespannt und sie befeuchtet hätten, um dahinschwebende Sporen fernzuhalten...«

»Aber das war nicht der Fall. Sie konnten nicht. Erfahrenvater Jones forderte sie dazu auf, wie auch das Konzil der Älteren, zumindest jene, die nicht selbst dem Wahn zum Opfer gefallen waren. Ihre Bemühungen waren vergebens. Die Reste jenes Irrsinns, der sie gestern unter den Bäumen am Fluß erfaßt hat, trieb sie hinaus auf die Wiese. Und dort wurden sie von dem

Sporenwahn überwältigt, mit voller Stärke – und daran gingen sie zugrunde.«

»Aber sie griffen die Hütte nicht an«, zitterte meine Stimme, und ich versuchte, die unfaßbaren Dimensionen zu begreifen, die jener neue Irrsinn erreicht hatte. »Sie versammelten sich mit Beilen und Hacken außerhalb unseres Zauns, aber...«

»Zuerst wollten sie die Sonnenkindhütte in Grund und Boden stampfen. Erfahrenvater Jones schickte einen Kurier, der mich vor dieser Möglichkeit warnte. Vielleicht wären wir jetzt alle tot, wenn es nicht die Sporen gegeben hätte, die das aufgrund des gestrigen Regens gewachsene Moos erzeugt. Diese Regensporen aber induzieren keine Mordsucht, sondern führen zu selbstzerstörerischen Tobsuchtsanfällen. Das weiß jedes Kind. Und als sie alle dort versammelt waren, wie ein einziger großer Organismus, unter der Nachwirkung des Wahns, den sie tags zuvor erlitten hatten, mußten sie sich tatsächlich wie ein umfassendes Individuum empfinden. Deshalb unterschied es sich nicht sonderlich von einem sich gegen jeden einzelnen richtenden Irrsinn, den jeweiligen Nachbarn anzugreifen und auf die eigene Frau oder den eigenen Mann einzuschlagen.« Auf ihrer Stirn zeigten sich einige dünne Furchen. »Belastet es dich, Nadd, über all dies zu sprechen?«

»Ich... *nein.*« Nein, es war tatsächlich nicht der Fall, wie ich nun begriff. Viel zu lange schon trug ich die Bürde des Unheils allein. Darüber zu sprechen verminderte das tief in meinem Innern verwurzelte Nagen.

Sie nickte und lehnte sich auf ihrem Stuhl zurück. Ihr Blick wurde nachdenklich und ging in die Ferne. »Doch selbst wenn sich der Wahn nicht gegen die Leute selbst gerichtet hätte, wären wir nicht ganz schutzlos gewesen. Als die Litanei der Verdammung begann, senkten sich ganze Schwärme von Schreivögeln vom Himmel herab. Sie ließen sich auf dem Dach und den Bohlen nieder, zu viert und zu fünft übereinander. Mehr Vögel, als irgend jemand von uns je auf einmal gesehen hat, flatterten zu unserem Schutz herbei. Sie stimmten ein melodisches Zirpen an, das beinah die Schreie der Sterbenden übertönte. Sie blieben bis zum Sonnenuntergang, und erst dann flogen sie wieder fort. Und weißt du was? Auf unseren Außenwänden befindet sich heute nacht nicht ein einziger Schimmelfleck mehr.«

»*›Ich hasse das Moos‹* «, flüsterte ich, und in meinem Gedächtnis hallte noch die schrille Stimme Feliss' nach.

»Wie?«

»Nichts«, murmelte ich. Es überraschte mich kaum zu hören, daß die Schreivögel gekommen waren, um uns zu beschützen. »Sind alle, sind all die Leute...«

»Tot?« Sie seufzte zum erstenmal. »Glücklicherweise gehörten nicht alle Einwohner von Draes Kreuzung zu dem Mob. Doch kurz nach Mittag fand Erfahrenvater Jones den Tod, als er versuchte, die Leute wieder zur Vernunft zu bringen. Er ist in der Anrichtekammer aufgebahrt. Und im Gras liegen so viele Tote, so viele. Aber es gibt auch Überlebende. Und als sich die Raserei allmählich legte, nahmen sie Fackeln und marschierten zum Fluß. Später sahen wir, daß die Bäume dort brannten, daß sie kilometerweit stromauf- und stromabwärts brannten. Ich beobachtete die Flammen bis zum Einbruch der Dunkelheit und hoffte, die Überlebenden würden nach Draes Kreuzung zurückkehren. Aber ich sah niemanden von ihnen. Vielleicht sind sie im Feuer umgekommen.«

Was konnte ich dazu sagen? Ich befeuchtete mir die Lippen und versuchte, den Schorf darauf weicher werden zu lassen. »Larissa...«

»Seit heute morgen hat sie niemand mehr gesehen.«

Meine Augen überzogen sich mit einem Tränenschimmer. Larissa: sanft, liebevoll, manchmal erfrischend frech. Meine Stimme klang scharf, als ich sagte: »Sie haben sie umgebracht. Corrie, Feliss und Trebb.«

Das riß Nira aus ihrer grübelnden Nachdenklichkeit. Jedes ihrer Worte war wie ein Peitschenhieb, als sie erwiderte: »Sag so etwas nicht, Nadd. Wenn sich die Pilger in ihrer Illusionstrance Corrie, Feliss und Trebb als mächtig und böse vorstellten, so handelt es sich dabei nur um irreale Trugbilder. Und alle, die an jene Illusion glaubten, sind jetzt tot. Die Anklage starb mit ihnen.«

»Sie waren am Fluß. Sie...«

»Es sind Kinder, Nadd. Insbesondere Feliss und Trebb. Es sind lebhafte und spontane Kinder, und sie sind ganz gewiß keine Engel. Aber schließlich hat man ihnen auch nie erlaubt, mit anderen Kindern in Kontakt zu treten, und aus diesem Grund konnten sie kein normales Benehmen lernen. Ich habe oft mit Erfahrenvater Jones darüber gesprochen, aber er lehnte es immer wieder ab zu gestatten, daß Kinder aus Draes Kreuzung hierher zum Unterricht kommen. Und als ich einmal vorschlug, dann solltet ihr jeden Morgen in Draes Kreuzung zur Schule gehen, zitierte er Eintragungen, die Erfahrenvater Dressler vor Jahren in seinem speziellen Berichtsbuch niederschrieb, und er schlug mir auch diese Bitte aus.«

Ich starrte sie überrascht an. »Ich... ich dachte immer, du wärst diejenige, die uns verbietet, mit anderen Kindern zusammenzukommen. Ich dachte, du schämtest dich – wegen Trebbs Streichen, Herrols haarigen Händen...«

Sie neigte den Kopf, und die Furchen fraßen sich nun tiefer in ihre Stirn hinein. »Schämen? Ja, dann und wann. Aber ich war in erster Linie verbittert und unglücklich darüber, daß mir nicht die Möglichkeit eingeräumt wurde, euch zu normalen Kindern zu erziehen. Es gab soviel Aufregung angesichts eurer Geburt, und später kamen dann noch einzelne Details eures Erscheinungsbildes hinzu. Jemand behauptete sogar, ihr wärt ebenso monströs wie die anderen, von denen niemals gesprochen wird. Und dann waren da die Eintragungen in Erfahrenvater Dresslers speziellem Berichtsbuch. Auch nach seinem Tod hielt er die Hände über euch und isolierte euch von den anderen. Ich kämpfte für euch, aber ich konnte ihn nicht bezwingen. Er weigerte sich, es zu erlauben, daß ihr auch nur gelegentlichen Kontakt mit den anderen Kindern der Kreuzung habt.«

Ich gab ein tiefes Seufzen von mir. Ich hatte ihre Strenge und permanente Unnahbarkeit als deutlichen Hinweis darauf interpretiert, daß sie uns ablehnte. Statt dessen war sie für uns eingetreten, und in ihrem mangelnden Erfolg lag die Ursache für ihre Verbitterung. »Aber Erfahrenvater Jones ist jetzt tot«, brachte ich unwillkürlich hervor.

»Ja«, sagte sie und deutete ein dünnes Lächeln an. »Ja, er weilt nun nicht mehr unter uns, Nadd. Er liegt in der Anrichtekammer und wartet auf sein Begräbnis. Und das Berichtsbuch Erfahrenvater Dresslers, das Erfahrenvater Jones in seiner Brusttasche bei sich trug, ist verschwunden.« Sie warf einen kurzen Blick zum Kamin, in dem ein knisterndes Feuer brannte. »Jetzt wird es niemand mehr lesen, Nadd. Und all die Leute, die sich vor den Sonnenkindern fürchteten, sind auf der Wiese umgekommen. Wenn von den anderen Dorfgemeinschaften Hilfe eintrifft, dann werde ich deutlich machen, daß an diesem Ort die Erinnerung an das furchtbare Gemetzel niemals verblassen wird. Eure sensiblen Seelen können nur gerettet werden, wenn ihr von hier fortkommt und man euch in Zukunft ein normales Leben zugesteht.«

*Ein normales Leben.* Diese Worte hallten dumpf hinter meiner Stirn wider. Sollten wir sechs in einer Langhütte und zusammen mit einem Dutzend gottesfürchtiger Pilger untergebracht werden? Sollten Corrie, Feliss und Ronna fortan in der Küche arbeiten? Sollten Herrol und Trebb jeden Nachmittag mit Hakken in den Händen auf die Felder geschickt werden? Einmal war ich der Überzeugung gewesen, daß wir lernen konnten, uns als normal zu empfinden und uns normal zu verhalten, wenn man uns erlaubte, ein normales Leben zu führen. Jetzt aber hielt ich ein solches Unterfangen nur für unnütz. »Nira ...«

»Wir haben bereits ein Zeichen erhalten«, sagte sie verträumt, und ihr Blick ging durch mich hindurch und beobachtete eine zarte Vision von Normalität. »Als man die Leiche von Erfahrenvater Jones hereinbrachte, war der Körper arg zerschunden, und wir hatten nicht einmal die Zeit, ihn zu säubern und herzurichten. Doch in dem allgemeinen Durcheinander kroch Ronna aus ihrem Bett und saß stundenlang neben dem Toten, bevor wir herausfanden, wohin sie verschwunden war. Und während sie bei ihm war, geschah ein Wunder. Alle Spuren der Gewaltanwendung wurden von der Leiche getilgt.«

»Sie ...«

»Er ist tot, aber sein Leib weist nun keine Verletzung mehr auf, Nadd. Es ist ein Zeichen der Heiligen Macht für uns alle, und es bedeutet, daß auf Leid Heilung folgt, daß trotz schrecklicher Wunden und sogar im Angesicht des Todes unsere Einheit wiederhergestellt wird. Und es gebietet uns auch, die Einheit der Siedlungsgemeinschaft wiederherzustellen, indem man die Sonnenkinder zurückführt in das Leben des Dorfes.« Mit einem geistesabwesenden Lächeln erhob sie sich von ihrem Stuhl und schritt auf die Tür des Klassenzimmers zu. Ihre Füße schienen kaum den Boden zu berühren. »Wie du siehst, Nadd, hat dieser Tag also nicht nur Schreckliches gebracht. Die Zeichen sprechen eindeutig dafür.« Und damit verschwand sie im Korridor, ohne ein Geräusch zu verursachen.

Ich starrte ihr nach und bekämpfte die in mir aufsteigende Übelkeit. Ein Zeichen? Wenn ich nur hätte glauben können, daß die wundersame Heilung von Erfahrenvater Jones' Körper auf die Einwirkung der Heiligen Macht zurückginge. Wenn ich nur hätte glauben können, daß ich nicht allein gelassen wurde von jener Güte, von der die ersten Pilger nach Schicksal geführt worden waren, die sie auch heute noch begleitete – eine sanftmütige und schützende Präsenz, die tief im menschlichen Geist verwurzelt war.

Doch Ronnas sonderbare Heilkraft, so begriff ich mit wachsender Bitterkeit, hatte die gleiche Grundlage wie Corries ungezügelter Zerstörungstrieb, wie Feliss' boshafte Streiche und wie meine eigene mich quälende Gabe, die mir Visionen von der Zukunft bescherte. Und diese Fähigkeiten gingen ganz eindeutig über die menschliche Natur hinaus. Wir waren anders – völlig und gänzlich und auf unfaßbare Weise anders.

Und jetzt schlug Nira vor, wir sollten bei den Pilgern leben, mit ihnen arbeiten und lernen, mit ihnen beten. Einst hatte ich mir das in meinen Wunschträumen ausgemalt. Jetzt lag ich still im Klassenzimmer und starrte wie benommen an die im Halbdunkel nur undeutlich zu erkennende Decke. Ich lauschte nicht dem Knistern des Feuers, dessen Flammen das spezielle Berichtsbuch Erfahrenvater Dresslers verzehrt hatten, sondern dem Picken einiger noch verbliebener Schreivögel, die auf dem Dach nach letzten Resten des Mooses suchten. Und bald rannen mir Tränen über die Wangen.

## *Corrie*

### Schicksal, Jahr 0217–0222

Nach dem Verdammungstag erwachte ich oft vor Morgengrauen, durchwanderte die Wiese der Tränen und erweckte die Erinnerungen wieder zum Leben. Hier holte der düstere Schemen eines Jungvaters mit dem Beil aus. Dort liefen das Phantom eines der Raserei anheimgefallenen Rinds und ein schreiendes Kind einer Kollision mit tödlichen Folgen entgegen. An einer anderen Stelle kauerte ein Älterer im Gras und brüllte ein unartikuliertes Flehen, während seine Frau mit einer blutverschmierten Axt auf seinen Rücken einschlug. Ich hastete immer rascher durch das dichte Gras, und der Tau benetzte mir den Coverall bis zu den Schienbeinen. Mit der gierigen Zunge meiner Mutter kostete ich den Tod der Geister. Dann erschien wie immer mein Vater am Horizont, und sein scharlachrotes Gesicht war infolge des zurückliegenden Schlafes angeschwollen. Er gähnte, streckte glänzende Finger nach mir aus und versuchte träge, mich zu packen. Ich gab ein herausforderndes Schnauben von mir, sprang fort durch das Gras und lenkte meine Schritte zurück in Richtung Sonnenkindhütte.
Der Tag nach der Verdammung verstrich mit einer sonderbaren Unwirklichkeit, einer gespenstischen Zeitlosigkeit – so als sei er unberührt vom allgemeinen Werden und Vergehen. Nira war ganz konfus und hing in jedem Zimmer die Schlechtwettervorhänge auf, um den Anblick des Gemetzels auf der Wiese von uns fernzuhalten. Dann glitt sie mit einer träumerischen und schweigenden Strenge durch die langen Stunden, mit ruhiger Ernsthaftigkeit, die sich nach und nach in nervöse Hektik verwandelte. Daya und Miss zogen sich währenddessen ganz in sich selbst zurück und waren nur noch diffuse Schatten ihrer selbst. Ronna, Nadd, Herrol, Feliss und Trebb schlichen stumm den Korridor hinauf und hinunter, und in ihren weit aufgerissenen Augen klebten Bilder des Todes. Ich war die einzige, deren Erinnerung von Entzücken durchsetzt war.

Es war später Nachmittag, als die ersten Totenwächter von Draes Kreuzung erschienen. Nira griff nach ihrem Rock und beeilte sich, sie in die Anrichtekammer zu begleiten, in der Erfahrenvater Jones lag. Doch als sie über den Pfad lief, wichen die Totenwächter vor ihr zurück. Mit dem Zeigefinger malten sie das Zeichen des zerbrochenen Kreuzes in die Luft und flohen über die Wiese – wie Männer und Frauen, die von einem Alptraum verfolgt wurden. Sie ignorierten das immer lauter werdende Bitten und Flehen Niras, brachten die Überbleibsel der Verdammten stumm und stur in schwarzen Leichensäcken unter und transportierten dann die erste Fuhre ab.
Nira kehrte voller Verzweiflung in die Hütte zurück und veranlaßte Miss und Daya dazu, ihr dabei behilflich zu sein, die Bahre mit der Leiche Erfahrenvater Jones' auf den Spielplatz hinauszutragen. Dann bezog sie am Fenster Aufstellung und wartete auf die Rückkehr der Totenwächter. Als das während des Heranziehens der Abenddämmerung der Fall war, eilte sie wieder hinaus, um sich mit drängenden Bitten an sie zu wenden. Vergeblich. Trotz all ihrer Bemühungen blieb Erfahrenvater Jones zwei Tage lang auf dem Spielplatz liegen, und die Totenwächter vermieden es, der Hütte zu nahe zu kommen.
Am dritten Tag schließlich stellten wir nach dem Aufstehen fest, daß man den Leichnam von Erfahrenvater Jones in der Nacht fortgeschleppt und auf den Zaun, der den Spielplatz vom Pilgerpfad separierte, das Zeichen des zerbrochenen Kreuzes gemalt hatte. Nira wanderte unruhig und mit wachsender Erregung über den Vorplatz, kaute auf der Unterlippe und starrte besorgt auf das Bannungssymbol. »Ich muß wissen, ob sie die Leiche untersucht haben«, brachte sie schließlich hervor. »Wenn das nicht der Fall ist, wenn sie nicht begriffen haben ... Miss, Daya, sorgt dafür, daß die Kinder auch heute die Hütte nicht verlassen. Ich gehe nach Draes Kreuzung. Bis zum Abendessen bin ich zurück.« Und mit diesen Worten wanderte sie über den Pfad und verschwand, den Kopf zwischen die Schultern gezogen.
Obgleich am Abend zuvor der letzte Tote von der Wiese fortge-

bracht worden war, wurde der Blick aus den Fenstern noch immer von schweren Vorhängen verdeckt, und die Erinnerung an den furchtbaren Wahn war wie ein Frost, der die Hütte mit seinen eisigen Fingern durchzog. Am späten Vormittag lief Miss schreiend und weinend durch die Hütte, und Daya hatte sich im Zimmer der Fürsorgerinnen eingeschlossen. Während sich die anderen im Klassenzimmer aufhielten, schob ich die schwarzen Vorhänge zur Seite und starrte auf die Wiese hinaus. Die Graslandschaft wirkte zerzaust und struppig. Dicke Wolken aus Schreivögeln und Fahlmotten schwebten durch die Luft – eine Vielzahl aus dahingleitenden Regenbogenfragmenten. Am Flußufer, so wußte ich, entfalteten bereits neue und kräftige Keime ihre Wurzeln in der Aschewüste, die nach dem Feuer übriggeblieben war. Bald schon würden neue Bäume ihre Kronen über den braunen Fluten erheben, und dann hingen wieder graue Moosschleier von Ästen und Zweigen. Ich konnte bereits den scharfen und modrigen Duft riechen. Ich konnte spüren, wie jenes Aroma visionäre Bilder an meinen inneren Augen vorbeisickern ließ und meinen Fingerspitzen eine ganz besondere Macht verlieh.

»Ich bin froh, daß die Leute aus dem Dorf die Bäume niedergebrannt haben«, murmelte Feliss. »Ich mochte den Geruch am Fluß nicht.«

»Jetzt werden die Pilger nie wieder jenen Ort aufsuchen und alles Wasser trinken«, sagte Trebb. »Sie fürchten sich. Nur wir gehen nun noch dorthin.«

»Ich werde *nie wieder* an den Fluß gehen«, erwiderte Feliss und schlang sich die Arme um die Schultern.

»Wir kehren dorthin zurück«, flüsterte ich. Ich drehte mich um, und ein dünnes Lächeln umspielte meine Lippen, als ich in den Gesichtern der anderen sich langsam ausbreitende Verwirrung entdeckte. Aus dem Lächeln wurde ein Grinsen, als ich meine Prophezeiung in dem plötzlich furchtsamen Blick Nadds bestätigt sah. »Eines Tages kehren wir alle an den Fluß zurück«, wiederholte ich, und Nadd preßte sich die Hände auf den Mund und hastete würgend in Richtung Toilette.

Feliss, Ronna und Nadd hielten den ganzen Nachmittag über

nach Nira Ausschau. Als der Abend zu dämmern begann, trat sie schließlich durch das Tor auf den Spielplatz, als ein schemenhafter Geist fast. Ihr graues Kleid war zerfetzt, und das Haar glich einer zerzausten Mähne. Ihr Gesicht war an vielen Stellen blau angeschwollen und mit zahlreichen Kratzern und Platzwunden versehen. Sie schwankte und suchte an dem Torpfahl nach Halt. »Kinder«, keuchte sie, und ihre dünne Stimme vibrierte angesichts der Schmerzen, die sie empfand.

Nadd erreichte sie als erster, und die herankriechende Dunkelheit der Nacht verhüllte die Schatten der Furcht in seinen Augen. »Nira! Die Pilger...«

»Sie haben Erfahrenvater Jones' Leiche geholt und sie verbrannt. Sie haben ihn wie einen Haufen Abfall dem Feuer übergeben, ohne ihn zu untersuchen – weil er sich mit mir gegen die Verdammten aussprach.« Schluchzend torkelte sie auf den Spielplatz. Man hatte ihr das eine Lid halb ausgerissen, und es baumelte auf groteske Weise über dem Auge. Müde tastete sie sich mit der Hand über die Stirn. »Kinder, holt Miss und Daya. Ich... kann nicht...«

»Miss ist nicht hier«, platzte es aus Feliss heraus. »Gegen Mittag lief sie fort, und Daya hat uns nicht gesagt, wohin sie gegangen ist. Sie...«

»Weil sie kein bestimmtes Ziel hatte«, warf ich mit vor Sarkasmus triefender Stimme ein, »sondern nur ganz einfach den Verstand verlor.«

»Sie weinte und schrie den ganzen Morgen über, und Daya ebenfalls«, stammelte Feliss, und auch in ihren großen schwarzen Augen glänzten nun Tränen. »Sie haben beide schlechte Dinge über uns gesagt. Sie meinten...«

Nira taumelte an ihr vorbei, schwankte über den Pfad und schleppte sich dann die Stufen empor. Sie preßte die eine Hand krampfhaft auf den Bauch, und ihr Gesicht wurde noch blasser, als es ohnehin schon war. »Bitte!« rief sie, und in ihren Augen leuchtete entsetzte Angst auf. Sie starrte zu dem sich mit Finsternis überziehenden Himmel empor, als suche sie dort nach einer gnädigen Präsenz. *»Bitte!«*

Erst jetzt bemerkte ich die dünne Blutspur, die sie über den

Spielplatz hinter sich hergezogen hatte. Am Tor waren es nur wenige scharlachrote Tropfen, aber am Fuß der Treppe wurde daraus bereits ein breites Rinnsal. Allmählich bildete sich unter dem grauen Kleid eine ganze Lache. Fasziniert starrte ich auf das schaumige Rot, auf die Blässe in den gequälten Zügen Niras. Als ich begriff, entstand ein überaus sanftes und liebenswürdiges Lächeln auf meinen Lippen. »Dein Baby... dein Baby stirbt, Nira«, sagte ich mit klarer Stimme. Als ich die Augen schloß, konnte ich bereits das tote Antlitz des Ungeborenen sehen, verzerrt angesichts des Schmerzes, mit dem die Überlebenden von Draes Kreuzung Nira gemartert hatten.

Ihre Lippen zuckten. »Mein Baby...« Jäh preßte sie die Kiefer aufeinander, und in ihrer Miene kam neue Qual zum Ausdruck. Sie wandte sich schwankend um und stolperte ins Klassenzimmer, wobei sie eine üppige Blutspur hinter sich herzog.

Ich folgte ihr eilig, begierig darauf, noch mehr zu sehen, aber Ronna stieß mich zur Seite und umfaßte Niras Arm. Ich wurde zornig. Wütend griff ich nach Ronnas Haar. Sie wirbelte herum, und in ihren schmutzigbraunen Augen gleißte eine unheimliche Kraft. Ich spürte kurz, wie meine Entschlossenheit erschüttert wurde, als wir auf mentaler Ebene darum rangen, wer sich um Niras ungeborenes Kind kümmern sollte. Ronnas braune Augen verwandelten sich in zwei Strudel, und ich konnte mich ihrem Blick nicht entziehen. Der Geschmack des Todes wurde zu einer ekligen Süße auf meiner Zunge, wie der gegorene Saft von Tannisreben. Ich schnitt eine Grimasse und versuchte, das zuckersüße Aroma zu verdrängen. Aber es vergiftete mir den Speichel, deformierte ihn zu klebrigen Fäden an meinem Gaumen, drohte mich zu ersticken. Unwillkürlich ließ ich Ronnas Arm los und schaffte es, mich von ihrem durchdringenden Blick abzuwenden.

Sie wandte sich wieder zu Nira um und schloß die Hand fester um ihren Arm. »Ich bleibe bei dir, Nira«, sagte sie heiser.

Feliss eilte ihnen nach, als sie das Klassenzimmer verließen, und ihre Unruhe galt noch immer den Ungerechtigkeiten des Tages. »Daya wollte ihr Bett nicht verlassen, Nira. Sie bereitete uns kein Abendessen, und der Topf mit dem Haferbrei ist leer.«

Nira blieb stehen, sah auf sie hinab und schwankte dabei, als sie einen neuen Schwächeanfall erlitt. »Dann müßt ihr euch heute abend selbst das Abendessen machen, Feliss. Ich kann euch nicht helfen, bis mein Baby... bis mein Baby...«

Bis dein Baby tot ist, zischte ich tonlos. Aber als sie zusammen mit Ronna und Nadd, die sie stützten, durch den Korridor verschwand, tropfte der Gallengeschmack der Niederlage über meinen Gaumen. Als ich die Tür zum Zimmer der Fürsorgerinnen erreichte, stellte ich fest, daß sie verriegelt war. Nadd versperrte mir den Weg, und diesmal waren seine Gnomenaugen groß und ernst und nicht von Furcht erfüllt.

»Laß mich vorbei«, verlangte ich. »Laß mich vorbei, Nadd, oder ich rufe ein Unwetter herbei, das jedes Fenster in dieser Hütte zerschmettert. Laß mich vorbei, oder ich lasse Regen vom Wind hereinwirbeln, und morgen wächst dann überall Moos, im Klassenzimmer, in der Küche, in der Anrichtekammer...«

Er schüttelte finster den Kopf. »Nein.«

»Ich werde das Feuer im Kamin löschen und das Dach abbrennen«, drohte ich, doch sein starrer Blick nahm meinen Worten die Wirkung. Hinter der Tür hörte ich Nira stöhnen. Ronna murmelte. Ich preßte die Lippen aufeinander. »Du kannst dir gar nicht vorstellen, was ich mache, wenn du nicht die Tür für mich öffnest, Nadd. Du ahnst es nicht.«

»Ich sehe genug, um davon überzeugt zu sein, daß du nichts anstellst«, erwiderte er, und seine Stimme klang ganz fest dabei.

»Du kannst überhaupt nichts sehen!« schleuderte ich ihm schrill entgegen. »Du erzählst Lügen, um die anderen glauben zu lassen, du besäßest eine spezielle Gabe, aber du selbst weißt am besten, daß du nur ein Schwächling mit spindeldürrem Hals bist. Du kannst ja kaum das Gewicht deines eigenen Kopfes tragen. Du...«

»Du wirst heute abend kein Unwetter herbeirufen, Corrie«, zischte er. Dann öffnete er die Tür einen Spaltbreit, schlüpfte

ins dahinterliegende Zimmer, warf die Tür wieder ins Schloß und verriegelte sie.
Ich knirschte mit den Zähnen, als ich mich gegen die Holzbohlen warf und mit beiden Fäusten eine Zeitlang darauf einschlug. Die einzige Antwort bestand aus einem leisen und schmerzerfüllten Schrei, dann folgte Stille. Aufgebracht stürzte ich durch den Korridor. Draußen hatte sich Dunkelheit über die Wiese gesenkt, und ein leichter Wind bewegte das Gras. Mit einem stummen Schrei warf ich den Kopf in den Nacken, stellte mich auf die Zehenspitzen und krümmte den Körper steif nach hinten. Ich hob die Arme, preßte die Handgelenke aneinander und beugte die Finger.
Es entstand kein mich durchflutendes und berauschendes Gefühl von Macht. Und die abendliche Brise wirbelte auch keinen Dunst aus dem Boden auf, um ihn hinaufzusaugen in den finsteren Himmel. Statt dessen funkelten die ersten Sterne der Nacht gutmütig vom Firmament herab, und am Horizont lächelte freundlich ein pastellfarbener Mond. Ein heiserer Schrei löste sich von meinen Lippen, und ich sprang über den Spielplatz und lief über die Wiese. Aber das Gras reagierte nicht auf mich; diesmal fühlte ich nicht das zarte Streicheln an den Fußknöcheln. *Mutter, ich gab dir einen Trank aus Blut und Pilgertränen,* klagte ich. *Gib ihn mir nun zurück in Form von Donner und Regen. Gib ihn zurück. Laß ihn vom Himmel herabfluten. Gib ihn zurück!*
Wenn meine Mutter mich hörte, so antwortete sie mir nicht. Sie glich einem riesenhaften, toten Geschöpf, als ich durch das Wiesengras stapfte. Meine Stiefel sanken tief ein in ihre sich zersetzende Haut. Ich trat nach ihren Felsen, ihrer Erde, aber kein Muskel zuckte daraufhin, und Nackenhaare richteten sich ebenfalls nicht auf. *Gib ihn zurück!* schrillten meine fordernden Gedanken, doch sie verloren sich in Leere und Schweigen.
Meine Füße trugen mich zum Picknickgehölz und daran vorbei. Sie trugen mich an jenen Ort, wo der Fluß braun und leise gurgelnd dahinströmt, erhellt vom Mondschein. Seine Wächter lagen in Aschehaufen am Ufer. Hier und dort erhob sich ein

schwarzer Sumpf aus dem, was das Feuer übriggelassen hatte, aber nirgends erkannte ich die zarten Schleier langer grauer Moosbärte. Zornig scharrte ich in der Asche umher, suchte darin wie ein hungriges Tier. Der Atem entfuhr mir in scharfen, zischenden und knurrenden Schüben. Irgendwo mußten einige Sporen überlebt haben. Wenn ich tief genug grub, wenn ich die Asche weit genug davonwirbelte, dann mußte ich schließlich auf den scharfen Modergeruch des Traumstaubs stoßen, und dann würde ich in meinen Fingerspitzen wieder Macht fühlen. Dann würde ich mich hoch aufrichten und ein Unwetter vom Himmel herabrufen.

Aber wenn es tatsächlich noch Sporen gab, so entdeckte ich sie nicht. Ich hustete und keuchte, aber das braune Wasser blieb nur Wasser. Ich schnupperte und schluckte, doch nichts rührte sich unter meinen zornig stampfenden Füßen. Voller Verzweiflung warf ich mich am Flußufer zu Boden und wälzte mich im Schlamm. Ich ließ mir dahingurgelndes Wasser über die Lippen tropfen.

Doch die Macht eröffnete sich mir nicht. Trotz meiner arroganten Überheblichkeit war ich angewiesen auf den Traumstaub des grauen Mooses, um Blitze vom Firmament herabzukken zu lassen. Und die wahnsinnigen Pilger hatten alle Schleier mit ihren Fackeln angesteckt, jeden einzelnen Moosälteren am Flußufer verbrannt. Ich rannte an den braunen Fluten entlang, mehrere Kilometer weit, und ich erblickte dabei nur Asche und verkohlte Baumstümpfe. Ich verschaffte meiner Wut mit zornigen Tränen Luft, und sie regneten auf Schlamm, der nichts weiter war als gewöhnlicher Dreck. Stunden später schließlich stapfte ich über die Wiese zurück und zitterte dabei noch immer infolge der in mir rumorenden Wut der Verzweiflung. Weit über mir wölbte sich der Himmel – eine kosmische Leere, die mit spöttisch funkelnden Punkten kalten Lichts durchsetzt war. Monde krochen nacheinander und in festgelegten Bahnen übers Firmament, und in ihrem Schlepptau zerrten sie die Morgendämmerung über den Horizont. Der Boden unter meinen Füßen bestand nur aus Erde und einzelnen Felsbrocken, und er war inaktiv und ohne Reaktionen auf mich.

Als ich bei Anbruch des neuen Tages durch das Tor im Zaun trat, wurde meine letztendliche Niederlage von dem Schreien des Säuglings besiegelt, das mir von der Hütte entgegenwehte. Niras Kind war lebend geboren worden. Sein lebhafter Protest folterte mich. Wie betäubt schwankte ich die Stufen hinauf. Feliss und Trebb sprangen zur Tür, um mich zu begrüßen, und sie waren fast außer sich vor Freude. »Es ist ein Mädchen!« schrillte Feliss.

»Und es ist gerade zur Welt gekommen«, fügte Trebb hinzu. »Ronna bringt es jetzt in die Küche, um es zu waschen. Komm mit, Corrie, und sieh es dir an. Es hat ein ganz komisches rotes Gesicht, und die Hände sind ganz verschrumpelt.«

»Das liegt daran, weil es in Wasser schwamm«, erklärte Feliss begeistert. »Ronna...«

»Es wird niemals überleben«, verkündete ich schroff. »Es sollte erst nach der Ernte geboren werden. Es wird sterben, bevor dieser Morgen vorbei ist.«

»Aber es ist groß«, jauchzte Trebb. »Ronna ist Nira nicht von der Seite gewichen und hat die ganze Nacht ihre Hand gehalten...«

Ich ballte unwillkürlich die Fäuste. Ich wollte nicht noch mehr hören. Ronna hatte sich um Nira gekümmert und sie gepflegt, und aufgrund der Wirkung ihrer Kraft gab nun ein Säugling, der kaum mehr sein sollte als ein Fötus, in der Küche ein lebhaftes Geschrei von sich. Doch ohne die grauen Sporen des Flußmooses war ich machtlos.

Machtlos. Im Stich gelassen von Vater und Mutter, zu gewöhnlicher Sterblichkeit verurteilt. Trebb und Feliss eilten in die Küche zurück, in der Niras Baby brüllte, und ich stolperte in den Schlafraum und ging müde und besiegt zu Bett.

Während der nächsten Wochen schien mein Vater für mich nur ein Stirnrunzeln übrig zu haben, während er die anderen mit seinem Lächeln segnete. Nach Angelicus' Geburt war Ronna einige Tage lang krank, aber nachdem sie von uns isoliert worden war, erholte sie sich rasch wieder. Nira ging es schon bald erheblich besser, und sie wanderte munter durch die Gänge und Flure der Sonnenkindhütte, wobei ihr ausgemergeltes Gesicht bald wieder voller wurde. Dank Ronnas Hilfe behielt sie nicht einmal Narben von den Wunden, die ihr in Draes Kreuzung zugefügt worden waren. Miss ließ sich nicht blicken, und Daya kehrte uns ebenfalls den Rücken. Aber die große Last der Pflicht, sich um uns zu kümmern, schien auch nach der Geburt ihrer Tochter Nira nicht schwerzufallen, obgleich ich manchmal hörte, wie sie sich mit Nadd unterhielt und dabei traurig beklagte, daß die Überlebenden in Draes Kreuzung sich nicht des von dem Leichnam Erfahrenvater Jones' verkörperten Wunders angenommen hatten. Feliss und Trebb tollten auf der Wiese umher, und das dichte Gras wuchs daraufhin noch üppiger.

Bald erfuhren wir, daß die Überlebenden des Verdammungstages Draes Kreuzung verlassen hatten und zu verschiedenen anderen Siedlungsgemeinschaften fortgezogen waren. Nira entdeckte einen vergessenen Erntekarren, und wir transportierten Säcke mit Hafer, Gerste und Weizen aus den verlassenen Kornkammern ab und füllten damit unseren Vorratsschuppen. Kurz darauf begann Herrol damit, die an Draes Kreuzung angrenzenden Wiesen zu durchstreifen, die breiten Schultern nach vorn geschoben, den Kopf gesenkt. Einzelne Rinder, die seit dem Verdammungstag halb verwildert waren, folgten ihm gehorsam nach Hause, und ihr dumpfes Knurren vermischte sich mit dem, das Herrol selbst von sich gab. Zunächst wurden die Tiere in einem provisorischen Pferch untergebracht, den Nira und Trebb auf der Wiese errichteten. Nira fütterte sie mit dem erbeuteten Korn und versuchte, das Filigrangras so lange zurückzudrängen, bis eine Saat irdischer Gewächse ausgebracht werden konnte. Bald darauf jedoch stellten wir fest, daß die Rinder nicht nur inmitten des ursprünglichen Wiesengrases überlebten, sondern sogar prächtig gediehen – sie fraßen nun Gräser, die sich zuvor als außerordentlich giftig für ihre Spezies erwiesen hatten. Herrol verbrachte den größten Teil seiner Zeit bei der wachsenden Herde. Unruhig wanderte er inmitten der großen Tiere umher, unterhielt sich mit ihnen in kehligen Lauten.

Die folgenden Jahre laufen vor meinem inneren Auge in einer

Abfolge einiger rascher Bilder ab: Herrol, der einen großen Bullen an der Nase faßt und über die Wiese führt, das Baby Angelicus, das auf dem Rücken liegt und lacht, die blonden Locken einem Heiligenschein gleich; Feliss und Trebb, die mit ganzen Körben voller purpurner Kratzbeeren von dem Picknickgehölz zurückkehren; Schwärme von Schreivögeln und Fahlmotten, die sich nach jedem Regen um unsere Hütte herum versammeln und die Luft mit ihrer Farbenpracht erfüllen; das ruhige und gelassene Grasen des Viehs; Miss, die an einem Winterabend auftaucht, die Arme bedeckt von Schimmelflecken. An kalten Abenden versammelten wir uns alle um das Kaminfeuer, und im nächsten Frühjahr tanzte Miss durch die Hütte, die Arme wieder glatt und rein.

Glück, meinen Sie vielleicht. Friede und Wohlstand. Unsere Rinder fraßen giftiges Gras und wurden fett. Herrol brachte uns Schweine, die sich selbst während der schlimmsten Sporenstürme zufrieden im Dreck wälzten. Unsere Fürsorgerinnen erblühten. Alle erfreuten sich an Angelicus. Und ich war zornig?

Ich war zornig und hilflos. Ich wütete durch die Hütte. Ich wütete in der Wiese. Ich wütete am Fluß, an dessen Ufer die Keimlinge von Blauweiden und Fingerpalmen mit mich verrückt machender Langsamkeit wuchsen. Ich wütete im Licht der Morgensonne. Ich wütete im flackernden Schein von Monden und Sternen. Ich zürnte über Gras, Felsen und Boden.

Wir waren acht Jahre alt, wurden neun, dann zehn. Allmählich begriffen wir, daß jenseits unserer Wiesen eine unheilvolle Veränderung stattgefunden hatte: Dürre. Langsam fanden sich neue Bewohner in Draes Kreuzung ein, aber es waren keine echten Jungväter und Mütter, keine gesetzten Älteren und gottesfürchtigen Kinder. Statt dessen waren es jene, die aus anderen Dorfgemeinschaften ausgestoßen worden waren und sich nun der verlassenen Hütten und Ställe annahmen: Leute, die aufgrund abweichender Lebenseinstellungen und Weltanschauungen oder bestimmter Taten fortziehen mußten oder von den immer heftiger wütenden Phantomen aus Hungersnöten und Elend dazu gezwungen worden waren. Bald sa-

hen wir sie durch die kargen Wiesen wandern, die sich an unsere üppigen anschlossen, hohlwangige Männer und Frauen in zerrissener Kleidung. Ihre Blicke folgten uns mit einer leiderfüllten Mischung aus Hunger und Angst. Doch obwohl sie Ausgestoßene waren, wählten sie einen Erfahrenvater, und eines Morgens im Frühling erschien er bei uns am Tor. Er hatte sich sein dichtes rotes Haar sorgfältig gekämmt und mit einem Duftöl versehen, so daß die lockigen Strähnen nicht struppig abstanden, und in seinem hageren und knochigen Gesicht klebte ein zaghaftes Lächeln. Seine Augen leuchteten in einem rostroten Ton und glänzten wachsam.
Nira bezog in der Tür des Klassenzimmers Aufstellung, als er näher kam, den Leib ganz steif und aufrecht, und ihre Mimik drückte aus, daß sie ganz auf der Hut war. »Guten Morgen, Vater«, begrüßte sie ihn förmlich, als er über den Pfad heranschritt.
»Guten Morgen, Ledigfrau McCree«, entgegnete er. »Ich bin gekommen, um dir anzubieten, einen Lobgesang mit dir anzustimmen.« Seine Stimme drückte eine redegewandte Jovialität aus. Die Wachsamkeit in seinen Augen wurde nicht von dem Lächeln beeinträchtigt, daß die Züge des hohlwangigen Gesichts kurz auflockerte.
Niras Mimik gab sich völlig unbeeindruckt. »Es ist viele Jahre her, seit wir zum letztenmal mit geistlichem Beistand gesegnet wurden, Vater. Ganz offensichtlich sind wir hier vergessen worden, wenn nicht von der Heiligen Macht – die uns auch in schweren Zeiten Ihre Hilfe nicht versagte – so doch von Ihren menschlichen Vertretern.« Eine besondere Betonung der letzten Worte deutete an, daß sie seinen Status als Abgesandter der Heiligen Macht in Frage stellte.
In einem versöhnlichen und besänftigenden Lächeln zeigte Erfahrenvater Schuster zwei ungleichmäßige Reihen strahlend weißer Zähne. »Unglücklicherweise hat die irrationale Furcht, die die Felder und die Hütten des Dorfes, die wir jetzt bewohnen, der Einsamkeit preisgab, auch zu eurer Isolierung hier geführt. Während der letzten paar Monate haben wir deine Sonnenkinder beim Spiel auf der Wiese und im Picknickgehölz be-

obachtet. Und wir sind zu dem Schluß gelangt, daß es keine Teufel sind, sondern ganz einfach nur Kinder, aufwachsende Kinder.«

»Ungehorsame und undisziplinierte Kinder«, berichtigte Nira rasch. »Ich hatte keine andere Wahl, als sie verwildern zu lassen. Die Siedler haben es abgelehnt, den Umgang mit ihnen zu pflegen, so daß sie zu richtigen Pilgern werden.«

»Und vielleicht wird sich gerade das noch als ein Segen für sie herausstellen«, warf er ein und trat entschlossen einen Schritt vor, so daß ihr nichts weiter übrigblieb, als zurückzuweichen und ihm den Weg ins Klassenzimmer freizugeben. Dort blickte er sich mit wachsamem Interesse um. Schließlich fixierte sich der Blick seiner rotbraunen Augen eine ganze Weile auf die vier von uns, die wir an unseren Unterrichtstischen saßen. Seine rötlichen Augenbrauen hoben sich fragend. »Es gibt doch noch zwei andere von ihnen, nicht wahr? Und noch ein Kleinkind?«

»Ronna und Herrol kümmern sich heute morgen um das Vieh.« Nira war unwillkürlich vor die große Tafel getreten und hielt den Zeigestock in der Hand. »Für den theoretischen Unterricht zeigen sie eine nur geringe Begabung.«

»Gut, gut«, erwiderte er geistesabwesend. Dann richtete er seine Aufmerksamkeit erneut auf uns. Ein weiteres Mal entblößte er seine Zähne in einem Lächeln, das die nach wie vor äußerst wachsam blickenden Augen aussparte. »Sollen wir der Heiligen Macht demütig danken für den guten Zustand, in dem ich euch hier vorgefunden habe, Kinder? Ihr seid nicht nur besser genährt als all die Kinder, die ich in Draes Kreuzung zurückgelassen habe, ihr seid zudem gesegnet mit einem behaglichen Zuhause und einer beispielhaften Pflege.«

Ich preßte die Lippen aufeinander, als ich sah, wie er Nira einen verstohlenen Blick zuwarf, um ihre Reaktion auf seine Schmeichelei abzuschätzen. Feliss starrte ihn aus großen schwarzen Augen an, der Mund geöffnet zu einem erstaunten und verblüfften Oh. Trebbs Arme sanken auf den Tisch herab und blieben dort liegen. Nadd erhob sich halb, und in seinen weit aufgerissenen Augen kam wachsende Furcht zum Ausdruck.

»Ich werde mich nicht zu Boden werfen und das Gesicht in den Schmutz pressen«, erklärte ich und sprang auf.
Erfahrenvater Schuster schien den herausfordernden Trotz kaum zur Kenntnis zu nehmen. »Selbstverständlich nicht. Selbst im Frühling ist der Boden noch ziemlich kalt. Bleib ruhig an deinem Tisch sitzen, Mädchen, und beuge den Kopf – dann wird die Heilige Macht auch dich hören.«
Feliss' Blick wandte sich von mir zu Nira, die Erfahrenvater Schuster aus zusammengekniffenen Augen musterte. »Wenn sich Corrie nicht auf den Boden legen muß, dann mache ich das auch nicht«, verkündete sie.
»Kinder...« mahnte Nira und schloß die Hand fester um den Stock.
»Niemand muß sich auf den Boden legen«, sagte Erfahrenvater Schuster. Er schenkte Nira, deren Gesicht sich in eine Maske der Mißbilligung verwandelt hatte, ein besänftigendes Lächeln. »Warum sollte man die weiblichen Mitglieder unserer Gemeinschaft unterdrücken, wenn die Heilige Macht darauf wartet, uns alle zu hören? Die neuen Frauen von Draes Kreuzung beten stehend zusammen mit ihren Männern, Ledigfrau McCree.«
Aus Niras zusammengekniffenen Augen wurden zwei schmale graue Schlitze, in denen es kalt funkelte. »Die neuen Frauen?« fragte sie scharf, und die Worte glichen Lanzen aus Eis. »Ist die Heilige Macht plötzlich nicht mehr dazu in der Lage, zwischen der angemessenen Demut von Frauen und dem Stolz der Männer zu unterscheiden?«
Das Lächeln Erfahrenvater Schusters wirkte plötzlich gezwungen. »Sicherlich hast du bereits davon gehört, daß wir in Draes Kreuzung jeder Doktrin ablehnend gegenüberstehen, die von einigen Angehörigen unserer Gemeinschaft verlangt, sich öffentlich zu erniedrigen. Selbst hier hast du bestimmt schon vom Schisma der Dolbriten erfahren.«
»Schisma?« wiederholte Nira scharf. »Es ist das erstemal, daß mir in diesem Zusammenhang ein solcher eher vornehm klingender Begriff zu Ohren kommt. Statt dessen habe ich von einigen Eigenbrötlern gehört, die aus den Siedlungen der Pilger

ausgestoßen wurden, sich zu einer Gruppe der Unzufriedenen zusammenschlossen und sich dann in Draes Kreuzung niederließen.«

»Und du bist zufrieden? Die Kinder, deren du dich die ganze Zeit über angenommen hast, wurden isoliert und sogar verfolgt. Dich selbst steinigte man, als du die Pilger von Draes Kreuzung von einem Wunder unterrichten wolltest. Seit Jahren ächtet man dich nun schon, und du mußt sehr auf der Hut sein, wenn du dich einem der anderen Dörfer näherst. Dir bleibt nichts anderes übrig, als dich sorgfältig zu verkleiden, wenn du einen alten Bekannten besuchen möchtest. Wie ich hörte, hält dich sogar deine eigene Familie für eine Frevlerin. Bist du zufrieden mit der etablierten Pilgerordnung, was die Reglementierung des Lebens und des Gottesdienstes auf Schicksal angeht?«

»Ich bin das Opfer eines Irrtums«, erwiderte sie. »Hätte man den Leichnam von Erfahrenvater Jones untersucht, bevor er fortgeschafft und verbrannt wurde, dann wären alle des Wunders ansichtig geworden, mit dem die Heilige Macht alle Wunden und Verletzungen entfernte. Und dann hätten sie auch die Botschaft begriffen, die die Heilige Macht an uns alle adressierte: daß wir eins sind, ein unteilbares Ganzes, und daß wir zusammen an einem Ort leben müssen.«

Erfahrenvater Schusters Lippen teilten sich und offenbarten ein weiteres Mal zwei Reihen strahlend weißer Zähne. »Das trifft den Nagel auf den Kopf, Ledigfrau McCree. Wir sind ein Volk, Männer und Frauen, Ältere und Kinder. Niemandem von uns darf Leid oder Erniedrigung auferlegt werden. Schließlich sind wir alle nur einfache Sterbliche. Wir haben nicht das Recht, zu urteilen oder zu bestrafen. Und aus diesem Grund bin ich in der Hoffnung hierhergekommen, den jahrelangen Zwist zu schlichten und die Kluft zwischen uns zu überbrücken. Möchtest du mit mir singen, Ledigfrau McCree? Und wirst du deinen Mündeln erlauben, mit mir eine Lobeshymne anzustimmen?«

Die Anspannung in Niras Miene löste sich nicht auf. »Erfahrenvater, wie kann ich den Kindern erlauben, an der Häresie teilzunehmen, die in dem Wurzeln geschlagen hat, was einst eine Pilgergemeinschaft war?«

»Aber du kannst ihnen sehr wohl erlauben, weiterhin als Ausgestoßene und Geächtete zu leben?« lautete seine Gegenfrage. »Du kannst ihnen erlauben, hier in der Verbannung aufzuwachsen und an den Rand der menschlichen Gesellschaft gedrängt zu sein? Sie können von Glück sagen, daß sich jemand wie du um sie kümmert, aber du kannst ihnen nicht für immer zur Seite stehen und ihnen alles geben, was sie brauchen. Eines Tages werden sie Anleitung und Trost und Hilfe verlangen, sowohl in materieller als auch in geistiger Hinsicht. Und du bist nur eine Frau, die von einer anderen unterstützt wird. Du bist nicht unsterblich.«

Nira nickte widerstrebend. »Das... stimmt.«

Die rostbraunen Augen Erfahrenvater Schusters wurden groß und verwandelten sich in zwei Strudel, und in seiner Stimme ertönte leidenschaftlicher Nachdruck. »Wer will behaupten, daß die Heilige Macht größeren Wert legt auf die Art, in der sich die Gläubigen an Sie wenden, als auf das, was Herz und Seele des Betenden empfinden, Ledigfrau McCree? Wer will behaupten, die Heilige Macht sei ebenso engstirnig und arrogant wie die Erfahrenväter, denen es mehr darauf ankommt, über andere Menschen zu gebieten, als Barmherzigkeit walten zu lassen?«

Nira starrte in seine rotbraunen Augen, und sie ballte dabei die Fäuste, als müsse sie gegen eine hypnotische Kraft ankämpfen. »Barmherzigkeit«, wiederholte sie leise. Vielleicht erlebte sie in ihrer Erinnerung noch einmal jenen Tag, an dem sie nach Draes Kreuzung geeilt war, um die Botschaft eines Wunders zu verkünden – jenen Tag, an dem man sie gesteinigt hatte.

»Die Heilige Macht ist Barmherzigkeit«, intonierte Erfahrenvater Schuster, und seine Stimme klang nun ein wenig dumpfer. »Die Heilige Macht ist Leben. Die Heilige Macht kommt in allem zum Ausdruck, was Rechtschaffenheit und Wahrheit und Aufrichtigkeit ausmacht. Die Heilige Macht schenkt Leben und Freude, und sie gebietet darüber. Heute wollen wir sie mit unserem Lobgesang preisen...«

Niras Lippen bewegten sich gegen ihren Willen, und ihre Stimme fiel in seinen Gesang mit ein. Kurz darauf ertönte auch die Stimme Trebbs, gefolgt von dem akustischen Zittern Feliss'. Schließlich sang auch Nadd, den gnomenhaften Kopf ganz hoch und steif erhoben auf seinem dünnen Hals, der Blick starr, die Augen trüb. Ich sank auf meinen Stuhl zurück und lehnte es ab, an dem suggestiven und rhythmischen Murmeln teilzunehmen. Ich verspürte keine Ehrfurcht, sondern Zorn, immer intensiver werdenden Zorn. Unsere Isolation war die einzige Erinnerung an meine begrenzte Zeit der Macht, daran, als mein Vater und meine Mutter auf den Ruf reagiert und tosend und stürmend über die Wiese geheult hatten. Jetzt war dieser finstere und hohlwangige Mann gekommen, um Nira mit schönen Worten zu blenden und erneut eine feste Bindung zwischen der Sonnenkindhütte und Draes Kreuzung herzustellen.

Er war gekommen, um meine empfindliche Schöpfung zu zerstören: andauernde Furcht und fortgesetzte Isolation. Ich versah ihn mit düsteren Blicken, während sein Gesang die anderen anleitete. Sein Gesicht war schmal und knochig und zerfurcht – ein Totenkopf. Seine Lider waren so dünn, daß kleine blaue Adern durch die Haut schimmerten, und seine häßlichen Klauenhände zuckten nervös hierhin und dorthin. Der Leib unter der fleckigen weißen Robe war abgemagert. Nur die strahlend weißen Zähne und das dichte rote Haar waren von Mühsal und Not nicht in Mitleidenschaft gezogen worden. Und seine Augen ... sie öffneten sich langsam und starrten mich an, kühl abschätzend, konzentriert taxierend ... gierig.

Als das Loblied zu Ende war, hob Nira wie benommen den Kopf. In ihren Augen glänzten Tränenschleier. »Erfahrenvater Schuster, es ist schon so lange her, so lange, so furchtbar lange ... Wenn wir dir in irgendeiner Weise helfen können, wenn deine Gemeinde irgend etwas braucht ...«

Seine Antwort erfolgte eine Spur zu rasch. »Soweit ich weiß, sind eure Milchkühe in diesem Jahr außergewöhnlich produktiv.«

Niras Miene erstrahlte. »O ja. Ja – und Herrol hat sie gerade

heute morgen in der Frühe erst gemolken. Wenn du uns die Ehre erweisen würdest, einmal davon zu probieren...«
Er fuhr sich mit der Zunge über die Lippen und neigte den Kopf. »Ja, ich würde gern sehen, ob der Butterfettgehalt so hoch ist, wie man aufgrund des Zustands der Herde erwarten könnte.«
»Gewiß«, lächelte sie.
In der Anrichtekammer goß Nira die sahnige Milch aus dem Eimer. Die Hände Erfahrenvater Schusters zitterten, als er den Becher entgegennahm. Er hob ihn an seine schmalen und blassen Lippen und kniff die Augen fest zusammen, als er die Milch begierig hinunterstürzte. Als er die Augen wieder aufschlug, war sein Blick trüb, so als sei seine Aufmerksamkeit nach innen gerichtet, als koste er noch immer den kühlen Strom der Milch, der ihm nun in den Magen sickerte. »Ah, ja«, murmelte er. »Ja – sie ist ganz hervorragend.«
»Und was ist mit eurem Vieh?« fragte Nira und schenkte ihm den Becher rasch wieder voll.
»Unser Vieh?« Seine Stimme bebte in Verbitterung. Er schloß die Augen, trank den zweiten Becher Milch aus und rang um seine Fassung. »Unsere Rinder sind in diesem Jahr sehr mager, Ledigfrau McCree. Sicher weißt du, daß die nun schon zwei Jahre andauernde Dürre überall die Ernteerträge erheblich reduzierte. Alle Siedlungen leiden Not, und vielen Menschen geht es sehr schlecht. Aber wie ich hörte, braucht euer Vieh auf der Weide nicht einmal Zusatzfutter irdischen Korns, um fett zu werden und sich zu vermehren. Eure Rinder sollen sich ausschließlich von einheimischen Gräsern ernähren.«
Nira senkte rasch den Kopf. »Sie... sie fressen nur Filigrangras, ja.«
»Doch es handelt sich doch um die Tiere, die vor ein paar Jahren von den Bewohnern von Draes Kreuzung zurückgelassen wurden?« hakte er nach.
»Ja – und ihre Nachkommen«, gestand Nira voller Unbehagen ein. Sie wich noch immer seinem Blick aus, als sie wieder den Deckel auf den Milcheimer stülpte und den Schöpflöffel auswusch. »Ich verfüge nicht über tiefer gehende Kenntnisse in

der Viehzucht, und deshalb habe ich keine Erklärung dafür, daß die Rinder in der Lage sind, sich vom Wiesengras zu ernähren. Ich ...«

»Das fällt auch nicht in deinen Aufgabenbereich, Ledigfrau McCree«, stimmte Erfahrenvater Schuster rasch zu, und der durchdringende Blick seiner rostroten Augen fokussierte sich wieder auf sie. »Eine Art Anpassung, vermute ich. Vielleicht nicht einmal verwunderlich, wenn man bedenkt, daß die Rinder nun schon viele Jahre auf Schicksal leben.« Doch sein Blick nahm wieder eine konzentrierte Abschätzung vor, als er sich in der Anrichtekammer umsah. »Da ihr hier so gut ausgestattet seid, könnten die mir Anvertrauten vielleicht mit euch um eure Überschußproduktion handeln. Wir haben nicht sehr viel, aber ...«

»Es würde uns sehr freuen, sie euch umsonst zu überlassen«, erwiderte Nira rasch. »Wir haben alles, was wir brauchen – außer einige Spindeln mit grobem Garn und etwas Musselin.«

Sein Blick richtete sich nach innen, und er stellte einige kurze Überlegungen an. »Ich werde dafür sorgen, daß sich die Spinner noch heute an die Arbeit machen.«

Aber *hatte* er überhaupt Spinner zur Verfügung, fragte ich mich. Und besaßen sie entsprechende Fasern – und die Kraft, mit ihnen zu arbeiten? Er hatte ganz offensichtlich gezögert, bevor er diese Verpflichtung eingegangen war. Ich musterte sein hohlwangiges Gesicht, als Nira und er ihr Gespräch beendeten. Das Elend stand ganz deutlich in seinen knochigen Zügen geschrieben.

Und nach und nach entstand auf meinen Lippen ein verstehendes Lächeln. Ich brauchte nicht auf die Hilfe von Nadds Sehergabe zurückzugreifen, um zu erkennen, daß der Erfahrenvater nicht aus Besorgnis um uns hierhergekommen war, sondern einzig und allein aus Hunger. Wir hatten Milch und Fleisch, während die von der Dürre heimgesuchten Bewohner von Draes Kreuzung Not litten. Trotz seiner sonoren Stimme, trotz seiner eleganten Worte war Erfahrenvater Schuster als Bittsteller nach der Sonnenkindhütte gekommen. Und die vorsichtige Annäherung und seine begierige Wachsamkeit machten deutlich, daß der Verdammungstag noch nicht vergessen worden war. Aus welchem Grund sonst war er sechs Kindern und zwei Ledigfrauen mit einer derart bedachtsamen Vorsicht begegnet? Niemand in Draes Kreuzung wußte, daß sich mir erst dann wieder die Macht eröffnete, wenn die Bäume am Fluß erneut von Moosschleiern eingehüllt wurden. Niemand konnte ahnen, daß ich bis dahin ebenso hilflos war wie jedes andere zehnjährige Kind. Mit einer kurzen Drehung des Kopfes fing ich den Blick von Erfahrenvater Schuster ein und schenkte ihm ein glitzerndes Lächeln. Er zog sich unwillkürlich einen Schritt zurück, und an seiner einen Schläfe zuckte ein nervöser Muskel.

Ich sah Nadd an, und in meinen Pupillen schimmerte Siegestriumph. Doch Nadd nahm es kaum zur Kenntnis. Er hatte den Rücken fest gegen die Wand der Anrichtekammer gepreßt, und er starrte Nira und Erfahrenvater Schuster an. Sein Gesicht war blaß, und in den weiß aufgerissenen Augen funkelte eine Mischung aus Furcht und erwartungsvoller Erregung. Was immer er auch in den vor uns liegenden Tagen, Wochen und Monaten sah – es beunruhigte ihn. Und was auch immer Nadd frostige Angstschauer bereitete, mochte mir Entzücken bescheren. Mit einem kurzen Auflachen stürzte ich Erfahrenvater Schuster entgegen. Das Knacken zarter Schreivogelknochen schien in der kleinen Anrichtekammer widerzuhallen, als ich kurz und für ihn überraschend die Arme um ihn schlang. Bevor er darauf zu reagieren vermochte, sprang ich fort und lief den Korridor hinunter und auf den Spielplatz hinaus.

Begeisterung loderte in meinem Herzen, als ich durch das Gras der Wiese tollte. Unsere Isolation war zu Ende, doch plötzlich gewann ich den Eindruck, daß damit nicht ein kostbares Gut zerschmettert wurde, sondern sich mir eine Möglichkeit eröffnete, erneut etwas zu erschaffen, auf einem höheren Niveau und in größerem Ausmaß, frei und ungezwungen und fröhlich. Trebbs Stimme ertönte, und er lief mir mit wirbelnden Armen und Beinen nach. Er schloß zu mir auf, und das dichte Gras strich uns zärtlich über die Fußknöchel, als wir weiterliefen. Selbst mein Vater lächelte auf mich herab, und seine gleißenden Lippen verzogen sich in einer Art und Weise, die an die vorsichtige Zuvorkommenheit von Erfahrenvater Schuster erinnerte.

# Das Dorf

# *Nadd*

## Herbst 0222

*Milch und Fleisch, Milch und Fleisch* – dieser Refrain hallte dem schrillen Flehen eines Hungernden gleich durch meine Gedanken, als wir den Weg nach Draes Kreuzung hinunterschritten. Während des langen regenlosen Sommers hatten wir dem Dorf sahnige Milch und wohlgenährtes Vieh von unseren Weiden geschickt. Und Draes Kreuzung gab sich nun die Ehre, die Schuld nicht in Form von Musselin oder Spindeln mit grobem Garn zu begleichen, sondern mit immateriellen Werten. Nira und Miss gingen voraus, und zwischen ihnen hüpfte Angelicus. Feliss und Trebb liefen mal rechts und mal links vom staubigen Pfad dahin, umgeben von einem Durcheinander aus wogendem Gras und zirpenden Schreivögeln. Ich stolperte neben Corrie auf das Dorf zu, und ich versuchte, nicht die stechenden Schmerzen zu offenbaren, die mein Herz klauenartig umkrampften.

»Ihr verdient jede nur mogliche Chance, euch zu normalen Kindern zu entwickeln, Nadd«, hatte Nira am Abend zuvor argumentiert, als ich in ihr Schlafzimmer gegangen war, um sie von ihrem Vorhaben abzubringen. »Bisher hat niemand von euch die Wärme eines richtigen Familienlebens kennengelernt, und der Umgang mit anderen Klassenkameraden ist euch ebenfalls fremd. Natürlich fürchtest du dich vor der Veränderung und machst dir Sorgen darüber, wie du von den Leuten im Dorf behandelt wirst. Du ...«

»Es ... es sind nicht die Leute, vor denen ich mich fürchte«, erwiderte ich und suchte nach den richtigen Worten. »Es ...«

»Aber es wäre durchaus verständlich, *daß* du dich vor ihnen fürchtest, Nadd«, versicherte sie mir und schenkte mir ein zärtliches Lächeln. »Nachdem ihr soviel Feindseligkeit zur Zeit der Verdammung erfahren habt, muß euch die Aussicht ängstigen, im Dorf die Schule zu besuchen. Selbst ich bin ganz aufgeregt. Aber Erfahrenvater Schuster hat mir versichert, daß man euch alle zuvorkommend behandeln wird. Und wenn im kommenden Winter sich alles zufriedenstellend entwickelt, können wir im Frühling eine Hütte im Dorf beziehen. Und dann habt ihr binnen weniger Jahre ganz vergessen, daß ihr einmal Ausgestoßene wart. Dann könnt ihr euch gar nicht mehr an die langen Jahre der Isolation zurückerinnern.« Es funkelte in ihren Augen. »Und wenn euch eines Tages die Häresie der Gefolgschaft Erfahrenvater Schusters zu sehr mißhagt, so könnt ihr irgendwann weiterziehen und euch einer anderen Dorfgemeinschaft anschließen. Das Problem liegt nur darin zu lernen, sich normal zu verhalten, sich das richtige Auftreten anzueignen, das akzeptierte Benehmen ...«

»Aber in Draes Kreuzung ...« wandte ich ein.

»Oh, ich weiß natürlich, daß die Anhänger Erfahrenvater Schusters nicht gerade die besten Beispiele sind, nach denen sich aufwachsende Kinder richten sollen. Aber sie sind besser als gar nichts, Nadd. Und wenn ihr aufmerksam genug seid, ist es durchaus möglich, von einem schlechten Beispiel fast ebensoviel zu lernen wie von einem guten. Und jetzt geh zu Bett. Wir müssen morgen früh aufstehen, wir alle.« Und damit stand sie auf und geleitete mich zur Tür.

Als sich die Tür hinter mir schloß, zögerte ich im Korridor, und eine neue Flutwelle aus Furcht und Besorgnis durchbrandete mich. *Wenn sie mir nicht zuhören wollte, wenn mir niemand zuhören wollte, wenn alle darauf beharrten zu glauben, wir könnten jetzt noch, so spät, zu normalen Kindern zurechtgestutzt werden ...* Ich atmete tief durch, rang um mein inneres Gleichgewicht und verdrängte düstere Visionen – konturlose Gesichter, die von Schwärze gesäumt an meinem inneren Auge vorbeiwehten. Und schließlich hatte ich mich soweit beruhigt, um durch den Korridor zu wanken und wieder ins Bett zu kriechen.

Jetzt waren voraus die ersten Hütten zu erkennen – heruntergekommene Gebäude, verwittert im Laufe der Jahre, die Fenster verschalt, um die Kälte des Winters fernzuhalten. Aus den Schornsteinen quollen die bleichen Rauchfahnen von Holzfeuern. Als Kontrast dazu war der Morgenhimmel völlig klar, ei-

nem lavendelfarbenen und mit goldenen Punkten durchsetzten Kuppeldach gleich. Die Sonne war eine strahlende und vom Firmament genau abgegrenzte Scheibe aus glühendem Scharlachrot. Als wir uns der Siedlung näherten, lichtete sich das Gras, das auf unserer Wiese in so üppigen Büscheln wuchs. Trotz Trebbs stampfenden Füßen lagen die Halme gelb und tot am Boden. Als Feliss den Weg hinunterlief, verwandelten sich die ihr folgenden Schwärme aus Schreivögeln und Fahlmotten in eine rauschende Regenbogenwolke, die dem grauen und düsteren Schmutz von Draes Kreuzung entgegenschwebte.
Und als sich der staubige Weg zwischen den ersten Hüttenreihen hindurchwand, schien sich ein dunkler Schatten über unsere kleine Gruppe zu senken. Nira und Miss strafften die Schultern und achteten darauf, daß Angelicus zwischen ihnen blieb. Feliss und Trebb mieden die Peripherie des Weges und marschierten direkt hinter Nira und Miss. Ich senkte den Kopf zu den hochgezogenen Schulter hinab. Als wir ins Dorf hineinwanderten, öffneten sich langsam die Türen der Hütten, und die Bewohner traten hervor und starrten uns an: schlampige Frauen in zerlumpten Kleidern, Kinder mit tief in den Höhlen liegenden Augen, zitternde Ältere, die in lange verfilzte Bärte sabberten, junge Frauen mit stechenden Augen, die in obszöner Herausforderung die Brüste vorschoben, Jungväter mit kantigen Gesichtern, dichten schwarzen Augenbrauen und finster gefurchten Stirnen. Sie bezogen zu beiden Seiten des Weges Aufstellung und beobachteten uns in völligem Schweigen. Ihr Atem glich Dutzenden von dünnen weißen Fahnen in der kühlen Herbstluft.
Furchtsam musterte ich sie. *Wenn es sich hierbei um Normalität handelte, wenn dies die menschliche Gesellschaft war...* Meine Lider zitterten, und der dahinwehende Atem der Ketzer schien zu einem dichten grauen Dunst zu verschmelzen. Sie starrten uns weiterhin stumm an, und aus ihren Mündern quollen noch mehr Nebelschwaden; der Dunst verdichtete sich zu einer schwarzen Gewitterwolke, wallte unheilverkündend durch die ganze Siedlung und warf einen Schatten auf jedes Gesicht. Ich keuchte, als mich die Angst zu überwältigen drohte,

und ich drängte mich an Ronna und Herrol vorbei und zupfte an Niras Ärmel.
Voller Anspannung wandte sie sich zu mir um, und auf ihren Lippen klebte ein eingefrorenes und erzwungenes Lächeln. Sie beugte sich zu mir herunter und zischte mir zwischen zusammengepreßten Zähnen hindurch zu: »Nadd, geh mit Corrie. Halte ihre Hand, wenn du...«
Ich lehnte es ab, mich so einfach abschieben zu lassen. Verzweifelt umklammerte ich ihren Arm, und meine Stimme nahm einen fast hysterisch schrillen Tonfall an. »Nira, die Leute, diese Leute...«
Nira ließ sich ein paar Schritte von Miss und Angelicus zurückfallen und umfaßte meine Hand mit einem festen und fast schmerzhaften Griff. Sie warf beiden Seiten der Straße ein versöhnliches Lächeln zu, dann beugte sie sich erneut zu mir herab und flüsterte mir voller Nachdruck zu: »Nadd, in aller Öffentlichkeit darfst du niemals solche persönlichen Bemerkungen von dir geben. Selbst diese Leute haben einen verletzbaren Stolz.«
Ich schüttelte den Kopf, wies ihre Ermahnung zurück und bemühte mich, die dunkle Vorahnung, die ich tief in mir spürte, in Worte zu fassen. »Nira, diese Leute, dieser Ort...« Aber wie sollte ich den sich in der Gewitterwolke verbergenden Alptraum erklären, wenn die Gewitterwolke selbst für alle außer mir unsichtbar war? Wie sollte ich die völlige Formlosigkeit meiner Ängste verdeutlichen und erwarten können, daß Nira ihnen Beachtung schenkte?
Erneut warf sie den schweigenden Zuschauern zu beiden Seiden des Weges ein erzwungenes Lächeln zu, und dann beugte sie sich ein drittesmal zu mir herab. Ihre Finger schlossen sich fest um meinen Arm. »Du wirst nirgendwo Leute finden, die derzeit ein wesentlich besseres Leben führen, Nadd. Die Dürre dauert schon so lange, und sie hat große Not verursacht. Nach wie vor herrscht allgemein ein Mangel an Fleisch, Korn und Stoffen – selbst hier, trotz unserer Überschußproduktion, die wir diesen Leuten zur Verfügung stellen können. Mehrere Dorfgemeinschaften weiter im Norden sind dem Untergang

anheimgefallen, und alle ihre Bewohner verhungerten. In anderen Siedlungen ist die Bevölkerung stark dezimiert worden. Du darfst nicht erwarten, heute hier von gesunden, lebhaften und heiteren Menschen begrüßt zu werden.«

»Aber im Bereich der Sonnenkindhütte gibt es keine Dürre«, zischte ich und zielte damit auf ihren empfindlichsten Punkt.

Ihr Blick schweifte von mir ab, und über ihren Brauen entstanden die Furchen eines angedeuteten Stirnrunzelns. »Damit hast du tatsächlich recht«, gestand sie widerstrebend ein. »Aus unerklärlichen Gründen fällt Regen auf unsere Wiesen und Weiden, und unsere Wasserfässer sind selbst dann noch bis zum Rand gefüllt, wenn überall sonst die Quellen versiegen. Wir müssen dankbar dafür sein, diesen Menschen hier helfen zu können und dafür von ihnen anerkannt zu werden.«

Anerkennung? Wenn die schweigenden Blicke, die uns folgten, Anerkennung zum Ausdruck brachten, und wenn es ein Segen war, von Schlampen und Finsterlingen anerkannt zu werden... Aber Nira zog mich unnachgiebig weiter mit sich, die Zähne zu einem besänftigenden Lächeln aufeinandergepreßt.

Schließlich trat Erfahrenvater Schuster aus einer baufälligen Hütte und schritt uns entgegen, um uns zu begrüßen. Niras Hand schloß sich noch fester, als sie mich vorwärts schob.

»Da wären also unsere neuen Schüler«, bemerkte Erfahrenvater Schuster. Ein Sommer ausreichender Ernährung hatte ihn verändert; sein knochiges Gesicht wirkte nun nicht mehr ganz so eingefallen, und sein Blick war weniger begierig, sondern jetzt mehr berechnend. In seinen rotbraunen Augen funkelte Wachsamkeit, als er Herrol, Trebb und mir die Hand schüttelte und sich anschließend zu den Mädchen hinabbeugte. Dann richtete er seine Aufmerksamkeit auf Nira und musterte ihr helles Gesicht. Er nickte, als beantworte er sich damit eine Frage, die er sich stumm selbst gestellt hatte, und er bot ihr den Arm an.

Nira errötete und legte ihm die Hand auf den Arm. »Ich hoffe, wir sind nicht zu früh gekommen. Die Kinder waren ganz aufgeregt, und es fiel mir schwer, sie davon abzuhalten vorauszulaufen.«

»Wir haben eure Ankunft erwartet, wir alle«, erklärte er diplomatisch und führte uns einen staubigen Weg hinauf zu einem langen und düster wirkenden Gebäude mit schief in den Angeln hängender Tür und einem arg mitgenommenen Dach. An der einen Wand zog sich eine Reihe verschalter Fenster entlang, und sie wirkten wie blinde Augen. Mit einer großen Geste stieß er die Tür auf. »Unsere Schule ist sauber, Ledigfrau McCree. Ein darüber hinausgehendes Lob kann ich für sie derzeit leider nicht erübrigen. Aber im nächsten Frühjahr werden die nötigen Reparaturarbeiten vorgenommen. Vielleicht ist es sogar möglich, sie zu tünchen, wenn uns die Heilige Macht im kommenden Winter wohlgesonnen ist.«

»Ich bin sicher, das wird der Fall sein«, gab Nira zurück, und ich erzitterte, als ich die in ihren Augen schimmernde Sanftmut sah, mit der sie zu ihm aufblickte. Verglichen mit den heruntergekommenen Schlampen und den sich obszön gebenden Huren am Wegesrand glich Nira einem farbenprächtigen Sonnenaufgang. Nach dem ersten Gesang, den Erfahrenvater Schuster mit uns im Klassenzimmer angestimmt hatte, war er in jenem Sommer noch zweimal zu Besuch gekommen, und ich hatte gehört, wie er Nira im Korridor ins Ohr flüsterte und sie dabei nicht Ledigfrau McCree nannte, sondern andere und zärtliche Worte an sie richtete. Wann immer ich seinen wachsamen und berechnenden Blick auf mir ruhen sah, entstanden tief in mir völlig widerstreitende Empfindungen. Er war ein Mann, der seine Chancen so umfassend oder so subtil wahrnahm, daß es niemand sonst bemerkte. Gleichzeitig lag es ganz offenkundig in seiner Absicht, jeden nur denkbaren Nutzen aus diesen Chancen zu ziehen, und das nährte das Unbehagen in mir. Als die anderen die Schule betraten, beobachtete ich ihn argwöhnisch. Er warf mir ein Lächeln zu, das einmal mehr seine Augen aussparte, und dann schob er mich ebenfalls ins Gebäude hinein.

Das Klassenzimmer war groß und verfügte über eine hohe Decke und verschalte Fenster. In Wandhalterungen leuchteten Lampen, und sie erfüllten den Raum mit einem sonderbaren gelben Schein. An der Tafel stand eine hohlwangige Frau in einem abgetragenen Rock – regungslos und ganz steif, in einer Haltung nervöser Besorgnis. Entlang der Wand mit den verschalten Fenstern warteten unsere Klassenkameraden, die Körper angespannt, die Blicke starr. Am anderen Ende des nur matt erhellten Zimmers, ein Stück getrennt von den abgenutzten Unterrichtstischen der anderen Schüler, waren sechs weitere Pulte aufgestellt worden, in drei Reihen zu je zwei Plätzen. Auf jedem Tisch lag eine kleine Schiefertafel samt einem Stück Kreide. Einige Augenblicke lang standen wir und die anderen Schüler uns wie zwei feindliche Armeen gegenüber und maßen uns gegenseitig.

Feliss bewegte sich unruhig. »Ich mag es nicht, wie...«

»Sei still, Feliss«, zischte Miss.

»Aber warum ist es hier drinnen so dunkel?« fragte Feliss trotzdem, und ihre Stimnme klang dabei ein wenig schrill. Sie sah sich gekränkt um. »Warum sind die Fenster alle verriegelt? Wie soll ich denn so die Schreivögel beobachten können?«

»Eure Tische stehen ohnehin nicht an den Fenstern«, sagte Nira streng. »Und ihr seid hier, um zu lernen und nicht, um aus den Fenstern zu sehen.«

»Aber es gefällt mir nicht, bei verriegelten und verhangenen Fenstern zu lernen«, beharrte Feliss. »Es schmerzt mir in den Augen. Und wenn mich die Vögelchen nicht sehen können...«

Die Erwachsenen traten an Feliss heran und versuchten, sie zu beruhigen. Als sie auf diese Weise beschäftigt waren, eilte Corrie durch den Raum und belegte einen zerkratzten und wackeligen Tisch mit Beschlag, der direkt vor dem Lehrerpult stand. Sie schob die darauf liegende bekritzelte Schiefertafel und die Kreide beiseite. »Ich werde hier sitzen«, erklärte sie und warf ihr schwarzes Haar zurück. »Dann kann ich alles sehen, was die Lehrerin auf die Tafel schreibt.«

Die Lehrerin duckte sich furchtsam, als Corrie ihr ein mehrdeutiges Lächeln schenkte. Nira trat rasch vor, um ihr Mündel zurechtzuweisen. »Corrie...«

»Wenn sie möchte, kann Corrie natürlich dort an dem ersten Tisch vor dem Lehrerpult sitzen«, meinte Erfahrenvater Schu-

ster freundlich und trat Nira unaufdringlich in den Weg. »Wir tauschen den alten Tisch einfach nur gegen einen der neuen aus, die wir extra gezimmert haben.«
Corries glitzerndes Lächeln wandte sich nun mit der ganzen darin zum Ausdruck kommenden feindseligen Falschheit ihm zu. »Nein, mir gefällt dieser Tisch, Erfahrenvater. Ich mag sogar die Tafel und die Kreidestifte. Es soll alles nur so bleiben, wie es ist.«
Die Lehrerin schnappte furchtsam nach Luft und rang mit den Händen. »Die neuen Tische, Erfahrenvater... Du hast den Eltern versprochen... Du hast mir zugesichert...«
Erfahrenvater Schuster entblößte in einem beruhigenden Lächeln seine strahlend weißen Zähne. »Natürlich habe ich es versprochen, Ledigfrau Tetner.« Er sprach nun in einem besonders sonoren Tonfall. »Feliss und Trebb, dies hier sind eure Tische, in der Mitte. Herrol und Ronna werden hinter euch sitzen, und Nadd und Corrie habe ich die beiden vorderen Plätze zugewiesen. Nadd...«
»Aber ich bin die Kleinste«, beschwerte sich Feliss. »Ich sollte ganz vorn sitzen. Ich bin sogar noch kleiner als Nadd.«
»Aber du willst doch bestimmt neben Trebb sitzen«, erinnerte Nira sie streng. »Und Erfahrenvater Schuster hat bereits alles geplant. Wenn Nadd morgen den Platz mit dir tauschen möchte...« Sie faßte Feliss und Trebb am Arm und geleitete sie zu ihren Tischen. Ronna und Herrol ließen sich schweigend auf ihre Stühle sinken. »Und Nadd...«
»Und ich tausche jetzt rasch deinen alten Tisch gegen einen neuen aus, Corrie«, meinte Erfahrenvater Schuster beiläufig.
»Nein, ich will den neuen Tisch nicht«, erklärte Corrie. »Ich mag das Symbol des zerbrochenen Zweiges nicht, das du darin eingeschnitzt hast. Sieh nur, Nira. Er hat dieses Zeichen in die Seite jedes neuen Tisches eingeschnitzt.«
Nira warf Erfahrenvater Schuster einen raschen Blick zu, und der Mann legte wie schützend und besitzergreifend die Hand auf Ronnas Tisch. Ich folgte ihren Blicken. Unmittelbar unter der mit einem Scharnier versehenen Klappe befand sich ein ins Holz geschnitztes winziges Hakenkreuz. »Sicher hat euch Le-

digfrau McCree erklärt, daß es sich bei dem Hakenkreuz um ein Symbol von Glück und Erfolg handelt, Corrie«, meinte Erfahrenvater Jones.
In Corries dunklen Augen loderte es. »Nira hat mir erzählt, das Hakenkreuz bedeute, die Heilige Macht habe die Zweige des Bösen zerbrochen. Sie meinte, wenn Leute etwas Böses abwehren oder den unheilvollen Einfluß einer Hexe bannen wollten, dann...«
»Aber hier glaubt niemand an Hexen, Corrie«, sagte Nira rasch. Sie ergriff mich am Arm und dirigierte mich auf einen der freien Plätze zu. »Sieh nur, jetzt sitzen alle an schönen neuen Unterrichtstischen und sind bereit zu lernen. Du erinnerst dich doch bestimmt daran, daß wir, bevor wir die Hütte verließen, uns alle vornahmen, uns kooperativ zu verhalten. Du erinnerst dich doch...«
»Ich habe nicht versprochen, an einem Tisch Platz zu nehmen, der mit einem Symbol versehen ist, das Böses abwehren soll. Das läßt mich vermuten, die Leute hier könnten doch an die böse Kraft von Hexen glauben, und wenn das der Fall ist...«
»Natürlich ist das der Fall«, schaltete sich Erfahrenvater Schuster rasch ein. »Man kann von Menschen kein rationales Verhalten erwarten, Corrie, wenn sie jeden Tag mit dem Rätselhaften und Unerklärlichen konfrontiert werden. Wer versteht die zyklischen Abläufe in der Natur und die Kräfte, die eine Jahreszeit der nächsten folgen lassen, immer wieder von neuem? Wer kann schon begreifen, daß ein Kind an der Pneurrhea stirbt, während die Schwester den Winter in bester Gesundheit übersteht? Wer kann erklären, warum das Schwein der einen Familie nur tote Ferkel zur Welt bringt, während der Wurf einer anderen Sau immer kerngesund ist? Wer weiß schon, warum die Schneckenwürmer im einen Jahr ganz früh aus der Erde kriechen und im nächsten erst spät? Gewöhnlichen Leuten fällt es nicht immer leicht, sowohl das Böse als auch das Gute der Heiligen Macht zuzuschreiben und ihren Glauben zu wahren. Manchmal kann ihr Verstand diesen Zwiespalt nicht verarbeiten. Also wird das Unerklärliche, das Böse statt dessen zum Werk von Hexen.

Aber es gibt natürlich keinen Grund, den anderen Kindern den Schutz zu verwehren, mit dem eure Tische versehen wurden, nicht wahr?« Er griff in seine Tasche und holte ein Schnitzmesser hervor. Er klappte es auseinander, trat an die erste Reihe der alten Pulte heran und begann damit, in jeden Tisch ein Hakenkreuz zu ritzen. Er bewegte sich rasch durch den Raum, in dem nun völliges Schweigen herrschte, und er markierte dabei jedes Pult. Schließlich trat er zum Lehrertisch empor und versah es ebenfalls mit einem entsprechenden Symbol. Dann klappte er das Messer wieder zusammen und ließ es mit einem Ruck in der Tasche verschwinden. »Und jetzt nehmt eure Plätze ein, Kinder. Wer auch immer an dem Tisch gesessen hat, den nun Corrie einnimmt, soll sich jetzt neben Nadd setzen.« Als sich niemand rührte, wurde seine Stimme scharf und streng. »Nehmt Platz, Kinder.«
Mit einem unbehaglichen Murmeln eilten die Schüler an ihre Tische. Ein großes Mädchen mit spindeldürren Armen und Beinen und dünnem braunen Haar ließ sich neben mir nieder. Auf ihrer rechten Hand zeigten sich große pulsierende Schimmelflecken. Sie versah mich mit einem ängstlichen Blick, und ich rutschte so weit wie möglich von ihr fort.
»Sehr schön«, bemerkte Erfahrenvater Schuster. »In den nächsten paar Tagen habt ihr das Glück, daß euch gleich zwei Lehrerinnen unterrichten. Ledigfrau McCree wird sich um einige von euch getrennt kümmern, während Ledigfrau Tetner mit den anderen auf gewohnte Weise übt. Wenn sich diese Verfahrensweise als zufriedenstellend und nutzbringend erweist, behalten wir sie auch weiterhin bei.« Der Blick seiner rotbraunen Augen glitt wachsam durch den Raum und taxierte jedes einzelne starre Gesicht. »Und nun laßt uns zusammen die Heilige Macht preisen.«
Als er die Morgenhymne anstimmte, sah ich mich verstohlen im Zimmer um. Meine neuen Klassenkameraden waren nicht sonderlich interessant: dürr und von Schimmelflecken befallen, gerötete Nasen, Augen, die sich scheu im Raum umblickten, während die Lippen den Demutsgesang formulierten. Schuldbewußt schloß ich die Augen und gab mich ganz dem

hypnotischen Klang von Erfahrenvater Schusters Stimme hin. Ich sang leise und murmelte die Worte der Strophen, die sich geringfügig von denen unterschieden, die uns Erfahrenvater Jones gelehrt hatte.

*»Heilige Macht, lenke unsere Schritte zu den Pfaden des Überlebens auf dieser Welt, die unsere Vorfahren für uns erwählten. Lehre uns, uns von diesem Land zu ernähren. Lehre uns, unabhängig und autark zu werden. Lehre uns, Deinen Geweihten Willen zu begreifen, und paß uns an den Boden an, den Du unter unseren Füßen erschufest. Heilige Macht, lehre uns, jenen zu vergeben, die uns Ketzer nennen, auf daß wir sie zum neuen Licht führen mögen. Heilige Macht…«*

Verwirrt musterte ich Erfahrenvater Schuster. Es war, als sei er sich meines Blickes bewußt, denn er schlug sofort die Augen auf und beobachtete mich wachsam. Wie gebannt starrte ich ihn an und formulierte hilflos die häretischen Worte, mit denen er den Rhythmus der Morgenandacht unterlegt hatte. Sein durchdringender Blick fesselte mich, bis er unsere stumme Konfrontation mit einem Nicken beendete und die Augen wieder schloß.

*…jenen zu vergeben, die uns Ketzer nennen…* Die gleichen rechtschaffenen Leute hatten sechs Kinder Teufel genannt und eine schwangere Frau gesteinigt, die gekommen war, um die Botschaft eines Wunders zu verkünden. Die Pilger hatten sich von uns abgewandt, kaum waren wir geboren und einige Monate alt geworden. Erfahrenvater Jones war zwar dann und wann in die Sonnenkindhütte gekommen, um mit uns zu singen, aber wir hatten nie an einem Pilgerzug teilgenommen oder ein Fest der Würmer besucht. Nie waren wir zusammen mit den Kindern von Draes Kreuzung Beeren sammeln gegangen, und man hatte uns nicht ein einziges Mal zu einem Gemeinschaftsfest eingeladen. Aber die Ketzer Erfahrenvater Schusters akzeptierten uns nun. Aufgrund ihrer Not und vielleicht mit dumpfer Furcht, aber hier weilten wir unter ihnen, sangen mit ihnen gemeinsam und musterten uns insgeheim während der Andacht. Und Nira hatte gesagt, daß wir im Frühling vielleicht…

Aber ein neues Geräusch lenkte mich ab, und bald schien es die Melodie der Lobeshymne zu übertönen. Jenseits der verschalten Fenster erhob sich der Ruf von hundert einsamen Schreivögeln – ein drängendes und verzweifeltes Zirpen, das begleitet wurde von dem Kratzen winziger Krallen, die über die Außenwand des Schulgebäudes schabten. Feliss sprang hinter ihrem Tisch hervor, und ihre Augen glänzten. »Die Vögelchen wissen, daß ich hier drinnen bin, Erfahrenvater.«
Erfahrenvater Schuster unterbrach seine Intonationen nicht und trat langsam durch den Raum auf die verriegelten Fenster zu. Feliss eilte ihm nach. Gemeinsam blickten sie durch einen Spalt zwischen zwei Brettern, als er die Strophe beendete. Als er vom Fenster zurücktrat, schimmerte in seinen Augen ein triumphierendes Funkeln. »Nehmt euch jetzt eure Lektionen vor, Kinder«, ordnete er an. »Feliss, komm mit mir. Wir haben zu tun.« Er nahm sie bei der Hand und führte sie rasch hinaus.
Wir anderen blickten uns schweigend um und musterten uns gegenseitig. Ledigfrau Tetner räusperte sich, und als sie sprach, klang ihre Stimme beinah schrill. »Nun, ihr Kleinen, an der Tafel stehen einige Rechenaufgaben. Ihr habt eine halbe Stunde Zeit, und dann korrigieren wir eure Lösungen.« Ihr Blick wandte sich nervös zu dem Bereich des Zimmers, in dem wir saßen. »Ich nehme an, ihr... ihr Kinder seid vertraut mit dem Addieren und Subtrahieren.«
»Diejenigen auf den vier vorderen Plätzen kommen mit solchen theoretischen Aufgaben sehr gut zurecht«, versicherte Nira ihr rasch. »Ronnas und Herrols Vorlieben sind ein wenig anders geartet, auch wenn ich immer wieder versucht habe, ihr Interesse zu wecken.«
Ledigfrau Tetners dünne Augenbrauen wölbten sich fragend empor. »Wenn du sie bereits als unbegabt eingestuft hast, Lehrerin...«
»Ich halte es trotzdem für wichtig, daß sie Erfahrungen mit der Schule machen«, versicherte Nira eilig. »Ronna fände sicher Gefallen daran, wenn man ihr im Bereich der Schule bestimmte Aufgaben zuwiese. Sie ist sehr zuverlässig, wenn es darum geht, sich um kleinere Kinder zu kümmern.«

Ledigfrau Tetner beobachtete Ronna, die scheu ihrem durchdringenden Blick auswich. Sie war zu einem unauffälligen und reizlosen Mädchen aufgewachsen. In struppigen Strähnen fiel ihr das Haar auf die Schultern hinab, und ihre Wangen waren mit ungleichmäßig verteilten weißen Punkten übersät. Widerstreitende Empfindungen kamen in dem eingefallenen Gesicht Ledigfrau Tetners zum Ausdruck. »Es gibt hier natürlich einige Kinder, die schon zu groß sind für die Betreuungsstelle, andererseits aber noch zu klein, um an einem richtigen Unterricht teilzunehmen. Sie stellen eine Störung dar und lenken uns ab, aber es gibt keinen anderen Ort, wo sie sich aufhalten könnten, wenn ihre Eltern auf den Feldern arbeiten. Heute verlangen wir, daß nur den Anforderungen entsprechende Schüler in die Schule kommen, aber morgen...«

»Ronna hat sich von Geburt an meiner Angelicus angenommen, und sie erwies sich dabei als recht fähig«, erklärte Nira. »Und da wir beide zugegen sind und hier die Aufsicht führen, haben ihre Eltern sicher nichts dagegen.«

»Vielleicht nicht«, bestätigte Ledigfrau Tetner. Ihr Blick glitt über die Schüler, und ihre Mimik wurde streng. »Warum haltet ihr keine Kreidestifte in den Händen, Kinder? Ihr laßt euch doch gewiß nicht vom Zirpen einiger Schreivögel ablenken?«

Aber die Geräusche, die durch das Klassenzimmer wehten, stammten nicht nur von einigen wenigen Schreivögeln. Es war der durchdringende Ruf eines ganzen Schwarms, und er hallte laut und melodiös von den Wänden wider. Und kaum waren wir auf diese Weise ermahnt worden, als ein hölzernes Quietschen andeutete, daß die erste Verschalung von einem der Schulfenster entfernt wurde. In der entstehenden Lücke wurde das Gesicht Erfahrenvater Schusters sichtbar, und mit einer Hebelstange löste er ein zweites und dann auch ein drittes Brett. Schließlich konnten wir auch Feliss auf dem Schulhof sehen. Wolken aus Schreivögeln umflatterten sie und feierten mit ihr zusammen ein Wiedersehen. Fahlmotten schwebten am Rande des zirpenden Durcheinanders entlang, farbenprächtige Spritzer, die sich gegenüber einem klaren und strahlenden Morgenhimmel abzeichneten.

Fasziniert sprangen die Kinder von Draes Kreuzung hinter ihren Tischen hervor und preßten Nase und Stirn gegen die schmutzig-staubigen Fensterscheiben. Als Erfahrenvater Schuster die letzten Verschalungsbretter entfernt hatte, starrte bereits die ganze Klasse auf das wirbelnde und farbige Wogen. Feliss tanzte über das verdorrte Gras hinweg. In ihren Augen funkelte es glücklich, und das seidenschwarze Haar umwehte ihren runden Kopf einem dichten Schleier gleich. Schreivögel und Fahlmotten flatterten um sie herum. Erfahrenvater Schuster ließ das letzte Brett sinken, drehte sich um und beobachtete Feliss. Sogar in seinen immer so wachsamen und berechnenden Augen entstand ein vergnügtes Gleißen, und die scharfen Züge seines Gesichts wurden ein wenig weicher.
Es war völlig still im Klassenzimmer, als Feliss ihr dahingleitendes Ballett beendete und zu Erfahrenvater Schuster zurücklief. Er lächelte sanft, nahm ihre Hand und führte sie ins Innere der Schule.
Mit einem perlenden Lachen hüpfte sie ins Klassenzimmer, und sie nahm es kaum zur Kenntnis, daß die anderen Schüler sie mit verblüfften Blicken anstarrten. »Wie glücklich sie waren, mich wiederzusehen!« rief sie. »Sie wußten, daß ich hier noch nie zuvor gewesen bin, und sie fürchteten, mir sei irgend etwas zugestoßen.« Mit ausgelassenen Sprüngen tanzte sie über den hölzernen Fußboden auf unsere Tische zu. »Komm mit mir hinaus, Trebb. Wir können auf dem Schulhof spielen. Wir ...«

Nira trat mit einigen raschen Schritten zwischen sie, und aus ihrem Gesicht war alle Farbe gewichen. Ihre Lippen glichen zwei dünnen Strichen, als sie ihre strenge Stimme erhob. »Setz dich, Feliss. Die Lehrerin hat nicht ohne Grund Rechenaufgaben an die Tafel geschrieben.«
»Aber wenn Trebb und ich nach draußen gehen und auf dem Hof spielen können, werden die Vögelchen ...«
»Du kannst spielen, wenn auch die anderen Pause haben, vorher nicht«, wies Nira sie an.
Mit marionettenhaften Bewegungen wandte sich Ledigfrau Tetner von den Fenstern ab, schritt zurück zur Tafel und griff

dort nach ihrem Zeigestock. »Setzt euch«, sagte sie mit tonloser Stimme an die Adresse der Kinder gerichtet, die sich noch immer an den Scheiben zusammendrängten. *»Setzt euch!«*

Aber die Kinder blieben wir gelähmt an den Fenstern stehen und starrten Feliss und uns andere aus weit aufgerissenen Augen an. Schließlich kam Erfahrenvater Schuster wieder zu uns herein, und in seinen Blicken leuchtete ein Hauch von Triumph. Seine Stimme veranlaßte alle Schüler dazu, wieder hinter ihren Tischen Platz zu nehmen, und während der ersten Viertelstunde von Ledigfrau Tetners Unterricht blieb er in der Tür des Klassenzimmers stehen; er hatte die Arme verschränkt, und in seinen nun nicht mehr ganz so eingefallenen Zügen stand Zufriedenheit geschrieben.

Die Klasse gab sich ganz ruhig und diszipliniert, bis er sich zurückzog. Und jedesmal dann, wenn sich Ledigfrau Tetner umwandte, um etwas an die Tafel zu schreiben, drehten sich alle Köpfe zu uns um, und große Augen blickten uns ungläubig an. Das große und schmächtige Mädchen neben mir musterte mich verstohlen, und ihr ausgemergeltes Gesicht war leer und ausdruckslos. Zweimal schlichen ältere Jungen durch den Raum, um mit den Händen wie tollkühn über den nackten Unterarm Feliss' zu streichen. Sie eilten dann wieder auf ihre Plätze zurück, betrachteten ihre Fingerspitzen und untersuchten sie.

Aber es war nicht unbedingt Angst, die alle Mienen in den Bann schlug und den anderen Kindern Schweigen aufzwang, wann auch immer Feliss oder Trebb an jenem ersten Morgen eine Frage stellten. Es war Ehrfurcht. Die Kinder von Draes Kreuzung waren vor Teufeln gewarnt worden; statt dessen aber hatten sie einen Glückstanz von Schreivögeln und Fahlmotten erlebt und sich daran erfreut. Den ganzen Morgen über blickten sie immer wieder von Feliss zu uns anderen – so als stellten wir ein Bündel von Winterfest-Geschenken dar, die es noch auszupacken galt, verlockende Rätsel, die gelöst und dann ausgekostet werden mußten. Vor einer Stunde noch hatte Furcht das Klassenzimmer beherrscht. Jetzt strahlte nur noch Ledigfrau Tetner ängstliche Nervosität aus – und ich. Selbst Nira schien sich die neue Stimmung zu eigen zu machen.

*Furcht.* Während der Pause bewegten wir sechs uns in einem magischen Kreis, umringt von schweigenden und verwundert blickenden Gesichtern. Obgleich die Spielzeit nahezu vorüber war, bevor Feliss und Trebb ein halbes Dutzend Dorfkinder dazu verleiten konnten, mit ihnen zusammen ein Spring- und Hüpfspiel zu spielen, hatten wir ganz offensichtlich von den anderen Kindern nichts zu befürchten. Und Erfahrenvater Schuster hatte Nira versprochen, daß auch von den in Draes Kreuzung wohnenden Erwachsenen keine Bedrohung ausging.

Doch während unseres ersten Schultages in der Siedlung vermochte ich die in mir haftende unruhige Besorgnis nicht abzustreifen, und sie isolierte mich. Als Erfahrenvater Schuster am späten Nachmittag zu uns kam, um uns nach Hause zu begleiten, glich unser Fortgehen einem triumphalen Abzug. Nira war vor Freude über unsere Anerkennung wie benommen, und diesmal schenkte sie den aus den Hütten tretenden Leuten ein echtes und aufrichtig gemeintes Lächeln. Angelicus winkte von den Schultern Erfahrenvater Schusters herab – eine Prinzessin mit einer Krone aus goldenen Locken. Feliss und Trebb unterhielten sich mit Klassenkameraden, die am Rande des Weges entlangliefen und eine Weile mit uns gingen. Selbst Herrol brachte so etwas wie eine schwerfällige Würde zustande, und seine Miene wirkte gar nicht mehr so finster wie sonst, als er sich selbstbewußt über die dunklen Stoppeln das Handrückens kratzte. Ich aber wurde von einer düsteren Besorgnis mit dem Knallen Dutzender kleiner Peitschen über den Pfad getrieben, und die Hiebe quälten mich.

Furcht – wovor? Ich bemühte mich darum, die Essenz der mich marternden Vorahnung vor meinem inneren Auge deutlichere Konturen annehmen zu lassen, aber es gelang mir nicht. Bestimmt hatte es keinen Zweck, diese Besorgnis gegenüber Nira oder Miss zu erwähnen. Sie würden einfach darüber hinweggehen. Und die Aussicht, damit bohrende Fragen von seiten Erfahrenvater Schusters zu provozieren, ließ mich am ganzen Leib zittern. Wenn ich nur in der Lage gewesen wäre, die dunkle Ahnung in mir zu einem einzigen klaren Bild zu formen, wenn es mir gelänge, die Umrisse deutlicher abzuzeichnen oder zumindest Teile davon besser zu erkennen...

Als wir Draes Kreuzung verließen, hielt ich mich hinter den anderen und blickte zurück. Angesichts der Abenddämmerung, die den Himmel mit einer purpurnen Patina zu überziehen begann, schien die kleine Ansammlung von Hütten und Schuppen eine gewisse robuste Sicherheit zu verheißen. Schreivögel und Fahlmotten flatterten in heiteren Farben über den Dächern, und ein hier und dort von einer Lampe erhelltes Fenster deutete auf einen sich langsam wieder abzeichnenden Wohlstand hin. Das verdorrte Gras der Felder schien bereits wieder mit einer neuen Vitalität zu keimen.

Voller besorgter Unruhe wandte ich mich um und folgte den anderen, bis der Pfad wieder von dem hohen und saftigen Gras unserer Wiesen gesäumt wurde. Auf der Weide hoben die Rinder ihre großen Köpfe und knurrten einen kehligen Willkommensgruß. Kurze Freude durchwogte mich, als die untergehende Sonne die fernen Fenster unserer Sonnenkindhütte in goldene Spiegel verwandelte. Doch als die anderen losliefen und dem Spielplatz entgegentrollten, tropfte die unbestimmte Furcht in mein Herz zurück – kalt, ungestalt, bedrückend. Kummervoll schritt ich unserem Zuhause entgegen, die Schultern hochgezogen, den Kopf gesenkt.

## *CORRIE*

### Frühjahr 0224

Trotz des höhnischen Lächelns meines Vaters an jenem Nachmittag, an dem Erfahrenvater Schuster das erstemal bei der Sonnenkindhütte auftauchte, brachte unsere Ankunft in Draes Kreuzung das Dorf nicht auf die Knie, sondern auf die Beine. An jedem Morgen sprang Feliss in einer um sie herumwirbelnden Wolke aus Schreivögeln und Fahlmotten den staubigen

Pfad hinunter, und in allen von der Not gezeichneten Gesichtern leuchtete Erstaunen auf. Während der Schulpausen hüpfte Feliss über verdorrte Wiesen fort und kam durch saftiges Gras zurück. Ronna kümmerte sich um kranke Kinder, und ihre hohlwangigen Gesichter erstrahlten mit neuer Gesundheit. Nach der Schule marschierte Herrol durch die Seitenstraßen der Siedlung, und in den Augen verhungernder Rinder leuchtete es auf, als sie die morschen Umzäunungen ihrer behelfsmäßigen Pferche durchbrachen und ihm folgten. Nur meine und die Erwartungen Nadds wurden nicht erfüllt.

Meine Erwartungen – sie waren ja so vage. Hatte ich etwa damit gerechnet, Blitze würden von meinen Fingerkuppen zukken und das ganze Dorf in Brand setzen? Oder hatte ich mir vorgestellt, wie sich abergläubische Dorfbewohner vor meinen Füßen in den Staub warfen? Aber was auch immer zutreffen mochte: Anstatt durch unsere Anwesenheit eingeschüchtert zu sein, erdreisteten sich unsere Klassenkameraden, mit neuer Gesundheit zu erblühen. Innerhalb der ersten Wochen verschwanden laufende Nasen und tief in den Höhlen liegende Augen aus unserem Klassenzimmer. Bald darauf waren Schimmelflecken auf der Haut nur noch Erinnerungen. Und nach einem Monat wurde sogar das ausgemergelte Gesicht Ledigfrau Tetners wieder voller, und ihre Wangen überzogen sich mit einem rötlichen Schimmer.

An jedem Nachmittag führten Erfahrenvater Schuster und Nira während eines Spaziergangs Trebb und Herrol über die an das Dorf angrenzenden Weiden. Dort erweckte Trebb das Gras wieder zum Leben, woraufhin es an seinen Fußknöcheln entlangstrich, und Herrol geleitete eine Herde nicht angebundener Rinder, wobei sich seine kehlige Stimme mit ihren knurrenden Lauten vermischte. Später, wenn sich Nira und Erfahrenvater Schuster vor der Tür des Klassenzimmers trennten, legte Nira Umhang und Mütze ab, und dann strahlte sie über das ganze Gesicht. Anschließend rief uns Ledigfrau Tetner wieder in die Schule, und der Unterricht ging weiter.

Kurz gesagt: Wir hatten uns eingereiht in einen zerlumpten Haufen halb verhungerter Ketzer, nur um kurz darauf zu erle-

ben, wie sich um uns herum alles veränderte. Die Wiesen ergrünten wieder, und das Vieh wurde fett. Aus einem Boden, der über die lange Zeit der Dürre brachgelegen hatte, sprossen Ähren. Und trotz des häufigen Nieselregens, der mit unserer Ankunft im Dorf einherging, wurde die Siedlung nicht ein einziges Mal vom Sporenwahn heimgesucht. Ganze Schwärme von Schreivögeln vertilgten das gerade erst entstandene Moos, bevor es Blüten entwickeln und die unheilvollen Sporen freisetzen konnte. Und wohin auch immer Trebb, Ronna, Herrol und Nadd ihre Schritte lenkten, wurden sie von den Dorfbewohnern beäugt – nicht ängstlich und beunruhigt, sondern voller Ehrfurcht.
Es war ein idyllisches Interludium, und jeder neue Tag des Zorns und der Isolation von den anderen durchtränkte meine Seele mit frischer Verbitterung. Jeden Tag während der Pause hockten Nadd und ich auf der Schultreppe. Er war nach vorn gekrümmt, erschüttert von seinen tausend Ängsten, und ich sah mit finsterer Miene über den Hof, dorthin, wo Feliss und Trebb mit den anderen Kindern spielten. Eines Tages schließlich wählte ich vier der kleinsten Kinder aus und überredete sie dazu, mir hinter das Schulgebäude zu folgen. »Ich kenne ebenfalls ein interessantes Spiel«, sagte ich, kniete mich nieder und fesselte die Blicke aus ihren großen Augen an mich. Zumindest mir begegneten die Dorfbewohner mit gewisser Zurückhaltung. »Es wird Wahnsinn genannt. Ich bin der Erfahrenvater, und ihr seid die Pilger. Wenn ich sage ›Zeigt Demut!‹, dann müßt ihr euch zu Boden werfen und alles machen, was ich euch befehle. Habt ihr verstanden?«
Sie nickten unbehaglich, und als ich ihnen die entsprechende Anweisung gab, warfen sie sich zu Boden, und sie wirkten sehr überzeugend, als sie schrien und mit den Fäusten im Dreck herumtrommelten. Doch noch bevor sie ihre anfängliche Scheu ablegen konnten, kam Nira um die Ecke des Schulgebäudes, und ihre Miene wirkte streng. »Was hat das hier zu bedeuten, Corrie? Ich habe gesehen, wie du diese kleinen Kinder von ihren Spielkameraden fortführtest. Was stellst du mit ihnen an?«

In meinen Augen blitzte es boshaft auf. »Ich zeige ihnen, wie man den Wahnsinn spielt. Du sagst doch immer, jene Spiele, die dem Leben möglichst nahe kommen, sind die besten, weil sie uns auf die Zukunft vorbereiten.«

Sie atmete tief durch, wie vor den Kopf geschlagen von meiner Herausforderung. »Ich halte das Einfangen von Kälbern und Beerensammeln für recht nützliche Spiele, aber das habe ich von einer solchen Verderbtheit nie behauptet.« Mit gerunzelter Stirn sah sie auf die vier Kleinen hinab. »Kinder, ihr geht jetzt unverzüglich ins Klassenzimmer zurück und senkt so lange den Kopf auf den Tisch, bis die Pause vorüber ist. Und laßt mich euch nie wieder dabei ertappen, die Tragödie zu verspotten.« Als sie forteilten, kniff sie ernst die Augen zusammen. »Ich kann Nadd seine Besessenheit angesichts unheilvoller Dinge verzeihen, Corrie. Er vermag seine Gedanken nicht zu kontrollieren, und ich erwarte auch nicht, daß du die deinen zu beherrschen in der Lage bist. Aber jeder von uns ist für seine Taten ganz allein verantwortlich, denn Taten haben direkte Auswirkungen auf andere – und in deinem Fall sind sie zu oft nachteilig.«

»Von Leuten, die dem Sporenwahn anheimgefallen sind, kann man kein normales Benehmen erwarten«, gab ich zurück und war ganz versessen darauf, diese verbale Auseinandersetzung eskalieren zu lassen.

»Und du bist anfällig gegenüber einem solchen Irrsinn?« fragte sie. »Mir scheint, du läßt dich kaum von irgend etwas beeinflussen, junge Dame. Irgendwie hast du die Veranlagung einer Jägerin entwickelt – und das in einem Umfeld, in dem es praktisch keine erlegbare Beute gibt. Ich habe deinen Fall mit Erfahrenvater Schuster besprochen, und er stimmt mir darin zu, man dürfe nicht zulassen, daß du zu einem Störfaktor wirst. Wir werden dich so weit anleiten, wie wir es vermögen, und wir werden dir alle Zuneigung schenken, die wir nur erübrigen können. Wir hoffen ...«

»Aber wieviel Zuneigung könnt ihr denn erübrigen, wenn ihr jeden Nachmittag wie bei Vollmond gemeinsam auf der Wiese verbringt?« höhnte ich. Als ihr Gesicht rot anlief, verzogen

sich meine Lippen zu einem bösartigen Lächeln. »Oder glaubt ihr vielleicht, ihr würdet plötzlich unsichtbar, wenn ihr zusammen mit den Jungen das Klassenzimmer verlaßt?«
Sie hob die Hände zu ihren Wangen und versuchte offenbar, das schuldbewußte Erröten zu verbergen. »Offenbar mißverstehst du die Gründe, aus denen wir mit den Jungen fortgehen, Corrie. Mein Interesse gilt ausschließlich...«
»... Händchenhalten und Schmusen!« zischte ich. »Aber wenn du glaubst, auch Erfahrenvater Schuster habe nur daran Interesse, wenn du meinst, er ginge deshalb jeden Tag mit dir hinaus, weil er deine Lippen für so seidenweich und deine Augen für zwei funkelnde Juwelen hält...« Ich unterbrach mich, ganz fasziniert von ihrem wachsenden Zorn.
Ihre Hand klatschte mir heftig gegen die Wange. Unwillkürlich trat sie einen Schritt zurück, wütend und verwirrt. »Du hast gelauscht, Corrie.«
»Glaubst du vielleicht, ich sei die einzige? Frag Nadd, was Erfahrenvater Schuster dir jeden Abend zuflüstert, wenn wir zur Sonnenkindhütte zurückkehren – dann, wenn du uns alle in der Küche vermutest. Oder frag Ronna, wie er dich umschmeichelt, wenn er sich mitten in der Nacht vom Dorf zu uns zurückschleicht.«
Erneut hob Nira die Hände zu ihren Wangen, die nun purpurn angelaufen waren. »Corrie...«
»Oder willst du jetzt vielleicht lügen und behaupten, er käme nicht nachts zu dir, wenn du meinst, wir schliefen bereits? Aber das ist nur selten der Fall, weißt du. Meistens ist immer irgend jemand wach und schleicht durch den Korridor, um sich ein Glas Wasser zu holen oder an deiner Tür zu lauschen...«
Langsam ballte sie die eine Hand zur Faust. Ihre Stimme klang gepreßt, als sie erwiderte: »Junge Dame, es gibt bestimmte Erwachsenenangelegenheiten, zu deren Beurteilung du noch zu jung bist. Wenn ich geahnt hätte, meine Beziehung zu Erfahrenvater Schuster könne mißverstanden werden...«
»Aber ich lege sie nicht falsch aus«, sagte ich rasch, und das boshafte Lächeln auf meinen Lippen wuchs in die Breite, als ich zum Hauptangriff ansetzte. »Ich weiß ganz genau, worum es

dabei geht. Du bist diejenige, die sich etwas vormacht. Du glaubst, er käme zu dir, weil er deine streichelnde Hand mag, den Geschmack deiner Lippen. Du meinst, sein Interesse gelte nur dir, einzig und allein dir. Ich aber weiß es besser. Ich weiß...«

»Du weißt was, junge Dame?« fragte Erfahrenvater Schuster, der ebenfalls um die Ecke des Schulgebäudes getreten war. In seinen rotbraunen Augen entstand ein spöttisches Funkeln. »Wie alt bist du jetzt? Noch nicht ganz zwölf, nehme ich an.«

»Ich bin so alt wie die Ewigkeit«, gab ich zischend und wütend zurück. »Ich lebe seit dem Anbeginn der Zeit. Ich weiß um Dinge, die von diesem Boden geboren wurden, lange bevor Menschen den Fuß auf diese Welt setzten.« War es Prahlerei? Oder war die Bürde der Ewigkeit so real, wie sie sich manchmal anfühlte?

»Und doch gibt es Dinge, die du offenbar nicht einmal andeutungsweise begreifen kannst«, erwiderte er mit einem spöttischen Lächeln. »Vielleicht deshalb, weil du ebenso jung bist, wie du aussiehst. Zum Beispiel habe ich festgestellt, daß es dir nicht gelungen ist, mit deinen neuen Klassenkameraden Freundschaft zu schließen.«

»Ich brauche keine Freunde.«

»Ach? Warum bist du dann in der Pause so verdrießlich, während Feliss und Trebb mit den anderen Kindern umhertollen? Warum versuchst du dann, sie von ihren neuen Spielkameraden zu trennen – ohne großen Erfolg, wie ich feststelle. Und warum durchstreifst du jeden Nachmittag die Straßen und Gassen der Siedlung und blickst – begierig, wie ich hörte – durch die Fenster, während Nira das Klassenzimmer aufräumt? Man sagte mir, du erweckst den Eindruck, als seist du nach etwas auf der Suche...«

Ich schnappte empört nach Luft. »Ich habe niemals...«

»Nein, Corrie – fast jeden Tag berichtet mir irgendein Bewohner des Dorfes von der jungen Hexe, die an seinem Fenster auftauchte, das Gesicht an die Scheiben preßte und ins Zimmer starrte, als wolle sie sich an denen laben, die in der betreffenden Hütte wohnen.«

Mein Gesicht lief rot an vor Wut. *Diese Narren, diese schwatzhaften Narren!* »Und haben sie dir auch erzählt, wie sie dann aus jedem Raum flüchten, in den ich hineinblicke, so als fürchteten sie sich tatsächlich davor, von mir aufgefressen werden zu können?« fragte ich. Und dabei hatte ich mich nur danach gesehnt, jenes finstere Gesicht zu erspähen, von dem auf dem Höhepunkt der Dürre jede Familie heimgesucht worden war. Angesichts des raschen Aufblühens von Draes Kreuzung verlangte es mich doch nur nach einem noch verbliebenen Hinweis auf die mir so vertraute Präsenz des Todes.

Vertraut? Ich ballte die Fäuste und fühlte mich plötzlich so hilflos wie ein verlassenes Kind. Meine Lippen bebten, und ich wandte mich ab und bemühte mich, das Zittern von meinen Schultern fernzuhalten, als ich von Kummer durchflutet wurde. Wie konnte ich das Gesicht des Todes für vertraut halten, wenn ich es seit dem Verdammungstag kaum gesehen hatte? Ich kämpfte gegen die Tränen der Verzweiflung an und versuchte, mir das Bild des zerschundenen Leichnams von Erfahrenvater Jones ins Gedächtnis zurückzurufen. Doch Ronna hatte mir selbst das zunichte gemacht, indem sie aus dem Bett gekrochen war, um seine Verletzungen zu heilen.

Allein – ich war völlig allein. Feliss hatte ihre Schreivögel und Motten, Trebb sein Gras. Herrol umgab sich mit Rindern, Ronna mit kleinen Kindern. Selbst Nadd konnte auf den Halt seiner furchterregenden Visionen zurückgreifen. Ich aber hatte nichts und niemanden. Jeden Morgen versah mich mein Vater mit einem Blick ferner Geringschätzung. Wenn ich über den staubigen Weg wanderte, erstreckte sich meine Mutter wie ein totes Tier bis zum Horizont, und ihr Fels und Boden rührten sich nicht, zeigten keine Reaktion auf mich. Und je mehr Zeit verstrich, desto weniger konnte ich mich an das Gesicht meines toten Zwillings oder an die erwartungsvolle Erregung erinnern, die ich mit dem Beginn von Niras Wehen empfunden hatte. Ich war aller Dinge beraubt, die von Bedeutung für mich waren.

Schwach und nackt und tränenüberströmt. Schluchzend drehte ich mich um, sprang über den Schulhof davon und über die

daran angrenzende vernachlässigte Wiese hinweg und ignorierte den Ruf Niras. Warum sollte ich ihr Beachtung schenken, wenn sie immer über mich hinweggesehen hatte? Sie hatte mir nie jene zärtliche Fürsorge zuteil werden lassen wie etwa Feliss und Ronna. Sie hatte nie mit mir so gelacht wie mit Trebb, und ich war nie so von ihr getröstet worden wie Nadd. Und Miss. Larissa und Daya hatten mich ebenfalls übergangen. Von Anfang an hatten sie Abstand zu mir gewahrt, so als hafte mir etwas Ekliges und Widerwärtiges an.
*Mein Zwilling, mein Zwilling, wo bist du nun? Ist dein Leib in irgendeinem öden Gemeinschaftsgrab verrottet und zu Erde geworden, und hat die Zeit selbst an deinen zierlichen weißen Knochen genagt? Ist das der Grund, warum meine Träume nun leer sind, völlig leer – weil dich die Verwesung aufgelöst und nichts von dir übriggelassen hat?* Ich stapfte durch Büsche und das Filigrangras und benetzte den Boden mit meinen Tränen. Dann entdeckte ich in einiger Entfernung vom Dorf eine einsame Blauweide. Sie war groß, und die Zweige wurden von einem dichten Blattwerk umhüllt. Die gekrümmten Äste beugten sich weit herab und bildeten eine kugelförmige Höhlung. Mit einem lauten Schluchzen zwängte ich mich an Zweigen und Ästen vorbei und kroch in stinkende Dunkelheit hinein. Dort ließ ich mich zu Boden sinken, heulte, trat um mich und hieb mit den Fäusten auf vermodernde Blätter. Tränen rannen mir in einem nicht enden wollenden Strom über die Wangen, und es waren zu viele, als daß der Boden sie alle aufsaugen konnte: Sie schillerten als kleine Pfützen unter mir. Als ich mich in meinem Schmerz herumwarf, zermalmte ich unter mir die Eier, in denen die Frühjahrsbrut der Schreivögel heranwuchs.
Schließlich blieb ich still und erschöpft liegen. Aber noch immer strömten mir Tränen aus den Augenwinkeln, wie aus einem unerschöpflichen Reservoir. Ich konnte sie ebenso wenig zurückhalten, wie ich meine Mutter Schicksal zum Leben zu erwecken vermochte. Voller Verbitterung ließ ich sie mir über die Wangen rinnen. Dann schließlich ertönte jenseits der herabgestülpten Baumkrone ein schrilles und näherkommendes

Geschnatter. Die Lautstärke schwoll rasch an, bis die Zweige der Blauweide zu erzittern begannen. Ich runzelte die Stirn und richtete mich auf. »Feliss?« Meine Stimme klang ganz heiser infolge der in mir rumorenden kummervollen Verzweiflung.

»Corrie? Bist du da drinnen?« Ich vernahm das Geräusch eiliger Schritte, und dann erschien das Gesicht Feliss' inmitten des dichten Blättervorhangs. Die Augen waren ganz groß und blickten besorgt. Unmittelbar darauf verzog sie die Nase und wich zurück. »Corrie, es ist an der Zeit, zur Hütte zurückzukehren, und ohne dich können wir nicht gehen.«

Noch immer versiegte der Tränenstrom aus meinen Augen nicht. Er glich einer Flut, die von keinem Damm aufgehalten werden konnte.

»Du mußt jetzt herauskommen. Es ist schon fast dunkel, und alle warten nur auf dich. Wenn du nicht mit mir zurückkehrst, schickt Erfahrenvater Schuster eine Suchgruppe nach dir aus.«

»Sag ihm, er kann das bleiben lassen. Ich habe mich nicht verirrt.«

»Aber du kannst doch nicht dort drin bleiben«, wandte sie sich bittend an mich. Erneut erschien ihr Gesicht kurz inmitten der raschelnden Blätter, und ein weiteres Mal verzog sie angeekelt die Nase. »Du kannst doch nicht im Freien übernachten. Außerdem riecht es da drin nicht gerade sehr angenehm. Es duftet so, als vermodere alles.«

»Es vermodert *tatsächlich* alles«, gab ich scharf zurück. »Und ich werde hier schlafen.«

»Aber ... das kannst du doch nicht!« schrillte Feliss. »Nira erlaubt das nicht. Und Erfahrenvater Schuster ...«

»Du hörst dich so weinerlich an wie ein Baby!« sagte ich angewidert. »Wenn ich nicht mit dir komme, fängst du vermutlich an, deshalb zu flennen.« Ihre Schreivögel flatterten bereits in den oberen Zweigen und zirpten unglücklich.

»Ich kann nichts dafür, wenn ich mich vor der Dunkelheit fürchte.«

»Dann geh doch zur Schule zurück – und nimm deine Vögel

mit.« Wütend kroch ich weiter, um den Stamm der Blauweide zwischen mich und Feliss zu bringen.
Aber sie ging nicht. Ihr Vogelschwarm kroch auch weiterhin traurig durch die oberen Bereiche der Baumkrone und zirpte betrübt. Dann und wann vereinten die Gefiederten ihre melodischen Stimmen zu einem einzelnen kummervollen Schrei. Ich hörte Feliss jenseits meiner Blatthöhle leise schluchzen. Aufwallender Zorn trocknete meine eigenen Tränen. Niemand von ihnen wollte mich. Warum also konnten sie mich nicht in Ruhe lassen? Schließlich wurde die Wut von hoffnungsloser Bitterkeit verdrängt. Ich kroch aus der Baumkaverne hinaus und lief an den Blättern vorbei. Feliss kniete weinend im Gras, das Gesicht in den Händen vergraben. »Schon gut, ich komme mit dir«, gab ich müde nach.
»Wirklich?« fragte sie und starrte mich zwischen ihren Fingern hindurch hoffnungsvoll an.
Ich versteifte mich, als ich ihren Trick durchschaute. »Das habe ich doch gesagt, oder?«
Lachend sprang sie auf die Beine, und hinter dem Schleier aus falschen Tränen funkelte es heiter in ihren Augen. »Ich habe es gewußt, Corrie.« Sie winkte mit den Armen, und ihre Schreivögel flatterten von der Baumkrone in die Höhe und flogen in einer Regenbogenformation über die Wiese davon. »Beeilen wir uns, Corrie. Miss ist schon vor zwei Stunden zur Hütte zurückgekehrt, um das Abendessen vorzubereiten. Wenn wir uns nicht sputen, ist alles angebrannt, bevor wir dort sind.«
Ich schnappte in neu in mir emporkeimendem Zorn nach Luft, als ich meinen Argwohn auf diese Weise bestätigt sah. »Du hast überhaupt nicht geweint. Du hast mir nur etwas vorgemacht.«
Sie strahlte, und ihr verschmitztes Gesicht wirkte ganz offen und unschuldig. »Ich verstelle mich immer, wenn das erforderlich ist. Das weißt du doch, Corrie. Deshalb schickst du mich ja auch immer zu Nira, wenn du etwas von ihr willst. Und ich kriege es auch immer für dich.«
Ja, immer, erinnerte ich mich bitter, als sie durch das Gras davontänzelte. Die heitere und immer lustige Feliss – ständig lief

sie am Fuße eines Regenbogens dahin. Niemand konnte ihr widerstehen, nicht einmal ich. Sie tollte nun über die Wiese, und ihre Vögel flatterten ihr nach. »Beeil dich, Corrie!«

Ich schluckte meinen Zorn hinunter, strich mir mit den Händen über die Wangen und trottete ihr nach.

Als wir einige Minuten lang schweigend nebeneinander hergegangen waren, verzog sie plötzlich die Nase und versah meinen verdreckten Coverall mit einem ekelerfüllten Blick. »Ich rieche etwas, fast wie...«

»Fast wie was?«

»Unsere Blicke begegneten sich kurz. Ein Schatten huschte über ihre Züge und trübte das fröhliche Glänzen in ihren Augen. »Nichts«, erwiderte sie voller Unbehagen und versuchte, sich von mir abzuwenden.

Ich ergriff ihren Arm. »Fast wie was?« wiederholte ich meine Frage und bemühte mich, ihren Gesichtsausdruck zu deuten. Aber sie schüttelte nur den Kopf, befreite sich mit einem Ruck und hastete durch das Gras davon. Die Vögel folgten ihr in zirpenden Spiralen.

Erst am nächsten Morgen, als ich meinen verschmutzten Coverall zu einem Bündel zusammenrollte, um ihn in die Wäsche zu geben, fiel mir das Duftaroma auf: Schwach war es, zugleich scharf und modrig, und es erschien mir wie ein Hohn. Verblüfft preßte ich das Gesicht in das dreckige Bündel und atmete tief ein. Sofort spürte ich ein sonderbares Entzücken in mir aufsteigen. Der Blick meiner Augen nahm eine andere, neu belebte Qualität an, und er fiel auf eine weite grüne Wiese. Das Gras kräuselte sich, als spanne ein großes Tier – meine Mutter – seine felsigen Muskeln und erhebe sich langsam auf die Beine. Noch einmal holte ich tief Luft, und meine Arme und Beine fühlten sich leicht und schwebend an; kurz darauf konnte ich mit den Füßen auf dem Rücken meiner Mutter stehen und unter dem flammenden Kinn meines Vaters die Hände aufhalten. Seine Barthaare waren Borsten aus Licht, die auf meiner Haut kitzelten. Ich erhob mich auf die Zehenspitzen, verwandelte mich in einen Schwamm – und die meinen Eltern innewohnende Kraft floß schäumend durch meine ausgestreckten Arme und Beine. Nach und nach wurde ein Teil davon umgeleitet und sammelte sich in einem zentralen Becken tief in meiner Brust an. Dort wurde sie umgewandelt, transformiert in ein Unwetter, das auf blitzenden weißen Beinen über die Wiese stapfte.

Aber der Duft des Traumstaubs war so schwach und flüchtig, daß sich das Unwetter nur wenige Augenblicke lang hielt. Dann schrumpften meine Arme und Beine wieder auf ihre normalen Ausmaße zurück, und ich stand allein im halbdunklen Waschraum, machtlos.

Machtlos – *für wie lange noch?* Im letzten Sommer hatte ich mich aus der Sonnenkindhütte hinausgeschlichen und war in höchster Konzentration an den zarten Blauweiden-Keimlingen entlanggeschritten, die am Flußufer Wurzeln geschlagen hatten. Es waren nur dünne Halme gewesen, und an einem anderen Ort hatte ich bisher jene Art des Mooses, die Traumstaub produzierte, nicht vorgefunden. Es mochte noch Jahre dauern, bis am Fluß wieder die grauen Schleier wuchsen, bevor dort die Luft erneut durchsetzt war mit einem aromatischen Geruch.

Jetzt wurde ich von neuer Hoffnung erfaßt. Ich ließ den verschmutzten Coverall zu Boden fallen und eilte in die Küche. Miss summte am Ofen und rührte in einem Topf. »Sag Nira, ich sei bereits zur Schule losgegangen«, wies ich sie an und hastete durch den Korridor davon.

Miss rief mir nach, als ich durch die Tür stürzte und so schnell ich konnte den Pfad hinunterlief. Der meinem Coverall anhaftende Duft konnte nur aus der Blatthöhle jener großen Blauweide vom Abend zuvor stammen. Irgendwie mußte sich unter dem dichten Dach aus Ästen und Zweigen trotz der Dürre genügend Feuchtigkeit erhalten haben, um einzelnen Sporen des Traumstaubs das Überleben zu ermöglichen. Plötzlich stellte ich mir den einsamen Baum nun mit Girlanden und Kränzen aus grauen Bärten geschmückt vor. Vor meinem inneren Auge sah ich, wie die Schleier von jedem Zweig herabhingen und die Morgenbrise ganze Wolken aus grauem Staub freisetzte. Ich mußte nur unter die Baumkrone kriechen und den berauschenden Dunst einatmen, ihn mir tief in die Lungen saugen – und

dann mochte ich wieder ganz die Tochter meiner Mutter sein, und der Sohn meines Vaters.
Doch als ich am Schulgebäude vorbeilief und dann durch das hohe Gras der sich daran anschließenden Wiese sprang, mußte ich feststellen, daß keine grauen Bärte an den Zweigen der Blauweide wuchsen, sondern nur Blätter. Ich konnte nicht einmal die Spur eines Schleiers ausmachen. Ungläubig kroch ich in die stinkende Höhlung hinein und blickte empor. Das Licht der Morgensonne sickerte trüb durch das dichte Blattwerk und erzeugte im Innern der Kaverne ein mattes Zwielicht – ein Zwielicht, das nichts offenbarte, rein gar nichts.
Im Ästegeflecht dieses Baumes wuchs kein Moos. Doch der scharfe Geruch, der sich meinem Coverall angehaftet hatte, mußte von hier stammen. Eine andere Erklärung gab es nicht. Verwirrt und enttäuscht kroch ich wieder unter dem Blätterdach hervor, ging um den Baum herum und betrachtete dabei jeden einzelnen Zweig.
Nirgendwo konnte ich Moosschleier entdecken. Wütend wirbelte ich herum und starrte direkt in das über den Horizont steigende Gesicht meines Vaters. Sein Gasauge beobachtete mich leidenschaftslos, und seine aufgeblähten Züge verrieten nichts. Ich erhob mich auf die Zehenspitzen, legte den Kopf in den Nacken und schickte eine stumme Bitte zu ihm empor. Doch er gab keine Antwort darauf. Ein Schwarm von Schreivögeln stieg von der Wiese auf und zog vor den unbeweglichen Zügen meines Vaters vorbei.
*Schreivögel.* Blut schoß mir in den Kopf. Gestern nachmittag waren Feliss' Vögel mit lautstarkem Zirpen durch die oberen Bereiche der Baumkrone gekrochen. Hatte ihr Gefieder die noch zarten Mooskeimlinge von den Zweigen abgestreift? Und wenn das zutraf – wann mochten sie erneut entstehen? Wie lange brauchten sie zum Wachsen? Wenige Wochen? Monate? Jahre? Ich ballte die Fäuste. *Ich konnte nicht warten.*
Ich konnte nicht warten – aber ich hatte keine andere Wahl. Erneut begannen Tränen aus meinen Augen zu rinnen. Stöhnend zog ich mich in die Blatthöhle zurück. Ich ballte die Fäuste, preßte fest die Zähne aufeinander und versuchte, den Strom

der Tränen unter meinen Willen zu zwingen. Er war ein Zeichen der Schwäche, nutzlos.
Und ich hatte keine Gewalt über die salzige Nässe. Die Tränen glichen einer ganz persönlichen Flut, die mir unaufhörlich über die Wangen spülte, meinen Coverall benetzte und sich zu meinen Knien in größer werdenden Lachen ansammelte. Hilflos gab ich mich ihnen hin.
Es war bereits später Vormittag, als es mir endlich gelang, das unfreiwillige Dahinrinnen zu trocknen. Zu jenem Zeitpunkt war der Boden unter der Baumkrone bereits durchweicht von dem Naß meines Kummers. Ich fühlte mich elend, als ich unter dem Baum hervorkroch und über die Wiese schwankte und dann den Pfad hinunter – ein verdrecktes Phantom mit leerem Gesicht und verfilztem Haar. Ich wankte durch die Siedlung und ignorierte die mich groß anstarrenden Dorfbewohner. Als ich den Rand von Draes Kreuzung erreichte, stapfte ich über den Weg, der zur Sonnenkindhütte führte.
Ich war gerade am letzten Schuppen vorbeigekommen, als mir Feliss' Stimme an die Ohren drang. »Corrie! Warte, Corrie!«
Ich drehte mich um und betrachtete verdrießlich die farbenprächtige und gefiederte Wolke, von der sie eingehüllt war, als sie mir über den staubigen Weg entgegenlief. »Trebb hat dich an der Schule vorbeigehen sehen, und Nira schickt mich, um dich zurückzuholen«, keuchte sie, als sie zu mir aufschloß. »Du verpaßt Rechnen und Geschichte, und Nira meint...« Sie unterbrach sich und verzog die Nase. »Du stinkst schon wieder. Du riechst...«
Mein Herz begann heftig zu pochen. »Wie gestern abend?« fragte ich atemlos und wagte kaum zu hoffen.
Sie nickte und wich von mir zurück. »Es riecht nach Moder. Es duftet wie...«
Wie Traumstaub. In erwartungsvoller Erregung klopfte ich mir auf den Coverall und versuchte, dadurch ein graues Rieseln freizusetzen. Ich atmete tief durch, roch aber nichts. Verzweifelt umfaßte ich Feliss' Arm. »Rieche ich so wie damals am Fluß? Wie an jenem Tag, als wir die Pilger vertrieben?«
In meinen Augen muß es wild gelodert haben. Ihr Gesicht ver-

wandelte sich in eine Maske der Furcht. Mit einem alarmierenden Zirpen flatterten ihre Schreivögel um uns herum, und ihre Schwingen knisterten in der Luft. »Corrie, du *stinkst!*« schluchzte sie, und ihre großen schwarzen Augen überzogen sich mit einem Tränenschleier.

»Du verstellst dich nur wieder«, warf ich ihr vor. »Du verstellst dich immer – und niemand weiß etwas davon, nur ich.«

»Ich verstelle mich nicht«, erwiderte sie weinerlich. »Ich bin dir gegenüber immer ehrlich, Corrie.«

»Wie gestern, als du im Wiesengras hocktest und mich flehend darum gebeten hast, mit dir zurückzukommen?«

»Aber jetzt bin ich ehrlich!« beharrte sie. »Du riechst wie...«

»Ich rieche so, wie es an jenem Tag unter den Bäumen am Fluß duftete. Das stimmt doch, oder?«

Sie quieckte. »Ja. Nach Moder. Wie Tod, wie...«

Wie der Wahn, wie jener heilige Wahn, der sich in einen Alptraum verwandelt hatte. Wie Sturm und Tod und Hexenherrschaft. Ich ließ sie los, drehte mich um und eilte über den Weg wieder in Richtung Draes Kreuzung zurück. Verwirrt sausten die Vögel hinter mir her und zirpten schrill und durchdringend. »Corrie, ich habe Nira versprochen...«

Ich blieb stehen und starrte auf die dahinsegelnden Vögel. Übelkeit stieg in mir empor. »Geh mir nicht nach, Feliss«, forderte ich sie auf. Wenn es erneut Spuren von jenem Moos im Ästegeflecht des Baumes gab, und wenn ihre Vögel die Schleierkeimlinge verzehrten... »Kehre in die Schule zurück und sag Nira, du hättest mich nicht gefunden. Sag ihr, du hättest mich nirgends gesehen.«

»Aber *sie* wird dich sehen, wenn du wieder an der Schule vorbeikommst.«

»Ich nehme die Abkürzung über die Felder.«

»Du willst wieder zu dem... Baum?« fragte sie ungläubig. »Wo es so stinkt?«

»Für mich stinkt es dort nicht, Feliss«, erwiderte ich. Ich zwang meine Zähne zu einem strahlenden und boshaften Lächeln auseinander. »Aber wenn du mir folgst, wenn du deine Vögel noch ein einziges Mal in die Nähe des Baumes fliegen läßt, dann töte

ich sie. Dann bringe ich sie alle um. Dann töte ich jeden Schreivogel, den ich fortan zu Gesicht bekomme.«
Sie schnappte ängstlich nach Luft. »Du... du kannst meine Vögelchen nicht umbringen, Corrie.«
»Doch, das kann ich. Wenn du sie in die Nähe meines Baumes fliegen läßt, töte ich so viele Schreivögel, daß Ronna unmöglich alle heilen kann. Und auch die Motten – ich zerfetze ihre Schwingen, wenn ich sie in der Nähe meines Baumes antreffe.«
»Aber wenn Nira mir aufträgt, dich zu suchen...«
»Wein ihr doch was vor. Dann tust du ihr so leid, daß sie dich nie wieder nach mir suchen läßt.« Ich wischte mir das Haar über die Schultern zurück, drehte mich um und lief den Pfad hinunter.
Als ich die Abkürzung über die Felder nahm und mir dabei der morgendlichen Kühle kaum bewußt wurde, schien sich der Boden zu meinen Füßen zu heben und zu senken – wie ein gewaltiger Leib, der sich anschickte, sich langsam aufzurichten. Zweimal blieb ich stehen, sah mich begierig um und wartete darauf zu sehen, wie sich der Boden am Horizont emporstülpte und die Erdkrume selbst zu erzittern begann. Doch trotz meiner erwartungsvollen Erregung richtete meine Mutter ihren riesenhaften Leib nicht auf, um in der kalten Luft des stillen Morgens ihre donnernde Stimme zu erheben.
Mein Baum war ein einsamer Wachtposten. Keuchend schob ich seine Zweige zur Seite, kroch auf Händen und Knien in die dunkle Blattkaverne hinein und atmete dort sehnsuchtsvoll tief durch. Konnte ich ihn hier tatsächlich finden, jenen flüchtigen muffigen Duft? Ich holte ein zweites Mal tief Luft, dann noch einmal, und verzweifelt versuchte ich, einen Hauch des Geruchs wahrzunehmen, von dem mein Coverall durchsetzt worden war. Ich ließ den Atem langsam durch die Nase entweichen und glaubte dabei, eine Spur des ersehnten Duftes zu riechen. Er war entmutigend schwach.
Ich sprang auf die Beine und starrte in das dichte Blattwerk empor. Erneut brannten in meinen Augen Tränen enttäuschter Verzweiflung. Hatte Feliss mich angelogen? Feliss mit ihrem

betörenden Charme, den heiter funkelnden Augen, dem schillernden Regenbogen, mit dem sie sich schmückte... Feliss würde alles sagen, um ihren Willen durchzusetzen.
Ich sank auf die Knie, kroch umher und sog die feucht-kühle Luft tief in die Lungen. Von einem Augenblick zum anderen entstand ein flackerndes Bild vor meinem inneren Auge: nackte Pilger, die am Flußufer knieten und die Gesichter in das braune Herzblut meiner Mutter tauchten. Gefolgt wurde diese Vision von rasch aufeinanderfolgenden Streiflichtern: Bäume, in deren Zweige und Äste plötzlich gespenstische Bewegung kam, rachsüchtige Schwärme angreifender Schreivögel, die kleine Schnäbel in menschliches Fleisch bohrten; Gewitterwolken, die über den Himmel wallten und aus denen weiße Blitzfinger herniederzuckten.
Ein Hauch von triumphierender Verzückung durchwehte mich und löste sich unmittelbar darauf wieder auf. Es gab hier tatsächlich Traumstaub, aber die Konzentration war so gering, daß ich nicht tief und rasch genug atmen konnte, um eine ausreichende Menge in den Lungen anzusammeln. Ich stöhnte zornig, als Tränen verzweifelter Enttäuschung aus meinen fest zusammengekniffenen Augen quollen und mir erneut über die Wangen rannen. Ich warf mich zu Boden und rollte mich zu einer Kugel zusammen, um einen Damm zu errichten gegenüber der neu entbrandenden Flutwelle. Doch die Gischt meiner Tränen sprühte dahin, ohne daß ich etwas gegen sie auszurichten vermochte; sie überzog mir das Gesicht mit einem salzig-nassen Schleier, benetzte den Coverall, tropfte auf den Boden.
Eine ganze Weile später, als der Vorrat meiner Tränen allmählich zur Neige ging, vernahm ich das Prasseln von Regen. Ich wischte mir durchs Gesicht und kroch aus der Blatthöhle hinaus. Weit oben über meinem Baum ragten lange und finstere Wolkenberge auf. In einem Umkreis von rund hundert Metern regnete es in donnernden Sturzbächen. Jenseits dieses scharf abgegrenzten Bereiches aber war der Himmel wolkenlos und das Gras trocken. Verwirrt lief ich um den Baum herum und wandte das Gesicht dem Regen entgegen. Die meinen Coverall durchtränkende Nässe war warm.

So warm wie das Herzblut meiner Mutter. Warm und alles durchdringend. Sie umschloß mich mit einer liebevollen Umarmung – und gleichzeitig erweckte sie die verstreuten Sporen zum Leben, die unter dem dichten Blattwerk gefangen waren, sättigte sie mit einer Feuchtigkeit, die Essenz allen Lebens war. Die Tränen meiner Mutter tropften mir aufs Gesicht – und es waren keine Tränen des Zorns oder der Verzweiflung, sondern ein zärtlicher Segen. In ihrer Weisheit hatte sie mich hierher geführt und mir meine eigenen Tränen aus den Augen rinnen lassen. Doch die geringe Nässe, die ich hervorzubringen vermochte, hatte die wenigen Sporen, die unter dem Blattwerk der Blauweide ein Asyl gefunden haben mochten, nicht aus ihrem Schlaf erwecken können. Deshalb vergoß sie nun ihre Tränen für mich. Sie durchweichten den Boden und sammelten sich am Stamm des Baumes in größer werdenden Lachen an.

Ich hockte mich nieder und atmete gierig die feuchte Luft ein. Sie prickelte in meinen Lungen. Schwach und zögernd zunächst entstanden erste Visionen, die jedoch bald darauf deutlicher und kontrastreicher wurden. Ich kauerte unter den schützenden Zweigen des Baumes, und mein nasser Coverall klebte mir wie eine zweite Haut am Leib – und ich sah Schicksal, wie diese Welt ganz am Anfang gewesen war, als mein Vater ein trüber Punkt am sich niemals erhellenden Nachthimmel war und meine Mutter mit vor Kälte erstarrtem Leib in der Leere des Alls schwebte, gebeutelt von frostigen Stürmen. Doch schon damals hatte sie eine unverkennbare Anmut und Schönheit besessen – die Haut felsig und nackt, die Stirn gefurcht von zerklüfteten Bergen, die Adern tiefe Schluchten, in denen kein Wasser floß, sondern Lava. Trotz der schwefeligen Dämpfe, die von der steinernen Kruste emporstiegen und ihr dunkles Antlitz mit einem dünnen Schleier versahen, streckte mein Vater sehnsuchtsvoll Gravitationsarme nach ihr aus und zog sie näher an sich heran. Sie wurde in seine Umlaufbahn gezwungen, und stolz blähte er sich am Himmel auf und erstrahlte heller – bis seine scharlachrote Scheibe schließlich bei Sonnenaufgang flammend und lodernd über den Horizont stieg. Dann strichen seine zärtlichen Strahlen liebkosend über ihre öde Kruste, glit-

ten in Spalten und Furchen hinein und erforschten mit sanftem Interesse ihren Leib.
Langsam und liebevoll ließ er Leben aus totem Fels entstehen. Einfache Moose und Pilze entstanden und blühten und überzogen den felsigen Körper meiner Mutter mit einem violetten und braunen und grünen Pelz. Dankbar wandte meine Mutter daraufhin ihr farbig geschecktes Gesicht meinem Vater zu und lächelte zu ihm empor. Aber als er an jenem ersten langen Tag des Lebens übers Firmament kroch, versengte sein warmer Blick das zarte Leben der Moose und Pilze. Sie waren zu empfindsam, seine Strahlen zu intensiv. Bei Sonnenuntergang war meine Mutter wieder nackt und allein, und mein Vater trauerte.
In jener langen Nacht dachte mein Vater nach. Als der Morgen näherrückte, begriff er, daß Feuchtigkeit notwendig war, um die zarten Gespinste des Lebens zu erhalten und zu bewahren. Also richtete er seine Aufmerksamkeit auf große Ozeane und starrte lodernd auf sie hinab. Er konzentrierte seine Hitze, saugte Nässe aus den Meeren, zerrte sie hoch hinauf und wirbelte sie durch die Luft. Er schuf große Wolken, sich zusammenballende Gewitter, die er übers Firmament lenkte, als er sich wieder den felsigen Küsten meiner Mutter näherte. Er lächelte auf die düsteren Wolkenberge hinab, ließ sie durcheinanderwogen und instabil werden, so daß ihre kostbaren Dämpfe kondensierten und sich bei Morgengrauen als Regen über das Land ergossen.
Weit unten spürte meine Mutter die willkommene Nässe auf ihrem Rücken und erfreute sich daran. Und am dritten Tag des Lebens begrüßte sie meinen Vater nicht nur mit farbenprächtigen Pilzen und Moosen, sondern auch mit Filigrangras, das in unmittelbarer Nähe ihres Herzens in dichten grünen Büscheln keimte und sich rasch über ihre ganze Haut ausbreitete. Bald war sie völlig von einem glänzenden grünen Pelz eingehüllt. Das Gras gedieh prächtig, und die Wurzeln verwoben sich rasch zu einem fest miteinander verbundenen Gespinst. Als das gelungen war, fing das Gras fortan den überschüssigen Regen unter seinen dicht an dicht wachsenden Halmen auf und bevorratete ihn dort für kommende Dürreperioden.

Als das Filigrangras die felsige Kruste der Außenhaut meiner Mutter auflockerte, begannen kurz darauf auch andere Pflanzen zu wachsen. Freudig ließ meine Mutter Glanzbüsche entstehen, um die strahlende Pracht meines Vaters widerzuspiegeln. Andere Sträucher gingen mit ihnen einher, und bald lugten die Keimlinge der ersten Bäume aus dem Boden und verbanden zwei Sphären miteinander – Luft und Erde. Die Fingerpalme mit ihren fünf ausgestreckten Fingern wurde zum Baum meines Vaters. Jeden Tag zur angemessenen Zeit umschmiegte sie ihn kurz mit ihrer grünen Hand. Bei der Blauweide handelte es sich um das Blattgeschöpf meiner Mutter; es verneigte sich vertrauensvoll vor ihr und verbarg ihre Geheimnisse unter seinen herabhängenden Zweigen.

Doch das ökologische System war noch nicht gleichmäßig ausbalanciert. Mit drahtigen Fadenwurzeln wehrte sich das Filigrangras heftig gegen das Vordringen von Büschen und Bäumen. Nach jedem Regenschauer wuchsen Pilze und Moos in dicken Fladen und lasteten schwer auf dem Blattwerk von Bäumen und Sträuchern. Deshalb schufen meine Eltern gemeinsam die Schneckenwürmer, die sich durch die drahtigen Filigraswurzeln nagten und auf diese Weise Lebensraum für andere Pflanzen freimachten. Gemeinsam schufen sie die Schreivögel, wobei sie sich ein Beispiel an der Farbenpracht eines Regenbogens nahmen; sie sollten nach jedem Regen die wuchernden Moose und Pilze vertilgen. Und den Fahlmotten übertrugen sie die Aufgabe, die Luft von überschüssigen Sporen zu reinigen.

Die Lebensgeschichte von Schicksal strich in einer verwirrenden Abfolge an meinem inneren Auge vorbei, reichte vom Anbeginn der Zeit bis in die Gegenwart. Obgleich sich das Leben unabhängig voneinander zu entwickeln schien, ohne einen Plan, hatten meine Eltern in Wirklichkeit doch ein kompliziertes und bestens aufeinander abgestimmtes ökologisches System geschaffen. Alles nahm einen genau zugewiesenen Platz ein und erfüllte einen bestimmten Zweck: die Moose und Pilze, das Gras, die Büsche und Bäume, die Würmer und Schreivögel und Motten. Zusammen bildeten sie eine ausgewogene Einheit.

Aber vor etwas mehr als zweihundert Jahren war ein fremdes Element in dieses seit Äonen bestehende Gleichgewicht eingedrungen. Plötzlich wurde das Filigrangras ausgerissen und beseitigt – nicht etwa, um Platz zu schaffen für Fingerpalmen und Blauweiden, sondern um die Ausbringung einer fremden Saat zu ermöglichen. Danach – Frühjahr auf Frühjahr, Sommer für Sommer – spürte meine Mutter, wie ihre Vitalität von Pflanzengeschöpfen in Anspruch genommen wurde, die nicht dafür vorgesehen waren, sich an ihrem Wohlwollen zu laben: Hafer, Gerste, Weizen, Mais, Kohl, Kartoffeln, Möhren. Ein Boden, der niemals ein größeres Gewicht getragen hatte als das eines Schreivogels, spürte plötzlich Tag für Tag Tonnen von nichtsahnendem Fleisch. Mein Vater loderte zornig auf die unbeholfenen Eindringlinge hinab. Sie schenkten seiner Empörung keine Beachtung. In ihrer Verzweiflung bat meine Mutter um mehr Regen, dessen Nässe sie dazu benutzte, Wolken aus Wahnsinn induzierenden Sporen entstehen zu lassen. In dieser Hinsicht schienen die fremden Geschöpfe eine besondere Empfindlichkeit aufzuweisen. Doch wenn der Sporendunst davonzog, zu früh vertrieben von den unaufmerksamen Fahlmotten und Schreivögeln, die meine Eltern selbst geschaffen hatten, stellte sich heraus, daß die scheußlichen Wesen überlebten.
Und die Rinder und Schweine waren nicht allein. Sie wurden gehütet von völlig andersartigen Wesen, die ihre empfindsamen Körper vor Regen und Wind schützen mußten und die eine fremde Präsenz verehrten – eine Macht, die sie ihrer Überzeugung nach aus dem Dschungel der Sterne nach Schicksal geleitet hatte. Sie bauten dieser Gottheit Altäre, und sie priesen sie mit singenden Stimmen. Sie schrieben ihr all die irdene Barmherzigkeit meiner Mutter zu, alle warmen Gaben meines Vaters. Meine Eltern waren entrüstet und schickten Unwetter aus, um die Eindringlinge zu strafen. Aber die Fremden brachten sich in Sicherheit, und sie waren so verblendet, ihrer eigenen Heiligen Macht für die Errettung zu danken.
Seit einigen Dekaden nun schon dauerte die Auseinandersetzung an. Trotz der Gewitter und der Dürre überlebten die Eindringlinge, führten ein karges Leben auf der Grundlage des wi-

derstrebenden Bodens meiner Mutter und sprachen jeden kleinen Erfolg dem Segen ihrer Gottheit zu. Sie priesen sie für die Wärme meines Vaters, für einen ersehnten Regenguß im Sommer und für das Brennholz im Winter. Meine Eltern schleuderten Sporenstürme über das Land, und die Fremden lobten ihre Gottheit, wenn fehlgeleitete Fahlmotten und Schreivögel die Luft von dem Wahn verursachenden Dunst säuberten. Statt zu versuchen, mit meinen Eltern zu einem Einvernehmen zu gelangen, wandten sie sich immer nur an ihren eigenen machtlosen Gott.

Und es war ein falscher Gott, ein Eindringling wie die, die ihn verehrten. Das Reich der Heiligen Macht war Lichtjahre entfernt und erstreckte sich auf einer anderen Welt. Doch sie erwies sich als ebenso unbeugsam wie auch die Siedler. Als mein Vater ihr eine gleißende Strahlung entgegenwarf, schrumpfte sie nicht zusammen und starb, sondern verwandelte den Angriff auf unverschämte Weise in einen Segen. Mit Hilfe einer einfachen chemischen Verschmelzung schenkte sie ihren Anhängern Erleuchtung und ließ sie von meinem Vater schwängern. Neun Monate später wurden daraufhin einige Halbgötter geboren, die durch die Gegebenheiten ihrer Abstammung ausgestattet waren mit unheimlichen Kräften.

Meine Mutter bebte vor Zorn, und mein Vater heulte vor Wut. Durch die teuflische Einwirkung der fremden Gottheit waren sie unfreiwillig zu den Eltern von sechs Geschöpfen geworden, die Macht ausüben konnten über die Elemente der natürlichen Welt und die andererseits doch das fleischliche Ebenbild der Eindringlinge darstellten.

Ich kauerte unter der Blauweide, und düstere Bilder wirbelten an meinem inneren Auge vorbei. Feliss, Trebb, Ronna, Herrol, Nadd und ich selbst – wir waren zugleich die Kinder meiner Eltern und der menschlichen Eindringlinge. Wir waren eine Verschmelzung ihrer Kräfte, aber auch ihrer Schwächen. Und unsere Schicksal-Eltern begegneten uns ebenso mit bestürzter Fassungslosigkeit wie auch unsere fleischlichen Väter und Mütter. Wir stellten ihre göttlichen Söhne und Töchter dar, fremd und geliebt, gefürchtet und geschätzt.

Wir sechs begründeten ein Gleichgewicht – eine Balance, die so lange zwischen meiner Mutter und meinem Vater bestanden hatte. Jedem von uns war eine Macht zu eigen, die einen elementaren Bestandteil unseres eigenen empfindsamen Gleichgewichts darstellte. Aber handelte es sich dabei um ein System, das schließlich zu einer Wiederherstellung der äonenlangen Balance auf Schicksal führte, oder würden wir eine völlige Zerstörung herbeiführen? Ich legte den Kopf in den Nacken. Aus trüben Augen betrachtete ich das dichte Ästegeflecht der Blauweide. Meine Mutter hatte mir Regen geschickt, und jetzt war das Blattwerk des Baumes mit grauem Moos bedeckt. Ich atmete tief durch und sog mir den Traumstaub in die Lungen. Schwindel erfaßte mich, als sich Körper und Geist voneinander trennten und ich auf einem Ozean aus Fragen davonschwamm.

Wem nützte unsere Geburt etwas, und wem wurde dadurch Leid beschert? Wem würden wir dienen, wen vernichten? Würden die Rinder und Schweine Herrols meine Mutter immer mehr mit ihrem Gewicht belasten und ihr unendliche Pein bereiten? Würden Trebbs wachsende Fähigkeiten die Widerstandskraft der irdischen Pflanzen erhöhen, zum Nachteil des Filigrangrases und der anderen einheimischen Gewächse? Würde Feliss alle von einem Sporensturm ausgehenden Gefahren bannen, indem sie die ihr hörigen Schreivögel und Fahlmotten in der vom Wahn erfüllten Luft ausschwärmen ließ? Würde Ronna für alle Zeiten kranke Kinder heilen und schwache Ältere vor dem Tode bewahren? Und Nadd – er stellte noch keine Bedrohung dar. Mit seinen zwölf Jahren war er ein hysterisches Kind, ein mitleiderweckender Knirps. Aber eines Tages konnten seine hellseherischen Visionen deutlich werden. Und eines Tages mochten die Siedler seinen düsteren Warnungen Beachtung schenken.

Wem *konnten* wir außer den Siedlern nützlich sein? Schließlich war es ihre Gottheit gewesen, die die Grundlage für unsere Geburt geschaffen hatte.

Gegen meinen Willen begann ich erneut zu weinen. Ich wurde gequält von langem, meinen Leib erschütterndem Schluchzen, so als nähme ich direkten Anteil an dem Kummer meiner Mutter. Wir waren ihre göttlichen Kinder, und sie blickte in hilfloser Bewunderung auf uns herab. Sie wußte es ganz genau: Wenn wir überlebten, wenn wir unseren Zweck erfüllten, dann würden wir sie letztendlich umbringen.

*Sie umbringen.* Eine ganze Weile weinte ich unter dem Baum, leise und hilflos und ohne Hoffnung. Dann kroch ich unter dem Blätterdach hervor, mein Herz ein geschrumpfter eisiger Klumpen, und ich blickte starr über die Wiese. In einem Umkreis von einigen Dutzend Metern war die Erde von Feuchtigkeit aufgeweicht. Das rote Gesicht meines Vaters glitt traurig dem Horizont entgegen. Aber bevor ich mich an ihn wenden und ihm meine Loyalität versichern konnte, sah ich, wie sich das Gras in Wellenmustern zu bewegen begann. Ich wandte den Kopf und entdeckte eine Gestalt, die auf meinen Baum zulief.

*Trebb* – sein Name glich einem Aufschrei in meinem Herzen, einem Aufschrei, der mich quälte: *Trebb, mein göttlicher Bruder, der Herrscher über das Gras, der Herr der Bäume, der König des ganzen grünen Blätterreiches.* Wie erstarrt sah ich ihn näherkommen. Von fröhlicher Heiterkeit erfüllt lief er durch das dichte Filigrangras, ein sorgloses Lächeln in seinem lebhaften Gesicht. Die langen Halme strichen an seinen Fußknöcheln entlang und liebkosten ihn, und mein einsamer Baum verneigte sich mit raschelnder Krone vor ihm. Schwer atmend blieb er stehen und grinste mich aufmunternd an. »Hallo, Corrie, du hättest das neue Reisfeld sehen sollen, das wir erst letzte Woche anlegten. Die Triebe sind schon knöchelhoch, und bisher hat es noch nicht einmal richtig geregnet.«

»Aber du hast es jeden Nachmittag mit Nira und Erfahrenvater Schuster besucht«, erwiderte ich matt. Er stattete allen Feldern des Dorfes regelmäßig Besuche ab, schenkte den irdischen Gewächsen eine wuchernde Vitalität und ließ sie gesund und üppig aus dem Boden sprießen.

»Wir gehen immer dorthin«, bestätigte er. »Das weißt du ja.« Er blickte sich um und warf mir dann ein zweites gehaltloses Lächeln zu. »He, es ist Zeit für uns, zur Hütte zurückzukehren. Nira meint, wenn du nicht mit mir kommst...«

»Ich komme mit dir«, erwiderte ich leise und versah ihn mit einem Blick, in dem plötzlich verzweifelte Sehnsucht zum Ausdruck kam. »Ja, ich komme mit dir, Trebb.« Heute würde ich ihn überallhin begleiten. Ich sah ihn nun mit ganz anderen Augen und wußte, was sich mir kurz zuvor eröffnet hatte: Auch er war das geliebte Kind meiner Eltern.
Er lachte und bemerkte nicht die Tränen, die mir erneut über die Wangen strömten. »Dann laß uns einen Wettlauf machen!« Er drehte sich um, sprang durch das Gras davon und ließ es in großen und zärtlichen Wellenmustern wogen. Leises Schluchzen entfuhr mir unwillkürlich, als ich ihm nachsetzte und das Gesicht der Abendbrise entgegenwandte, dem kummervollen Schmerz, der Einsamkeit.
Denn tief in meinem Innern befürchtete ich, er könne den Willen meiner Eltern kennen. Ich war die Jägerin. Ich war diejenige, der man die große Verantwortung des Zerstörens auferlegt hatte. Das war meine Funktion innerhalb des komplizierten Gleichgewichts unserer sechs Leben. Und instinktiv und wider Willen begann ich zu argwöhnen, wen ich letztendlich vernichten mußte.
Nicht die Pilger. Sie würden sich am Ende selbst zerstören.
Nicht die Ketzer. Ihre Zahl war so gering, daß sie kaum eine Rolle spielten.
Nicht meine Eltern, weder meine felsige Mutter noch meinen am Himmel lodernden Vater.
Statt dessen . . .
»Trebb, warte!« rief ich verzweifelt. »Warte auf mich.« Ich lief ihm nach, und ich wußte eins: Wenn ich hier auf der Wiese allein zurückblieb, dann würde mich jene schreckliche Möglichkeit, die mir an diesem Tag offenbart worden war, in ein Häufchen Elend verwandeln; und sie mochte mich ebenso gänzlich zerstören, wie ich fürchtete, letztendlich vernichten zu müssen.

# NADD

## Herbst 0224

Ronna warf das letzte Bündel auf den beladenen Wagen, stieg auf und nahm mit einigen Verrenkungen auf einem Stapel Bettlaken Platz. Sie betrachtete die leeren Fenster der Sonnenkindhütte, und ihr maskenhaftes Gesicht verbarg alle Zeichen von Aufregung oder Trauer. »Wir können jetzt aufbrechen, Herrol. Die anderen machen sich auf den Weg ins Dorf.«
Herrols Antwort bestand aus einem dumpfen Knurren. Er schwang sich auf den Rücken des Ochsen, der an den Karren angeschirrt war, und er grub dem Tier die Stiefelabsätze in die Flanken. Der Ochse wackelte zum Zeichen seines Protestes mit den Hörnern. Dann senkte er den Kopf und zog den Wagen langsam auf den Weg. Bis auf ein Vlies goldener Wolken, die am östlichen Horizont schimmerten, war der Morgenhimmel klar. Auf der Wiese stand nicht angebundenes Vieh bis zu den Schultern im hohen Gras und weidete zufrieden. Als der Wagen Draes Kreuzung entgegenrumpelte, zeichneten sich Herrols nackte Schultern vor dem Himmel ab, und heller Sonnenschein schimmerte auf dem Pelz aus glänzendem Haar, der ihm von den Schultern bis weit den Rücken hinab reichte. Voller Unbehagen sprang ich von dem Zaun herunter und kehrte zur Hütte zurück.
Bevor ich die Tür erreichte, stieg Miss die Stufen herunter, einen Kochtopf in der Hand. Aufgeregt blickte sie dem Karren nach. »Trebb, lauf los und wirf das hier auf die Ladefläche des Wagens«, verlangte sie und fuhr sich nervös mit der einen Hand durchs Haar. Sie runzelte gereizt die Stirn, als sich Feliss am Klettergerüst herabließ und Anstalten machte, Trebb zu folgen. »Feliss, hast du daran gedacht, Corries Sachen zusammenzupacken und auf den Wagen zu laden?«
Feliss' Gesicht verzog sich launisch. »Ich mußte meine eigenen Sachen packen, Miss. Und außerdem ist Corrie nun schon seit drei Tagen fort. Vielleicht kommt sie nie wieder zurück.«

»Bisher ist sie noch jedesmal zurückgekommen, Feliss«, erinnerte Trebb sie. Er riß Miss den Topf aus der Hand, tanzte mit gelenkigen Bewegungen über den Spielplatz und lief dann den Weg hinunter und dem Wagen nach.
Miss sah ihm gespannt nach und wandte dann wie gegen ihren eigenen Willen den Kopf und blickte über die Wiese hinweg in Richtung Picknickgehölz. Eine dunkle Wolke verdüsterte die Ansammlung von Blauweiden und bedeckte sie mit einem dunstigen Schleier. Seit drei Tagen nun schon klebte sie dort – ein Gewitterhauch am pastellfarbenen Horizont. »Sie ist nie länger als fünf Tage fortgeblieben, Feliss. Und Nira hat mir aufgetragen dafür zu sorgen, daß heute alles nach Draes Kreuzung gebracht wird, so daß ihr euch an euer neues Zuhause gewöhnen könnt, bevor in der nächsten Woche wieder die Schule beginnt.« Erneut fuhr sie sich mit der Hand unruhig durchs Haar und zupfte aus den Strähnen spiralförmige Ranken. »Pack jetzt also Corries Sachen zusammen und bring sie heraus, Feliss. Los, lauf rein und hol sie. Ich bin schon fast abmarschbereit.«
Feliss fiel der geistesabwesende Tonfall dieser Anweisung auf, und sie schwang sich wieder am Klettergerüst empor. »Ronna meinte, Angelicus und sie kämen vielleicht heute nachmittag zurück, um hier zu spielen. Dann können sie ja auf dem Rückweg Corries Sachen mitbringen.«
Miss' Gesicht rötete sich. »Feliss, wenn du glaubst, du könntest mir auf dem Kopf herumtanzen, nur weil Nira nicht hier ist, um euch zurechtzuweisen...«
»Du hast recht, sie ist nicht hier«, jubelte Feliss rebellisch. Mit einem spottenden Lachen ließ sie sich zurückfallen und hing mit gebeugten Knien an der obersten Sprosse des Gerüstes; ihr langes schwarzes Haar war ein im sanften Wind wogender Schleier. »Und wenn Ronna heute nachmittag doch nicht hierherkommt, dann soll sich Corrie doch selbst um ihre Sachen kümmern. Ich will sie nicht einmal anfassen. Sie stinken.« Sie schnitt eine übertriebene Grimasse, sprang von dem Klettergerüst herunter und lief durch das Zauntor. »Warte auf mich, Trebb!« Ein wenig verspätet erhob sich eine Wolke aus Schreivögeln vom Dach der Hütte und flatterte ihr hinterher.

Miss sah sich ärgerlich um. »Wenn du mich fragst, haben sich in diesem Sommer einige bestimmte Personen zu rasch entwickelt«, klagte sie. »Wenn ich das nur schon geahnt hätte, als ich Nira versprach, in diesem Sommer hier in der Sonnenkindhütte die Aufsicht zu führen, während Erfahrenvater Schuster und sie die neue Unterkunft vorbereiten...«

»Ich werde Corries Sachen zusammenpacken«, unterbrach ich sie, weil ich jetzt nicht noch einen letzten Vortrag von Miss' Beschwerden über mich ergehen lassen wollte. Ich war den ganzen Sommer über mit ihr zusammen gewesen und kannte daher die lange Liste ihrer Sorgen und Klagen auswendig.

»Es ist doch einfach nicht normal«, fuhr Miss fort. »Corrie verschwindet plötzlich tagelang, Herrol marschiert mit einem Hemd durch die Gegend, Feliss wird gehässig...«

»Wenn du dich beeilst, hast du noch Zeit genug, den Karren einzuholen«, drängte ich. »Ich kümmere mich um Corries Sachen und schließe auf, bevor ihr Draes Kreuzung erreicht.«

Miss drehte sich um, starrte an mir vorbei und versah den Schlafraum mit einem unsicheren Blick. »Ich habe die Türen und Fenster noch nicht verriegelt. In diesem Jahr gibt es so viele Vagabunden, die umherstreifen und nach etwas Eßbarem suchen. Wenn sie hier einbrechen...«

»Ich schließe alles ab. Hast du irgend etwas in deinem Zimmer zurückgelassen?«

Sie schüttelte geistesabwesend den Kopf. »Laß mich nur noch kurz die Anrichtekammer überprüfen«, sagte sie und eilte die Stufen empor. Ein paar Minuten später verließ sie das Gebäude wieder und runzelte nachdenklich die Stirn. »Du wirst dich doch sputen, nicht wahr, Nadd? Es sind Fremde in der Nähe gesehen worden. Wenn dir irgend etwas zustoßen sollte...«

»Ich habe euch in ein paar Minuten eingeholt«, versprach ich und war nicht gerade versessen darauf, ihren morbiden Phantasievorstellungen über Kannibalismus unter den Pilgern der entfernteren Siedlungsgemeinschaften zu lauschen. Ich schob mich an ihr vorbei und betrat den Schlafraum. Sie zögerte auf der Treppe, innerlich hin und her gerissen, dann lenkte sie ihre Schritte eilig dem Pfad entgegen.

Als ich allein war, wanderte ich nachdenklich durch die leeren Zimmer und verriegelte die Fenster und Türen. Die Betten waren nun nicht mehr mit Matratzen und Laken ausgestattet, und die Schränke in der Küche standen offen und waren leer. Im Wäscheschrank entdeckte ich einen Stapel vergessener Schlechtwettervorhänge. Einen davon breitete ich auf dem Boden des Schlafraums aus. Corries Sachen lagen in einem unordentlichen und feuchten Haufen neben ihrem Bett. Widerstrebend hob ich die sich bereits mit Schimmel überziehenden Kleidungsstücke auf und rollte sie in dem ausgebreiteten Vorhang zu einem Bündel zusammen. Wenn sie diesmal nicht zurückkehrte...

Ich schauderte, sah mich in dem stillen Zimmer um und glaubte, in den staubigen Sonnenstrahlen die Gesichter von Geistern zu erkennen. Säuglinge, Kleinkind und Kind – dies war die Bühne, auf der wir die Dramen unserer Kindheit gespielt hatten. Jetzt aber waren wir zwölf Jahre alt, und damit dauerte es kaum mehr ein Jahr bis zur ersten Mündigkeit. Der Sommer hatte Ronna und Herrol bereits an den Rand körperlicher Reife geführt und Feliss eine verstockte Widerspenstigkeit auferlegt. Früh an jedem Morgen rannte Trebb über die Wiese und vollführte bizarre jugendliche Übungen, die das Filigrangras zu so heftigem wirbelndem Wogen veranlaßte, daß es sich beinah die Wurzeln aus der Erde riß. Ich war der einzige von uns, der noch vor der Schwelle der körperlichen Reife verharrte, der sich davor fürchtete, sie zu überschreiten, davor, die Geborgenheit der Kindheit aufzugeben.

Ein kalter Schauer lief mir über den Rücken. Angetrieben von meiner Vorahnung, warf ich mir Corries Bündel über die Schulter und eilte zur Tür. Als ich auf den Spielplatz hinaustrat, wehte heulender Wind über die Wiese. Die über dem Picknickgehölz schwebende dunkle Wolke schien in die Länge zu wachsen und streckte dünne Ausläufer über die Graslandschaft hinweg der Sonnenkindhütte entgegen. Ich kniff die Augen zusammen und erkannte Corrie, die durch das hohe Gras lief, das Haar ein langer und hinter ihrem Kopf wirbelnder Schleier, der Coverall vollkommen verschmutzt. Ich schnappte nach

Luft, sprang die Treppe hinunter und rannte in Richtung Weg.

Bevor ich mich daranmachen konnte, Miss und den anderen zu folgen, zischte eine Windbö um mich herum und hielt mich zurück. Das Gras zu beiden Seiten des Pfades wogte in heftigen Wellenmustern und wurde dann flach auf den Boden gepreßt. Ich kämpfte kurz gegen die unsichtbaren Fesseln an, die sich über mich gestülpt hatten, aber sie gaben nicht nach. Langsam ließ ich den Atem entweichen; ich unterdrückte ein kummervolles Schluchzen und wich wieder auf den Spielplatz zurück.

Ein paar Augenblicke später hatte Corrie mich erreicht, und in ihren Augen funkelte es vorwurfsvoll. »Du wolltest nicht auf mich warten und mit mir zusammen nach Draes Kreuzung gehen, nicht wahr, Nadd?« fragte sie und warf den Kopf zurück, so daß ihr das Haar in langen und zerzausten Strähnen auf die Schultern hinabfiel.

»Ich ... ich wußte nicht, daß du zurückkehrst«, log ich und bemühte mich darum, meine Stimme fest und sicher klingen zu lassen. »Seit drei Tagen hat dich niemand mehr gesehen.«

»Aber ihr wußtet alle, wo ich war.« Sie legte den Kopf in den Nacken und sah mit sehnsüchtigen Blicken zu der Wolke empor, die sich nun rasch über dem Spielplatz verdichtete. Lange und zerfaserte Ausläufer wuchsen aus den Schleiern über dem Picknickgehölz, nährten die düsteren Nebel über uns und ließen sie weiter in die Höhe emporragen. »Ihr wußtet alle, daß ich mich dort drüben im Wald aufhielt. Und doch hat Miss niemanden geschickt, um mir Bescheid zu geben. Ihr alle hofftet, ich würde dort bleiben, so daß ihr ohne mich nach Draes Kreuzung hättet umziehen können. Das stimmt doch, oder?«

»So etwas hat niemand gesagt«, wich ich ihrer Frage aus und betrachtete die Wolke, die ihr gefolgt war. Windfinger fuhren mir durchs Haar, und kalter Nieselregen prickelte auf meinen Wangen. Verzweifelt suchte ich nach etwas, um die Aufmerksamkeit ihres durchdringend funkelnden Blickes von mir abzuwenden. Ihr Bündel lag noch immer dort im Gras, wo ich es fallen lassen hatte. »Da sind deine Sachen, Corrie. Der Wagen ist gerade abgefahren. Wenn wir uns beeilen ...«

Mit einem spöttischen Lachen hob sie das schwarze Paket auf und warf es mir zu. »Warum willst du meine Sachen denn nicht für mich tragen, Nadd?« verhöhnte sie mich. »Stimmt irgend etwas nicht mit ihnen? Riechen sie schlecht?«

Meine Lippen zitterten unwillkürlich, als das Bündel an mir vorbeiflog. »Ich ... ich habe gar nicht bemerkt, wie sie riechen, Corrie«, log ich. Voller Verzweiflung wandte ich den Blick zum an den Spielplatz angrenzenden Pfad. Die Möglichkeit des Entkommens war so nahe – ein Fluchtweg, der fortführte von ihren stechenden Augen, von der sich verdichtenden Dunkelheit, die sie mit sich gebracht hatte. »Wenn wir uns sputen, können wir noch auf dem Karren mitfahren.« Ich preßte die Lippen zusammen und machte Anstalten, auf das Tor zuzugehen.

Sie hielt mich mit einem heiseren Flüstern zurück. »Was ist, wenn ich gar nicht nach Draes Kreuzung gehen will, Nadd?«

Von einem Augenblick zum anderen stellte ich fest, daß ich mitten in der Bewegung erstarrte, wie gelähmt von der rauhen Boshaftigkeit, die in ihrer Stimme zum Ausdruck kam. »Du ...«

»Was ist, wenn ich den Entschluß fasse, unter den Bäumen zu wohnen, anstatt in eine neue Hütte umzuziehen?«

Ich holte langsam Luft und erprobte die verbluffende Unbeweglichkeit meiner Gliedmaßen. *Es war keine Einbildung.* Ich konnte mich tatsächlich nicht rühren. »Corrie ...«, setzte ich an.

»Was ist, wenn ich nicht ganz allein leben möchte? Was ist, wenn ich mich entschließe, jemanden mitzunehmen? Würde es dir nicht gefallen, mit mir zusammen unter den Bäumen zu wohnen, Nadd? Du könntest immer dann im Regen spielen, wenn es dir gefällt. Weißt du, ich brauche nur meine Mutter darum zu bitten, und schon strömt Nässe aus den Wolken. Ich kann es jederzeit regnen lassen. Ich könnte es sogar jetzt in diesen Augenblick auf dich herabregnen lassen, Nadd. Wenn ich wollte, wäre ich dazu in der Lage, ganze Fluten auf dich herabströmen zu lassen.«

Die Muskeln in meinem Nacken krampften sich mehrmals auf schmerzhafte Weise zusammen und zwangen mich dazu emporzusehen. Die Wolke, die ihr vom Picknickgehölz hierher gefolgt war, schwebte direkt über dem Spielplatz, als eine bleifarbene Glocke. Doch trotz ihrer bedrohlichen Düsternis zogen sich die grauen Ausläufer, die nur kurz zuvor von der dichten Schleiermasse aufgesogen worden waren, bereits wieder zurück und begannen, sich in der Morgenluft aufzulösen. Corries mich lähmender Bann wurde von einer plötzlichen Erkenntnis gebrochen, und das Gefühl kehrte in meinen Leib zurück, als ich die zuvor gelähmten Arme und Beine wieder zu bewegen vermochte. »Du kannst es nicht auf mich herabregnen lassen.« Und kaum hatte ich diese Worte über die Lippen gebracht, als ich begriff, daß sie der Wahrheit entsprachen.

Das spöttische Funkeln in ihren Augen drückte nun Haß aus. »Ach nein?« fragte sie scharf, beugte den Leib zurück und warf die Arme empor, als wolle sie mit den Händen Feuchtigkeit aus der zerfasernden Wolke herausziehen. *»Ich kann es nicht, Nadd?«*

Diesmal verfehlte die betonte Wildheit ihre Wirkung auf mich. Ich atmete langsam und tief durch, schloß die Augen und konzentrierte mich darauf, deutliche und klare Bilder vor meinem inneren Auge entstehen zu lassen, die Kraft meiner oftmals so sprunghaften Gabe der Vorahnung anzuzapfen.

Nur kurz zuvor war Corrie noch dazu in der Lage gewesen, mich mit einem imaginären Netz aus zischenden und heulenden Böen zu fesseln. Jetzt aber glitt die Wolke über dem Spielplatz davon und gab sich der auflösenden Wärme der Sonne hin, trotz ihres glühenden und durchdringenden und zornigen Blicks. Visionen mit undeutlichen Konturen schwebten durch mein Bewußtsein, und ich begriff: Nur wenn sie ins Picknickgehölz zurückkehrte, konnte sie die Wolke erneut kontrollieren; nur dann vermochte sie die mir angedrohten Regenfluten auf mich herabströmen zu lassen.

Ich riß die Augen wieder auf, als ich ein stöhnendes Wimmern vernahm. Während ich auf meine hellseherischen Visionen konzentriert gewesen war, hatte Corrie sich ihre Niederlage bewußt gemacht. Mit hängenden Schultern stand sie vor mir, und ihre Arme waren schlaff und kraftlos. Als sie meinen Blick auf sich spürte, hob sie den Kopf, und in ihren Augen loderte das helle Feuer eines umfassenden Kummers. Er glühte mir durch einen Schleier unvergossener Tränen entgegen, und er wirkte ansteckend in seiner Intensität. Verwirrt trat ich zurück. Doch noch während ich vor ihr zurückwich, schien Corrie plötzlich zu wachsen und größer zu werden – die Verkörperung von Kräften, die ich nicht einmal zu verstehen hoffen konnte. Ich rieb mir die Augen und trachtete, sie wieder in ihren tatsächlichen Proportionen zu sehen. Aber sie wuchs weiter und wurde zu einer riesenhaften Gestalt; ihr Haar wirbelte einem seidenen Schleier gleich, und in ihren Augen brannte ein Feuer namenlosen Leids.

Während ich sie wie gebannt anstarrte, schien sich um sie herum ein Geisterwald zu manifestieren und mir die Sicht auf die Sonnenkindhütte zu nehmen. Ich schnappte verblüfft nach Luft, und von einem Augenblick zum anderen stand Corrie wieder in Fleisch und Blut vor mir. Sie wanderte inmitten einer gespenstischen Ansammlung von Blauweiden umher, deren Äste und Zweige dunkle und blätterumhüllte Kavernen formten. Mit geschmeidigen Bewegungen schlich sie durch das Gehölz, und sie beugte sich und blickte in jede Blätterhöhle hinein; in ihrem Blick kamen dabei zugleich Begierde und Betroffenheit zum Ausdruck. In der rechten Hand hielt sie einen Bogen, in der linken einen Pfeil. Über die Schulter geschlungen trug sie einen aus miteinander verflochtenen Pflanzenfasern bestehenden Köcher. Fasziniert betrachtete ich den darin befindlichen Vorrat an mit farbenprächtigen Stabilisierungsfedern versehenen Pfeilen. Vier waren es insgesamt, und sie unterschieden sich voneinander, so als sei jeder für eine ganz bestimmte Beute vorgesehen. Der Pfeil, den sie in der linken Hand hielt, war mit grünen Federn ausgerüstet, und um den Schaft hatte sie fest eine dünne Rebe gewickelt. Ich versuchte mich auf dieses Bild zu konzentrieren, als sie plötzlich herumwirbelte und die Bereiche hinter sich betrachtete, als sei sie von einem unerwarteten Geräusch alarmiert worden. Sie kniff die Augen zusammen. Ein Schimmer des Begreifens leuchtete in ihrem Gesicht auf, dann verzerrten sich ihre Züge in umfassender Melancholie. Ganz steif und regungslos stand sie da, Bogen und Pfeil noch immer in den Händen, wie gelähmt von ihren widerstreitenden Empfindungen, als das Abbild des geisterhaften Walds zu erzittern begann und sich die Konturen der Bäume auflösten. Dann, ganz langsam und mit offenkundigem Widerwillen, legte sie den Pfeil an, spannte die Sehne des Bogens und...

Ein heiserer und krächzender Protestschrei zerstörte die Vision. Erschüttert wurde mir bewußt, daß ich selbst dieses Geräusch von mir gegeben hatte. Ich preßte fest die Zähne zusammen, holte zischend und rasselnd Luft, schloß die Augen und versuchte, das Bild erneut vor meinem inneren Auge entstehen zu lassen. Aber die Geisterbäume wollten nicht erneut Konturen annehmen. Als ich die Augen wieder aufschlug, stand Corrie in normaler Größe vor mir, und ihr funkelnder Blick wurde einmal mehr von noch unvergossenen Tränen verschleiert. Mit einem jähen Ruck sprang sie vor und ergriff meinen Arm.

»Was hast du gesehen?«

Ich starrte in das in ihren Pupillen lodernde Feuer und schüttelte den Kopf. Ganz bewußt hielt ich es für besser zu schweigen.

Sie schob den Kopf ganz nah heran, und ihr Blick war beschwörend und fesselnd. »Was hast du gesehen, Nadd?«

»Ich... ich habe überhaupt nichts gesehen«, erwiderte ich mit bebender Stimme und versuchte, von ihr zurückzuweichen. »Ich – nichts. Ich habe nichts gesehen.«

»Warum hast du dann geschrien? Ich *weiß*, was du gesehen hast... ich weiß es.« Ihr Atem zischte zwischen zusammengebissenen Zähnen hindurch und glich einem eisigen und böigen Nordwind. »Sag es mir, Nadd, oder ich drehe dir den Arm um.«

»Du...« Ich befeuchtete mir die Lippen; ein kalter Schauer rieselte mir langsam den Rücken hinunter und durchtränkte mich mit einem Prickeln, daß mir meine Verwundbarkeit deutlich machte. Sie war nicht dazu in der Lage, ein Unwetter zu beschwören und Regenfluten auf mich herabstürzen zu lassen, aber sie verfügte über andere Mittel und Wege, mich unter

Druck zu setzen. Ich schauderte und wußte, daß ich mir gerade jetzt keine verletzliche Empfindsamkeit erlauben konnte. Ich durfte nicht schwach sein, nicht bis ich die Vision verstand, die sich mir gerade offenbart hatte, nicht bis ich wußte, auf wen sie mit ihrem Pfeil gezielt hatte, und aus welchem Grund. Ich versteifte mich und versuchte, das ängstliche Kind aus meinem Herzen zu vertreiben. In jenem kritischen Augenblick bemühte ich mich, standfester und selbstsicherer zu sein als der weinerliche Gnom, der ich seit dem Verdammungstag gewesen war. »Du ... du glaubst doch ohnehin nicht an die Kraft meiner hellseherischen Gabe. Du erzählst doch allen, es gäbe sie überhaupt nicht.«

»Nun, hast du denn etwas anderes erwartet?« Sie umfaßte meinen Arm mit beiden Händen und bohrte mir alle zehn Fingernägel fest in die Haut. *»Sag es mir, Nadd.«*

Mit einem zornigen Knurren ließ sie meinen Arm los und stieß ihn beiseite. Ich rieb mir die blutenden Kratzer, die sie verursacht hatte, und Corrie eilte über den Spielplatz, um das Bündel mit ihren Sachen aufzuheben. Sie wickelte das Paket auseinander und zerrte ihre schimmelbesetzten Kleidungsstücke heraus. Mit beinah manisch anmutender Entschlossenheit faltete sie die verschmutzten Sachen auseinander und wirbelte sie dann durch die Luft. Eine feine Staubwolke wirbelte auf. Sie sog sich den Dunst in die Lungen. Nach jedem Atemzug hielt sie eine Weile die Luft an, bis in ihrer Miene eine sonderbare Verklärung sichtbar wurde. Ihre Nackenhaare sträubten sich.

»Wenn du es mir ohne die Drohung mit einem Unwetter nicht erzählen willst ...«

Mein Kopf neigte sich von ganz allein von einer Seite zur anderen, und meine Lippen formulierten selbständig eine Antwort.

»Du kannst hier kein Unwetter beschwören, Corrie.«

»Ach nein? An meinen Sachen kleben Sporen des Traumstaubs. Wenn ich genügend viele von ihnen einzuatmen vermag ...« Aber inzwischen konnte sie auch mit noch so heftigem Schütteln kaum noch Staub von ihren verschmutzten Kleidungsstücken freisetzen. Enttäuscht warf sie die Sachen zu Boden und ließ sich niedersinken. »Sag es mir, Nadd.«

Nervös atmete ich tief durch, blickte über sie hinweg zum Weg und erkannte meine Chance. Langsam setzte ich mich in Bewegung und schritt auf das Tor zu. Als ich zurückblickte, sah ich, wie sie mit beiden Fäusten auf ihre schmutzigen Sachen einhieb. Vorsichtig trat ich durch das Tor hindurch und auf den Pfad, und alle paar Schritte blieb ich stehen, um zu Corrie zurückzusehen.
Ich war kaum mehr als ein Dutzend Meter den Weg hinunter, als vom Spielplatz her ein lauter Schrei ertönte. Ich blieb wie erstarrt stehen und blickte zurück zur Sonnenkindhütte. Die dunkle Wolke hatte sich inzwischen vollständig aufgelöst. Der Schrei wurde schriller, und einen Augenblick später rannte Corrie durchs Tor. Auf dem Weg zögerte sie kurz, sah mich aus Augen an, in denen Wut und Kummer zugleich gleißten, und dann verschwand sie im hohen Filigrangras.
Es dauerte einige Zeit, bis ich mich wieder zu rühren vermochte. Dann drehte ich mich um und hastete den Weg hinunter. Mein Atem zischte scharf zwischen den zusammengebissenen Zähnen hindurch. Ich wurde erst dann langsamer, als sich neben mir das Gras wellenförmig bewegte und ich begriff, daß Trebb in der Nähe war. Noch einmal blickte ich zurück, dann schritt ich wieder aus, bis der schwerbeladene Wagen in Sicht kam. Ronna saß noch immer obenauf, und Miss bildete das Schlußlicht und marschierte mit nach vorn geschobenen Schultern.
Ich wanderte ein ganzes Stück hinter dem Karren, und wir hatten Draes Kreuzung schon fast erreicht, als sich Miss meiner Anwesenheit bewußt wurde. Ihr Blick glitt kurz an mir vorbei, und sie betrachtete das ferne Picknickgehölz. »Du hast vergessen, Corries Sachen mitzubringen, Nadd.«
Widerstrebend folgten meine Augen ihrem Blick. Erneut hing über dem Wäldchen der düstere Schatten einer Gewitterwolke. Nieselregen hüllte die Bäume wie mit einem dichten grauen Schleier ein. »Corrie kümmert sich selbst darum.«
»Dann hast du sie also gesehen?« fragte Miss scharf. »Wenn gedenkt sie, zu uns zurückzukehren und nach Draes Kreuzung zu kommen?«

Voller Unbehagen befeuchtete ich mir die Lippen. »Ich ... ich weiß nicht. Vielleicht kommt sie morgen.« Meine Stimme verklang, und für kurze Zeit sah ich erneut die Gestalt im Geisterwald – der grüngefederte Pfeil an der gespannten Sehne des Bogens, die Züge des Gesichts von Leid erfüllt.

Mit gefurchter Stirn betrachtete Miss den Wald in der Ferne, dann seufzte sie aufgebracht und schenkte mir keine Beachtung mehr.

Als wir Draes Kreuzung erreichten, hatte sich uns ein Gefolge aus Flüchtlingen angeschlossen. Die Auswirkungen der Dürre hatten sich den Sommer über noch weiter verschlimmert und sengende Not über die benachbarten Dorfgemeinschaften der Pilger gebracht. Im Bereich dieser Siedlung aber fiel warmer Regen. Das Sommergetreide wuchs hoch und üppig, und Rinder und Schweine gediehen prächtig. Gegen Ende des Sommers gab eine ganze demoralisierte Armee wandelnder Skelette ihre heimgesuchten Dörfer auf und wankte nach Draes Kreuzung, selbst zu müde und zu geschwächt, um um etwas Eßbares zu bitten. Erfahrenvater Schuster hatte sie mit Zeltplanen und Verpflegung ausgerüstet und ihnen eine Wiese im Norden der Siedlung zugewiesen. Jetzt folgten sie unserem Karren, und die Augen ihrer ausgemergelten Gesichter saugten all jene Magie auf, die in unseren Mienen erstrahlen mochte. Miss duckte sich scheu, als knöcherne Hände am Wagen entlangtasteten und über Feliss' seidenschwarzes Haar strichen. Als wir uns dem Schulgebäude näherten, verschwand Feliss mit einem schrillen Kichern zwischen zwei Hütten. Trebb ertrug es einige Minuten länger, betastet zu werden, dann folgte er ihr. Herrol starrte finster vom Rücken des Ochsen herunter, und ich zwang mich dazu, hoch aufgerichtet weiterzugehen.

Unser neues Zuhause stellte sich als eine in die Länge gezogene Hütte heraus, die sich auf einem begrünten Hügel am östlichen Rand der Siedlung erhob. Von dort aus hatte man einen guten Überblick über das Muster aus dicht bewachsenen Feldern und Weiden, die an das Dorf angrenzten. In der Ferne war deutlich die Grenze auszumachen, an der das Einflußgebiet der Dürre endete. Bei Draes Kreuzung und den Feldern handelte es sich

um eine grüne Insel inmitten einer graubraunen und versengten Welt. Die Küsten dieser Insel waren unregelmäßig – einige mit saftigem Grün bedeckte Landzungen, die in einen Ozean verdorrter Wiesen hineinragten. Als ich stehenblieb, näherte sich mir eine Gruppe hohlwangiger Flüchtlinge. Unwillkürlich blickte ich in das menschliche Antlitz jener unerklärlichen Katastrophe, die über Schicksal hinweggeglitten war, dann schauderte ich und eilte dem Wagen nach.
Kaum hatte der Karren angehalten, versammelte sich darum herum ein Haufen lebender Skelette und zerrte unsere Besitztümer von der Ladefläche. Ihre Begleiter nahmen unsere Sachen mit begieriger Ehrfurcht entgegen. Miss rief etwas mit schwankender Stimme und eilte in die Hütte hinein. Ihr Gesicht tauchte kurz am Fenster auf und wirkte bestürzt und betroffen, dann verschwand sie wieder.
Niras weiter Rock flatterte, als sie durch die Tür hinauseilte und mein Gesicht in beide Hände nahm. »Nadd, ich habe dich den ganzen Sommer über kaum gesehen. Die anderen sind fast jeden Tag gekommen, um zu sehen, welche Fortschritte die Arbeiten an der Hütte machten. Selbst Corrie kam einige Male. Aber von dir hörte ich nur, du hättest keine Lust, in der Hitze die weite Strecke bis hierher zu gehen.«
Und ich war auch nicht versessen darauf gewesen, das Glühen in ihren Augen und auf ihren Wangen zu betrachten, das ihren neuen Status als Frau von Erfahrenvater Schuster deutlich machte. Eifersucht prickelte stechend in meinem Herzen, doch ich rang mir ein Lächeln ab. »Ich mußte Miss zu Hause helfen.«
Nira blickte kurz in Richtung des Spielplatzes, wo Feliss bereits an den Sprossen des neu errichteten Klettergerüstes herumhangelte. »Das habe ich gehört. Da Herrol in den Pferchen mit den Kälbern beschäftigt war und Trebb auf den Feldern zu tun hatte, konnte Miss ganz gewiß nicht auf die Anwesenheit wenigstens eines Mannes in der Sonnenkindhütte verzichten.« Ihr Lächeln tropfte warm und zärtlich auf mich herab. »Aber jetzt sind wir wieder alle zusammen, und ich werde unsere jungen Damen wirkungsvoller zur Ordnung rufen, als es Miss

vermochte.« Sie ließ die Arme sinken, griff nach meinen Händen und drückte sie fest. »Tja, jetzt sind wir schließlich doch noch eine richtige Familie, Nadd. Eine Mutter, ein Vater und sieben junge Brüder und Schwestern, die alle in der geborgenen Behaglichkeit ihres eigenen Heims leben. Und ich bin nicht als einzige aufgeregt. Ganz Draes Kreuzung hat darauf gewartet, daß die Sonnenkinder in ihr neues Zuhause einziehen. In der Zeltstadt findet heute abend ein Willkommensfest statt. Es war doch immer dein Wunsch, an einer Feier teilzunehmen, Nadd. Heute abend bist du Ehrengast.«

Ich ballte in ihren großen Händen die Fäuste. Unwillkürlich betrachtete ich den bunt zusammengewürfelten und heruntergekommenen Haufen der Flüchtlinge, die sich um unseren Karren scharten. Die stärksten von ihnen fuhren damit fort, den Wagen zu entladen, während die Schwächeren Feliss und Trebb dabei beobachteten, wie sie auf dem Spielplatz umhertollten. Sie alle, so wußte ich, hatten sich damit abgefunden, als Ketzer abgestempelt zu werden, indem sie hierhergekommen waren. Zugunsten des Überlebens hatten sie sich von ihrem Glauben abgewandt. Aber der in ihren Augen schimmernde Hunger stieß mich ab, und ihre skeletthaften Leiber ließen mich vor Furcht zittern. »Wir... müssen wir unbedingt daran teilnehmen?«

Nira hob die Augenbrauen. »Ob wir gehen müssen? Die Sonnenkinder werden doch wohl an dem extra für sie veranstalteten Willkommensfest teilnehmen.«

»Aber wir sollten eigentlich von den Bewohnern von Draes Kreuzung begrüßt werden«, wandte ich ein und zog meine Hände aus den ihren.

»Haben sie das nicht bereits im letzten Herbst getan? Und es waren die Bewohner dieses Dorfes, die Aldred und mir dabei geholfen haben, die Hütte zu errichten, die die Schränke und das andere Mobiliar zimmerten. Sie haben hier am Abend gearbeitet, nachdem sie den ganzen Tag über auf den Feldern oder in der Küche fleißig waren. Nun, und als wir heirateten, schenkten sie Aldred und mir nicht nur eine Steppdecke, sondern deren acht – eine große für unser Bett, eine kleine für das

Bettchen von Angelicus, und eine für jedes Sonnenkind. Das ist doch ganz gewiß ein netter Willkommensgruß.«
»Das ...«
»Und du mußt dir vergegenwärtigen, daß die Flüchtlinge nun ebenfalls Bewohner von Draes Kreuzung sind. Einige von ihnen sind zu schwach, als daß sie uns zur Hand gehen können, aber sie alle arbeiten so, wie es ihnen möglich ist. Sobald die Ernte eingebracht ist, werden ihnen Hütten gebaut, dort, wo nun die Zelte stehen. Und im nächsten Frühjahr, wenn sie sich wieder erholt haben und zu Kräften gekommen sind, bist du bestimmt kaum noch in der Lage, die Flüchtlinge dieses Sommers von allen anderen zu unterscheiden.«
Ich suchte nach den passenden Worten für einen Einwand und beobachtete furchtsam die gespenstischen Gestalten, die sich am Rande des Weges zusammendrängten. Die zerrissenen Überbleibsel von Pilgerroben hingen zerfranst an ihren knöchernen Gliedern. Plötzlich sprang Feliss durch das Gras, und in ihren Augen funkelte es zu Streichen aufgelegt. »Nadd hat Angst vor den Flüchtlingen«, trillerte ihre Stimme. »Genau wie Miss. Sie fürchten sich beide davor, die Flüchtlinge könnten sich auf sie stürzen und sie fressen.«
Angesichts dieser Demütigung schoß mir das Blut ins Gesicht. »Das stimmt nicht. Ich habe nie ...«
»Doch!« spottete sie. »Darüber hat Miss doch den ganzen Sommer gesprochen – über Pilger, die sich in ihren Dörfern selbst verspeisen. Du glaubst, sie sei in einer Pilgerküche gewesen und habe eine aus einem Kochtopf herausragende Hand gesehen. Du glaubst ...«
Ihre Stimme war so laut, daß sie auch auf dem Weg noch gehört werden konnte. Flüchtlinge, die sich bei Feliss' Erscheinen nach vorn drängten, wichen nun wieder zurück. Nira umfaßte ihren Arm. »Feliss, nicht so laut!«
»Ein Braten – mit brauner Soße!« gab Feliss frech und trotzig zurück. Sie umfaßte meinen Arm. »Nadd, du bist den ganzen Sommer in der Sonnenkindhütte geblieben. Du hast überhaupt nicht gesehen, was wir hier gebaut haben. Komm und sieh dir die Brutnester an, die Erfahrenvater Schuster für meine Vögel-

chen vorbereitet hat. Er meint, zur nächsten Nistzeit kämen Tausende von Schreivögeln nach Draes Kreuzung, mehr, als man irgendwo sonst auf Schicksal finden kann.«

Ich widersetzte mich nur mit halbem Herzen, als sie mich mit sich zog. Auf einer kleinen Anhöhe jenseits der Hütte bildeten ein halbes Dutzend riesenhafter Blauweiden ein kleines Gehölz. Die dicken Zweige im unteren Bereich der Bäume hatte man kurzerhand abgesägt, um so Platz zu schaffen für die Befestigung einiger horizontaler Gerüste, die aus einzelnen Pfählen bestanden, die mit Hilfe von Stricken aus Grobgarn fest zusammengebunden worden waren. Diese Gerüste bildeten verschiedene Ebenen innerhalb der Baumgruppe und verwandelten sie in ein einziges, großes Brutgehege, das von dichtem Blattwerk abgeschirmt war. Als Feliss in das Gehölz hineineilte, stimmten ihre Schreivögel einen ohrenbetäubenden Grußgesang an. Ganz oben flocht ein Paar Scharlachvögel ein kompliziertes Korbnest aus Filigrangrashalmen und Ranken. Die oberen Äste und Zweige des Baumes waren besetzt mit dem Gefieder Tausender von Vögel, die dort einen Ruheplatz gefunden hatten.

Feliss lief über den festgetretenen Boden. »Ich – kann – dich – nicht – verstehen!« rief ich, aber meine Stimme wurde von dem lautstarken melodischen Gezirpe völlig übertönt. Als ich stehenblieb, zog sie mich einfach weiter, strahlte übers ganze Gesicht und gab Laute von sich, die ich nicht zu hören vermochte.

Schließlich sprang sie wieder unter dem dichten Blätterdach hervor, verärgert über meine mangelnde Reaktion. Als wir in Richtung der Hütte zurückliefen, erstarb das Getöse hinter uns.

»Siehst du?« platzte es aus ihr heraus, und sie ließ sich ins hohe Gras hinter dem neu errichteten Gebäude sinken. »Weißt du jetzt, was du verpaßt hast? Hier in Draes Kreuzung wird nie wieder jemand Schlechtwettervorhänge aufspannen müssen. Und wir brauchen auch nicht mehr in den Hütten zu bleiben, wenn es draußen naß ist. Bald wird es auch noch einen Brutplatz für die Motten geben. Nach der Ernte wird Erfahrenvater Schuster die Leute mit der Arbeit daran beauftragen.« Sie sprang wieder auf die Beine und zog mich erneut mit sich. Auf

einer freien Fläche östlich der Hütte erhoben sich die Schößlinge von einem Dutzend Fingerpalmen, nackten Pfählen gleich. Und aus dem oberen Ende jedes Pfahls sprossen die Keime von fünf Blättern. »Sieh nur«, meinte Feliss hartnäckig. »Sobald die Bäume groß genug sind, will Erfahrenvater Schuster die Arbeiter hierherschicken, die Gerüste von ihnen zusammenbinden und an den Stämmen befestigen lassen.«
Ich starrte sie aus trüben Augen an, betrachtete dann die nackten Schößlinge. »Diese Bäume halten nicht das Gewicht von Gerüsten aus, Feliss – es sei denn, sie bestünden aus Zahnstochern. Wenn Erfahrenvater Schuster die Hütte neben einem Gehölz errichtet hätte, dessen Bäume bereits groß genug sind...«
Feliss lachte entzückt – ein Laut, der von ihrer Eskorte aus dahinflatternden Schreivögeln mit melodischem Zirpen untermalt wurde. »Wie die Blauweiden, in denen die Vögel nisten?« fragte sie. Sie vollführte einen Sprung durch die Luft, lief durch das Gras, ließ sich wieder zu Boden fallen und rollte sich zu einer Kugel zusammen. Zwei glänzende Augen versahen mich mit einem spottlustigen Blick. »Wie jenes Gehölz?«
»Ja«, erwiderte ich mißtrauisch. »Wenn er einen Platz mit ausreichenden Brutmöglichkeiten sowohl für die Schreivögel als auch die Fahlmotten im Sinn gehabt hat, dann wäre es besser gewesen, die Hütte zwischen einem Gehölz aus Blauweiden und einem aus Fingerpalmen zu errichten. Er...«
Erneut ertönte ihr glucksendes Lachen: Sie sprang auf und geleitete ihre Vögel in einem dahingleitenden Ballett durch das dichte Gras. »Aber was glaubst du, Nadd, wie lange die Blauweiden dort schon stehen? Erfahrenvater Schuster und Trebb haben die Schößlinge eine Woche nach Schulschluß im vergangenen Frühjahr eingepflanzt. Wenn du dich nicht den ganzen Sommer über mit Miss in der Sonnenkindhütte verkrochen hättest, wüßtest du das.«
»Ich...« Erstaunt drehte ich mich um und blickte zurück zu den riesenhaften Bäumen, deren gewölbtes Ästegeflecht in den unteren Bereichen gelichtet worden war, um auf diese Weise ein luftiges und hohes Dach aus Blättern zu formen. Irgend et-

was kratzte in meiner Brust und ließ meinen angehaltenen Atem entweichen. »So schnell wachsen Bäume nicht, Feliss«, erwiderte ich leise.
Während sie durch das Gras tanzte, schimmerte das Sonnenlicht auf ihren nackten Armen und ließ die Haut in der Farbenpracht eines Regenbogens glänzen: scharlachrot, smaragdgrün, lavendelfarben, golden. »Sie wachsen so schnell, wenn Trebb sie dazu auffordert, Nadd.« Sie rollte sich durchs Gras, gab einen zwitschernden Laut von sich und veranlaßte damit einige Dutzend Schreivögel, zu ihr hinabzuschweben und sie mit ihrem funkelnden Gefieder zuzudecken. »Ich habe Trebb gebeten, die Bäume für mich wachsen zu lassen, und Erfahrenvater Schuster gestattete es ihm, neben den Schößlingen zu schlafen. Er hat sie für mich in den Himmel hinaufgeträumt, Nadd.«
*In den Himmel hinaufgeträumt.* Ich blickte über die sich hin und her windende Feliss hinweg und betrachtete die Blauweiden, und plötzlich schien ich einen Geisterwald zu sehen, in dem düstere Schatten lauerten. »Feliss...«, krächzte ich und versuchte, das unheilschwangere Bild der Vorahnung zu verdrängen. Die unteren Zweige des Brutgehölzes waren abgetrennt worden, um es einem Erwachsenen zu erlauben, aufrecht unter dem niedrigsten Bereich des Pfahlgerüstes zu stehen. Sonnenschein durchschimmerte das dichte Blätterdach und spiegelte sich auf funkelndem Gefieder. Dort befanden sich keine düsteren Höhlungen, und dort schlich auch keine Jägerin umher. Aber ich sah die Schatten dennoch, als dunkle konturlose Spuren im Nestgehölz.
»Feliss...« Wenn sie nur aufspringen, fortlaufen und vergnügt dabei quieken würde, so als seien wir noch Kinder und keine Heranwachsenden mit unerforschlichen Fähigkeiten, die sich mit der Pubertät weiter entfalteten, ohne daß man etwas dagegen unternehmen konnte. »Feliss... ich... ich bin als erster an der Tür.«
Sie war noch immer Kind genug, um die Herausforderung anzunehmen. »Ich bin schneller!« rief sie und sprang auf. Schreivögel flatterten von ihren Schultern. Lachend stürmte sie fort.

Ich versuchte ihr zu folgen, bemühte mich, auf diese Weise dem visionären Geisterwald zu entkommen. Doch überall um mich herum wuchsen gespenstische Bäume in die Höhe und überschatteten die Wirklichkeit. Ich stöhnte und schwankte benommen, verloren in einem Labyrinth aus Gehaltlosigkeit.
Feliss tollte davon, machte Halt und kehrte zurück. »Es ist kein Wettrennen, wenn du nicht mitläufst, Nadd.«
»Ich... ich laufe schon«, keuchte ich. Doch als ich den einen Fuß vor den anderen setzte, fuhr meine Hand durch trüb erkennbares Blattwerk hindurch, und ich torkelte auf einen mit dunklem Moos bewachsenen Baumstamm zu. Überall um mich herum ragten düstere Bäume empor und rissen mich in ihre modrigen Arme. Und irgendwo, das wußte ich ganz genau und mit einem kurzen Anflug von Panik, legte die Jägerin den Pfeil an und spannte die Sehne. Irgendwo... Adrenalin schoß mir ins Blut und gab meinen Beinen Kraft. Doch die Füße verhedderten sich im dichten Filigrangras, und ich stolperte und fiel. Hilflos vernahm ich das spöttische Kichern Feliss', die nun ohne mich weiterlief.
Blauweiden. Überall auf den Wiesen wuchsen sie in düsteren Ansammlungen und kleinen Gehölzen. Es waren langsam gedeihende Pflanzen. Niemand wußte, wie lange Blauweiden brauchten, um ausgewachsen zu sein, denn so lange hielten sich Menschen noch nicht auf Schicksal auf. Trebb aber war es gelungen, in einem einzigen Sommer jene Blauweiden in den Himmel hinaufsprießen zu lassen. Blauweiden – und eine einsame Jägerin, die es auf eine unsichtbare Beute abgesehen hatte, einen Pfeil mit grünen Federn in der Hand haltend. Blauweiden...
Ich kämpfte mich auf die Beine, und mein Atem rasselte als ein stoßweises Schluchzen. Aber auch für mich war die Zeit vorüber, wie ein kleines Kind zu heulen. Corrie, Trebb, Feliss, Ronna, Herrol – sie alle befanden sich bereits in der Pubertät. Als ich mit Miss den Sommer über in der abgelegenen Sonnenkindhütte isoliert gewesen war, hatte ich nicht bemerkt, mit welcher Geschwindigkeit dieser Reifungsprozeß ablief – und mit welchen umfassenden Veränderungen. Jetzt mußte auch

ich mich entwickeln. Ich konnte es mir nicht länger leisten, ein furchtsames kleines Kind zu sein, das den sich entfaltenden Gabenkräften praktisch hilflos ausgeliefert war. Ich schloß fest die Augen und zwang mich dazu, ganz tief und regelmäßig durchzuatmen. Als ich die Augen wieder aufschlug, so redete ich mir ein, würde es keine Phantombäume mehr geben. Wenn ich die Augen aufschlug, sähe ich nur Gras und hellen Sonnenschein und unser neues Zuhause.

Ich öffnete die Augen und erblickte keine visionären Gehölze mehr. Ich stand im sich hin und her neigenden Gras, und Sonnenschein glitzerte durch die Tränen, die ich mich zu vergießen weigerte. Ich konnte ganz klar sehen, und ich sah die Wirklichkeit. Doch hatte es sich bei meiner Vision nicht auch um eine Art Realität gehandelt? Um eine Realität, die weitaus tiefgründiger war als die der materiellen Welt? Eine Zeitlang verweilte ich bei dieser Frage. Meine Visionen enthüllten mir oftmals zukünftige Wirklichkeiten, auch wenn sie noch so sehr symbolisiert waren. Und Corrie hatte mir heute verraten, daß sie an diese meine Gabe glaubte. Heute war ich von jener Corrie, die immer steif und fest behauptet hatte, ich könne nichts sehen, dazu aufgefordert worden, ihr meine Vision ganz genau zu schildern.

Corrie, die Jägerin.

Manchmal aber sah ich auch Zukünfte, die sich nie in Realität verwandelten – Zukünfte, die durchaus Wirklichkeit hätten werden können, aber (vielleicht) gerade von dem Umstand, daß ich sie gesehen hatte, verhindert wurden. Konnte ich eine mögliche Zukunft dadurch unwahrscheinlich werden lassen, indem ich sie in einer meiner Visionen betrachtete? Konnte ich den Verlauf des allgemeinen Geschehens allein dadurch beeinflussen, indem ich mit meiner Gabe ein entsprechendes Bild beschwor? Und wenn das der Fall war: Warum war der Effekt dann so unbeständig? Warum zerfiel er immer wieder zu Nichts?

In einem Netz aus Widersprüchlichkeiten gefangen schritt ich über die Wiese und um die Hütte herum. Auf dem Weg drängten sich noch immer die Flüchtlinge. Ich bemerkte sie kaum,

bei ihnen handelte es sich um gegenwärtige Wirklichkeit, Teile des Jetzt. Bisher waren sie von der Zukunft unberührt.
Und doch gehörten auch sie zu zukünftigen Entwicklungen, wie ich mir widerstrebend eingestand. Ich starrte auf ihre dürren Beine, die spitzen Knie, die im Vergleich mit den dünnen Waden und Oberschenkeln zu groß waren, und in diesen Augenblicken sah ich nicht die Gliedmaßen von Menschen, sondern die Stämme einer neuen Baumart. Es handelte sich um eine ungeheuer vermehrungswütige Spezies, eine wuchernde und rasch sprießende Abart: Man konnte ein lichtes Gehölz von ihnen durchschreiten, und wenn man sich umdrehte, mochte man feststellen, daß es sich hinter einem in einen undurchdringlichen Wald verwandelt hatte. Benommen fuhr ich mir mit einer Hand über die Augen und versuchte, die beunruhigende neue Vision von fahlen, knorrigen, varikösen Bäumen mit langem und borstenähnlichem Haar zu verdrängen.
Obgleich Niras Stimme aus der fernen Tiefe jenes neuen Waldes zu erklingen schien, spürte ich ihre Hand auf meiner Schulter. »Nadd, es ist an der Zeit, deine Sachen zu verstauen.«
»Die Bäume«, hauchte ich. »Nira – die Bäume.« Warum konnte ich nicht in Worte fassen, was ich sah?
Sie beugte den Kopf an mein Ohr herab, und ihre Stimme klang sanft und zärtlich. »Nadd, siehst du wieder eins dieser schrecklichen Bilder? Komm, laß mich dich tragen. Du bist noch nicht zu groß dazu, aber bis zu deinem nächsten Geburtstag hat sich das bestimmt verändert. Komm, leg mir die Arme um den Hals.«
Nur zu bereitwillig gab ich mich ihrer tröstenden Umarmung hin. Doch die grotesken Bäume umgaben uns auch weiterhin – und ich wußte, dies war der Augenblick, in dem ich eine ganz persönliche Schwelle tief in mir überschreiten mußte. Ich atmete das letztemal in meiner Kindheit tief durch und machte mich entschlossen aus der Umarmung Niras frei. »Es ist alles in Ordnung mit mir«, sagte ich. »Du mußt mir nur zeigen, wo die Tür ist.«
»Direkt vor dir, Nadd. Streck die Hand aus. Dann findest du den Knauf.«
»Und das Bett und mein Kleiderschrank...«

»Nadd, wenn du dich nicht wohl fühlst...«
»Ich bin nur müde. Es war ein weiter Weg. Die Sonne... ich verstaue meine Sachen später, nachdem ich mich ein wenig ausgeruht habe.«
»Natürlich, die Sonne«, erwiderte sie und war beruhigt, eine Erklärung für meinen Zustand zu finden. »Du hast nicht wie die meisten anderen während des Sommers auf den Feldern gearbeitet. Und deshalb bist du an die Hitze nicht gewöhnt.«
Oder an die Schatten – die Schatten jener grotesken Bäume mit dem zerfaserten schwarzen und weißen Blattwerk. Mit Niras Hilfe tastete ich mich durch den Korridor in Richtung Schlafraum. Kurz darauf streckte ich mich auf einer neuen Matratze aus, und das Bild mit den Bäumen löste sich auf und ließ mich in einem barmherzigen Zwielicht zurück. Ich zwang mich dazu, ganz flach auf dem Rücken liegenzubleiben, die Augen fest geschlossen zu halten und regelmäßig zu atmen. Kurz darauf schlief ich ein.
Es war bereits Nachmittag, als Nira meine Stirn berührte. »Nur ein leichter Sonnenstich, Aldred. Bis zum Fest heute abend hat er sich wieder erholt. Seine Haut ist schon längst nicht mehr so heiß.«
Die Stimme von Erfahrenvater Schuster knurrte eine undeutliche Antwort, und sie wandten sich beide von mir ab und gingen fort. Kurze Zeit später erwachte ich und bemerkte zwei Dinge: Ich hatte Hunger, und Ronna saß auf der Kante meines Bettes und strich mir mit den Fingerspitzen schweigend und sanft über die Wangen. Eine Aura der Ruhe und Gelassenheit hüllte uns ein. »Bis heute abend hast du dich erholt, Nadd«, murmelte sie, und ihre Finger fuhren mir zärtlich über die Stirn. »Heute abend fühlst du dich wieder wohl.« Ihre Augen waren zwei tiefe Quellen, in denen das Leben selbst entsprang. Ich brauchte sie nur anzuzapfen, ihnen das elementare Elixier der Gesundheit zu entnehmen, des körperlichen Wohlbefindens.
Aber ich wußte, daß ich mich nie wieder ganz wohl fühlen würde – nicht solange ich vor meinem inneren Auge die Bilder jener beiden Wälder sah, nicht solange die Jägerin durch die düsteren Schatten der Gehölze schlich, den Bogen einsatzbereit in

der Hand. Und selbst wenn es mir gelang, die Symbolik der Visionen jenes Nachmittags zu enträtseln und somit die Struktur der davon vage prophezeiten Zukunft von Grund auf zu verstehen – ich wußte, daß der frostige Schrecken, der mich erfaßt hatte, kaum seinen Klauengriff um mich lockern würde. Ich verdrängte die letzten Tränen der Kindheit, schloß die Augen und versuchte wieder einzuschlafen.

## *CORRIE*

### Herbst 0224

Bei Tageslicht konnte ich mich unter den Bäumen verbergen und einen schützenden Vorhang aus Nieselregen um mich herum weben. Doch wenn sich der Abend mit seiner Kühle auf die Wiese hinabsenkte, wurde mein Schatten ruhelos. Und wenn die Monde mit kaltem und fernen Leuchten am sternenübersäten Firmament emporstiegen, glitt mein Schatten unter den Bäumen hervor und geleitete mich über die Wiese. Er war ohne Substanz, aber er trieb mich an. Er winkte mich durch das dichte Gras, streckte einmal einen geisterhaften Arm aus, zog ihn dann wieder zurück und wogte bei jedem Windstoß. Er schien eine besondere Affinität zu den Glanzbüschen aufzuweisen, die am Rande des Weges wuchsen und deren Spiegelblätter das Licht der Monde wie Prismen brachen. Mein Schatten verschmolz bereitwillig mit den ihren, die noch dunkler und finsterer waren, aber die zwingende Kraft, die er auf mich ausübte, ließ dadurch nicht nach.
In jener Nacht war die Sonnenkindhütte still und verlassen, und die Fenster starrten so blind und leer, wie es sich in meinem Herzen anfühlte. Ich blieb am Tor stehen und blickte zu den dunklen Dachrinnen des Gebäudes empor. Ein Ausläufer der Wolke war mir über die Wiese gefolgt. Der faserige Dunst schwebte über den Spielplatz, und während er sich in der leich-

ten Brise wallend bewegte, zitterten Alptraumbilder über die trüben Scheiben der Hütte. Ich holte zischend Luft und schloß fest die Augen. Was mir immer ein begieriges Vernügen bereitet hatte, jagte mir nun einen kalten Schauer über den Rücken, obwohl ich mich noch immer davon angezogen fühlte. Wenn ich nur dazu in der Lage gewesen wäre, ins Gehölz zurückzukehren, in die Einsamkeit der Bäume, wenn ich mich doch nur gänzlich von den anderen hätte isolieren können ... Doch mein Schatten trieb mich weiter, an der Sonnenkindhütte vorbei und den Pfad hinunter.

Als ich das Dorf erreichte, vernahm ich vom nördlichen Rand der Siedlung her ein Stimmenkonglomerat aus Lobgesängen und fröhlicher Ausgelassenheit. Ich blieb wieder stehen und beobachtete die dunklen Gebäude, die hier den Weg säumten. Hinter den Fenstern flackerte nur dann und wann der Schein eines Kaminfeuers. Ich zögerte und verspürte den Wunsch, ins Picknickgehölz zurückzukehren. Aber mein ruheloser Schatten zerrte mich weiter mit sich den Weg hinunter und der Wiese der Flüchtlinge entgegen. Als ich näher kam, gewannen die Psalmodien inmitten der Vielzahl von Stimmen eine jähe Intensität und drückten ebensolche Freude aus wie das helle Lachen. Ich verzog das Gesicht und runzelte die Stirn. Jenseits von Draes Kreuzung waren die anderen Siedlungen von der Not der Dürre heimgesucht. Die Menge der Ketzer aber breitete sich allesfressend aus und verschlang mit einem Bissen ganze Wiesen. Und ihr stupides Vieh grub nichtsahnend seine Hufe in den Leib meiner Mutter.

Heute abend feierten die Einwohner von Draes Kreuzung. Als ich mich der Wiese weiter näherte, machte ich die Flammen von Lagerfeuern aus, die hell und funkenstiebend durch die kalte Nacht leuchteten. Vor dem knisternden Flackern zeichneten sich die Konturen skelettener Flüchtlinge ab – groteske, hin und her schwankende Gestalten, die drei Meter lange Schatten warfen. Mitten unter ihnen tanzten die breiter und stämmiger wirkenden Leiber der ursprünglichen Ketzer.

Ich kauerte in den Schatten am Wegesrand und vernahm eine Disharmonie in dem Lobgesang, der in der Mitte der Wiese erklang. Ich kroch am Rande des Lagers entlang und versuchte, die Worte der Litanei zu verstehen. Die kühle Brise ärgerte mich: Einmal wehte sie ganze Strophen zu mir heran, dann wieder verschluckte sie die singenden Stimmen ganz. Wachsam beobachtete ich das Zeltdorf eine Zeitlang. Dann schlich ich durch das hohe Gras und verbarg mich im schwarzen Schatten eines Zeltes in der Nähe. Ich bewegte mich ganz vorsichtig und leise, und allmählich ließ ich den äußeren Rand des Lagers hinter mir zurück und näherte mich dem zentralen Gemeinschaftsfeuer. Die Gestalten von Männern und Frauen umringten das Freudenfeuer. Auf den Knien hockten sie im niedergetrampelten Filigrangras, und sie hatten die Köpfe gebeugt. In der Nähe entdeckte ich einen am Boden liegenden Schal. Ich schlang ihn mir um den Hals und verhüllte bis auf die Augen das ganze Gesicht. Dann schritt ich weiter, bis mir die Hitze der lodernden Flammen in den Augen stach und meine Nase zu brennen begann.

Ich blickte mich verstohlen um, bis ich fünf von den anderen separierte Gestalten ausmachte, die auf einer erst kürzlich geflochtenen Bastmatte kauerten. Herrol starrte mich finster an, ohne mich zu erkennen; das glänzende Brusthaar quoll ihm in trotziger Üppigkeit unter dem Hemdkragen hervor. Neben ihm kniete Ronna, und ihr erdbraunes Gesicht war leer. Um sie herum erhob sich die Psalmodie, und alle fünf starrten mit trüben Augen ins Feuer und schwankten von einer Seite zur anderen, als seien sie von einem imaginären Wind erfaßt.

*»Kleide uns in Roben aus Filigrangras und Palmblättern, Heilige Macht«*, lautete die Litanei. *»Führe uns durch Felder, auf denen hohes Korn wächst. Laß die Schneckenwürmer zu unseren Füßen aus dem Boden kriechen. Bedecke unsere Schultern mit farbenprächtigen Schreivögeln und erfülle die Luft mit der pastellenen Anmut von Fahlmotten. Heilige Macht, lenke unsere Schritte zu den tiefsten und ergiebigsten Brunnen dieser Welt Schicksal, die uns nährt, und laß unsere Hände keine Beleidigung sein in den frischen Wassern. Lehre uns, uns anzupassen. Lehre uns zu ehren. Lehre uns, den Boden zu achten, auf dem wir stehen. Denn wir sind nicht gekommen, um*

*der existierenden Biosphäre unseren Willen aufzuzwingen, sondern unser Leben nach den hier geltenden Regeln zu gestalten. Wir sind nicht gekommen, um zu zerstören, sondern zu schützen und zu verschönern. Wir sind gekommen ...«*

Ich schauderte und kämpfte gegen den Bann an, der sich meiner bemächtigen wollte. Normalerweise folgte ein der Heiligen Macht geltender Lobgesang einem stupiden und monotonen Rhythmus – Vers auf volltönender Vers, männliche Stimmen, die das Singen der Frauen mit unnachgiebigem Autoritätsanspruch übertönten. Doch die verwirrende und Betroffenheit in mir weckende Häresie Erfahrenvater Schusters glich dem zarten Säuseln einer Morgenbrise, der anmutigen, dahinschwebenden Bewegung von Fahlmotten, wenn sie durch die Sommerhitze glitten, dem kühlen Murmeln des Flusses, der aus der verborgenen Lebensquelle meiner Mutter herausspritzte. Ob es nun seine Absicht gewesen war oder nicht: Erfahrenvater Schuster hatte eine Psalmodie erschaffen, die nicht von menschlichen Kehlen formuliert zu werden schien, sondern vom Gras der Wiesen, von den rauschenden Blättern der Bäume, vom Boden selbst.

Verblüfft musterte ich die anderen. Mit ausdruckslosen Gesichtern schwankten sie auf der Bastmatte, und die Flammen des Freudenfeuers spiegelten sich geisterhaft in ihren Mienen wider und rissen ihre Profile funkenstiebend aus der Nacht hervor. In meiner Brust bildete sich ein harter Knoten der Anspannung. Ich holte rasselnd Luft und sammelte Willenskraft, um mich aus dem Kreis der Singenden zurückzuziehen, um dem hypnotischen Bann zu entkommen. Doch die Psalmodie spann ein seidenes Netz um mich herum, schränkte meine Bewegungsfreiheit ein und fesselte mich ans Gras, fesselte mich an den Boden, fesselte mich an Draes Kreuzung, fesselte mich ...

*»Wir sind nicht gekommen, um diese Welt auszuplündern, die uns willkommen hieß mit ihren prächtigen Bäumen und einem glänzenden Himmel. Wir sind nicht gekommen, um sie zu mißbrauchen oder zu schänden, um sie achtlos dem Untergang preiszugeben, auf daß nur unsere Spezies allein gedei-*

*hen mag. Wir sind gekommen, um uns einzufügen in das allgemeine Muster des Lebens hier auf unserem Schicksalsplaneten. Wir sind gekommen, um ein größeres Ganzes aus dem zu machen, was bereits erschaffen war, um das Antlitz dieser Welt, das bei unserer Ankunft bereits so prächtig war, noch weiter zu verschönern, um die Schöpfung selbst zu vollenden. Wir sind gekommen, um diese Herrlichkeit mit unserer hohen Intelligenz zum Höhepunkt zu führen. Wir sind gekommen...«*

Ihr seid gekommen, um die Brust meiner Mutter leer zu saugen, fügte ich stumm hinzu und kämpfte währenddessen gegen den seidenen Bann an. Ihr seid gekommen, um ihren Boden mit Metallschaufeln aufzureißen, den Pelz ihrer Gräser zu zerfetzen und ihre flüsternden Bäume zu verbrennen. Ihr seid gekommen, um euer Vieh durch Wiesengras zu führen, das niemals niedergetrampelt werden sollte, um eure Häuser aus dem Holz von Bäumen zu errichten, die niemals gefällt werden sollten, um euch in Wasser zu waschen, das niemals euren Schmutz aufnehmen sollte. Ihr seid gekommen...

Doch meine ganz private Litanei verklang, als ich mir eine sonderbare und die Grundfeste meines Ichs erschütternde Frage stellte. Galt dieser Lobgesang, galten diese verlogenen Verse überhaupt der Heiligen Macht? Oder handelte es sich bei ihnen nicht vielmehr um eine schlaue Schmeichelei, die meine Eltern dazu bringen sollte, ihr Wohlwollen gerade jenen zu schenken, die in Wirklichkeit ihren Untergang planten?

Und waren die Worte überhaupt gelogen? Wie benommen blickte ich mich im Kreis der Andächtigen um und blickte in entzückte Gesichter, in glückliche, *vor Freude strahlende Gesichter.* Frost bohrte eisige Nadeln tief in meinen Leib hinein und umklammerte mein Herz mit kalten Klauen. Wenn Erfahrenvater Schuster diese Psalmodie an die Mächte Schicksals adressierte – wie heimlich auch immer –, und wenn es die Ketzer, die seine Litanei sangen, ernst meinten, wenn sie im tiefsten Innern ihrer Seele wußten, daß sie in Wirklichkeit Schicksal priesen und nicht die Heilige Macht, und wenn sich Schicksal selbst ebenfalls darüber klar war...

Mein Blick glitt durch den Kreis der Singenden und betrachtete Gesichter, die zuvor angesichts langer Entbehrungen hohlwangig und eingefallen gewesen waren und nun allmählich wieder voller wurden und sich mit einer gesunden Röte überzogen, Körper, die sich mir zuvor spindeldürr und völlig abgemagert dargeboten hatten, jetzt aber schon wieder kräftiger geworden waren, Ältere, die sich bereits seit Monaten zur letzten Ruhe hätten begeben müssen, aber noch immer mit ihren Enkeln und Urenkeln am Feuer saßen und ihre Stimmen erhoben. Stand Schicksal den Siedlern nun nicht mehr ganz so ablehnend gegenüber? Ging Erfahrenvater Schuster – erfolgreich – daran, die Zurückhaltung der einheimischen Mächte mit seinen verführerischen Lobgesängen und Psalmodien zu unterminieren?
Würde Schicksal die Eindringlinge letztendlich akzeptieren – und es damit zulassen, von ihnen langsam zerstört und völlig vereinnahmt zu werden?
Alarmiert versuchte ich, mich aus dem Kreis der Andächtigen zu befreien. Ich zwang meine Knie dazu, sich zu strecken, befahl meinem Leib, sich aufzurichten – aber ich kniete weiterhin im Gras, und die Litanei umwehte mich mit imaginären Gespinsten und hielt mich gefangen. Ich biß die Zähne zusammen, und es gelang mir, mich so weit nach vorn zu beugen, daß ich die Hände auf den Boden stützen konnte. Aber ich war nach wie vor nicht dazu in der Lage, mich auf diese Weise in die Höhe zu stemmen.
Wie gelähmt verharrte ich in dieser Stellung, und die Hitze der lodernden Flammen tanzte vor meinen Augen. Um mich herum ertönten die Stimmen der Ketzer in einem volltönenden und inbrünstigen Gesang, und in ihnen kam der Lebensatem des Bodens und das Rascheln der Baumkronen zum Ausdruck. Ich war gefangen und kniete, kniete bis in alle Ewigkeit; meine Hände preßten sich an den Leib meiner Mutter, und meine Augen wurden vom hellen Feuerschein geblendet. Die Stimmen der Ketzer sangen weiter, immer weiter; sie glichen dem Murmeln des Windes, dem Gurgeln des Flusses, flüsterten wie die Bäume, die Mutter Schicksal Geheimnisse zuraunten. Und

bald schon begannen um mich herum idyllische Visionen Konturen anzunehmen. Engelhafte Kinder tollten über eine in hellen Sonnenschein getauchte Wiese, und Schwärme von Schreivögeln umflatterten sie. Ihnen folgten dahingleitende Fahlmotten, und aus dem in dichten Büscheln wachsenden Gras krochen Schneckenwürmer hervor; synchron neigten sie ihre mit prächtigen Glanzmustern versehenen Köpfe. Als die Kinder über die Wiese sprangen, durchwehten ihre lieblichen Stimmen die sich erwärmende Morgenluft – ein Chorus von ätherischer Anmut.

Hinter ihnen erschienen Erwachsene in langen pastellfarbenen Roben. Mann und Frau, Frau und Mann – sie liefen durchs Gras, und die breiten Ärmel ihrer Tuniken blähten sich auf und formten das Abbild eines mobilen Regenbogens. Dann kamen die Älteren, ein etwas blasserer Regenbogen, bis schließlich überall auf der Wiese prächtig gekleidete Feiernde tanzten. Von Horizont zu Horizont reichten ihre Reihen, Kinder, Erwachsene, Ältere, die Gesichter erfüllt von strahlender Freude. Und obgleich sie nicht die Köpfe in den Nacken legten und ihre Lippen völlig unbeweglich waren, vereinigten sie sich in einem tönenden Dankeslied, einem Chorus, der von ihren stummen Häuptern emporstieg wie morgendlicher Dunst von den Wiesen; er wehte zum lavendelfarbenen Himmel empor und formte dort eine seidene, faserige Wolke.

Ich starrte empor, und innerhalb des diffusen Wolkenschleiers machte ich fünf undeutliche Gestalten aus. Wie gebannt klebte mein Blick an ihnen, und ich spürte, wie mir Tränen über die Wangen zu rinnen begannen. Meine Sonnen-Geschwister schwebten in dem Seidendunst umher, ihre Gesichter von einer unbeschreiblichen Schönheit, die Köpfe gekrönt von Dunstdiamanten. Feliss hatte ihre normale Kleidung abgestreift und sie mit farbenprächtigem Gefieder ersetzt. Hunderte von goldenen Federn schmiegten sich an ihre Haut, und an ihrem Hals zeigten sich weiche Daunen. Ihr Haar bestand nun aus dunkleren Federn, die auf ihrem Kopf einen Haubenkamm bildeten. Neben ihr schwebte Herrol. Sein nackter Leib war in einen glänzenden schwarzen Haarpelz gekleidet, und

aus seinem Haupt wuchsen zwei große Elfenbeinhörner, die mit mystischer Bedeutung erglühten. Aus seinen dunklen Fingernägeln waren einzelne kleine Hufe geworden, fünf an jeder Hand, fünf an jedem Fuß.
Ich holte bebend Luft, und verwunderte Tränen benetzten mir das Gesicht. Meine Lippen zitterten, als ich versuchte, auch meine Stimme zu der Verehrungspsalmodie zu erheben. Trebb hörte mich, glitt durch den dunstigen Schleier zu mir herunter und streckte eine Hand mit grünen Fingern nach mir aus. Sein Kopf war bedeckt mit einer Krone aus Blättern, und um seine Schultern schlang sich ein Umhang aus lebenden Ranken. Er formulierte meinen Namen, und seine wuchernde Kleidung raschelte, aber ich konnte nicht emporsteigen, um mich zu ihm zu gesellen.
Schließlich schwebte er wieder fort zu den anderen – Ronna in ihrer Tunika aus Licht, Nadd mit seiner Zeremonienkapuze, Feliss und Herrol. Ich rief ihm etwas nach, eine schmerzerfüllte Bitte. Denn weil sie alle in der Luft vereint waren, war ich an den kalten Boden gebunden, isoliert. Die Anvertrauten Erfahrenvater Schusters priesen Schönheit und Licht, Gesundheit und Fülle, und sie lehnten die sensitive Pracht der Dunkelheit völlig ab, ebenso wie die zwingende Notwendigkeit des Todes. Und nun versuchten sie darüber hinaus, selbst meine Existenz zu verneinen. Zornig bemühte ich mich darum, selbst eine Wolke herbeizurufen, dunkel und grollend. Doch anstatt sich über der verzauberten Wiese zusammenzuballen, verdichtete sie sich in mir selbst und füllte jeden Winkel meiner Seele aus. Feliss tanzte täglich inmitten von Wolken aus Schreivögeln. Trebb rief Keimlinge aus dem Boden und ließ sie im Wind hin und her schwanken. Ronna und Herrol konnten ihre Gaben ebenfalls ganz nach Belieben einsetzen. Ich aber war nur dazu in der Lage, einen Nieselregen zu beschwören – und auch das nur, wenn ich unter den Bäumen hockte. Andernfalls war ich vollkommen hilflos.
*Würde ich eines Tages ebenso hilflos sein, wenn die Stunde heranrückte, meine entwickelten Fähigkeiten freizusetzen?*
Wenn sich die Situation derart zuspitzte, daß meine Eltern sich

dazu gezwungen sahen, ihre Götterkinder dem Tod preiszugeben – dann mochte ich die Waffe in der Hand halten. Und jene Hand... mußte sie zuschlagen, ganz egal, wie sehr ich mich dagegen wehrte? Ganz gleich, wie sehr ich mich bemühte, gegen das mir auferlegte Schicksal anzukämpfen – war ich gezwungen, es eines Tages zu erfüllen?
Es erfüllte sich bereits. Hatte ich nicht gerade eben versucht, die seidene Wolke meiner Götter-Geschwister fortwehen zu lassen und sie in meine Dunkelheit einzutauchen? Und hatte ich nicht nur deshalb versagt, weil die Zeit noch nicht gekommen war?
Oder war der Versuch deshalb fehlgeschlagen, weil die volltönende Litanei Erfahrenvater Schusters nicht nur mich lähmte, nicht nur meine Götter-Geschwister, sondern auch Mutter Schicksal und Vater Sonne? Eine neue Lanze alarmierter Wachsamkeit durchstieß mich und trieb Splitter furchtsamer Besorgnis tief in mein Herz hinein. Wenn es Erfahrenvater Schuster gelang, meine Eltern mit seinen Gesängen so in die Irre zu führen, daß sie sich schließlich mit ihrem eigenen Ende abfanden...
Adrenalin schwemmte mir durch die Adern, und die visionäre Wiese verdunkelte sich und verschwand. Erneut kniete ich vor dem Freudenfeuer. Mit einem gedämpften Knurren stemmte ich mich in die Höhe und bahnte mir einen Weg durch die Reihen der am Boden hockenden Ketzer. Als ich den Außenkreis erreichte, blickte ich mich im Lager um. Während die Preisenden ganz im Bann der hypnotischen Andacht standen, versammelten sich andere Ketzer und Flüchtlinge zu einem gemütlichen Beisammensein an kleineren Feuern. Sie schenkten mir kaum Beachtung, als ich aus dem Zeltlager floh.
Ich erreichte den Rand der Wiese und sprang auf den Weg. Ich war mir kaum meines Schattens bewußt, der mir huschend folgte. Wenn es die Ketzer schafften, meine Eltern zu umschmeicheln und ihnen ihr Wohlwollen abzuringen, auf daß sie sich von jenem Boden ernähren konnten, der die Essenz ihres Daseins ausmachte...
Ich lief los, und die Melodie der Litanei blieb hinter mir zu-

rück. Das Stampfen meiner Beine und der keuchende Atem verdrängten rasch den Adrenalinschub, der meinen Blutkreislauf durchspült hatte. Ich wurde wieder langsamer und stolperte müde den Pfad hinauf, bis ich die neue Hütte erreichte. Mondschein spiegelte sich hell und klar auf den sauberen Fensterscheiben wider und blinzelte mir zu. Doch meine Füße trugen mich nicht zur Tür. Statt dessen transportierten sie meinen Leib durch das hohe Gras zu den Blattkronen der großen Bäume, die hinter dem Gebäude wuchsen – Bäume, die mir dort zuvor noch gar nicht aufgefallen waren. Jetzt sehnte ich mich danach, mich unter ihrem Ästegeflecht zu verbergen.

Doch ich fand nicht den erhofften Trost durch jene modrig riechende Feuchtigkeit, die unter großen Blauweiden für gewöhnlich anzutreffen ist. Ein mich abstoßender scharfer Gestank stieg mir in die Nase. Und der Boden zu meinen Füßen ... Verwirrt scharrte ich mit dem einen Stiefel. Statt der gewohnten weichen Decke aus sich zersetzenden Blättern und zerbrochenen Schreivögeleiern war der Untergrund hart und fest. Ich blickte mich um. Meine Augen gewöhnten sich allmählich an die Finsternis. Schließlich zog ich den Fuß zurück und blickte empört empor. Die unteren Äste und Zweige des Baums waren abgesägt worden, um auf diese Weise eine große und von Blättern überdachte Kaverne zu schaffen. Tausende von Schreivögeln hatten auf den Stangen eines Gittergerüstes, das weiter oben im Ästegeflecht angebracht worden war, Ruheplätze gefunden.

Ich atmete tief durch und versuchte, mir etwas von dem schwachen, scharfen Modergeruch in die Lungen zu saugen, der unter solchen Bäumen normalerweise vorhanden war. Statt dessen aber wurde ich überwältigt von dem widerwärtigen Duft von Schreivögeln, die hier in völlig anormaler Vielzahl brüteten und den Boden mit einer Patina aus ihren Exkrementen überzogen. Übelkeit stieg in mir empor.

Mein empörter Aufschrei war leise, ganz leise, doch die Vögel vernahmen ihn irgendwie. Alarmiert stimmten sie ein ohrenbetäubendes Zirpen an, und das Flattern ihrer Schwingen ließ die Luft vibrieren. Sie stiegen von den Ruheplätzen des Gerüstes empor und sausten als gefiederter Wirbelwind aus dem Ästegeflecht des Baumes hinaus. Ich drehte mich ruckartig um, zunächst überrascht und verblüfft, dann zutiefst von der durcheinanderwogenden Raserei begeistert. Mein zweiter Schrei war hörbar – ein Freudenruf. Mit weiteren Schreien schleuderte ich die von plötzlicher Panik erfaßten Schreivögel in den Nachthimmel hinauf. Sie flatterten umher, verdunkelten das Licht der Monde und jagten in lärmendem Erschrecken an der Hütte vorbei und über den Boden hinweg. Sie vereinten sich zu einem großen Schwarm und flogen nach Draes Kreuzung.

Sie suchten Feliss. Rasch verschwanden die Vögel, und nur ein paar Nachzügler blieben zurück und zirpten nervös von ihren Gerüstplätzen herab. Mein letzter Schrei ging in ein kehliges Wimmern über, als die Kraft aus meinem Leib herausströmte und ich zu Boden sank. Wer würde angesichts des über die Wiese wehenden Regenbogens nicht glauben, daß die Schreivögel ganz spontan gekommen waren, um Feliss zu grüßen? Wer mochte sich fragen, ob das alles nicht vielleicht auf meine Einwirkung zurückging? Wer hatte überhaupt bemerkt, daß ich nicht am Fest teilnahm?

Niemand.

Niemand.

Nicht ein einziger. Verbittert starrte ich erneut zu den nun verlassenen Blätterkronen der Bäume empor, dann machte ich mich über den üppig wachsenden Rasen hinweg auf den Weg zur Hütte.

Stunden später vernahm ich Stimmen im Korridor, und Feliss kam mit strahlenden Augen in den Schlafraum. Sie rümpfte angewidert die Nase, als sie mich erblickte, und sie zog sich in den Korridor zurück. »Nira, Corrie liegt mit ganz verschmutzten Sachen in ihrem sauberen Bett.«

Vor Nira schob sich Ronna ins Zimmer, und das Lampenlicht ließ ihr Gesicht ganz blaß aussehen. Sie musterte mich, ohne mich wirklich wahrzunehmen, und der Atem fuhr rasselnd über ihre dünnen und unbewegten Lippen. Dann starrte mich

Nira von der Tür her stirnrunzelnd an. Den langen Rock hatte sie zusammengerafft, und ihre Hände verkrampften sich so sehr, daß die Knöchel weiß hervortraten. »Du hast dich also dazu entschlossen, zu uns in unser neues Heim zu kommen, Corrie. Wie lange liegst du schon da und machst die sauberen Decken dreckig?«

»So lange, wie es nötig ist, um sie so dreckig zu machen«, erwiderte ich und kuschelte mich tiefer in mein behagliches Nest aus schmutzigen Laken.

Die Furchen fraßen sich noch tiefer in ihre Stirn. »Vermutlich ist es sinnlos, dich jetzt noch aufzufordern, ein sauberes Nachthemd anzuziehen.« Mit einer müden Geste wischte sie einen aufgebrachten Einwand Feliss' beiseite. »Wir sind alle müde, Feliss, und jetzt ist es nicht an der Zeit, jemanden zurechtzuweisen. Wenn dich der Geruch stört, dann hol deine Matratze, bring sie in unser Zimmer und schlaf dort. Morgen früh wird sich Corrie saubere Sachen anziehen, und dann können wir den Raum lüften.«

»Aber dies ist unsere erste Nacht hier, und ich will nicht auf dem Boden schlafen«, protestierte Feliss, und verschlagene Tränen glänzten in ihren Augen. »Soll Corrie doch ihre Matratze in dein Zimmer bringen.«

Niras Blick musterte mich kurz, dann richtete sie ihre Aufmerksamkeit wieder auf Feliss und kniff die Augen zusammen. »Feliss, du hast dich den ganzen Sommer über Miss widersetzt, aber mit mir kannst du dieses Spielchen nicht treiben. Nimm deine Matratze mit, wenn du ...«

»Aber Corrie ist doch diejenige, die hier stinkt, und dies ist auch mein Schlafzimmer. Corrie ...«

»*Feliss.* Und du brauchst gar nicht zu weinen. Im Unterschied zu gewissen anderen Angehörigen unserer Familie kann ich sehr wohl ebensogut über deine Tränen hinwegsehen wie auch über deine Einwände.«

Feliss' Wangen röteten sich. Durch einen Schleier unvergossener Tränen versahen mich ihre Augen mit einem anklagenden Funkeln. Mit einem Ruck zerrte sie die Matratze von ihrem Bett und zog sie über den Boden und durch die Tür. »Ich werde so lange in Miss' Zimmer schlafen, bis Corrie wieder gegangen ist«, verkündete sie.

Nira preßte die Lippen zusammen, und ich erwiderte zischend, an Feliss' Adresse gerichtet: »Vielleicht bleibe ich das ganze Frühjahr über hier, wenn ich nicht mit irgend jemandem das Zimmer teilen muß, der nach dem Dung von Schreivögeln riecht.«

»Corrie!« sagte Nira scharf. »Wenn du die Absicht hast, mit uns anderen zusammen hier zu wohnen, dann mußt du...«

»Dann muß ich was?« fragte ich und wand mich aus meinen Laken heraus. »Du kannst mich nicht wegschicken, Nira. Dies hier ist auch mein Zuhause. Und du bist noch immer für mich verantwortlich.«

»Nun, und ich kann nicht gerade sagen, daß mir das Objekt meiner Vormundschaft sonderlich zusagt«, gab sie schroff zurück. »Vielleicht war es ein Fehler von mir, Miss in diesem Sommer ganz allein die Arbeit in der Sonnenkindhütte zu überlassen, während ich Aldred hier in Kreuzung half. Wenn das der Fall ist, dann will ich diesen Fehler dadurch wiedergutmachen, indem ich von dir ein akzeptables Verhalten erwarte – ebenso wie von den anderen.«

»Du kannst ja mit Feliss anfangen!« entgegnete ich nachtragend. »Denn ich weiß, warum *ihre* Sachen nie schmutzig werden, wenn sie den Tag damit verbringt, durch die Wiesen zu tollen. Ich weiß...«

Mit einem empörten Laut kehrte Feliss vom Gang ins Zimmer zurück, und ihr Haar flatterte wild. »Solche Sachen kannst du nicht über mich erzählen! Du weißt ja nicht einmal, wo ich spiele. Du verkriechst dich ja immer unter den Bäumen und schmierst dich mit ekligem grauen Staub voll. Du...«

»Nein, das stimmt eben nicht, Feliss«, sagte ich und hatte Mühe, mir meinen Jubel nicht anmerken zu lassen. »Manchmal krieche ich durch das Filigrangras in den Wald, verstecke mich hinter den Glanzbüschen und beobachte dich.« Ich schenkte Nira ein strahlendes Lächeln. »Sie faltet ihre Sachen ganz sorgfältig zusammen, Nira, so daß sie nicht einmal Falten bekommen, während sie umhertanzt. Und ich verrate dir ein

Geheimnis: Manche der Dorfbewohner glauben, Feliss hätte Federn unter ihrem Coverall, aber das stimmt nicht; sie hat nur Haut, nackte Haut. Sie...«
»Ich ziehe mich niemals aus, wenn ich spiele!« beharrte Feliss, und erneut begannen Tränen über ihre Wangen zu tropfen. »Du erzählst das nur, um die Aufmerksamkeit von dir abzulenken.«
»Dann macht es dir doch sicher nichts aus, wenn sich Nira bei Herrol erkundigt, ob du dich ausziehst oder nicht, oder?« fragte ich. »Auch er mag es, dir beim Tanzen zuzusehen.«
»Er...« Alle Farbe wich aus Feliss' Gesicht. »Er... das stimmt nicht. Er...«
»Doch, es stimmt«, bekräftigte ich und beobachtete Nira fasziniert. In ihrem Gesichtsausdruck spiegelten sich Ärger, Geringschätzung und Erschöpfung zu jeweils gleichen Teilen. Sie fuhr sich mit den Fingern über die Schläfen und massierte sanft, so als wolle sie auf diese Weise eine Art inneren Dämon besänftigen. Es befriedigte mich zu wissen, daß ich sie so leicht aus dem Gleichgewicht bringen konnte. »Herrol findet auch Gefallen an der Sonne, aber er behält dabei wenigstens seine Hose an, Feliss.«
Feliss wirbelte herum. »Nira, du wirst doch nicht mit Herrol sprechen, oder?« bat sie. »Du wirst ihn doch nicht fragen, ob er mich beobachtet hat. Du...«
Nira ließ die Hand von der Schläfe sinken, und die Finger zitterten deutlich. »Ich weiß nicht, was ich tun werde, Feliss. Wir sind alle zu müde, um das heute abend noch auszudiskutieren. Wenn du dich auf der Wiese ausgezogen hast, obgleich ich Miss versichert habe, man könne dir ruhig Vertrauen schenken und dich unbeaufsichtigt lassen...«
»Ich tanze doch nur. Ich tanze nur mit meinen Vögelchen, und dann bedecken sie mich mit ihren Federn. Genau wie heute abend, als sie über die Wiese geflogen kamen und mich umflatterten. Niemand kann etwas anderes sehen als Federn. Niemand...«
»Niemand außer Herrol und mir – und alle anderen, die zusehen möchten«, sagte ich. »Du blickst dich ja nicht einmal um,

bevor du dich ausziehst. Du streifst dir einfach nur deine Sachen ab und...«

»Ich habe eben nie daran gedacht, daß mir jemand nachschnüffelt!« stieß sie schluchzend hervor. »Ich spioniere dir ja auch nicht nach bei dem, was du machst – womit auch immer *du* dich beschäftigen magst. Ich will es nicht einmal wissen. Ich...«

»Du bist ein verzogenes Baby«, sagte ich angewidert. »Du brauchst einfach nur zu heulen, und schon kommen alle angerannt, um festzustellen, was mit dir los ist. Tja, wenn ich weine, kommt niemand. Niemand...«

»Kinder!« platzte es aus Nira heraus, und sie packte Feliss am einen Arm.

Ronnas leise Stimme beendete das aufbrandende Durcheinander. »Es sind keine Kinder mehr, Nira.«

Ich wandte mich ruckartig um. Im fahlen Lampenschein glich Ronnas Gesicht dem eines wandelnden Toten. Sie versah uns mit einem apathischen Blick, und ihr Haar hing ihr in zerfaserten Strähnen auf die Schultern hinab. In ihrer Stimme aber kam etwas zum Ausdruck...

»In der Tat«, bestätigte Nira mit einem nachdenklichen Stirnrunzeln. »Und ich werde es euch deshalb auch nicht erlauben, euch wie Kinder aufzuführen. Feliss, wir sprechen morgen früh über diese Angelegenheit. Ich möchte jetzt einen Platz für deine Matratze finden, mich hinlegen und über das nachdenken, was mir Corrie gesagt hat. Und was dich angeht, Corrie: Heute abend wirst du keine Gehässigkeiten mehr von dir geben. Ich will kein einziges Wort mehr hören.«

Mein Gesicht verdunkelte sich zornig. »Jetzt kannst du es *selbst* sehen, Nira. Kaum sage ich irgend etwas Nachteiliges über Feliss, müssen wir gleich alle ins Bett gehen. Du willst so etwas nicht hören, weil sie dein kleines Vogelmädchen ist, das dir besonders am Herzen liegt. Du überlegst, ob es sicher ist, Feliss am hellichten Tag allein durchs Gras tanzen zu lassen, aber du verlierst kaum ein Wort, wenn ich nach drei Tagen und Nächten zurückkehre. Du...«

»Ich will jetzt nicht mehr darüber sprechen, Corrie. Es tut mir leid, wenn du dich zurückgesetzt fühlst, aber morgen, wenn wir alle ausgeruht sind, haben wir Zeit genug, uns ausführlich darüber zu unterhalten.«

»Aber du weißt ganz genau, daß du morgen viel zu arbeiten hast, und morgen abend bist du wieder müde, und am nächsten Tag...«

»Ich werde morgen früh, bevor ich die Hütte verlasse, genügend Zeit erübrigen, auf daß du all deinem Kummer mir gegenüber Luft machen kannst«, versprach sie und ließ Feliss los.

»Und ihr Bett muß dann ebenfalls gelüftet werden!« fügte Feliss schrill hinzu und war mit einem Satz aus dem Zimmer. Einen Augenblick später zog sie ihre Matratze den Korridor hinunter und in Miss' Zimmer hinein.

Nira sah mich stirnrunzelnd an. »Das auch«, versicherte sie mit allem Nachdruck, bevor sie sich ebenfalls zurückzog.

Ich strich mir mit fahrigen Bewegungen das Haar um die Schultern und war noch immer ziemlich aufgebracht. Ronna saß auf der Kante ihres Bettes, und ihr Blick war noch immer trüb. »Du hast ja selbst erlebt, wie es ist«, klagte ich. »Niemand will mich hier. Alle wären froh und glücklich, wenn ich nie zurückkäme. Sie...«

»Wenn du möchtest, daß ich dir ein wenig Gesellschaft leiste, Corrie...«, bot Ronna mir halbherzig an.

»Und was willst du machen? Mich zu heilen versuchen, obwohl ich überhaupt nicht krank bin?« Ich ließ mich ruckartig aufs Bett zurücksinken und zog mir angeekelt die Decke bis zum Kinn hoch. »Komm mir bloß nicht zu nahe.«

Ihre braunen Augen versahen mich mit einem geistesabwesenden Blick, dann seufzte Ronna und legte sich ebenfalls hin. »Kannst du die Lampe erreichen?«

»Willst du dir nicht dein Nachthemd anziehen?« Was war es nur, was ich kurz zuvor in ihrer Stimme vernommen hatte? Um was für eine verblüffende Kraft handelte es sich? Und trotz des so trüben Schimmers in ihren Augen hatte sie mich gerade eingehend gemustert.

»Ich bin müde. Ich bin so müde...« Ihre Stimme wurde leiser und verklang.

Ja, sie war müde. Aber andererseits waren all jene, die sich um das große Freudenfeuer versammelt hatten, von einer belebenden Frische erfüllt worden – das begriff ich nun verbittert, als ich ihre entspannten Züge beobachtete, während sie einschlief und den einen dünnen Arm herunterhängen ließ. Ich löschte die Lampe und kroch wieder ins Bett. Eine Zeitlang gab ich mich zornigen Gedanken hin. Schließlich betäubte mich das regelmäßige Zischen meines Atems, und ich schlief ein.

Eine Weile später wurde ich wach und spürte die Nähe einer zärtlichen Präsenz. Sie schien sich an meinen Schläfen zusammenzuballen und von dort aus meinen ganzen Leib zu durchfließen. Doch sie hüllte mich auch ein, als existiere sie nicht nur in mir, sondern auch außerhalb meines Körpers – ein Kokon aus Wohlbefinden. Eine Zeitlang blieb ich ruhig liegen, mit geschlossenen Augen, und ich atmete tief durch und fühlte, wie sich neue Frische in mir ausbreitete. Eine sonderbare Sanftheit – der Eindruck aufrechter Heiterkeit – prickelte durch meine Glieder. Ich hatte den Eindruck, als sei ich dazu in der Lage, die ganze Welt in mich aufzunehmen, indem ich einfach nur ganz langsam Luft holte, dann noch einmal, und ein drittes Mal. Ich fühlte mich, als könne ich sowohl vom Leben selbst als auch von Schönheit und Tod Besitz ergreifen.

Tod...

Ich riß die Augen auf und starrte in Ronnas Gesicht. Sie saß neben mir, und ihre Züge wurden vom Mondschein erhellt. Aber es war nicht die Miene der schweigsamen und introvertierten Ronna, die ich seit den frühesten Jahren meiner Kindheit gekannt hatte. Es war eine Ronna, die ich noch nie zuvor gesehen hatte. Ihre Augen waren groß und schimmernd und glichen tiefen Lichtbrunnen, und auch ihre Züge hatten sich auf irgendeine Weise verändert. Sie blickte mit einem angedeuteten Lächeln auf mich herab – einem liebevollen Lächeln.

Und jener zärtlichen Wärme, der mich einhüllenden Wärme, der Wärme, die alle geheimen Winkel meines Leibes erfüllte, meine Seele... Meine Lippen begannen zu zittern und enthüllten die Zähne, während ich versuchte, mich der sich meiner bemächtigenden Wärme zu widersetzen. »Ich habe dir... doch gesagt... du sollst mir nicht... zu nahe kommen«, brachte ich

mühsam hervor, und meine Zunge selbst schien gegen diese Worte anzukämpfen. »Du...«
»Es ist alles in Ordnung«, erwiderte Ronna, und ihre Stimme glich einem seidenen Flüstern. »Ich bin jetzt ausgeruht, Corrie. Vorher war ich müde, doch dann schien der Mond durchs Fenster und verlieh mir neue Kraft. Und dir geht es schlecht. Es geht dir schon so lange schlecht, und ich hatte nie die Kraft, dir zu helfen. Ich war schwach und fürchtete mich. Heute abend aber, Corrie...«
Sie lächelte erneut, und ich zerrte an den Fesseln, die sie um mich herum gesponnen hatte, und ich biß die Zähne zusammen. »Ich bin nicht krank!«
»Doch, das bist du«, erwiderte sie und beugte sich tiefer zu mir herab. Ihr Haar, das vom Mondlicht in Strähnen aus Silber verwandelt wurde, sank ihr an den auf subtile Weise veränderten Wangen entlang. »Dein Geist ist krank. Er war krank vom Augenblick deiner Zeugung an. Es ging dir schon schlecht, lange bevor wir geboren wurden. Und ich konnte dir nie helfen. Selbst jetzt bin ich nicht dazu in der Lage, dich zu heilen, aber ich vermag einen Anfang zu machen. Ich kann damit beginnen, dein Ich wieder zusammenzuschmelzen, dir Frieden mit dir selbst zu schenken.«
Einen Augenblick lang schwächte sich mein Widerstand ab. Ja, ich war innerlich zerrissen. Ich litt an einem Elend, das sich niemand vorstellen konnte. Es vergiftete meine Tage, und es durchtränkte die Nächte mit Grauen: Träume von Unwettern und Tod, gefolgt von einsamen Tränen. Und die Einsamkeit, die schreckliche Einsamkeit – wenn sie mir neue Kraft zu schenken und mein Ich zu vereinen vermochte, wenn sie mich in das Instrument verwandeln konnte, das ich sein sollte...
*Das Instrument des Todes!*
»Trebb!« schluchzte ich und sah plötzlich vor meinem inneren Auge, wie er von einem Gewitter überrascht und gemartert wurde, *meinem Gewitter.* »Trebb!«
»Du hast Trebb von uns allen immer am meisten gemocht«, sagte Ronna. Ihr Haar berührte nun meine Wange und brannte darauf wie seidenes Feuer. »Als wir klein waren, haben Daya

und Miss dich immer mit Nadd zum Spielen zusammengebracht. Aber es war Trebb, dem deine Zuneigung galt.«
Ja, Trebb mit seinen tanzenden grünen Augen, seinen nervösen Gliedern, dem ansteckenden Lächeln und nicht zu bändigenden Geschnatter. Trebb, der durch endlose Wiesen lief und vom vielgestalten grünen Leben verehrt wurde. Trebb – ruhelos, ungebunden, von der Sonne selbst genährt. Trebb, der mein zu einem Eisklumpen zusammengeschrumpftes Herz in lebendige Wärme verwandeln konnte.
Wenn ich es zuließ, daß Ronna ihr heilendes Netz um mich spann, wenn ich es ihr gestattete, die widerstreitenden Empfindungen in mir zu einem einheitlichen Ganzen zu verschmelzen und die leidvolle Schwäche aufzulösen, dann würde ich zu dem Werkzeug werden, das meine Eltern aus mir zu machen gedachten – ein Werkzeug nicht der Liebe, sondern des Todes. Und meine todbringenden Blitzpfeile würden zuerst auf Trebb zielen.
»Nein!« rief ich, stemmte mich ihrer schmeichelnden Wärme entgegen und hieb mit umherwirbelnden Armen darauf ein. »Nein!«
Ronna zuckte angesichts der von mir projizierten schrecklichen Pein zurück, und in ihren Augen entstand ein überraschtes dunkles Schimmern. »Corrie...«
»Faß mich nie wieder an!« schrillte ich, ließ mich aus dem Bett zu Boden fallen und rollte mich von ihr fort. Als ich die Tür erreichte, sprang ich wieder auf die Beine. »Faß mich nie wieder an! Niemals!«
Die in meiner Stimme zum Ausdruck kommende heisere Agonie durchstieß die Netzbahnen des Banns, den der Mondschein über sie gestülpt hatte. Vor meinen Augen verwandelte sich Ronna und wurde wieder häßlich und müde, so müde, daß sie kaum dazu in der Lage zu sein schien, aufrecht zu stehen. Mit einer Hand tastete sie unsicher nach dem Halt ihres Bettes. Ihre Lippen bewegten sich langsam – aber es war ein nervöses Zittern, das nun ohne Wirkung auf mich war.
»Niemals«, wiederholte ich, und diesmal war es nur ein eisiges Flüstern. Einen Augenblick lang blieb ich reglos an der Tür ste-

hen und beobachtete, wie sie in ihr Bett zurückkroch, wie sich ihre Augen schlossen und ihre schmale Hand schlaff auf der Decke liegenblieb, als umfassende Erschöpfung Tribut von ihrem Leib verlangte.
Dann lief ich durch die Hütte in die Nacht hinaus und kroch unter eine Ansammlung von Glanzbüschen. Dort blieb ich zitternd liegen und schluchzte und weinte leise, bis die hinter meiner Stirn schmerzhaft dahinwirbelnden Gedanken allmählich von einem Vorhang aus Benommenheit zerfasert wurden. Schließlich schlief ich den tiefsten Schlaf meines ganzen bisherigen Lebens – ein Schlaf, so bleiern und unerschütterlich, als sei er der Tod selbst.

## *CORRIE*

### Herbst 0224

Ich erwachte einige Zeit später, als ich ein meinem Unterbewußtsein vertrautes raschelndes Geräusch vernahm, das auf der anderen Seite der Hütte erklang. Ich kroch unter den Glanzbüschen hervor, setzte mich auf und fuhr mir mit der Hand durchs Haar. Dichte graue Schatten kündigten bereits die Morgendämmerung an. Eine Zeitlang lauschte ich aufmerksam. Dann stand ich auf und schlich leise um das Gebäude herum. Die Luft der sterbenden Nacht war unbewegt und kalt, und das Filigrangras hatte sich mit einer perlenden Tauschicht überzogen. Das rätselhafte raschelnde Geräusch schien von der Wiese östlich der Hütte zu kommen. Ich glitt an der vorderen Wand des Gebäudes entlang.
Als ich die Ecke der Hütte erreichte, blieb ich stehen und blickte mich um. In der sich erhellenden glühenden Düsternis des Morgengrauens machte ich eine Gruppe von Fingerpalmen-Schößlingen aus, deren Konturen sich vor dem grauen Himmel abzeichneten. Während ich sie beobachtete, wuchsen die noch

dünnen Stämme langsam, ganz langsam empor, und als ich ein Dutzend Mal durchgeatmet hatte, waren sie bereits ein ganzes Stück größer geworden. Und als die Schößlinge ihre Stämme dem Firmament entgegenstreckten, wuchsen auch ihre steifen Blätter in die Länge, schabten in der noch immer unbewegten Luft des anbrechenden neuen Tages sanft aneinander und erzeugten so das Rascheln.

Wie gelähmt stand ich an der Ecke der Hütte und atmete ganz flach und leise. Nach einigen Minuten rieb ich mir die Augen. Die Schößlinge wuchsen immer weiter, und die bis dahin dünnen Stämme nahmen deutlich an Umfang zu. Das Rascheln erklang lauter, als die Blätter breiter wurden und ihre Konsistenz sich verhärtete.

Ich zwang mich dazu, tief Luft zu holen. Der Atem war ein leises Zischen zwischen meinen Zähnen. *Trebb.* Die Schößlinge von Fingerpalmen wuchsen nicht einfach so über Nacht in den Himmel empor. Sie brauchten Jahre für ihre Entwicklung – ein Zeitraum, den nur Trebb verkürzen konnte.

Und wann hatte Trebb die Fähigkeit entwickelt, eine Anzahl von Keimlingen innerhalb weniger Stunden in ausgewachsene Bäume zu verwandeln? Ein kalter Schauer lief mir den Rücken hinab und knisterte prickelnd an meinen Nervenbahnen entlang. Das Gehölz der Blauweiden hinter dem Gebäude hatte zuvor einen eigenartigen Eindruck auf mich gemacht. Wie lange standen die Bäume dort schon? Ich runzelte die Stirn und ließ vor meinem inneren Auge einige Erinnerungsbilder Konturen annehmen. Die Hütte vor zwei Wochen, die Fenster noch leere Augenhöhlen, die Türen noch nicht in den Angeln – und jenseits des Gebäudes die hohen Kronen der Blauweiden. Die Hütte einen Monat vor diesem Zeitpunkt, nicht mehr als ein Spantengerüst, durch das man das dichte Blattwerk der Blauweiden sehen konnte. Die Grundsteinlegung der Hütte zu Beginn des Sommers, als sich das Filigrangras dicht und hoch und weit in alle Richtungen erstreckte – bis auf einen Bereich direkt hinter mir, von dem das Gras verdrängt worden war, um Platz zu schaffen für eine noch nicht ausgebrachte Saat.

*Eine Saat, aus der Blauweiden entstehen sollten.* Kein Wunder, das der Boden unter den Bäumen so fest und hart war. Die Bäume hatten noch gar keine Zeit dazu gehabt, eine Decke aus abgeworfenen Blättern zu schaffen. Ihre Stämme waren erst zur Mitte des Sommers gen Himmel gewachsen.

Und jetzt bildeten sie ein voll ausgebildetes Gehölz. Ich zwang meinen Leib dazu, die Starre abzustreifen und mich den nicht sonderlich abschüssigen Hang hinunterzutragen, auf die rasch wachsenden Fingerpalmen zu. In der Nähe der Bäume lag eine langbeinige Gestalt, eingehüllt in ein wirres Durcheinander aus Decken. Als ich näher herankam, erkannte ich den Ausdruck in Trebbs schlafendem Gesicht: glücklich, zufrieden. Welcher Traum auch immer die Bäume dazu veranlassen mochte, dem sich erhellenden Himmel entgegenzustreben – er verfehlte seine Wirkung nicht.

Ich preßte die Lippen zusammen und trat vor. Ich streckte die Hand aus, um Trebb aufzuwecken. Doch bevor ich ihn zu berühren vermochte, bohrten sich Finger in meine Schulter. Ich wirbelte herum und sah in die zusammengekniffenen Augen von Erfahrenvater Schuster.

Er war in die gleiche schwarze Tunika gekleidet, die er schon zuvor auf der Wiese getragen hatte. Sein hagerer Leib war angespannt und steif; die Hände waren so verkrampft, daß sich die Adern deutlich abzeichneten, und in seinem Blick kam die charakteristische alarmierte Wachsamkeit zum Ausdruck. »Laß ihn schlafen, Corrie.«

»Laß ihn schlafen«, ahmte ich seine Stimme nach und versuchte, mich aus seinem Griff freizuwinden. »Ihr habt die Blauweiden zu einem Heim für die Schreivögel gemacht. Ich nehme an, dies hier sollen Brutbäume für die Fahlmotten werden.«

Er nickte, und seine Finger schlossen sich noch fester um meine Schulter, als er mich von dem Ort fortführte, an dem Trebb schlief. »Sie werden Hunderte und Tausende von Fahlmotten anziehen, wenn wir erst die Brutgerüste angebracht haben«, sagte er. Er starrte mir direkt in die Augen und setzte mir mit seiner hypnotischen Stimme zu. »Im nächsten Frühjahr brüten hier Hunderte und Tausende von Fahlmotten – so viele, daß sie

den Himmel orangefarben tönen werden. Wenn du dann am Morgen die Hütte verläßt...«
»Wenn ich am Morgen die Hütte verlasse, werde ich Feliss sehen, die auf der Wiese mit ihren Motten und Vögeln tanzt«, erwiderte ich bissig. Die mir unwillkommene Vision entstand ganz plötzlich und mit ebenso deutlichen Konturen vor meinem inneren Auge wie das Bild aus Worten, das Erfahrenvater Schuster gerade gemalt hatte. Ich betrachtete sie mißmutig.
»Die Leute werden von überall herkommen, um Feliss und ihre Motten zu sehen, und wenn sie zufällig mich erblicken, machen sie das Zeichen des zerbrochenen Kreuzes und halten sich die Nasen zu. Nicht etwa, weil ich schmutzig wäre und stinke, sondern um zu verhindern, daß ein Dämon in ihre Lungen fährt. Denn weil du sie überzeugt und angeleitet hast, können sie alle Dinge des Lichts haben, ohne auch die der Dunkelheit nehmen zu müssen. Sie können die tanzende Feliss haben, rasch wachsende Schößlinge und prächtig gedeihendes Vieh, aber sie sind andererseits auch dazu in der Lage, Nacht und Tod gänzlich zu meiden. Wenn ihre Leiber erschöpft sind, dann rufen sie ganz einfach nur die Heilige Macht an und tragen fortan strahlende Gewänder aus Sonnenlicht. Sie...«
»Sie werden ebenso sterben wie alles andere Fleischliche auch«, erwiderte er knapp und gab es auf, mit seiner hypnotischen Stimme auf mich einzuwirken zu versuchen. Und meine Worte hatten auch das Funkeln mißtrauischer Aufmerksamkeit in seinen Augen aufgelöst. Sein Blick war nunmehr ebenso kühl und sachlich wie der Klang seiner Stimme. »Etwas anderes habe ich ihnen niemals einzureden versucht.«
»Oh, natürlich nicht. Das hast du ihnen nicht versprochen. Aber du hast ihnen auch nicht den Pilgerglauben ausgeredet. Ich habe zugehört. Ich habe deinen neuen Litaneien gelauscht und sie mit den Pilgerpsalmodien verglichen, die Nira uns lehrte, als wir noch klein waren. Du hast die Leute von allen Glaubensprämissen fortgeführt, die das tägliche Leben nur hart und mühsam machen, aber die anderen – die Doktrin des letztendlichen Verschmelzens, des Lebens nach dem Tode...«

»Aber ich glaube daran, Corrie.« Er musterte mein Gesicht mit einem durchdringenden Blick und blickte dann zum östlichen Horizont. In seinen Pupillen spiegelte sich das erste erhellende Grau der Morgendämmerung wider. »Die Doktrin des Verschmelzens halte ich für nicht mehr – und nicht weniger – als eine symbolische Beschreibung der letztendlichen Rückkehr des Körpers in den Boden. Und ist das nicht ein Weiterleben nach dem Tod? Unsere physischen Überbleibsel bilden die Grundlage für neues Leben...«

»Die *Rückkehr* des Körpers in den Boden?« fragte ich und versah seine Worte mit deutlicher Ironie. Mit einem jähen Ruck machte ich mich aus seinem Griff frei. »Unsere Körper kommen im Prinzip doch überhaupt nicht aus diesem Boden. Sie entstanden auf der Erde. Sie gehören nicht hierher, während sie leben, und wenn sie tot sind, erst recht nicht.«

»Ach?« Er hob eine Augenbraue, und der Blick seiner rötlichbraunen Augen ruhte gelassen auf meinem Gesicht. »Wie kannst du behaupten, dein Leib gehöre nicht hierher, obgleich jedes einzelne Molekül im Boden Schicksals seinen Anfang nahm? Diese Welt ist nun unsere Heimat. Wir haben auf die fundamentalste Weise von ihr Besitz ergriffen – indem wir uns selbst aus ihr schufen, Corrie, indem wir im wahrsten Sinne des Wortes aus ihr entstanden, Atom für Atom.«

»Und das sollten wir nie!«

Er zuckte mit den Achseln – nicht mehr als ein andeutungsweises Heben und Senken schmaler Schultern. »Aus welchem Grund sind wir dann hier?«

»Wir... weil die ersten Pilger so töricht waren, sich mit einem Raumschiff auf die Reise zu begeben, das nicht in angemessener Weise ausgerüstet war. Weil sie so töricht waren zu starten, ohne ein genau festgelegtes Ziel vor Augen zu haben. Sie zogen sich ganz einfach in den metallenen Bauch des Schiffes zurück, aktivierten die Triebwerke und...«

»Und überließen den Kurs ihrem Schicksal und vertrauten darauf, daß ihnen die Heilige Macht den Weg zur richtigen Welt wies. Sie hatten damals großes Vertrauen. Sie trugen der Heiligen Macht ihre Sorgen vor, und die Freude behielten sie für sich. Und du stehst nun auf der Oberfläche des Planeten, den die Heilige Macht für sie erwählte. Hältst du es denn für etwas anderes als Schicksal, daß uns sowohl der zur Neige gehende Treibstoff als auch die beinah aufgebrauchten Nahrungsmittel bis hierher und nicht weiter brachten? Wenn es uns nicht bestimmt war, diese Welt zu erreichen, warum kamen dann all jene Faktoren zusammen, die uns schließlich hier eine Landung ermöglichten? Und warum haben wir bis heute überlebt? Denke nur an die Anfangsprobleme, denke an...«

»Denke nur an die Art und Weise, wie ihr es gelernt habt, das auszubeuten, was ihr hier vorgefunden habt«, unterbrach ich ihn, und meine Stimme wurde dabei zu einem heiseren Flüstern.

Sein Blick glitt kurz zu den rasch wachsenden Bäumen. Ihre breiten Blätter raschelten und schabten übereinander und bildeten scharf abgegrenzte Silhouetten vor dem sich langsam erhellenden Himmel. Die Andeutung eines Lächelns lockerte die Züge seines schmalen Gesichts auf. Er schien Gefallen zu haben an unserer verbalen Auseinandersetzung. »Sag mir eins: Stellt das Leben etwas anderes dar als die Ausbeutung natürlicher Ressourcen?«

»Aber ihr ergreift Besitz von Ressourcen, die niemals für Menschen bestimmt gewesen sind«, warf ich ihm vor. »Du kamst hungernd zu uns in die Sonnenkindhütte, und du machtest dir klar, was wir... was wir sind. Und dann gingst du ganz planmäßig daran, deinen Nutzen aus uns zu ziehen. Du warst so versessen darauf, uns für dich zu gewinnen, dich unserer Unterstützung zu versichern, daß du sogar dazu bereit warst, Nira den Hof zu machen. Du...«

»Und sie war so versessen darauf, sich meiner Hilfe zu versichern, daß sie sich bereitwillig den Hof machen ließ.«

Das verblüffte mich. Ich runzelte die Stirn und versuchte, seinen Standpunkt zu begreifen. »Du...«

»Aus welchem Grund, glaubst du, ließ sie einen heruntergekommenen Fremden, den sie zu jenem Zeitpunkt für einen Ketzer hielt, immer wieder die Sonnenkindhütte besuchen und gestattete es ihm, eine ganze Reihe von Milchkannen und viele

Kilo Fleisch fortzukarren? Weil sie die Nähe anderer Menschen für euch und auch sich selbst wollte. Sie wünschte sie sich so sehr, daß sie auch dazu bereit war, ohne große Einwände einige der ihr am wichtigsten erscheinenden Pilgergrundsätze aufzugeben und sich durch eine Heirat an einen Ketzer zu binden.«

Widerstrebend ließ ich zischend den angehaltenen Atem entweichen. Warum hatte ich die ganze Angelegenheit noch nicht von dieser Seite betrachtet – Nira nicht nur allein als Opfer, sondern ihrerseits als Nutznießerin? Es war immer ihre Absicht gewesen, uns das Schließen von Freundschaften zu ermöglichen, uns in eine richtige Schule gehen zu lassen, uns all das zu geben, was ein normales Leben ausmachte – selbst lange nach ihrer Erkenntnis, daß wir alles andere als normal waren.

»Nira...«

Ein gezwungenes Lächeln umspielte seine dünnen Lippen. »Sind zwischenmenschliche Beziehungen etwas anderes als gegenseitiges Nutznießen? Zumindest am Anfang ist das der Fall. Der Säugling trinkt Milch aus der Brust seiner Mutter, um sich seinen leeren Magen zu füllen, und die Mutter legt ihn an, um den schmerzhaften Druck in ihren Brüsten zu lindern. Erst später vertieft sich eine solche Beziehung – das gilt für alle. Und wenn du eine sorgfältige Einschätzung der Situation hier in Draes Kreuzung vornimmst, dann wirst du erkennen, daß sich die Beziehung zwischen Sonnenkindern und Dorfbewohnern bereits zu vertiefen begonnen hat, daß sie sich allmählich in etwas verwandelt, das über gegenseitige Nutznießung hinausgeht.«

»Gegenseitigkeit?« fragte ich und sprach damit seinen Kernpunkt an. »Was habt ihr uns gegeben?«

Ein vergnügtes und zufriedenes Funkeln erglomm in seinen Augen. Meine beharrliche Skepsis ärgerte ihn keineswegs. Im Gegenteil: Er genoß die Gelegenheit zu einem Messen widerstreitender Argumente. Nur wenige in Draes Kreuzung konnten ihm in einer Diskussion so die Stirn bieten, wie ich es vermochte. »Wir haben zum Beispiel dir ganz persönlich etwas gegeben – etwas, gegen das du rebellieren, dem du dich widersetzen kannst, eine Gelegenheit, anderen Leuten angst zu machen und sie zu meiden. Stell dir nur die andauernde Frustration eines Paria vor, der keine solchen gesellschaftlichen Vorteile genießt. Feliss gaben wir ein sie bewunderndes Publikum; wir vermittelten ihr das Gefühl, sie sei auf ihre Weise einzigartig, und...«

»Und sie ist ein verzogenes Baby. Sie...«

»Wohingegen du natürlich eine reife junge Frau mit ausgeprägtem inneren Gleichgewicht darstellst.«

Ich versteifte mich und wurde mir plötzlich meines verschmutzten Coveralls bewußt, des verdreckten Hemds und meines zerzausten Haars. »Du glaubst, du könntest nur alles Gute nehmen, ohne auch das Schlechte akzeptieren zu müssen«, gab ich scharf zurück. »Du glaubst, du könntest die Kräfte des Lebens haben – von Trebb und Herrol und Ronna –, ohne gleichzeitig auch die Kraft des Todes entgegenzunehmen. Aber du vermagst mich nicht auszuschließen. Du kannst mich nicht übergehen und dennoch von den anderen das nehmen, was du möchtest. Denn am Ende warte ich doch auf dich.«

»Und du glaubst, dieser Tatsache sei ich mir nicht bewußt?«

»Keiner ist sich darüber klar! Wohin auch immer ich gehe – die Leute wenden die Blicke von mir ab und geben vor, mich gar nicht zu sehen. Heute abend auf der Wiese...«

»Heute abend kamst du zu uns zum Fest, hocktest dich in unserem Kreis nieder, und wir gaben vor, dich nicht zu bemerken«, sagte er. »Und du hast den Eindruck, damit würde deine Kraft verneint?«

»Mein Einfluß läßt sich durch Nichtbeachtung nicht schmälern«, erwiderte ich scharf.

»Eben«, sagte er, und seine Stimme klang nun ganz sanft. »Alle Bewohner von Draes Kreuzung erkennen die Macht der Finsternis und des Todes. Wir haben immer damit gelebt, Corrie. Sie ist uns ein ständiger Begleiter. Und indem dich die Dorfbewohner meiden, anerkennen sie deine Kraft. Sie gestehen damit ein, daß du eine letztendlich unausweichliche Macht repräsentierst – eine, von der sie sich zwar zeitweise abwenden, der sie aber niemals ganz entgehen können. Sie vermögen nur die Köpfe auf die Seite zu drehen, wenn sie dir auf der Straße

begegnen – und sie hoffen, du gehst an ihnen vorbei, ohne sie zu behelligen.
Aber sag mir eins, Corrie: Warum hältst du dich ausschließlich für eine düstere Kraft? Wer, glaubst du, beschert Draes Kreuzung den Regen?«
Den Regen? Verwirrt blickte ich auf. Obgleich keine Wolken am Himmel klebten, wurde die Morgendämmerung von einem feuchten Schleier eingehüllt. Von unserem ersten Tag in der Siedlung an, so begriff ich nun verblüfft, war das Dorf mit Regen gesegnet gewesen. »Ich ... ich weiß nicht. Ich bin nicht dafür verantwortlich. Ich ...« Aber mein Einwand klang leer und nicht sonderlich überzeugend.
»Wer dann? Aus welchem Grund haben wir hier in Draes Kreuzung Regen, während die anderen Dorfgemeinschaften von einer andauernden Dürre heimgesucht werden?«
»Du ...« Die Andeutung erschütterte zutiefst das Bild, das ich mir von mir selbst gemacht hatte. Mein Leib versteifte sich, doch gleichzeitig schien sich auf meinem Gesicht die Nässe von Erinnerungstränen auszubreiten, meiner eigenen und denen meiner Mutter. Vor meinem inneren Auge kauerte ich unter einer einzelnen Blauweide und beschwor um mich herum einen Schleier aus Feuchtigkeit, hinter dem ich meine Einsamkeit zu verbergen trachtete. »Nein!« platzte es aus mir heraus.
»Oh, du rufst den Regen nicht bewußt herbei, zumindest nicht hier in Draes Kreuzung. Du hast sogar noch eine geringere Kontrolle über deine Gabe als Nadd über seine hellseherischen Visionen. Aber für den Regen bist du verantwortlich, und erst der Regen macht alles andere möglich. Ohne Regen könnte Trebb die Schößlinge nicht in den Himmel wachsen lassen. Ohne Wasser zu trinken, wäre Ronna nicht dazu in der Lage, über die Gesundheit der Dorfbewohner zu wachen. Ohne Wasser für das Vieh ...«
»Der Regen ... der Regen ...«, stieß ich heiser hervor und suchte nach den passenden Worten, um seiner Behauptung die argumentative Grundlage zu nehmen.
»Stellt der Regen eine positive Kraft dar? Und bist du unser

Finsterling, unser Kind des Todes?« Er hatte meine Aufmerksamkeit nun ganz an sich gefesselt, und er konnte es sich leisten, sich nachdenklich in Richtung Hütte in Bewegung zu setzen. Mir blieb nichts anderes übrig, als ihm zu folgen. »Es gibt zwei Möglichkeiten zur Betrachtung dieser Angelegenheit, Corrie. Nach der Ankunft der Pilger waren es immerhin Regen und Sturm, die ihnen die erste Warnung überbrachten. Bevor wir uns die Schreivögel und Fahlmotten nutzbar machten, war es Regen, der den Wahn auslöste. Selbst ein etwas üppigerer Morgentau bedeutete, daß niemand auf den Feldern arbeiten konnte, bis beinah schon der Abend dämmerte. Wir kamen voller Glück hierher und glaubten fest daran, unser Gott könne uns unbeschadet durch alles Elend geleiten. Wir brauchten nur des Nachts einer flüsternden Stimme zu lauschen. Doch der Regen, die Sporen, der Wahn ... sie verbitterten selbst unseren Gott. Und sie verwandelten uns während einer einzigen Generation von vertrauensvollen und glücklichen Kindern in grimmige und repressive Ältere. Bis zur Dürre hat gewiß niemand den Regen für eine positive Kraft gehalten.«

»Aber dann ...«

»Aber dann begannen sich glücklicherweise – und war es nur ein zufälliges zeitliches Zusammentreffen? – deine Fähigkeiten zu entwickeln. Vor zwei Jahren war der Bereich der Sonnenkindhütte eine grüne Insel inmitten eines gelbbraunen Ozeans. Jetzt ist Draes Kreuzung diese Insel, und ihre Küsten erstrekken sich weit durch die angrenzenden Regionen. Wir haben soviel Feuchtigkeit, um genug Korn für uns selbst und auch noch eine Menge mehr wachsen zu lassen. Und wir erwirtschaften ebenso große Überschüsse an Fleisch und Milch. Mit jeder Woche schieben sich die Grenzen unserer Oase weiter hinaus, Corrie. Ich mußte sie zunächst mit Pfählen markieren, um mich selbst davon zu überzeugen, daß sich der Bereich saftigen Grases ausdehnt. Aber es ist tatsächlich der Fall und ebensowenig eine Illusion wie das Wachstum der Fingerpalmen dort.«

Verwirrt blickte ich zu den Bäumen zurück, betrachtete auch den neben ihnen Schlafenden. Ich hatte Trebb verantwortlich gemacht für die Üppigkeit des Filigrangrases auf den an die Son-

nenkindhütte angrenzenden Wiesen, später auch für das hohe Getreide, das auf den Feldern der Siedlung gedieh. Aber ich begriff nun, daß ich Trebb auf Schritt und Tritt gefolgt war, und mit mir war der Regen gekommen. Nicht in Form von Unwettern und aus dunklen Wolken herabstürzenden Fluten, sondern in dunstigen Schleiern und sanftem Rieseln. Und jene Nässe war für den Zustand der Felder mindestens ebensosehr verantwortlich wie die Einwirkung von Trebbs Gabe; sie unterstützte das Gedeihen des Viehs ebensosehr wie die Talente Herrols, und sie wahrte das Wohlergehen der Dorfbewohner in gleichem Ausmaß wie die Heilkraft Ronnas. Selbst Feliss' Schreivögel und Fahlmotten waren abhängig vom Regen, der die Moose und Sporen entstehen ließ, von denen sie sich nährten.
Der Regen. Ich brachte den Regen.
Aber ich mußte nicht damit fortfahren, die anderen mit meiner Nässe zu segnen. Erfahrenvater Schuster lehnte sich an die rauhe Wand der neu errichteten Hütte, und sein Gesicht war halb im Schatten verborgen. Ich bemerkte trotzdem die wache und mich musternde Aufmerksamkeit in seinem Blick. »Ihr könnt mich nicht dazu zwingen hierzubleiben«, sagte ich und versuchte, mir über ihn klarzuwerden. »Ihr könnt mich nicht dazu bringen, hier im Dorf zu verweilen. Ich kann fortgehen und einer anderen Siedlung Regen bescheren. Oder ich fasse vielleicht den Entschluß, allein in der Wildnis zu leben. Ich brauche euch nicht; ich habe euch absolut nicht nötig.«
»Ein Paria ohne Gesellschaft?« spottete er und schüttelte langsam den Kopf. »Nein, Corrie, du wirst hierbleiben. Oh, du bist nicht an die Grenzen des Dorfes selbst gebunden. Den Sommer über hast du dich kaum einmal in Draes Kreuzung blicken lassen. Aber du bleibst uns nahe genug, um es auch weiterhin auf unsere Felder herabregnen zu lassen. Und der Bereich deiner Macht, die Einflußsphäre deiner Gabe, vergrößert sich. Sie wächst so wie auch dein Körper – es ist ein Reifungsprozeß, der mit dem deines Leibes einhergeht. Selbst wenn die Dürre weiterhin anhält, verfügen wir in einem Jahr über doppelt soviel Land zur Bebauung wie jetzt. Und die anderen Sonnenkinder entwickeln sich ebenfalls. In einem Jahr brauchen Trebb und

Herrol gar nicht mehr über die Felder und Weiden zu wandern. Dann können sie ihre ganze Zeit in Draes Kreuzung verbringen, wenn sie möchten. Feliss ruft bereits Schreivögel vorbei, die bisher in viele Kilometer entfernten Blauweiden nisteten.«
»Aber all das bedeutet nicht, daß ich hierbleiben muß«, beharrte ich. »Ich bin nicht so ehrgeizig wie Feliss. Ich brauche kein Publikum. Ich mache mir nicht einmal etwas aus Fleisch und sauberen Sachen. Ich kann mich selbst ernähren, und ich bin auch dazu in der Lage, mir einen Umhang aus Gras zu weben. Es gibt nichts, das mich hier halten würde.«
Er lachte leise und beobachtete die weiterwachsenden Bäume. Am Horizont zeichnete sich das erste Rot des neuen Tages ab. Die Fingerpalmen streckten ihre Stämme dem Glühen entgegen, und raschelnd tasteten ihre Blätter begierig nach dem heller werdenden Leuchten. »Warum hast du uns dann nicht schon längst verlassen? Seit Monaten versuchst du bereits, uns den Rücken zu kehren – und hier stehst du vor mir, schmutzig, hungrig, voller Zorn und Enttäuschung. Du wirst dir deine verdreckten Sachen ausziehen; danach schrubbt dich Nira gründlich ab, und anschließend dürftest du ein paar Tage lang wie ein bisher hungerndes Kalb in dich hineinschlingen. Irgendwann dann machst du dich wieder auf und davon. Doch nie entfernst du dich weiter von uns als bis zum Picknickgehölz oder Taddlers Hügel. Und nach ein paar Tagen kehrst du zurück.«
»Ich...«
Aber er ließ sich nun nicht mehr von mir unterbrechen. Die Züge seines Gesichts hatten sich plötzlich verhärtet, und in seinen Augen leuchteten die Konturen einer ganz persönlichen Vision. »Du bist an uns gebunden, Corrie. Während du glaubtest, wir gingen dir aus dem Weg, haben wir dich in Wirklichkeit an uns gefesselt. Jeder Gott und jede Macht erhofft sich Verehrung. Und sobald ein Gott verehrt wird, bleibt ihm keine andere Wahl, als seinen Jüngern zu dienen.
Nun, wir haben dir auf eine besonders tiefgründige Art und Weise Verehrung geschenkt: indem wir ganz offen deine Präsenz leugneten, indem wir die Kraft aufbrachten, unsere Her-

zen und Augen vor dir zu verschließen – indem wir auf vielfache Weise eingestanden, daß du uns derart erschreckst, daß wir es nicht ertragen können, deinem Blick standzuhalten. Und nun gehörst du allein uns.

Ebenso wie Schicksal. Oh, auch jetzt noch fände diese Welt größten Gefallen daran, uns alle auszutilgen. Aber die Art des Widerstrebens dieses Planeten verändert sich. Denn er hat das begriffen, was auch du dir klarmachen mußt: Wenn eine Macht anerkannt und verehrt wird, muß sie dienen. Wir verehren Schicksal nun, und deshalb zappelt diese Welt jetzt in der Falle und weiß, daß ihr letztendlich keine andere Wahl bleibt, als zu kapitulieren.«

»Und zu dienen«, flüsterte ich wie benommen. Ich verspürte das Verlangen, seine Behauptung zurückzuweisen, aber ich fühlte auch, wie zutreffend sie war.

»Und zu dienen«, sagte er.

»Ich werde das nicht tun«, versicherte ich mit wiedererwachender Leidenschaft. »Ich gehe von hier fort. Ich ...«

»Dann lauf nur weg«, sagte er. Die scharfen Züge seines Gesichts lockerten sich, und er lächelte und blickte in Richtung der Bäume. »Lauf, Corrie. Und mach die Augen auf, um zu sehen, wohin dich deine Füße tragen.« Er drehte sich um, schritt wieder an jenen Ort, wo Trebb schlief und ließ mich allein mit der in mir brodelnden Verweigerung zurück.

*Ich würde mich nicht fesseln und zu einem Werkzeug in seiner Hand machen lassen. Ich würde nicht kapitulieren und dienen.*

Ich ballte die Fäuste. Ruckartig drehte ich den Kopf auf die Seite und nahm die Umgebung mit einem raschen und konzentrierten Blick in mich auf: eine noch von den Schatten der sich auflösenden Nacht eingehüllte Hütte, sich in einer leichten Brise hin und her neigendes Gras, wachsende Bäume. Eine mich jäh durchstoßende Lanze aus heißem Schmerz ließ mich aufschreien. Dann stürzte ich fort, durch das hohe Gras und den Pfad hinunter; wie ein Wirbelwind eilte ich durch die Morgendämmerung.

Ich lief durch die Wiese, durch das Dorf, über die sich daran anschließenden Felder. Ich lief durch wogende Kornozeane, die auf die Ernte warteten, an zitternden Melonenranken vorbei; ich passierte an kleinen Pfählen festgebundene Schößlinge, Wurzeln schlagende und prächtig gedeihende Bäume, die selbst in dieser Jahreszeit noch blühten. Ich floh vor der aufgehenden Sonne, eilte dem sich zurückziehenden Rand der Nacht nach.

Aber ich war nicht dazu in der Lage, die Finsternis einzuholen. Allmählich blieb mir die Luft weg; meine Seite begann zu stechen, und die nun über den Horizont hinweggleitende Sonne vertrieb den letzten noch am westlichen Firmament klebenden Erinnerungshauch der Nacht. Erfahrenvater Schuster hatte recht: Die grüne Oase vergrößerte sich. Saftiges Grün breitete sich nun auch weit jenseits der Grenzmarkierungen vom letzten Jahr aus. Ich hatte mich in meinem modrig riechenden Blauweidengehölz verkrochen und es bisher nicht einmal bemerkt.

Schließlich erreichte ich erschöpft den äußeren Rand des üppigen Grüns. Die Linie, die die Grenze unserer Einflußsphäre kennzeichnete, war ganz deutlich zu sehen. Ich stand auf einer Wiese mit wogendem Gras, und mein Blick galt einer sich vor mir erstreckenden öden Ebene, wo verdorrtes Filigrangras braune und trockene Muster auf einen Boden zeichnete, der von breiten Rissen und Spalten durchzogen war. Selbst zu dieser frühen Stunde, zu der das meine Füße umschmeichelnde Gras noch naß vom Tau der Nacht, brannte die Sonne bereits mit unbarmherzigem Lodern auf die ausgedörrte Region jenseits der Wiese herab.

Mit zunehmender Verzagtheit näherte ich mich dem Grenzbereich. Ich hatte damit geprahlt, mich selbst ernähren und kleiden zu können. Aber womit? Mein Regen mochte mir in der Region der Dürre hinein folgen – er mußte es, wenn Erfahrenvater Schuster recht hatte. Aber vermochte die Nässe neues Leben aus dem Boden keimen zu lassen, bevor ich verhungert oder erfroren war?

Doch in der Siedlung zu verweilen und Erfahrenvater Schuster und seinen Ketzern zu dienen...

Ein paar hundert Meter entfernt stand eine einzelne große Blauweide, ein ganzes Stück innerhalb der grünen Oase. Ich drehte mich um und lief darauf zu. Der Boden unter dem ausladenden Ästegeflecht war mit einer weichen Masse aus vermodernden Blättern bedeckt. Ich ließ mich niedersinken, lehnte mich an den moosbesetzten Stamm und rieb mir die Schläfen. Von irgendwo wehte eine leichte Brise heran und ließ die Blätter weit oben sanft rascheln. Und kurz darauf gewann ich infolge der sich verändernden Qualität der Luft die Erkenntnis, daß eine dunkle Wolke herangezogen war, um den Baum mit feuchtem Dunst zu umhüllen.
Ich blieb den ganzen Tag über im Innern der Blatthöhle; manchmal weinte ich von tiefem Kummer erfaßt, dann wieder schlief ich erschöpft ein. Wie konnten mich die Siedler an sich binden, wenn ich über Füße verfügte, die mich fortzutragen vermochten? Und wie konnten sie Mutter Schicksal und Vater Sonne allein mit Lobgesängen und Psalmodien dazu zwingen, ihnen zu dienen?
Die Sonne war bereits wieder untergegangen, als ich plötzlich von einer alptraumhaften Vision aus dem Schlaf gerissen wurde: Trebb, auf den gischtende Regenfluten herabstürzten, den Mund weit aufgerissen in einem hilflosen und von den Fluten ertränkten Schrei. Ich sprang auf die Beine und versuchte, das entsetzliche Bild zu verdrängen. Rasch kroch ich aus der Blätterhöhle heraus. Dunstschwaden umwallten den Baum. Sie strichen mir sanft über die Wangen und bemühten sich, mir Trost zu spenden. Doch als ich unschlüssig inmitten des Nebels stand und noch immer nicht wußte, ob ich die grüne Oase verlassen sollte, erblickte ich erneut das ertrinkende Gesicht Trebbs. Und da wußte ich, daß ich fortgehen mußte, selbst dann, wenn mir in der Dürreregion der Tod drohte. Ich spannte die Muskeln an und stürzte durch das hohe Gras. Ich eilte dem von der Dürre versengten Land entgegen, dorthin, wo ich sowohl Erfahrenvater Schuster als auch der furchtbaren Zweckbestimmung, die mir meine Eltern aufzuzwingen schienen, entgehen konnte.
Zweimal stolperte ich in dem verfilzten Gras, und jedesmal

stemmte ich mich wieder in die Höhe, während mir der Wind Haarsträhnen ins Gesicht wehte und auf meinen nackten Beinen prickelte. Erst als ich die Grenzlinie erreichte und versuchte, die grüne Oase zu verlassen, wurde ich mir bewußt, daß ich gegen einen auflebenden Sturm angekämpft hatte. Aus den Dunstschwaden war eine so dichte Wolke geworden, daß ich nicht einmal mehr die Wiese sehen konnte. Und ich lief nicht unter der mir so vertrauten Wolke, sondern tief in ihrem Innern; mein Atem war ein rasselndes Keuchen.
Ich blieb stehen und starrte mit funkelnden Augen empor. Eine jähe Bö fauchte mir gegen die Brust und trieb mich von der Grenzlinie zurück, erschütterte mein Gleichgewicht und ließ mich ins Gras fallen. Ich stürzte hintenüber und war eine Zeitlang zu benommen, um mich rühren zu können. Dann bemühte ich mich, wieder zu Atem zu kommen und aufzustehen.
Aber ich mußte rasch feststellen, nicht nur von dem Sturm an den Boden gepreßt zu werden. Während ich bewegungslos im Gras lag, hatten sich Rankenhalme des Filigrangrases mir um Arme und Beine geschlungen und mit meinem Haar ein verflochtenes Netzwerk gebildet. Es waren feste und zähe Reben. Ich beugte den Rücken und stemmte den Ellenbogen in den Boden, aber die Umklammerung gab nicht nach. Ich vermochte nicht einmal den Kopf zu heben. Mein Puls raste, als ich mich wieder zurücksinken ließ. Aber trotz meiner physischen Hilflosigkeit weigerte ich mich, den Kampf so rasch aufzugeben. Ich schleuderte dem wogenden Gras und den heulenden Böen des Sturms meine Wut entgegen und schlug mit imaginären Zorneshänden auf meine Gegner ein.
Wie als Vergeltung zuckten Blitze auf. Ihre grellen und verästelten Zungen leckten durch die Wolke und verhöhnten mich mit furchterregendem Spott. Sie tasteten über den Boden um mich herum, ließen den Tau zischend verdampfen und Gras verdorren. Sie waren zart und blendend und höchst gefährlich.
*Und sie gehorchten nicht meinem Befehl!* Ich erhob ihnen gegenüber meine schrille Stimme, warf ihnen die Funken meiner

Gedanken entgegen und kämpfte darum, sie zurückzudrängen. Aber sie zischten und knisterten weiter um mich herum und entzogen sich meiner Kontrolle. Ich unternahm eine gewaltige Willensanstrengung und versuchte, die Wolke aufzulösen, aus der sie entsprangen, sie in einzelne filigrane Schleier zerfasern zu lassen. Statt dessen aber ballte sie sich weiter zusammen, wurde noch dichter und düsterer und erhob ihre grollende Donnerstimme.

*Laß mich in Ruhe!* Ich wußte damals nicht, daß ich diese Worte laut schrie. *Laß mich fortgehen, laß mich fliehen, laß mir meinen Willen!*

*Du bleibst hier,* antworteten die Blitze, und dumpfes Donnern unterstrich die Unnachgiebigkeit dieses Befehls.

*Nein! Nein!*

*Du bleibst hier, Tochter.* Die Stimme klang bei der zweiten Erwiderung nicht eine Spur sanfter als bei der ersten.

*Und dann soll ich den Menschen dienen?* fragte ich verbittert. Verzweifelt kämpfte ich gegen die mich fesselnde Umklammerung des Grases an.

*Du bleibst hier und dienst deinen Eltern,* ertönte die donnernde Antwort.

Es war vergebens. Die Grenze war nur wenige Meter von mir entfernt, aber die entfesselten Naturgewalten wollten sie mich nicht überschreiten lassen. Erst als ich den Widerstand aufgab und erschöpft am Boden lag, gab mich das Gras schließlich frei. Ich schluchzte, als sich die Zungen der Blitze zurückzogen und der Donner verhallte. Langsam löste sich die Gewitterwolke auf, bis sie sich mir nur noch als der vertraute und mich umhüllende feuchte Dunst darbot. Mit zitternden Gliedern und von Tränen geblendet kam ich auf die Beine. *Bitte!* flehte ich zum letztenmal.

*Du bleibst.* Die Stimme klang aus weiter Ferne an meine Ohren, ließ aber keinen weiteren Widerspruch zu.

Doch dieser Befehl behagte meiner Mutter Schicksal ebensowenig wie mir selbst. Als ich mich über die Wiese auf den Rückweg nach Draes Kreuzung machte, zitterte der Boden zu meinen Füßen – der Schmerz eines in der Falle sitzenden Tieres. Ich konnte den leiderfüllten Kummer beinah am eigenen Leib spüren, vermochte fast die schrillen Schreie der Qual zu vernehmen.

Doch meine Eltern hatten mir aufgetragen, in die Siedlung zurückzukehren und mich ihrem Willen zu fügen, und ich mußte gehorchen.

# SCHICKSAL

# NADD

Frühjahr 0226

»Nadd, Nadd!« rief Trebb drängend und rüttelte mich wach. »Nadd, südlich von Draes Kreuzung ist wieder ein Buschfeuer ausgebrochen. Aldred meint, wir könnten es beobachten, wenn wir die grüne Oase nicht verlassen.«

»Mhmmmm?« Ich hatte Mühe, die Benommenheit des Schlafes abzustreifen. Trebb hatte seine Laterne neben sich auf dem Boden abgestellt. Ihr Schein hob die Konturen seines schmalen Gesichts deutlich aus dem Zwielicht hervor und erzeugte flakkernde Schatten in seinen tiefliegenden Augen. Doch als er sich über mich beugte, blieben seine Pupillen dunkel und starr – es waren mitternachtsgrüne Brunnen, aus denen mich eine völlig andersartige Präsenz zu betrachten schien. Ich fuhr mir müde mit der Hand über die Augen. »Ein... Buschfeuer?«

»Ja, es brennt in der Richtung von Wursterville und Cannebury. Beeil dich und zieh dich an. Aldred ändert vielleicht noch seine Meinung, wenn sich die Flammen der grünen Grenze weiter nähern, bevor wir aufgebrochen sind.«

»Ich...« Ich setzte mich auf und versuchte, einen klaren Kopf zu gewinnen und ganz nüchtern auf sein Drängen zu reagieren. Seine Hände schienen sich von ganz allein zu bewegen und malten ungeduldige Kreise in die Luft. Doch die auf unheimliche Weise leeren Pupillen versahen mich auch weiterhin mit einem völlig starren und reglosen Blick. »Wir? Machen sich die anderen denn auch auf den Weg?«

Wie eine Marionette richtete er sich ruckartig auf, eilte durchs Zimmer und warf mir meine Sachen zu. »Nein. Herrol muß im Stall bei seinen Kühen bleiben. Er rechnet heute nacht noch mit der Geburt von vierzig oder fünfzig Kälbern. Und Nira hat Ronna die ganze Woche nicht aus dem Bett gelassen. Und erinnere dich an das letzte Mal, als Feliss ein Buschfeuer beobachtete und die vom Wind dahingetriebenen Funken das Gefieder einiger ihrer Schreivögel in Brand setzte.«

Ich schauderte und entsann mich gut an das qualerfüllte Zirpen der lodernden Vögel und die schrille Hysterie Feliss'. »Ich... ich möchte hierbleiben, Trebb. Bei dem Rauch muß ich immer husten. Und morgen ist der letzte Schultag. Wenn wir die mündlichen Prüfungen nicht bestehen und sich Ledigfrau Tetner weigert, uns das Abschlußzeugnis auszuhändigen...«
Trebb lachte glucksend. »Du weißt ebenso gut wie ich, daß sie sich nicht noch ein weiteres Jahr mit uns abgeben möchte. Außerdem sind uns die Tische in der Schule längst zu klein geworden – bis auf dich und Feliss.«
Er blickte sich um und vollführte dabei mit dem einen Arm rhythmische Bewegungen; seine Finger zitterten nervös. »Wo hast du deine Stiefel hingestellt?«
»Ich...«
Aber er hatte sie bereits am Fuß des Bettes entdeckt. Er griff mit beiden Händen hinein, zog die Socken heraus und warf sie mir zu. »Beeil dich, Nadd. Allein will mich Aldred nicht gehen lassen.«
Mit einem kapitulierenden Seufzen streifte ich mir das Hemd über und schlüpfte in den Coverall hinein. Trebb tanzte nervös durchs Zimmer und sah aus dem Fenster. Wir hatten in unserem neuen Zuhause zunächst unseren dreizehnten Geburtstag gefeiert und im letzten Winter dann unseren vierzehnten. Der körperliche Reifungsprozeß war auch an Trebb nicht ganz spurlos vorübergegangen, und er wirkte nun etwas voller als zuvor. Doch die Kraft, die seinen Leib niemals zur Ruhe kommen ließ und seinen langen Gliedern nervöse und zuckende Bewegungen aufzwang, hatte nichts von ihrer Unnachgiebigkeit eingebüßt. Er wandte sich vom Fenster ab, und seine lebhaften Züge offenbarten eine rasche Aufeinanderfolge innerer Vorgänge: Aufregung, Erwartung, Ungeduld – und auch noch etwas anderes, das ich nicht ganz zu identifizieren vermochte, etwas, das am Grunde seiner großen dunklen Pupillenbrunnen lebte. Während ich mir die Socken anzog und dann in die Stiefel stieg, hob er die Laterne wieder auf und war mit einigen Sätzen im Korridor. Das Geräusch seiner Schritte war ein eiliges Klappern auf dem säuberlich geschrubbten Boden.

Weder Nira noch Erfahrenvater Schuster traten auf den Gang, als wir an ihrem Schlafzimmer vorbeikamen. Im Ruheraum der Mädchen war es still und dunkel. Draußen war die frostigkühle Luft des Frühlings mit dem Geruch von Rauch durchsetzt, und der Mond im Süden war eingehüllt von einem zarten grauen Schleier. Traurig blickte er auf uns herab, und sein bleiches Antlitz lächelte nicht. Das Feuer bildete einen schmalen Lichtbogen am südlichen Horizont. Ich blieb am Rande der Wiese stehen, und die Nacht strich mir mit kalten Fingern über die Wangen. Trotz der Entfernung flackerten die Flammen des Buschfeuers mit zorniger und greller Klarheit. Trebb lief bereits den Weg hinunter. Grashalme fuhren mir über die Stiefelschäfte und drängten mich, ihm zu folgen. Selbst die steifen Blätter des Fahlmottengehölzes raschelten in einer Art nervöser Erwartung.

»Komm schon, Nadd!«

Widerstrebend warf ich einen Blick zurück zur Hütte, dann rannte ich ebenfalls den Weg hinunter. Glanzbüsche knisterten erregt und übergossen mich mit gleißenden Prismenfunken.

In den anderthalb Jahren, die seit unserem Umzug in die neue Hütte verstrichen waren, hatten sich um den eigentlichen Kern von Draes Kreuzung drei deutlich erkennbare Wachstumsringe gebildet. Sie bestanden aus riedgedeckten Gebäuden, die aus Materialien errichtet worden waren, die man aus Wursterville, Cannebury und anderen aufgegebenen Siedlungen geholt hatte. Als wir durch das schlafende Dorf liefen, waren die Hütten in glänzenden Mondschein getaucht und verkörperten stumme Zeugen für die bezwingende Gewalt von Hunger und Durst, die über bis dahin eherne Glaubensgrundsätze der Pilger den Sieg davongetragen hatte. Auf den sauberen Fenstern spiegelten sich verzerrt die Scheiben dreier aufgegangener Monde wider, und hier und dort ließ ein Kaminfeuer einen dünnen Rauchfaden aus dem Schornstein eines Gebäudes hervorsikkern. Als wir die Zuchtpferche Herrols am südlichen Rand von Draes Kreuzung erreichten, ging mein Atem bereits rasselnd und keuchend. Trebb hockte sich auf den Zaun, der die Begrenzung des nun leeren Tagesgeheges darstellte, und er starrte mit einem deutlich sichtbaren Mangel an Mitgefühl auf mich herab. »Du brauchst mehr Übung, Nadd.«

Aus dem großen Stall in der Nähe erklang das kehlige Knurren eines Rinds, und dieser Laut unterstrich Trebbs Beurteilung. »Ich... Meine Beine sind eben nicht so lang wie deine«, gab ich zurück und lehnte mich schwer atmend gegen den Zaun. Der durchdringende Geruch, der von dem Pferch ausging, hielt mich davon ab, ganz tief Luft zu holen. »Warum läufst du nicht schon weiter, Trebb? Ich hole dich später wieder ein.«

Trebb blickte nervös und ungeduldig nach Süden, wo ein Schleier aus diffusem Rauch den Horizont umhüllte. Seine Hände vollführten unruhig bebende Bewegungen. Dann sah er wieder mich an, und seine großen grünen Pupillen fesselten starr meine Aufmerksamkeit. »So erschöpft bist du nicht. Komm weiter. Ich werde in weiten Bögen laufen, so daß du mit mir mithalten kannst.«

»Trebb...« Aber er war bereits von dem Zaun heruntergesprungen und hastete durch den Zuchtpferch. Wie er es versprochen hatte, lief er in weiten Bögen, und dadurch legte er eine zweimal so große Strecke zurück wie ich. Als er über den Zaun auf der anderen Seite des Geheges hinwegsetzte und durch die Wiese sprang, schien er plötzlich von einem wütenden Krampf erfaßt zu werden, und die in ihm brodelnde und nach einem Ventil suchende Kraft ließ seine Glieder in spastischer Raserei dahinwirbeln. Er warf die Arme empor und jubelte, und ganze Büschel des Filigrangrases wurden aus dem Boden gerissen und durch die Luft geschleudert. Als er weiterhastete, sanken sie wieder herunter, und ihre drahtigen Wurzeln wanden sich hin und her und suchten irgendwo nach Halt. Eine tastende Grasranke berührte mein Bein und schlang sich rasch darum herum. Ich wischte sie mit einem Ruck zur Seite und folgte Trebb.

Nacheinander eilten wir durch Wiesen und dann bepflanzte Felder, und schließlich erreichten wir die weite Grünfläche, die den Rand der von der Dürre verschonten Region darstellte. Das Feuer war noch immer viele Kilometer entfernt, doch der Ge-

ruch von Rauch war nun stärker geworden. Während ich keuchend nach Luft schnappte, glaubte ich beinah, neben dem mir in die Nase steigenden scharfen Aroma auch das Knistern zornig lodernder Flammen zu vernehmen. »Trebb, näher sollten wir nicht heran«, sagte ich.
Er wirbelte zu mir herum und vollendete einen weiten Bogen rechts von mir. Seine Beine zitterten und bebten noch immer und veranlaßten das Filigrangras zu wogendem Wallen. »Das Feuer ist nicht so nahe, wie es aussieht. Wir können noch zwanzig Minuten weiterlaufen, ohne es zu erreichen.«
Ich starrte ihn kummervoll an. »Aber du hast Erfahrenvater Schuster versprochen, die Grenze der grünen Oase nicht zu überschreiten. Du...«
Er lachte, und es war ein Laut, der ganz im Widerspruch stand zu der trüben Leere in seinen starr blickenden Pupillen. »Aldred schläft. Komm mit!« Erneut stürmte er mit stampfenden Beinen und wirbelnden Armen los.
Das Gras umschmeichelte meine Stiefel und forderte mich auf, ihm zu folgen. »Trebb, wenn wir dem Feuer zu nahe kommen und der Wind plötzlich auflebt und seine Richtung ändert...«
Er wandte sich ärgerlich zu mir um, kniff die Augen zusammen und versah mich mit einem Blick, der alle meine innersten Winkel auslotete. »Du siehst keine solche Vision, Nadd«, stellte er fest. »Und es hat keinen Zweck, mir so etwas weismachen zu wollen. Ich weiß, daß es nicht der Fall ist.«
»Ich...«
»Du siehst *nicht,* wie wir von dem Feuer eingeschlossen werden, oder?« drängte er, und seine Augen fesselten meinen Blick.
»Im Augenblick habe ich keine solche Vision«, gab ich zu. »Aber ich kann nicht immer alles sehen. Manchmal... und außerdem hast du Erfahrenvater Schuster versprochen...«
»Ich habe Aldred schon eine Menge versprochen«, erinnerte mich Trebb lebhaft, und seine Pupillen vergrößerten sich wieder. »Komm weiter. Uns wird nicht einmal zu warm. Und vielleicht sehen wir Pilgerbrenner. Erinnerst du dich an das letzte Mal? Weißt du noch, wie...«

In meiner Magengrube bildete sich ein Knoten aus Übelkeit. »Trebb, das ist doch nur ein Gerücht, eine Geschichte, die die Flüchtlinge erzählen, um...«
Er zog die graubraunen Augen zusammen, und das verlieh seinem Gesicht einen ganz ernsthaften Ausdruck. »Nein, Nadd, das stimmt nicht. Ich habe Leute von den Brennern erzählen hören, die gerade über die grüne Grenze gewankt kamen. Sie waren viel zu erschöpft, um irgendwelche Geschichten zu erfinden, und sie hatten auch keinen Grund, Aldred anzulügen. In den entfernten Siedlungen hat sich eine regelrechte Brenner-Sekte gebildet. Wenn irgendwo auf einer Wiese oder einem Gehölz ein Feuer ausbricht, dann gießen sie sich Laternenöl über ihre Roben und laufen in die Flammen hinein. Sie glauben...«
»Ich weiß, was sie glauben«, flüsterte ich, schluckte und bemühte mich, die in mir aufsteigende Übelkeit zu verdrängen. »Ich... aber es ist nicht wahr. Selbst wenn es sie gibt – bei dem, was wir sahen, handelte es sich nicht um Pilgerbrenner. Es waren ganz einfach nur trockene Büsche, die sich plötzlich entflammten. Es...«
»Warum ziehst du dann so ein Gesicht?« hielt er mir entgegen. »Komm weiter, Nadd. Du weißt ja, was Aldred sagen wird, wenn du mich allein die grüne Grenze überqueren läßt.« Er warf den Kopf in den Nacken, winkte mir auffordernd zu und sprang durchs Gras davon. Die Konturen seines hageren Leibs zeichneten sich deutlich von dem mit Mondschein übergossenen Himmel ab.
Voller Elend blickte ich zur Siedlung zurück, dann kniff ich die Augen zusammen und konzentrierte mich. Meine hellseherische Gabe war unbeständig: Manchmal konnte ich sie ganz nach Belieben einsetzen, und dann wieder war ich nicht einmal dazu in der Lage, auch nur diffuse Konturen einer Vision auszumachen. In jener Nacht vermochte ich nicht den drohenden Schatten einer Gefahr zu erkennen. Aber das mußte nichts heißen. Ich schlang mir die Arme um die Schultern und beobachtete die vorrückende Linie des Feuers. Gegen Ende des vergangenen Sommers hatte Erfahrenvater Schuster einen Sicher-

heitsgraben durch das verdorrte Filigrangras gezogen, das unsere grüne Insel umgab. Während der letzten Monate hatten sich die Grenzen unserer von der Dürre verschonten Heimat immer weiter hinausgeschoben, und nun lag der Graben nur mehr einen halben Kilometer jenseits des Grüns. Wenn ich Trebb nur bis dahin folgte...

Trebb rief ungeduldig. Seufzend stolperte ich hinter ihm her. Wir überquerten die Dürregrenze, und meine Stiefel knirschten über von der Sonne verbranntes Gras und verdorrte Äste hinweg. Trebb blieb erst stehen, als er den Sicherheitsgraben erreichte. Dort ließ er sich auf den trockenen Boden sinken. Ich nahm neben ihm Platz und atmete schwer. »Trebb...«

Er drehte langsam den Kopf. Als ich ihm erstaunt in die Augen sah, stellte ich fest, daß es in seinen dunklen Pupillen noch immer auf unheimliche Weise funkelte. Ich erkannte ein rotes Glühen, das gesäumt war von orangefarbenen und grünen Funken. Er starrte mich durch diesen schimmernden Vorhang an, ohne ein einziges Mal zu zwinkern – so als hätten ihn die Flammen in seinen Augen mit einem Bann belegt. »Du weißt, was sie zu unternehmen versucht, nicht wahr, Nadd?« Seine Stimme klang heiser.

Ich blickte in seine gleißenden Pupillen und war völlig verwirrt. »Sie...?«

Ohne seinen starren Blick von mir abzuwenden, streckte er den Arm aus, griff nach einem Erdklumpen und hielt ihn mir entgegen. Als ich die trockene Masse verständnislos betrachtete, warf er sie wieder fort. »Sie: diese Welt. Sie lebt, weißt du. Sie ist sich ihrer selbst bewußt. Sie hat Gefühle, und sie denkt und träumt, so wie auch alle anderen lebenden Geschöpfe. Sie schläft, und sie ist wach; sie nährt sich von der Sonne und verfügt über ein eigenes Stoffwechselsystem. Sie...«

Ich befeuchtete mir die trockenen und spröden Lippen. »Ich... ich verstehe nicht, Trebb. Ich...«

»Corrie nennt sie Mutter Schicksal«, erklärte er mir in jenem gleichen heiseren und gänzlich leidenschaftslosen Tonfall. »Aber sie möchte nicht unsere Mutter sein. Es war nie ihre Absicht, unsere Mutter zu sein. Seit zum erstenmal Menschen diese Welt betraten, hat sie versucht, uns wieder loszuwerden. Zuerst wollte sie uns in Regenfluten ertränken, dann trachtete sie danach, uns mit Blitzen zu töten. Später machte sie uns alle wahnsinnig. Sie vergiftete unser Vieh mit Filigrangras, und sie bescherte uns Pneurrhea und Schimmelflecken. Aber es blieb alles vergebens. Wir sind noch immer hier und klammern uns an ihrem Rücken fest. Deshalb hat sie uns nun die Dürre geschickt.« Ein zaghaftes Lächeln umspielte seine Lippen, aber es vermochte den sonderbar leeren Gesichtsausdruck nicht aufzulockern, und es war auch nicht dazu in der Lage, das düstere scharlachrote Glühen aufzulösen, das von seinen Augen Besitz ergriffen hatte. »Die Dürre und auch die Buschfeuer.«

Ich schauderte und konnte den Blick von den mich durchbohrenden Flammenlanzen in seinen Augen nicht abwenden. »Das hat dir... Corrie gesagt?«

»Nein, ich habe es selbst herausgefunden – aus der Art und Weise, wie sich meine Wurzeln anfühlen und wie ihr Boden versucht, sie abzustoßen. Hast du nicht bemerkt, was geschah, als wir durch die Wiesen liefen? Ich habe Filigrangras-Büschel aus dem Boden gerissen, und danach bohrten sich die Rankenwurzeln wieder ins Erdreich hinein, und es nahm sie auf. Aber wenn ich Weizen und Roggen aus dem Boden zerre, dann können die Wurzeln dieser Pflanzen nicht erneut in die Erde kriechen. Sie versuchen es sogar kaum. Mutter Schicksal will kein Getreide, und die Ähren wissen das. Sie sind sich darüber ebenso im klaren wie ich.«

»Das... das wußte ich nicht, zumindest nicht, was Weizen und Roggen anbelangt«, erwiderte ich matt und erinnerte mich an die drahtige Ranke des Filigrangrases, die sich mir ums Bein geschlungen hatte.

»Nun, mit meinen Wurzeln ist es ebenso. Sie will sie nicht in sich aufnehmen. So ist es schon immer gewesen, bereits damals, als ich noch ein kleines Kind war, aber erst heute begreife ich es. Damals verstand ich nicht, warum ich immer laufen mußte – was mich zu ständiger Bewegung zwang. Ich kann nicht anders, weil sie mir gegenüber ihren Boden verschließt. Mein ganzes Leben lang bin ich eine Ranke gewesen, die versucht hat, an einer Wand aus Ziegelsteinen zu überleben. Ich kann ein paar faserige Dorne in die Risse und Spalten zwischen den einzelnen Steinen bohren, aber ich finde nirgends genügend Boden, der mich auf Dauer am Leben zu erhalten vermag. Deshalb muß ich immer weiter umhertasten; deshalb bin ich dazu gezwungen, immer neue Faserdorne zu entwickeln und in andere Ritzen hineinzuschieben. An einer Stelle allein kann ich nicht überleben, weil Mutter Schicksal das nicht zuließe. Sie weigert sich, meine Wurzeln aufzunehmen und tief genug in sich eindringen zu lassen.«

»Du...« Ich suchte nach den passenden Worten, um seinen Argumenten die Grundlage zu nehmen; ich wollte seine Behauptungen zurückweisen. Doch seinen Worten haftete die Bedeutung der Wahrheit an. Von Kindesbeinen an war er ständig in Bewegung gewesen, mit wirbelnden Armen und stampfenden Beinen, wie eine Kletterpflanze, die auf einer verzweifelten Suche nach einem Platz war, an dem sie Wurzeln schlagen konnte. Ich zitterte, zog die Knie an und schlang die Arme um sie. »Aber du... du hast doch nun einen Ort, an dem du zur Ruhe kommen kannst«, erwiderte ich. »All die Felder und Wiesen...«

Er lachte und es klang spöttisch. »Ein paar Quadratkilometer, mehr nicht.«

»Genug, um alle Menschen von Draes Kreuzung zu ernähren. Genug, um...«

»Es ist mir egal, wie viele Menschen von den Feldern ernährt werden können, wenn ich nur dazu in der Lage wäre, selbst Wurzeln zu schlagen.«

»Die Bäume. Du...«

»Es sind *ihre* Bäume, Nadd. Das ist der einzige Grund, warum ich sie wachsen lassen kann. Aber was meine eigenen Wurzeln angeht, *meine...*« Ein Hauch von Erregung glitt über sein schmales Gesicht und löschte das Feuer, das seine Augen zu verbrennen drohte. Ganz plötzlich verkleinerten sich seine Pupillen zu zwei schwarzen Punkten, und er sprang auf und tänzelte unruhig umher. »Sie weiß, was wir unserer Heimatwelt Erde antaten. Und kaum spürte sie, wie wir auf ihrem Rücken

herumkrochen, da wußte sie, daß wir gekommen waren, um sie zu zerstören. Und sie bekämpft uns. Aber sie fügt sich dabei auch selbst Wunden zu. Wenn die Dürre weiter andauert, wird sie ihre gesamte Vegetation umbringen, und dann bleiben nur noch unsere Getreidefelder und Wiesen übrig. Sie...«
»Sie... ein Boden kann doch nichts empfinden«, wandte ich schwach ein. »Du vermenschlichst ihn. Du weißt, was mit der Erde passiert ist, und du hast Angst, du könntest deinen Teil dazu beitragen, daß sich hier eine solche Katastrophe wiederholt – indem du das Wachstum des Getreides stimulierst, um für alle, die nach Draes Kreuzung kommen, genügend Nahrungsmittel bereitzustellen. Doch auf Schicksal leben jetzt nur ein paar tausend Menschen. Was auf der Erde geschah, dauerte einige Jahrhunderte – und es wurde von Milliarden Menschen angerichtet, unachtsamen und sorglosen Menschen, die sich überhaupt nicht über die Konsequenzen ihres Verhaltens im klaren waren. Wir...«
Er blieb stehen und ließ die Arme lose herabbaumeln – wie die Reben einer Pflanze, die von einer Brise erfaßt wurden. Langsam drehte er den Kopf und blickte auf die näherrückende Feuerfront. In seinen Augen blieb alles dunkel; sie spiegelten nicht die lodernden und knisternden Flammen wider. Erst als er sich erneut zu mir umwandte, huschte ein geisterhaftes Schimmern über seine Augen hinweg und gleißte trüb, bevor es von einer in seinem Innern verborgenen Dunkelheit zugedeckt wurde.
»Ich kann das Feuer zügeln, wenn ich will.«
Alarmiert erhob ich mich. »Trebb, wir kehren jetzt besser heim. Wenn wir unsere Sachen schmutzig machen...«
»Es sind doch nur grobe Coveralls.« Seine Beine begannen wieder zu zucken und unregelmäßig und nervös umherzutanzen. Er versah mich mit einem durchdringenden Blick und versuchte, mich mit seinen Empfindungen zu beeindrucken. »Nadd, ob es ihr nun gefällt oder nicht, sie ist trotzdem unsere Mutter. Und wir sind ihre Söhne, ihre wirklichen Söhne. Wenn ich zulasse, daß sie sich ihre eigenen Wiesen verbrennt, obwohl ich dem Feuer Einhalt gebieten könnte, wenn ich zulasse, daß sie sich selbst zerstört...« Seine Stimme wurde lei-

ser und verklang, aber er wandte den Blick nicht von mir ab. Schließlich fügte er eine Spur dumpfer hinzu: »Nadd, hast nicht auch du immer den Wunsch verspürt, mit deiner Mutter beisammen zu sein, etwas für sie zu tun, sie stolz und zufrieden zu machen?«
Die mein ganzes Ich auslotende Kraft seines Blicks entfachte eine mitfühlende Pein in meinem Herzen, eine stumme Sehnsucht, die seit meiner frühesten Kindheit tief in mir unruhig geschlafen hatte. Wie oft hatte ich mir das Gesicht meiner Mutter vorzustellen versucht, ihr Haar, vom matten Schein einer Lampe erhellt? Wie oft hatte ich mich bemüht, ihre unbewegten Züge mit einem Lächeln zu beleben? Wenn ich glauben konnte, daß dieser Boden meine Mutter darstellte, daß er mich geboren und genährt hatte, daß er mich kannte, alle meine Träume und Ängste... Ich preßte die Lippen aufeinander, als ich diese Vorstellung zurückwies. »Wir haben Nira...«
»Nira ist nicht unsere Mutter.«
»Dann eben unsere biologische Mutter. Sie haben uns nicht freiwillig aufgegeben. Das Konzil der Älteren ordnete an, daß in jenem Jahr keine Familie ihren Nachwuchs bei sich behalten durfte. Sonst... sonst hätten wir beide Mütter gehabt.«
»Menschliche Mütter«, berichtigte er. »Aber wir sind nicht einfach nur Menschen. Wir sind darüber hinaus auch... auch ein Teil von Schicksal selbst. Wir...« Seine gelenkigen Finger tasteten ruckartig durch die Luft, als er nach den richtigen Worten suchte. »Es erfreute unsere Mutter Schicksal, als die Älteren uns von unseren Familien trennten. Sie hoffte, die Älteren würden uns einsperren, so daß wir uns nie über uns klarwerden könnten – um jene Dinge zu lernen, die wir heute wissen. Sie hoffte auf unseren Tod. Denn sie wußte, daß wir ihr Leid zufügen würden, wenn wir lange genug lebten, um erwachsen zu werden. Aber wenn wir ihr gegenüber unsere guten Absichten klarmachen können, wenn wir dazu in der Lage sind, ihr verständlich zu machen, daß wir sie nicht umbringen wollen, wie es einst mit der Erde geschah, daß wir nur einen kleinen Lebensraum für uns brauchen, ein wenig frisches Wasser und saubere Luft...«

»Trebb...« wandte ich ein, aber es war vergebens.
Er war zu nervös, um dieses Gespräch fortzuführen. »Du bleibst hier«, wies er mich an. Er warf einen kurzen Blick zurück zur Siedlung, dann sprang er über den Sicherheitsgraben. Bevor ich noch etwas dagegen zu unternehmen vermochte, eilte er über die von der Dürre verbrannte Wiese hinweg.
Heftige Erregung wallte in mir empor, und ich stellte mich auf die Zehenspitzen. Während er dem scharlachroten Horizont entgegenlief, schien der Boden ein aufgebrachtes Seufzen von sich zu geben und ganz versessen darauf zu sein, mich abzuschütteln. Unwillkürlich entfuhr mir ein Schrei. Ich keuchte und hustete, unterdrückte einen zweiten erschrockenen Laut und folgte Trebb. *Unsere Mutter brennt, unsere Mutter brennt!* heulte eine schrille Stimme inmitten meiner Gedanken, und mein rasselnder Atem konnte das imaginäre Schrillen nicht übertönen.
Ich lief, und die rauchgeschwängerte Luft stach mir in den Lungen. Schließlich wurde das ferne Knistern der Flammen zu einem dumpfen Dröhnen. Vor mir eilte Trebb behende dahin, und er beschrieb noch immer weite Bögen durch das verdorrte Gras. Seine Arme wirbelten wie Dreschflegel, und seine Beine stampften unermüdlich. Büschel aus vollkommen vertrocknetem Gras reagierten auf die Bewegung seines Leibes und neigten kleine und spröde Samenstengel in seine Richtung.
Eine ganze Ewigkeit lang hasteten wir über die schier unendliche Wiese, bis alles Gefühl aus meinen Beinen wich und mein Hals brannte. Schließlich blieb Trebb stehen, und ich taumelte gegen ihn und schnappte nach Luft. Die Feuerfront war jetzt nur noch wenige hundert Meter von uns entfernt. Ein auflebender Wind trieb sie immer weiter auf uns zu. Hier und dort entflammte plötzlich eine Ansammlung von Glanzbüschen oder auch ein einzelner Baum, und dann stieg eine kurzlebige Lohe funkenstiebend in die Höhe. Ich rieb mir die Augen und wollte nicht noch einmal hoch erhobene Arme oder schmerzverzerrte Gesichter inmitten des Loderns ausmachen.
»Geh nicht noch näher heran, Nadd«, riet mir Trebb. Die grellen Flammen vertieften die Höhlungen seiner Augen, machten

seine blassen Augenbrauen dunkler und verwandelten ihn von einem hageren Jugendlichen in eine elementare Kraft. »Du kannst neben mir herlaufen, aber sieh dich vor, zwischen mich und das Feuer zu geraten.«

Eine Bö hüllte uns in eine Rauchwolke ein und wehte sie dann wieder fort. Ich hustete, und Tränen schossen mir in die Augen. »Was... was hast du vor?«

Er gab keine Antwort. Sein Gesicht schien kurz wie von einem inneren Feuer zu erglühen, und ich hatte den Eindruck, als stünde er am Rande einer anderen Dimension. Dann lief er wieder los und durchmaß die verdorrte Wiese parallel zur heranrückenden Feuerfront mit langen Sprüngen. Während er rannte, warf er den Kopf in den Nacken und vollführte wirbelnde Bewegungen mit den Armen. Ich wollte meinen Augen kaum trauen, aber die abgestorbenen Pflanzen, die er passierte, reagierten auf ihn. Widerstrebend und zögernd zunächst, dann mit knisternder und raschelnder Begierde rissen sich trockene Filigrangras-Ranken aus dem Boden und schwebten durch die Luft. Kurz darauf lösten sich ganze Grasbüschel aus dem hartgebackenen Erdreich, und sie vereinten sich zu großen, goldenen Bällen, die auf das Feuer zurollten.

Mit einem heiseren Schrei stürzte ich ihm nach. Ganze Wolken aus entwurzeltem Filigrangras rollten und kugelten von dem Streifen nackten Bodens fort, den Trebb erzeugte, trieben empor und schwebten auf die Flammenwand zu. Mit großen Augen blickte ich auf den rasch länger werdenden Streifen zurück. Wenn er dazu in der Lage war, einen zweiten Sicherheitsbereich einige Kilometer vor dem Graben von Erfahrenvater Schuster zu schaffen, *wenn er das Feuer einzudämmen und somit unsere brennende Mutter retten konnte...*

Ich stolperte, verlor das Gleichgewicht und riß mir an dem scharfen Spiegelblatt eines von der Dürre versengten Glanzbusches die Wange auf. *Unsere Mutter?* Ein hysterisches Kichern entrang sich meiner Kehle und endete in einem rauhen und heiseren Lachen, als ich den Oberkörper in die Höhe stemmte. Meine Mutter war keine mir feindlich gesinnte Kugel aus Erde, keine von einer Patina aus Gras bedeckte geologische Präsenz.

Meine Mutter war aus Fleisch und Blut und vergoß menschliche Tränen. Meine Mutter war ein warmer Leib, Arme, die mich zärtlich umschlossen, duftendes und glänzendes Haar. Meine Mutter...

Unter mir erzitterte der festgebackene Boden. Ich gab einen überraschten Laut von mir und sprang auf die Beine, als mir die Qual, die Mutter Schicksal auf diese Art und Weise Ausdruck verlieh, neue Kraft gab. *Wie konnte ich meine einzige Mutter verleugnen, deren Arme immer für mich dagewesen waren, die mich bereits als Säugling genährt und liebkost hatte? Wie konnte ich mich von ihr abwenden, wenn sie jedes Atom meines Körpers aus ihrer eigenen lebendigen Substanz geschaffen hatte?*

Ich preßte mir die zur Faust geballte Hand an die Zähne. *Wahn.* Schluchzend schnappte ich nach Luft und starrte Trebb nach. Noch immer stürmte er unermüdlich weiter und vollführte mit den Armen weit ausholende und heftige Bewegungen, mit denen er das verdorrte Gras aus dem Boden riß. Hinter ihm erstreckte sich ein breites Band kahlen Bodens und durchteilte die goldbraune Wiese. Ich verdrängte das plötzlich mir aufsteigende Verlangen, in die grüne Oase zurückzukehren. Meine Muskeln schmerzten, und das Stechen in meinen Lungen wurde immer stärker, aber ich eilte Trebb nach.

Er lieEnde der Feuerfront errf, bis er das östliche eichte, wandte sichogen nach Süden und bes dann in einem langen Bchrieb einen Viertelkreis aus nacktem Grund, der die Flammen daran hindern sollte, weiter nach Osten oder Norden in Richtung Draes Kreuzung vorzustoßen. Dann machte er kehrt und lief zu mir zurück, und der Sicherheitsstreifen wuchs dabei in die Breite. Sein schmales Gesicht war eine glänzende Silhouette vor der aufragenden Feuerwand, und seine Züge drückten eine sonderbare Verzückung aus. Als er an mir vorbeisprang, drehte ich mich um und taumelte ihm erneut nach, diesmal in Richtung der westlichen Grenze des donnernden Loderns.

Aber wenn er recht hatte, wenn unsere Mutter tief in ihrem irdenen Herzen unseren Tod herbeisehnte und wenn ich es zuließ, daß Trebb das Buschfeuer eindämmte, wenn ich es zuließ, daß er auf diese Weise alle die Bemühungen unserer Mutter zunichte machte, die parasitären menschlichen Siedler loszuwerden...

Und als hätte ich es mit diesem Gedanken beschworen, leckte eine Flammenzunge nach dem Rand des gerade erst entstandenen Sicherheitsstreifens und knisterte wütend. Ich blieb wie angewurzelt stehen und beobachtete die Glut in ungläubigem Erstaunen, als ein einzelner Feuerspritzer daraus herauswuchs, über den von Trebb geschaffenen Eindämmungsbereich hinwegzuckte und nach dem trockenen Gras gierte, das rund zwanzig Meter von mir entfernt war. »Trebb!« rief ich, als eine zweite knisternde Zunge über die Barriere hinwegleckte und den Sicherheitsstreifen überwand. Feuer zischte gierig durchs Gras und loderte zornig, als sei es auf der Suche nach neuer Beute.

Als sei es auf der Suche nach uns!

»Trebb!« Doch ein jäh auflebender Wind riß mir das Wort von den Lippen und wirbelte es davon. Die Böen schienen aus dem Nichts zu kommen, aus verborgenen Bodenspalten. Ich drehte mich um, um Trebb zu folgen, doch das Heulen raubte mir das Gleichgewicht und warf mich um.

Gleichzeitig griff der Wind auch nach Trebb. Er schloß unsichtbare Finger um seine rudernden Arme und hielt sie fest. Mit einem Ruck drehten sie ihn dann zu mir um und schleuderten ihn in meine Richtung. Sein Gesicht war aschfahl, verzerrt angesichts der schockierten Überraschung.

Während ich ihn hilflos näherkommen sah, sprang eine dritte Flammenzunge über den Sicherheitsstreifen hinweg. Nur knapp fünf Meter von mir entfernt fing ein verdorrter Glanzbusch Feuer. Seine harten Zweige zersprangen, als die Glut nach ihnen griff. Einige Augenblicke lang ließen die obersten Blätter winzige Funken über den trockenen Boden stieben. Dann ging der ganze Strauch in Flammen auf.

In Trebbs maskenhaftem Gesicht kam die gleiche Furcht zum Ausdruck, die mir einen dumpfen Schrei aus der Kehle preßte. Vergebens kämpfte er gegen die imaginären Fesseln der Böen an, die ihn durch das trockene Gras stießen. Und während er

mit dem Wind rang und ich schrie, schienen die drei Feuerkeimlinge, die über die Barriere hinweggesprungen waren, unseren Aufenthaltsort zu spüren. Daraufhin krochen sie nicht mehr ziellos hin und her, sondern hielten geradewegs auf uns zu. Selbst die Böen, die uns umfauchten, hielten sie nicht fern, schienen auf sie gar keine Wirkung auszuüben.
Mein Gaumen war plötzlich ganz trocken. Ich spannte die Muskeln an, versuchte, wieder auf die Beine zu kommen, und rief Trebb etwas zu. Es waren unartikulierte Laute. Und seine Antwort wurde vom Wind davongeweht.
*Lauf!* wollte ich sagen, aber er war ebensowenig zum Laufen in der Lage wie ich zum Aufstehen. Ich konnte die Intensität seiner verzweifelten Bemühungen beinah körperlich spüren, als er gegen die Böen focht. Die zusammengebissenen Zähne waren zwei helle Reihen in seinem rußgeschwärzten Gesicht, und in seinen Pupillen gleißten Funken der Furcht. Ich nahm alle meine Kraft zusammen, und es gelang mir, mich ihm einen knappen Meter zu nähern; ich klammerte mich an einzelnen Büscheln vertrockneten Grases fest und zog mich Zentimeter um Zentimeter vorwärts. Selbst das Gras hatte sich nun verändert: Es hatte eine drahtige und spröde Qualität angenommen. Meine nach Halt suchenden Hände zerbrachen entweder die verdorrten Halme oder rissen die Wurzeln aus dem festgebakkenen Boden.
Trebb bemerkte meine erfolgreichen Bemühungen und stellte seine Anstrengungen, gegen die Böen anzukämpfen, ein. Er kniff die Augen zusammen, senkte den Kopf und schaffte es, sich zunächst auf die Knie sinken zu lassen. Dann folgte der Oberkörper, und kurz darauf lag er einige Meter von mir entfernt dicht an den Boden gepreßt. Sofort ahmte er mein langsames Kriechen durch das abgestorbene Gras nach und zog sich immer weiter vorwärts. Er streckte die Arme aus, zog die Schultern hoch und schob sich mit den Zehenspitzen auf mich zu.
Aber drei zornige Flammenzungen verfolgten uns, und als ich über den Sicherheitsstreifen hinwegspähte, entdeckte ich Massen brennenden Materials, die sich uns durch den dichter werdenden Rauch entgegenwälzten. Ich wischte mir über die Au-

gen und konnte danach wieder ein wenig besser sehen. Ich bemerkte, daß die großen, goldenen und aus entwurzeltem Gras bestehenden Kugeln, die Trebb kurz zuvor geformt und der Feuerwand entgegengelenkt hatte, nun mit knisternder Glut zu uns zurückkehrten. Ich schrie eine Warnung, konnte aber meine eigenen Worte nicht verstehen.

Trebb hob den Kopf und versah den neuen Angriff mit einem starren und trüben Blick. Erschöpft drehte er sich auf die Seite und versuchte, mit den Armen jene Bewegungen zu vollführen, durch die das Filigrangras nur wenige Minuten zuvor aus dem Boden gerissen worden war. Wenn er um uns herum einen kahlen Bereich schaffen konnte, eine Barriere, die das Feuer nicht zu überwinden vermochte...

Aber das Gras widerstand seinen Bemühungen. Hartnäckig klammerte es sich am festgebackenen Boden fest. Und die Kugeln rollten weiter auf uns zu, aus irgendeinem Grund nicht verzehrt von den Flammen, die an den miteinander verflochtenen Halmen züngelten. Ich keuchte und glaubte, bereits die Hitze zu spüren, die mich letztendlich töten mußte.

Ich schluchzte, preßte mich an den Boden und versuchte instinktiv, in den Armen einer imaginären Mutter Schutz zu suchen. Diesmal war der Schrei, der mir von den Lippen tropfte, völlig lautlos, und er galt dem Erdreich selbst. *Nein, nein, nein, neinneinneinneinnein!* Und dann bestand mein Flehen nicht einmal mehr aus Worten, sondern nur noch aus dem unartikulierten lallenden Stammeln eines Geistes, der sich in der alles vereinnahmenden Agonie der Todesangst verlor. Ich ballte die Fäuste, und meine Füße trommelten auf den Boden. Ich riß mir die Haut der Wange auf, als ich versuchte, wieder in jenen irdenen Schoß zurückzukehren, der mich einst geboren hatte. Wenn ich zurückkriechen konnte in jene dunkle Höhle, wenn ich meine eigene Geburt rückgängig zu machen vermochte, auch meine Zeugung, wenn ich dazu in der Lage war, ins Nichts zu fliehen, in die Wesenlosigkeit...

Als ich das entsetzliche, mein Ich erschütternde, krächzende Stöhnen vernahm, dachte ich zunächst, ich selbst hätte es von mir gegeben. Dann stellte ich fest, daß es nicht aus meinem brennenden Hals herausgesickert war, sondern im Boden unter mir ertönte. Und plötzlich wurde das trockene Gras, an dem ich mich verzweifelt festklammerte, ganz weich und verwandelte sich in meinen Händen zu seidenen Haarsträhnen. Und der harte Untergrund, der von der Dürre festgebackenen Erde – Fleisch. Ich lag an der Brust meiner Mutter; in meinen Fäusten hielt ich ihr langes Haar, und ich schrie, während sie angesichts meiner Qual leise stöhnte.

Es war auch ihr eigener Schmerz. Denn weil sie meine Mutter war, war ich ihr Kind, ihr Sohn. Ich war das Fleisch ihres Fleisches, das Blut ihres Blutes. Und das Feuer, das mir nun an den Füßen nagte, das mir über die Hosenbeine knisterte, versengte auch sie. Ihr mächtiger Leib krümmte sich und schleuderte mich beinah fort. Aber ich klammerte mich fest und lallte schrill in meiner Pein, *ihrer* Pein.

Und schließlich ließ sie sich erweichen. So plötzlich, wie die Feuerzungen über den kahlen Sicherheitsstreifen hinweggesprungen waren, zogen sie sich nun wieder zurück. Die lodernden Kugeln entwurzelten Filigrangrases hielten nur wenige Meter von der Stelle inne, wo Trebb und ich am Boden lagen, und unmittelbar darauf zerfielen sie zu Asche. Das Heulen der Böen verklang. Trebb konnte sich jetzt wieder bewegen, und er sprang sofort auf und warf sich auf meine brennenden Hosenbeine. Er löschte die Glut mit seinem Körper.

Dann blieben wir erschöpft nebeneinander liegen, während das Buschfeuer allmählich erlosch und uns von der anderen Seite der Barriere des Sicherheitsstreifens zornig zugrollte. Ich ließ den Kopf sinken und spürte nicht den Schmerz meiner zerkratzten Wange, nicht das Brennen der versengten Füße und Beine. Der Boden unter mir war nun völlig still und rührte sich nicht mehr.

Aber er hatte uns das Recht gewährt, einen weiteren Tag zu leben – welche Konsequenzen das auch immer nach sich ziehen mochte. Meine Augenlider zitterten müde und schlossen sich dankbar. Beißender Dampf stieg mir in die Nase, und mein Gesicht war rußverschmiert. Dennoch fiel ich in einen tiefen Schlaf – den Schlaf eines Säuglings an der Brust seiner Mutter.

# *NADD*

Frühjahr 0226

Es dämmerte schon der Morgen, als wir uns schließlich stumm auf den Rückweg nach Draes Kreuzung machten – die Gesichter vom Rauch geschwärzt, unsere Coveralls zerrissen und verschmutzt und versengt. Kurz bevor wir die grüne Grenze erreichten, drehte sich Trebb noch einmal um und starrte zurück zum nun wieder dunklen Horizont. Ein dünner Rauchfaden schwebte über die blasse Scheibe des niedrigsten Mondes. Trebb seufzte. »Vielleicht versteht sie jetzt«, murmelte er.
Mochte sie nun begreifen, daß es nicht in unserer Absicht lag, sie zu zerstören, daß wir nicht einmal untätig zusehen konnten, wie sie sich selbst vernichtete? Aus welchem Grund hatte ich dann um mein Leben gefleht? Warum hatte ich es ihrer widerstrebenden Brust abgerungen? Ich blickte nach Osten, wo der sich ankündigende Sonnenaufgang den Himmel mit perlmuttener Farbenpracht zu überziehen begann. Einen Augenblick lang verspürte ich das intensive Verlangen, erneut von ihdenen Armen umschmeichelt zu werden, geschützt und getröstet zu werden wie ein hilfloses und geliebtes Kind. Damit einher ging das Empfinden des Bedürfnisses, über jene große und liebevolle Präsenz aus Erde und Fels zu wachen, die mich geboren und aufgezogen und die mir in der vergangenen Nacht das Leben geschenkt hatte. Tränen glänzten in meinen Augen und schickten sich an, mir über die rußverschmierten Wangen zu rinnen.
Aber meine Wangen bestanden aus Fleisch, ebenso wie die Hände und Arme und Füße und Beine. Mein ganzer Körper setzte sich aus Fleisch und Sehnen und Knochen zusammen. Konnte es sich bei dem Boden denn um etwas anderes handeln als leblose Materie, als eine Kugel aus starrem und inaktivem Gestein, die sich um einen lodernden Feuerball drehte? *Dieser Boden soll meine Mutter sein?* War das wirklich möglich? Oder war ich in der vergangenen Nacht zu sehr von Hysterie über-

wältigt worden, um noch Einbildung von Realität unterscheiden zu können? Waren wir nur ganz einfach einem plötzlichen Sturm zum Opfer gefallen, der im kritischen Augenblick wieder abflaute? Ich starrte zurück und versuchte, den Wahn zu erkennen und zu verdrängen, der sich Trebb bemächtigt und sich auch an mich herangeschlichen hatte. Aber wir waren ganz allein in der von der Dürre heimgesuchten Wiese, allein mit dem Sonnenaufgang.

Als wir das Zuchtgehege erreichten, stieg von dem zertrampelten Boden ein mit dem Geruch von Urin durchsetzter Dunst empor. Schweigend suchten wir die Spritzkammer des Stalls auf. Ich beugte mich über das Holzfaß, rollte die versengten Hosenbeine hoch und ließ Wasser über meine von Brandblasen übersäten Waden rinnen, während aus dem anderen Bereich des Stalls die Rinder knurrend und grollend auf unsere Anwesenheit reagierten. Ich hatte gerade begonnen, mir die Stiefel auszuziehen, als Herrol in die Spritzkammer kam – nackt bis zur Taille, der glänzende Haarpelz feucht. Er versah uns mit einem finsteren Blick, und Furchen des Ärgers hatten sich in seine niedrige Stirn gegraben. Wenn ich noch ein Kind war und sich Trebb bereits als hagerer Jugendlicher darbot, so handelte es sich bei Herrol bereits um einen Jungvater. Sein muskulöser Leib brachte körperliche Reife zum Ausdruck, und die Züge seines Gesichts waren scharf und deutlich ausgeprägt. Wenn ich seine düstere Miene richtig deutete, dann waren wir ganz offensichtlich an diesem Morgen nicht im Zuchtstall willkommen.

Trebbs Hände vollführten nervöse, kreisförmige Bewegungen, und Wassertropfen stoben von seinen Armen davon. »Wie viele Kälber hast du in dieser Nacht zur Welt gebracht, Herrol?« fragte er – ein Versuch, Herrol von seinem offenkundigen Mißmut abzulenken.

»Zweiundvierzig«, knurrte Herrol, ballte die Fäuste und grub dunkle Fingernägel in haarige Haut. »Ich habe das Vieh gerade versorgt, und es sollte jetzt eigentlich still und zufrieden sein. Statt dessen aber sind die Rinder unruhig. Sie mögen euch hier nicht.«

»Das ... das kann ich mir vorstellen«, bestätigte ich lahm. Seit wir in die Spritzkammer getreten waren, hatte sich die Lautstärke des grollenden Protestes ständig erhöht, bis die hölzernen Balken des Stalles davon zu vibrieren und zu zittern schienen. Aber in unseren schmutzigen und zerrissenen Sachen konnten wir nicht in die Hütte zurückkehren. Ich erhob meine Stimme zu einem nervösen Diskant und trocknete mir das Gesicht mit einem rauhen braunen Tuch ab, das ich auf einem Hocker entdeckte. »Gehst du in die Hütte, um dort zu frühstücken?«

Herrol starrte finster auf das mißbrauchte Handtuch. »Ich muß schließlich etwas essen, oder?« Seine Stimme war nicht so sehr die eines Menschen, sondern glich mehr dem Knurren eines Stiers.

»Äh ... natürlich mußt du das. Und Trebb und ich müssen zur Schule, um dort die Abschlußprüfung abzulegen. Aber wir haben unsere Sachen verdreckt und zerrissen. Wenn du uns aus der Hütte neue Coveralls holen würdest, ohne Nira etwas zu sagen, dann könnten wir ... dann könnten wir den Stall verlassen.«

»Ihr könnt auch ohne saubere Sachen aus dem Stall verschwinden.«

»Aber wir kommen in Schwierigkeiten, wenn wir in diesem Aufzug in die Hütte zurückkehren«, appellierte ich an ihn und bemühte mich, den grollenden und dröhnenden Protest des Viehs zu übertönen. Ich deutete auf das, was von meiner Hose übriggeblieben war, dann auf die Brandblasen an den Füßen und Waden. »Erfahrenvater Schuster hat Trebb das Versprechen abgenommen, die grüne Grenze nicht zu überschreiten, aber wir haben uns nicht daran gehalten. Wir wären fast in einem Buschfeuer verbrannt. Und Nira wird das für morgen angesetzte Picknick streichen, wenn sie davon erfährt. Wenn wir aber diese Sachen verschwinden lassen können, bevor wir uns auf den Weg zur Schule machen, bekommt sie es wahrscheinlich nie heraus.«

Er senkte den Kopf und zog ihn zwischen die muskulösen Schultern. Seine Haltung glich damit der eines angriffslustigen

Bullen. »Feliss soll beim Picknick tanzen«, polterte er. »Wenn Nira den Ausflug absagt...«

Trebb und ich wechselten einen bedeutsamen Blick. »Nira... Nira meinte, Feliss könne tanzen, wenn wir sicherstellten, daß uns niemand aus dem Dorf folgt«, bestätigte ich. »Und wenn wir es niemandem sagen, nicht einmal Angelicus.«

»Sie soll tanzen und dabei Federn tragen«, stieß er hervor und versah mich mit einem finsteren und bedrohlichen Blick. »Wenn sie dabei in einen Coverall gekleidet ist, wäre es mir egal, ob Nira das Picknick streicht oder nicht.«

»Wenn sie einen Coverall anzöge, könnte das ganze Dorf mit uns kommen«, bemerkte ich.

Das dunkle und seine Augenbrauen miteinander verbindende Haar kräuselte sich, als er die niedrige Stirn runzelte. Ohne den Gesichtsausdruck zu verändern, riß er mir das feuchte Tuch aus der Hand und rieb sich damit über Arme, Schultern und die Brust. Anschließend säuberte er sich die bepelzte Taille und glättete das dortige Haar mit für ihn untypischer Sorgfalt. Zu meiner Überraschung strich er sich mit einer Hand durchs Haar und preßte dann auch die Strähnenwirbel nieder, die auf seinen Handrücken bis hin zu den Fingerspitzen wuchsen. Schließlich brachte er auch noch den auf seinen Armen wachsenden Pelz in Ordnung und verwandelte ihn in eine Anordnung glänzender Locken. »Ihr wartet im Schuppen mit dem Gurtzeug, und ich hole euch saubere Sachen«, wies er uns an.

Trebb warf mir ein wissendes Lächeln zu, als Herrol fortstapfte, aber ich sah ihm verwirrt nach.

»Er weiß, daß er beim Frühstück Feliss trifft«, erklärte Trebb. »Ist dir noch nicht aufgefallen, wie sorgfältig er sich immer für sie zurechtmacht? Und er ist nicht der einzige.«

Ich schauderte. Jeder zweite Mann in Draes Kreuzung erstrahlte, wenn Feliss vorbeitänzelte. Während des letzten Jahres hatte sie sich aus einem rebellischen Kind in eine unwiderstehliche Nymphe verwandelt; ihre Augen funkelten entweder voller Freude und Glück, oder sie drückten gelinden Spott aus. Und ihre Vögel flatterten immer in ihrer Nähe, bereit dazu, mit ihrem bunten Gefieder einen Regenbogen in der Luft zu formen. »Ich habe erlebt, wie sie ihn aufzieht«, erwiderte ich. Manchmal brachte das Herrol an den Rand der Raserei. Dann knurrte und grollte er wie einer seiner Bullen, die Schultern herausfordernd nach vorn geschoben, die Augen gleißend. »Aber das bedeutet nichts – jedenfalls nicht für sie.« Zumindest nichts, mit dem ich mich heute näher zu beschäftigen bereit war.

»Tatsächlich nicht?« fragte Trebb, lächelte erneut und ließ mich dadurch noch unbehaglicher fühlen.

Und am nächsten Morgen empfand ich eine noch größere Unruhe, als Nira mich ins Wohnzimmer rief, während die anderen damit beschäftigt waren, das Essen fürs Picknick einzupakken. Sie bedeutete mir, auf einem hochlehnigen hölzernen Stuhl Platz zu nehmen, und zog einen zweiten für sich selbst heran. Als sie sich darauf niedergelassen hatte, faltete sie die Hände im Schoß – eine Geste, die mehr Ernsthaftigkeit zum Ausdruck brachte, als in ihrem Gesicht geschrieben stand. »Nadd, wie du sicher schon vermutest, mache ich mir Sorgen in Hinsicht auf das Picknick.«

»Ich weiß, daß du uns nicht ohne Miss gehen lassen wolltest«, offenbarte ich. »Obwohl du uns, als wir noch klein waren, ganz allein über die Wiesen tollen ließest.« Glücklicherweise waren meine Brandwunden verheilt, bevor sie noch Gelegenheit hatte, meine schwerfällige und achtsame Gangart zu bemerken.

»Ja, damals wart ihr noch klein«, bestätigte sie. »Ihr wart frech, zu Streichen aufgelegt und für eure Taten noch nicht verantwortlich – kleine Kinder eben. Über gewisse Dinge brauchte man sich noch keine Sorgen zu machen.« Ihre Stimme verklang kurz, und sie seufzte leicht. »Aber in wenigen Monaten werdet ihr fünfzehn Jahre alt und erreicht damit die endgültige Reife, und dann findet ihr einen festen Platz in der Gemeinschaft der Erwachsenen. Ihr – Trebb, Herrol und du selbst – werdet den Status von Jungvätern einnehmen, und die Mädchen sind dann fähig zur Empfängnis und Schwangerschaft.« Ihre Finger glitten auseinander, und die eine Hand strich erinnernd über den Bauch. »Zum Glück verfügen sie über eine gewisse Entscheidungsfreiheit in dieser Sache. Aldred tat gut daran, die Ledigfrauenhütte abzuschaffen und auch all die Formen der Nötigung und des Zwangs, die unter den Pilgern in Hinblick auf Empfängnis und Schwangerschaft üblich waren. Tatsache ist aber, daß sich gewisse geschlechtliche Interessen zu entwickeln begonnen haben. Ich bin sicher, dir sind in den letzten Jahren sowohl die körperlichen Veränderungen als auch der Wandel der Verhaltensweisen bei den anderen aufgefallen.«

Widerstrebend begriff ich nun, worüber sie und Erfahrenvater Schuster hinter geschlossenen Türen betreffs des Picknicks gesprochen hatten. Meine Wangen glühten. »Nira, ich...«

»Oh, ich weiß sehr wohl, daß du an diesen Dingen noch kein Interesse gefunden hast, Nadd. Ich mache mir in erster Linie Sorgen um Herrol und Feliss. Herrol hat die Reife schon längst erreicht, und wir alle konnten bereits erleben, wie er reagiert, wenn ihn Feliss aufzieht. Wir alle konnten bereits erleben, welchen Gefallen Feliss gerade daran findet. Physisch gesehen bist du noch ein Kind, Nadd, aber ich vertraue auf deine Beurteilungsfähigkeit. Ich möchte, daß du sie heute gut beobachtest. Laß sie nicht allein fortgehen. Und wenn Feliss zu provokativ wird, dann mußt du mit ihr sprechen. Warne sie...«

»Aber du hast ihr doch schon versprochen, sie könne mit Federn tanzen. Herrol...«

»Ich versprach es«, gestand Nira seufzend ein. »Aldred glaubt, es gäbe eine Art Muster, das ihr noch in euch entwickeln und erforschen müßtet, und seiner Meinung nach sollten wir euch nicht daran hindern. Aber ich kann mir nicht helfen: Ich mache mir trotzdem Sorgen. Feliss ist zwar ganz offensichtlich noch nicht reif zur Empfängnis, aber sie scheint dazu ausersehen zu sein, die Sinne eines jeden Mannes in Draes Kreuzung zu verwirren. Es liegt an uns, sie so lange zu beschützen, bis sie so alt geworden ist, um Vernunft walten zu lassen – wann immer das auch sein mag.«

»Wenn Miss uns folgen und einen sicheren Abstand zu uns wahren könnte...«, schlug ich vor, und es behagte mir gar nicht, die Verantwortung für Feliss zu übernehmen.

Nira schüttelte den Kopf. »Feliss mag es, Miss zu beunruhigen. Wenn Feliss sie zu Gesicht bekäme, wäre sie zweimal so eigensinnig wie sonst.«
»Dann eben Erfahrenvater Schuster... wenn er nicht zu beschäftigt ist mit der Leitung der Arbeiten auf den Feldern. Oder...«
Nira seufzte und faltete die Hände wieder im Schoß zusammen. Die Knöchel traten weiß hervor. »Nein. Aldred hat ganz recht. Wir können euch nicht immer wie kleine Kinder überwachen. Es ist nunmehr die Zeit gekommen, euch zu erlauben, euren Weg als junge Erwachsene zu finden. Aber wie dem auch sei: Ich werde noch einmal mit ihm sprechen und ihn bitten, einmal bei eurem Picknick vorbeizuschauen, wenn er die Zeit dafür erübrigen kann.«
Das konnte mich kaum beruhigen. Ich verspürte plötzlich eine schwere Bürde auf meinen Schultern, und ich kauerte mich auf dem Stuhl zusammen. Wenn Herrol und Feliss von uns anderen fortliefen – was sollte ich dann unternehmen? Sie würden auf keinen Fall auf mich hören. Und wenn – mit großen Augen sah ich zu Nira hoch, als sie lachte.
»Nicht so ernst, Nadd. Ich übertrage dir nicht die gesamte und alleinige Verantwortung. Ich habe auch mit Feliss gesprochen, und Aldred mit Herrol. Und ich bat auch Ronna, wachsam zu sein, obwohl sie ein sehr empfindsames Wesen hat. Ich muß dich darum bitten, darauf achtzugeben, daß sie sich heute nicht wieder ganz verausgabt. Es ist gerade erst einen Monat her, seit sie sich soweit erholte, um die Hütte wieder verlassen zu können.«
Ich nickte benommen, und die mir so plötzlich auferlegte Last verdoppelte sich noch, anstatt sich zu halbieren. Während der letzten beiden Jahre hatten sich die Grenzen von Draes Kreuzung ein ganzes Stück weiter ins Land hinausgeschoben, und die Bevölkerung war stark gewachsen. Selbst Feliss' Vogelschwärme hatten sich entsprechend der gestiegenen Erfordernisse vermehrt. Doch angesichts der Anwesenheit von mehreren hundert Flüchtlingen waren Ronnas Heilkräfte bis an den Rand des psychischen und körperlichen Zusammenbruchs be-

lastet worden. Die Neuankömmlinge waren kränklich und schwach und konnten den Erholungsprozeß kaum mit eigenen Kräften unterstützen. Gegen Ende unseres ersten Winters in der neuen Hütte war Ronna nur noch ein Schatten ihrer selbst gewesen. Eine anschließende einmonatige Isolation hatte ihren spindeldürren Leib wieder etwas voller werden lassen, doch ihre Augen waren noch immer trüb und lagen tief in den Höhlen, und das Haar war ihr gleich büschelweise ausgefallen.
»Wenn sie darum bittet, ein wenig umherwandern zu können...«
»Sie soll sich ruhig ein bißchen bewegen und kann sich durchaus ein paar Schritte entfernen. Aber nicht weiter. Herrol und Trebb bereitet es überhaupt keine Mühe, ihren Tragstuhl den ganzen Tag über zu transportieren. Ihr Gewicht ist kaum der Rede wert. Und sie soll noch nichts von den drei Flüchtlingen erfahren, die in der vergangenen Woche starben. Sie würde sich nur Selbstvorwürfe machen.«
Ich seufzte, ließ den Kopf hängen und rechnete finster damit, noch weitere Unbehaglichkeiten aufgebürdet zu bekommen. Doch Nira stand auf, glättete ihr Kleid und lächelte mich an. »Laß dir von all dem nicht den Tag verderben, Nadd. Vergnüg dich – und iß nicht zuviel Kuchen.«
Auf diese Weise verabschiedet verließ ich das Wohnzimmer. Als ich mit gesenktem Kopf durch den Korridor schritt, hörte ich, wie sich in der Küche Feliss und Trebb stritten. An der Tür zum Schlafraum zögerte ich. Herrol stand vorm Spiegel und verwendete größte Sorgfalt darauf, seinen glänzenden Haarpelz glattzustreichen und zu pflegen. Er warf mir einen finsteren und durchdringenden Blick zu. Niedergedrückt wandte ich mich um, schlich den Gang hinunter und trat aus der Tür. Am Ende des Weges ließ ich mich im Schatten einer Ansammlung von Büschen und Sträuchern zu Boden sinken und blickte nervös zur Hütte zurück.
Kurz darauf sauste Angelicus aus der Vordertür. Auf dem Rasen blieb sie stehen und starrte direkt in die Sonne empor. Der goldene Schleier ihres Haars verlieh ihr den Eindruck einer ganz speziellen Unschuld, einer besonderen Empfindlichkeit.

Eine erbarmungslose Hand schloß sich um mein Herz, als sie fortlief, um sich mit einem Spielkameraden zu treffen.
Einem Mädchen, das genauso war wie sie selbst – noch kindliche Züge und ein schlanker und wie zerbrechlich wirkender Leib, ausgestattet mit Gaben, die nicht über ein ausgeprägtes Geschick im Umgang mit Zahlen oder eine besonders melodische Stimme hinausgingen. Für Angelicus und ihre Freundinnen gab es nicht die Entschuldigung rätselhafter Kräfte, die Beherrschung durch die Elemente selbst. Die normalen menschlichen Kinder kamen auf die Welt, ohne über bessere Werkzeuge zu verfügen als die unmittelbare Kraft ihrer Muskeln und des begrenzten Horizonts ihres Verstandes. Verletzungen und Krankheiten forderten ihren Tribut von ihnen, und wenn sie überlebten, wuchsen sie zu Erwachsenen mit eingeschränktem Bewußtsein auf. Selbst Erfahrenvater Schuster, dessen besondere Befähigungen von allen Bewohnern der Siedlung anerkannt wurden, war nicht dazu in der Lage, einen kranken Säugling zu heilen oder einen kurzen Blick zu werfen auf ein mehr oder weniger deutliches Bild der Zukunft.
Aber wir sechs Sonnenkinder ... wir konnten Wind und Regen beschwören; wir vermochten Korn in einem widerstrebenden Boden gedeihen zu lassen und Vieh von einem Gras zu ernähren, das normalerweise reines Gift für sie war; wir waren dazu in der Lage, Schwärme aus Schreivögeln und Fahlmotten durch eine sporengeschwängerte Luft flattern zu lassen. Und wenn wir wollten, konnten wir sogar der Zukunft ihren verbergenden Schleier entreißen. Und was nützten uns unsere Talente? Corrie hatte ein freiwilliges Exil für sich gewählt, und Ronna glich einem lebenden Skelett. Feliss verspottete und flirtete mit beinah an Verzweiflung grenzender Hingabe, so als brauche sie die Huldigungen des anderen Geschlechts zum Leben. Herrol stapfte vom Zuchtstall zur Hütte und machte ein immerzu finsteres und drohendes Gesicht. Trebb kämpfte mit Wahnvorstellungen von einer irdenen Mutter, die uns ablehnte. Und ich ...?
Ich kauerte im Schatten, und ich zitterte am ganzen Leib, weil wir heute allein sein würden. Schließlich erhob ich mich

schwerfällig, schritt über den Rasen und näherte mich der östlichen Wand der Hütte. Kurz erblickte ich ein konturloses Farbwallen, Schwaden aus blassem Grün, Gelb und Orange, die vor einem Hintergrund aus zartem Violett dahinschwebten. Dann schlossen sich meine Augenlider, und ich beobachtete das haltlose Wogen innerhalb meines eigenen Nervensystems.
Doch anstatt Visionen und Streiflichter vor meinem inneren Auge zu sehen, wurde ich mir langsam eines sonderbaren physischen Eindrucks bewußt: Ich saß nicht im Gras, sondern in der Mulde einer riesenhaften Hand – einer Hand, deren Finger mich mit Fels und Erde umschmiegten. Der Puls durchpochte mich, langsam und dumpf, nachhaltig dröhnend. Duftende Luft wehte an mir vorbei, als würde sie von gewaltigen Lungen angesaugt. Ein tiefes Seufzen entrang sich meiner Kehle. Ich entspannte mich und paßte mich langsam dem beständigen Rhythmus des Pulsschlages an. Mit jedem Pochen erwachten meine besorgten Gedanken zu neuer wirbelnder Aktivität, und während der zwischenzeitlichen Ruhe fielen sie in einen barmherzigen Halbschlaf. Ich lauschte aufmerksam, und bald darauf vernahm ich die fernen und zischenden Atemzüge jener gewaltigen Gesteinspräsenz.
*Sie liebte uns.* Unsere irdene Mutter liebkoste uns mit ihrer zärtlichen Aufmerksamkeit, während sich kleine Fragmente ihrer Selbst losmachten und umhertollten und tanzten, riefen und sangen. Wir waren aus ihren elementarsten Ressourcen entstanden und von dem Licht und der Wärme der Sonne zu unserer menschlichen Gestalt geschmiedet worden – aber wir waren nicht auf sie beschränkt. Wir waren das Ergebnis von Sonnensturm und Regen, von Mondschein und Frost. Und davon war unser Leben bestimmt worden. Manchmal hatten wir Zerstörungen angerichtet; dann wieder war das ganze Dorf von unserem Bann verzaubert worden.
Davon war unser Leben bestimmt worden – und im Laufe der Jahre hatte sie uns lieben gelernt, tief und innig und umfassend. Aber sicherlich erachtete sie nun unsere andauernde Präsenz als unerträglich. Jedes Lachen, jeder Tanzschritt verbrauchte immer mehr von ihrer Kraft. Wenn die Menschen je-

nes Gleichgewicht ins Wanken gebracht hatten, das seit Äonen auf Schicksal existierte, so waren wir dazu in der Lage, es völlig zu zerstören. Wie konnte uns die Sonne weiterhin jene Energie schenken, von der wir einen so verschwenderischen Gebrauch machten? Wie konnte uns der Boden jene Vitalität verweigern, die wir ihm entrissen? War jetzt nicht die Zeit gekommen, unser Leben dankbar zu beschließen, zu sterben und die uralte irdene Präsenz damit in die Lage zu versetzen, ihren langsamen Weg ohne uns fortzuführen, still und schweigend und ewig?
Das Leben dankbar beschließen... Als ich im Schatten der Sträucher kauerte und das Licht der am Firmament emporsteigenden Sonne auf dem Gesicht fühlte, spürte ich plötzlich die zwingende Notwendigkeit meines eigenen Todes. Aber ich fühlte auch Schweiß auf Stirn und Wangen, und jeder kühle Tropfen war eine deutliche Erinnerung daran, ebenso menschlich zu sein wie alle anderen auch, leben zu wollen. Ich kämpfte gegen die steinerne Umklammerung an, gegen den mich beherrschenden Rhythmus des dröhnenden Pulsschlages, und ich gab mir alle Mühe, für mein Leben einzutreten. Doch ich war wie gelähmt. Die irdene Hand meiner Mutter wollte mich nicht freigeben.
Dann entstand vor meinem inneren Auge plötzlich eine Vision, wie als Reaktion auf mein stummes Flehen. Ich kroch durch einen dichten Wald aus kahlen Pilgerbäumen, vorwärtsgetrieben von einer unsichtbaren Kraft. Das Blattwerk der Bäume war schwarz, und auf ihren Stämmen zeigte sich die Borke zersetzenden menschlichen Fleisches. Inmitten dieses Waldes wuchsen auch die noch dürreren Bäume von Flüchtlingen, und ihre unteren Extremitäten waren von pulsierenden Krampfgeschwülsten entstellt. Die Bäume drängten sich dicht aneinander und mißgönnten sich gegenseitig das Sonnenlicht. Voller Ekel schritt ich durch den düsteren Wald. Als ich mich seinem Herzen näherte, suchte ich an den unteren Zweigen nach Halt und versuchte stehenzubleiben. Doch meine Finger glitten an der Fleischborke ab, und so wurde ich immer weitergetrieben.
Das Zentrum des Waldes, sein Herz... ich fürchtete mich davor, ohne die Ursache meiner Angst ergründen zu können.

Bald wurden die Bäume und auch die Abstände zwischen ihnen größer; ihre Blätter glänzten nun, und die Stämme waren fest. Als ich jetzt ihre unteren Zweige berührte, schabte die Fleischborke über meine Finger, anstatt sich sofort abzuschälen. Und bald darauf begannen die Waldriesen die Gestalt von Menschen anzunehmen. Ledigfrau Tetner versah mich mit einem mißbilligenden Blick, als ich an ihr vorbeikam. Jungvater Breeze entblößte gelblich glänzende Zähne. Erfahrenvater Dressler runzelte mir gegenüber seine blättrige Stirn. Larissa schenkte mir ein flüchtiges Lächeln und war dann wieder verschwunden – die zärtliche und zu Streichen aufgelegte Larissa, die dem ersten Ausbruch unserer Gabenkräfte zum Opfer gefallen war. Hinter ihr lugte etwas um ihren Stamm herum...

Doch plötzlich hatte ich den Wald verlassen. Vor mir erstreckte sich eine in hellen Sonnenschein getauchte Lichtung. Filigrangras wuchs in saftigen Büscheln, und Fahlmotten wogten farbenprächtig durch die Luft. Auf sechs einzelnen Erdhügeln erhoben sich sechs völlig verschiedene menschliche Bäume. Trebbs nackte Wurzeln breiteten sich durchs Gras aus und suchten tastend und windend nach Halt in einem sich ihm widersetzenden Boden. Feliss verneigte sich vor dem sanften Wind, und in ihren blättrigen Haaren nisteten Schreivögel. Herrol blickte finster und versuchte, aus seinem großen borkigen Maul ein heiseres Grollen auszustoßen. Ronna, Corrie – und dann näherte ich mich dem letzten Baum, der kleiner war als all die anderen. Seine Borke war hell und glatt, ohne rissige Mimik, und sein Blattwerk raschelte nervös in der Brise.

Als ich an den jungfräulichen Baum herantrat, nahm der Stamm individuelle Züge an: meine eigene Nase, darunter mein Mund, dessen Lippen ein wenig zitterten, darüber meine Augen, deren Pupillen sich erweitert hatten. In einer angemessenen Entfernung von dem sich ausformenden Gesicht begann ein schwaches Pulsieren. Innerhalb des hellen Stammes schlug nun mein Herz, im Takt mit jenem Rhythmus, der die irdene Hand belebte, die mich noch immer umfaßt hielt.

Mein Herzschlag, der den dünnen Stamm anschwellen ließ, schob mich noch einen Meter weiter – über die letzte Kluft, die

uns voneinander trennte. In jenem Augenblick dann, als ich mit dem borkigen Leib des Baumes verschmolz, als sich mein Blut in Harzsaft und die Haare in Blätter verwandelten, bemerkte ich den Pfeil. Wie heimlich glitt er über die Lichtung hinweg, und seine Spitze bestand aus glänzendem Silber. Ich war im Holz des Stammes gefangen, und ich starrte das Geschoß an und versuchte, meine steifen oberen Gliedmaßen herabzusenken, um den Pfeil abzuwehren. Doch er kam rasch näher, ohne von seinem offensichtlichen Ziel abzulassen, und meine Äste bewegten sich überhaupt nicht. Langsam bohrte sich die Spitze des Pfeils in meine borkige Haut hinein, drang in mein Mark und durchstieß schließlich das Herz.
Mein Todesschrei hallte über die Lichtung. Der lavendelfarbene Himmel, die golden glänzende Sonne, meine Brüder und Schwestern – das alles löste sich langsam auf. Kurz bevor sich meine Augen schlossen, sah ich, wie sie sich alle zu mir umwandten, sah, wie mich das ganze Universum mit feurigen Blicken versah und begierig alle Einzelheiten meines Todes in sich aufsaugte.
Der silberne Pfeil steckte tief in meinem Leib, und tot stand ich da, stundenlang, tagelang, ganze Jahrhunderte. Meine Borke trocknete und wurde brüchig, und meine Gliedmaßen verwelkten. Dann erwachte ich plötzlich, wieder in fleischlicher Gestalt. Die Welt, in die ich aus furchtsam geweiteten Augen hinausstarrte, war die, die ich immer gekannt hatte: ein pastellfarbener Himmel, smaragdgrünes Gras, raschelnde Blätter von Bäumen, die ebensowenig menschlich waren wie ich tot.
*Tot?* Ich genoß einen zitternden Atemzug und kostete die Steifheit meiner Beine aus, als ich aufstand. Dann lehnte ich mich gegen die Wand der Hütte, schloß die Augen und lauschte nach dem Pulsschlag der irdenen Hand, die mich umfaßt gehalten hatte. Aber es existierten keine Finger aus Fels und Erde, auch keine in hellen Sonnenschein getauchte Lichtung. Es gab keine hölzernen Gesichter und auch keinen Pfeil. Ich holte leise schluchzend Luft und schlug die Augen gerade noch rechtzeitig genug wieder auf, um zu sehen, wie meine Geschwister den Weg hinuntereilten. Herrol und Trebb trugen Ronnas Liege-

stuhl zwischen sich, und Feliss' Motten und Schreivögel flatterten heiter und fröhlich hinter der Gruppe her. Mit einem halb hysterischen Auflachen erkannte ich die Geräusche, die ich zuvor als meinen eigenen Todesschrei interpretiert hatte. Es war das Zirpen von Feliss' Vögeln.

»Wartet!« Meine Stimme klang heiser, und steifbeinig lief ich hinter ihnen her, so lebendig, wie sie lebendig waren – lebendig auf einer Welt, die keine Präsenz aus Fels und Gestein darstellte, keine mißbrauchte Mutter, sondern vielmehr eine inaktive Kugel ohne eigenes Empfinden, ohne Sympathien und Antipathien, ohne einen bewußten Willen, ohne individuelle Vorzüge.

Ich lebte, aber als ich über den Pfad lief, als die Schreivögel über mich dahinsausten und mich verspotteten, erlebte ich eine einzelne körperlich-sensitive Erinnerung. Von einem Augenblick zum anderen verspürte ich es noch einmal, wie der Pfeil mein Herz durchbohrte. Das Gefühl, das mit diesem Trauma einhergegangen war, bestand nicht aus Schmerz. Es war weder Schock noch zornige Pein, sondern – Ekstase. Die silberne Spitze durchstieß mein lebendes Gewebe und induzierte nicht Qual und Zerstörung; sie rief Verzückung in mir hervor, sogar das in mir emporsteigende Empfinden von letztendlicher Erfüllung.

*Durch den Tod?* »Wartet!« rief ich erneut und stolperte über den Weg. Plötzlich hatte ich große Angst, die Strecke zum Picknickgehölz allein zurückzulegen.

## CORRIE

### Frühjahr 0226

Ich hockte bereits seit mehr als einer Stunde hinter den Glanzbüschen an der Wegesgabelung, als Angelicus und ihr Spielkamerad vorbeigelaufen kamen und den Hügel hinaufrannten, in Richtung Friedhof. Steifbeinig erhob ich mich und verließ mein Versteck. Meine Stimmung an jenem Tag war sehr gedrückt, durchsetzt von düsteren Ahnungen – fast so, als hätte sich mir für eine Zeitlang ein Teil von Nadds einer Bürde gleichender Gabe eröffnet. Doch am frühen Morgenhimmel zeigten sich golden schimmernde Zirruswolken, und Tau verwandelte die Wiese in einen mit glänzenden Edelsteinen besetzten Garten. Ich beugte mich nieder, preßte beide Hände gegen einen breiten Halm des Filigrangrases und zog sie dann an dem Grün entlang, wobei auf meinen Handflächen glänzende Nässe zurückblieb. Durstig leckte ich sie ab; ich war es allmählich leid, auf die anderen zu warten und zu versuchen, das düstere Prickeln am Rande meines Bewußtseins zu ignorieren. Wenn Feliss darauf beharrte, das Picknick im Wald jenseits der östlichen Wiese zu veranstalten anstatt auf dem nun leeren und verlassenen Spielplatz vor der Sonnenkindhütte, und wenn sie der Straße den Rücken gekehrt und die Abkürzung durch die Weizenfelder genommen hatten..., dann würden sie hier überhaupt nicht vorbeikommen.

Inmitten der langgestreckten Reihe aus Fingerpalmen, die den Friedhof säumten, bemerkte ich eine schattenhafte Bewegung. Ich runzelte die Stirn, kroch den Hügel hinauf und sah, wie Angelicus und ihre Freundin durch die Büsche und Sträucher auf der anderen Seite des Friedhofs schlüpften. *Nur spielende Kinder.*

*Auch wir sind einst Kinder gewesen. Spielende Kinder.*

Ich blickte mich müde um. Der Friedhof war inzwischen längst von Ranken und dichtem Filigrangras überwuchert. Nur drei neue Erdhügel in der Nähe der Bäume waren als Gräber zu erkennen. Davon abgesehen war es seit vielen Monaten zu keinem Todesfall mehr in Draes Kreuzung gekommen. Zu einer anderen Gelegenheit hätte ich mich vielleicht daran geweidet. An jenem Tag schauderte ich und zog mich in die Büsche zurück.

Ein paar Augenblicke später vernahm ich das erste ferne Zirpen von Feliss' Schreivögeln. Es wurde rasch ein lautstarker Tumult daraus, als der Schwarm über den Weg in meine Richtung flatterte. Feliss war in dem Wogen aus bunten Schwingen kaum auszumachen. Ich erhaschte einen kurzen Blick auf ihr lachendes und aufreizendes Gesicht. Sie trug eine Bluse, die so eng war, daß ihre sprießenden Brüste mehr als deutlich betont wurden, und die Hose unterstrich mit Nachdruck ihre sich entwickelnden Kurven. Fahlmotten glitten am Rande des vom Vogelschwarm gebildeten Regenbogens dahin, und ihre schwebende Heiterkeit kontrastierte zu dem lärmenden Flattern der Vögel. Nadd stapfte hinter dem Schwarm her und schleppte einen Picknickkorb; seine Miene war verzerrt und drückte Furcht und große Besorgnis aus. Dann folgten Herrol und Trebb, und zwischen sich trugen sie den Ruhestuhl Ronnas. Ronnas Leib hing schlaff in den Stoffbahnen; die Augen mit den großen und schweren Lidern glänzten trüb, und ihr eingefallenes Gesicht war völlig leer. Selbst der Sonnenschein schien wie ein schweres Gewicht auf ihr zu lasten und ihre Haut, die so spröde wie Pergament war, bis zum Zerreißen zu spannen.

Ich kam erst hinter den Glanzbüschen hervor, als sie an meinem Versteck vorbeigekommen waren. Dann trat ich auf den Weg, folgte ihnen schlendernd und wahrte Distanz zu ihnen.

In jeder Nacht preßte ich das Gesicht fest an den Boden und hörte zu, wie meine Mutter im Schlaf stöhnte, erschüttert von dem finsteren Konflikt, der in ihren Träumen Konturen annahm. Immer wieder erwachte ich mit tränenüberströmtem Gesicht und dem schrecklichen Gefühl, einen Bogen in der Hand zu halten. Ich fühlte, wie mir die angespannte Sehne in die Hand schnitt, empfand den Schmerz sich verkrampfender Muskeln, als ich Anstalten machte, den Pfeil davonsausen zu lassen. Bedeutete Ronnas todesähnliche Schwäche, daß sich

meine Mutter anschickte, mich als eine Waffe gegen die anderen einzusetzen? Und wenn das der Fall war: Konnte ich mich dann ebensowenig ihrem Gebot widersetzen wie Ronna, die keine andere Wahl gehabt hatte, als zu versuchen, jene drei Siedler zu heilen, die nun auf dem Hügel begraben waren? Spielte in dieser Angelegenheit mein Wollen und Empfinden überhaupt eine Rolle? Ich runzelte die Stirn; es widerstrebte mir, mich zu den anderen zu gesellen, andererseits aber konnte ich der Versuchung auch nicht widerstehen, und deshalb wanderte ich den Pfad hinunter.
Die Zeit war nicht spurlos an der Sonnenkindhütte vorübergegangen. Sie hatte das Gebäude in eine heruntergekommene, langgestreckte Hütte mit trüben und staubigen Fenstern verwandelt; der Schornstein war umgeknickt und heruntergestürzt, und die Dachschindeln ähnelten von Wind und Wetter abgeschälten Schuppen. Der Spielplatz war überwuchert von Filigrangras und Büschen und Sträuchern, aber das Klettergerüst stand noch immer. Als ich die Hütte erreichte, hockte Feliss auf der obersten Sprosse, eingehüllt von einem spiralförmig wogenden Kegel aus Schreivögeln. Gelegentlich löste sich einer der Gefiederten aus dem dichten Schwarm und sauste zu Nadd hinab, der am Fuße des Klettergerüstes im Gras hockte. Als ich mich dem Tor näherte, wurde Feliss' Gesicht inmitten des farbenprächtigen Wallens sichtbar, und aus ihren dunklen Augen funkelte es mir boshaft entgegen. »Es ist mir ganz egal, wer dir sagte, ich würde hier nur mit Federn bekleidet tanzen, Herrol. Ich habe nicht die Absicht, dies zu tun. Warum bittest du also nicht Corrie darum, dir eine Tanzvorstellung zu geben?«
Herrol stand breitbeinig und mit entblößter Brust auf dem überwucherten Spielplatzpfad, und sein Haarpelz hatte sich voller Zorn gesträubt. In seinen Augen glühte es streitlustig. »Corrie tanzt nicht. Und wenn du nicht tanzt, so wie du es versprochen hast ...«
»Ich habe überhaupt nichts versprochen«, höhnte Feliss, und ihre Vögel untermalten ihre Worte mit einem lautstarken und melodischen Zirpen.

»Das hast du doch! Du hast mir gesagt...«
»Sie zieht dich auf, Herrol«, warf Trebb voller Unbehagen ein. Ronna saß auf der Treppe zum Schlafraum und lehnte sich müde und erschöpft an die Tür. Trebb stand unmittelbar neben ihr und gab auf sie acht. Seine Arme baumelten locker herab, und die Hände vollführten nervöse Bewegungen. Sie schienen alle sehr angespannt zu sein – so als sei dieser Tag entscheidend für unser weiteres Leben und als wüßten sie alle um diese Bedeutung. »Und solange du darauf hereinfällst, wird sie nicht tanzen. Du weißt ja, wie sie ist: spottlustig.«
Herrols niedrige Stirn furchte sich so sehr, daß die Augenbrauen mit dem Haar verschmolzen. »Ja, ich weiß«, knurrte er. »Und wenn sie nicht tanzt...«
»Ich habe es nie versprochen«, höhnte Feliss erneut. Auf ihr Zeichen hin löste sich die spiralförmig wogende Kegelformation der Schreivögel auf, und die Gefiederten bildeten hinter ihr einen wallenden Schleier. Als der Sonnenschein glänzend über ihre nackten Arme tropfte, schien er sie mit einem Flaum aus schimmernder Farbenpracht zu überziehen. Ich runzelte unsicher die Stirn, als ich mich an den goldenen Vogel erinnerte, den ich während jenes Frühlings zweimal in weiter Ferne hatte dahinsegeln sehen – ein gefiedertes Geschöpf, das größer als jeder Schreivogel gewesen war. Beunruhigt versuchte ich das Bild zu verdrängen, das vor meinem inneren Auge Konturen annehmen wollte. Feliss trug eine enge und mit Rüschen abgesetzte blaue Hose. Ihre Bluse betonte auf provokative Weise die Wölbungen ihrer kleinen Brüste. Das seidenweiche schwarze Haar hatte sie mit Federn geschmückt, die ihr Gesicht bunt umrahmten – ein Gesicht, dessen Augen arglistig funkelten. »Ich habe Aldred und Nira gefragt, ob ich mit Federn bekleidet tanzen könnte, und sie sagten ja. Aber ich habe nie jemandem versprochen, das auch tatsächlich zu machen, Herrol.«
Herrols Stimme war ein tief in seiner Kehle grollendes Brummen. »Du hast mir gesagt...«
»Du kannst nichts beweisen!« Feliss warf den Kopf in den Nakken, beugte sich zurück und wirbelte einmal um die Sprosse

herum. Die Aufmerksamkeit meiner Geschwister galt nur ihr allein. Sie wußte das, und sie genoß es. Als sie die Drehung beendete, hob sie die Hand, und einige der Schreivögel segelten zu Herrol hinab.

Mit einem wütenden Knurren hieb er nach den Vögeln. Sie reagierten darauf, indem sie direkt auf sein Gesicht zusausten und erst im letzten Augenblick abdrehten. Seine muskulösen Kiefer mahlten voller Zorn. Er streckte die Arme aus, und mit einer blitzschnellen Bewegung fing er zwei der Schreivögel mitten im Flug ein. »Wenn du nicht tanzt...« Sein aufgebrachtes Grollen übertönte das erschrockene Zirpen der beiden gefangenen Gefiederten.

Unmittelbar darauf begann der ganze Schwarm seine melodische Stimme zu erheben und flatterte mit einem empörten Krächzen zu Feliss zurück. Ein Schrei löste sich von ihren Lippen, so durchdringend wie der, mit dem sich die Gefiederten an sie wandten. Sie hangelte sich eilig am Klettergerüst herab und stürzte auf Herrol zu. »Laß meine Vögel los!«

»Erst wenn du dich dazu bereit erklärst zu tanzen!« Seine knurrende Stimme klang nun nicht mehr nur zornig, sondern auch herausfordernd. Er schob das breite Kinn vor, und sein dunkler Haarpelz schimmerte.

Feliss sprang auf ihn zu und kreischte vor Wut. Sie verschwanden beide in einer Wolke aus Federn, und das aufgebrachte Gezeter der Schreivögel übertönte sowohl die empörte Stimme Feliss' als auch Herrols kehliges Knurren. Alarmiert erhob sich Nadd aus dem hohen Gras und stürzte in das Durcheinander hinein. Als er sich einen Weg in die fedrige Wolke hineinbahnte, sausten Schreivögel zu ihm hinab und gruben ihm ihre kleinen Schnäbel in die nackten Arme und das ungeschützte Gesicht. Er schwankte, fiel zu Boden, schirmte sich die Augen mit dem einen Arm ab und blutete aus einem Dutzend kleiner Wunden.

Aus einem Reflex heraus erhob sich Ronna von den Stufen. Trebb hielt sie fest. »Ich kümmere mich um ihn.« Er griff nach dem Wasserschlauch, befeuchtete eine Serviette und eilte rasch zu Nadd, der neben dem Zaun am Boden kauerte.

Doch Nadd lehnte es ab, sich von Trebb helfen zu lassen. »Laß es nicht zu, daß sie... daß sie...«

»Sie werden sich schon nichts zuleide tun«, erklärte Trebb, doch in seinem Gesicht stand eine unbestimmte Besorgnis geschrieben, und mit gerunzelter Stirn blickte er kurz zurück zu der wogenden und wallenden Wolke. »Sie spielen einfach nur. Sie...«

»Sie spielen eben nicht, Trebb«, beharrte Nadd, und sein schmales Gesicht verzerrte sich. »Hör doch nur! Das ist kein...«

»Nadd...«

»Hör doch!« schrie Nadd und stieß das angefeuchtete Tuch beiseite.

Resigniert faltete Trebb die Serviette zusammen; die Falten fraßen sich tiefer in seine Stirn hinein, und die Lippen zitterten. Ich trat auf den Spielplatz, und gemeinsam beobachteten wir die fedrige Wolke. Plötzlich entstand eine Lücke in der Barriere aus wirbelnden Schreivögeln, so als würden sie von unserer gemeinsamen Willensanstrengung zur Seite gedrängt, und wir sahen, wie Feliss und Herrol am Boden lagen und miteinander rangen. Er hatte ihr die gelbe Bluse halb vom Leib gerissen, wodurch eine kleine rosafarbene Brust enthüllt wurde, und er zerrte nun an ihrer Hose. Er gab ein knurrendes Schnauben von sich, und in seinen Augen gleißte es. Feliss kämpfte mit schrillem Kichern gegen ihn an und setzte ihm gerade soviel Widerstand entgegen, um seine Leidenschaft zu entflammen.

Besorgt umfaßte Nadd Trebbs Arm. »Trebb, Nira sagte mir...«

Aber Trebb hatte aus dem, was sich unseren Blicken darbot, bereits seine eigenen Schlüsse gezogen. Mit einem Ruck streifte er Nadds Hand ab und sprang mit wirbelnden Armen und Beinen auf Herrol zu. »Herrol, wenn Aldred erfährt, daß du...«

Doch Herrol schien es kaum zur Kenntnis zu nehmen, daß Trebb einzugreifen versuchte. Mit einem heiseren Grollen warf er sich zurück, und dadurch verlor Trebb das Gleichgewicht und fiel zu Boden. Bevor er wieder aufzustehen vermochte, bekam Herrol erneut Feliss' Bluse zu fassen und riß sie ihr mit einem jähen Ruck ganz vom Leib. Feliss sprang entzückt und mit einem schrillen Lachen aus dem Gras. Sie stürzte auf Herrol zu und kämpfte mit ihm um die zerrissene Bluse. Herrol schnaubte, griff nach dem Gürtel ihrer Hose und zerrte daran.

»Feliss, deine Vögel!« rief Nadd. »Die Vögel können ihm Einhalt gebieten!«

Feliss lachte erneut, und es war ein spottlustiges Zirpen. Dann machte sie sich von Herrol frei, bedeckte mit einem Arm die Blöße ihrer Brüste und winkte mit dem anderen ihren Vögeln zu. In ihren Augen funkelte eine entrückte Boshaftigkeit. Und die Vögel stießen nicht zu Herrol herab, sondern wogten zunächst weiter empor und flatterten dann auf Nadd zu. Er gab einen erschrockenen Laut von sich und stolperte zurück. »Feliss!«

Sie lachte schallend, als ihn die Vögel über den Spielplatz zurücktrieben und ihn dann an den von Wind und Wetter arg in Mitleidenschaft gezogenen Zaun drängten. Als Trebb daraufhin wieder auf die Beine sprang und versuchte, es erneut mit Herrol aufzunehmen, fuhr Feliss' Hand erneut durch die Luft, und ein zweiter Schwarm Schreivögel rauschte heran und schirmte Trebb von Herrol ab. Trebb schob schützend einen Arm vors Gesicht, und sofort zeigte sich darauf pockennarbiges Rot. Zirpend und krächzend trieben ihn die Gefiederten über den Spielplatz, bis er schließlich ebenfalls gegen den Zaun stieß.

Ich erhob mich auf die Zehenspitzen, und ein zorniger Schrei löste sich von meinen Lippen. Doch als ich über den Platz eilte, um nach Trebb zu sehen, flatterte der Vogelschwarm zwischen uns, und hundert melodische Stimmen verspotteten mich. *»Feliss!«* Meine Stimme klang heiser. Wann hatte sie sich von einem nur zu vergleichsweise harmlosen Streichen aufgelegten kleinen Mädchen in eine boshafte und genau kalkulierende Göre verwandelt, deren Absicht es war, Herrol die Selbstbeherrschung zu rauben – ganz gleich, welche Konsequenzen das für uns mit sich brachte?

Feliss kicherte vergnügt, und es war, als hätte sie meine Frage erraten. »Dir möchte niemand beim Tanzen zusehen, Corrie. Du könntest dir jetzt in diesem Augenblick die Kleider vom Leib reißen, und doch würde dich niemand auch nur eines Blikkes würdigen. Du könntest nackt durch Draes Kreuzung laufen, aber die Leute würden sich von dir abwenden und so tun, als sähen sie dich überhaupt nicht. Mich aber sehen sie an! Alle sehen mich an, selbst dann, wenn ich mich in einen Schleier aus meinen Vögeln hülle. Und alle mögen mich, ganz gleich, was ich anstelle. Ich bekomme alles, was ich will! Ich muß es nur nehmen! *Alles!*«

»Dann läßt du besser mehr Vorsicht bei dem walten, was du willst!« warnte ich sie, und meine Stimme vibrierte.

Aber sie achtete nicht auf meine Worte. »Du willst also, daß ich nur mit Federn bekleidet tanze, Herrol?« fragte sie. »Aber ich tanze nicht mehr auf die Art und Weise, wie es der Fall war, als du mich heimlich beobachtet hast. Ich habe eine neue Art des Federtanzes entdeckt.« Langsam und aufreizend knöpfte sie die Hose auf und ließ sie hinuntersinken. Mit einem spöttischen Lächeln streifte sie sie ganz ab und trat auch die Schuhe fort. Sie warf den Kopf in den Nacken, und Sonnenlicht spiegelte sich auf ihrem Gesicht wider. Während ihr Körper noch immer teilweise von einem bunten Schleier verhüllt war, erhob sie sich auf die Zehenspitzen und begann sich zu drehen. Schneller und immer schneller wirbelte sie um die eigene Achse. Zunächst preßte sie die Arme fest an die Hüften, doch dann hoben sie sich allmählich, erfaßt von der Kraft ihrer Bewegungen. Es dauerte nur ein paar Augenblicke, dann war aus ihrem rosafarbenen Leib ein konturloser Schemen geworden. Als sie sich drehte, zogen sich die Vögel, die Trebb, Nadd und Herrol bewachten, ein wenig zurück und vereinten sich mit der Regenbogenwolke, die über ihr wogte.

Geistesabwesend schmierte sich Trebb Blut über die eine Wange, und er schien wie gelähmt zu sein, als Feliss' nackter und rosafarbener Körper nach und nach eine fedrige Färbung annahm: scharlachrot, smaragdgrün, violett und goldfarben. Ihre Glieder erschimmerten. Zunächst handelte es sich um eine glänzende Tönung, so als glühe sie plötzlich von innen heraus,

dann überzog sich ihre Haut mit flauschigem Flaum, der sich schließlich in ein Gefieder verwandelte – bis sie von Kopf bis Fuß ganz mit goldenen Federn bedeckt war. »Alles!« rief sie, und ihre Stimme ähnelte dem Zirpen eines Schreivogels. »Alle sehen mich an, und ich bekomme alles, was ich will, Corrie!«
Während ich sie beobachtete, ebenso erstarrt wie die anderen auch, verwandelten sich ihre ausgebreiteten Arme in zwei große Schwingen, und ihre knospenden Brüste wurden zu pelzigem Flaum. Sie ging in die Knie, drehte sich langsamer und sah uns aus den kleinen runden Augen eines Schreivogels an. »*Alles!*« kreischte sie erneut, und ihre Lippen formten sich zu einem kleinen gelben Schnabel. Sie wackelte mit dem Kopf, und das Haar verwandelte sich in einen Kamm aus goldenen Federn, der ihr Haupt krönte. Ihr Brustflaum sträubte sich, und die Schwingen breiteten sich aus und rauschten in der Luft. Ihre Hände waren nun ganz verschwunden, und ihre Füße boten sich als Krallenklauen dar.
Der erhaben dahingleitende Vogel, den ich zweimal in der Ferne gesehen hatte – Feliss!
Ein trompetendes Gebrüll tönte über den Spielplatz. Während wir Feliss' Metamorphose beobachtet hatten, war Herrol auf alle viere gesunken. Sein Leib war nun der muskelbepackte Körper eines Stiers, und er scharrte mit verblüffend zierlichen Hufen durchs Gras. Er warf den Kopf von einer Seite zur anderen, und aus seinem Maul grollte ein zweites donnerndes Knurren. Ich starrte ihn an, befeuchtete mir die bebenden und spröden Lippen – und unmittelbar darauf wuchsen zwei gesunde Hörner aus seinem Schädel. Sie bestanden aus purem Elfenbein, und sie glänzten in der Morgensonne, gleißten ebenso wie sein schwarzes, pelziges Fell. Knurrend trat er mit den Hufen, drehte den breiten Kopf von rechts nach links und stieß seine Hörner durch die Luft. Dann gab er ein letztes, durchdringendes Schnauben von sich und stürmte über den Spielplatz auf Feliss zu.
Ich wich steifbeinig zurück und rechnete unwillkürlich damit, daß sich Feliss' gefiederte Garde auf Herrol stürzte. Aber als er angriff, bemerkte ich, daß die Wolke aus Schreivögeln ver-

schwunden war, und es schien, als habe Feliss daraus ihr Federkleid gesponnen. Wie benommen wandte ich den Blick zu Nadd und Trebb. Nadd kauerte sich am Zaun zusammen. Blut sikkerte ihm aus vielen kleinen Kratzwunden, und sein ganzer Körper bebte vor Furcht. Trebb stand wie angewurzelt: Seine Füße verloren sich in der Erde, und die Fußknöchel hatten sich mit holziger Borke überzogen. Er hatte die Arme steif parallel zum Boden ausgestreckt, und das Blut, das aus seinen Wunden quoll, war klar und zähflüssig – harziger Saft.

Hatte irgend jemand von ihnen den im Dorf umhergehenden Gerüchten mehr Glauben geschenkt – jenen Geschichten, die von einem prächtigen Stier mit spiralförmigen Hörnern erzählten, der angeblich nur im Mondschein inmitten der Herde auf der Weide gesehen werden konnte?

Bei dem Geschöpf vor uns handelte es sich gewiß nicht um ein mythisches Wesen. Es bestand aus realem Fleisch. Als Herrol mit muskulöser und stampfender Anmut auf Feliss zulief, den Kopf gesenkt, die Hufe donnernd, gab Feliss einen unartikulierten Schrei von sich, der zugleich furchtsam und spöttisch klang. Sie schlug einmal kurz mit den Schwingen und erhob sich in die Luft. Sie erprobte ihre Flügel mit ein paar weiteren Schlägen, dann zog sie die zierlichen gelben Krallenfüße an die Brust, segelte über den Spielplatz hinweg und gab ein frohlokkendes Juchzen von sich.

Herrols aufgebrachtes Grollen schien den Boden selbst erbeben zu lassen, als er durchs Tor stürmte und Feliss' ihn verhöhnenden Flugs über die Wiese folgte.

»Nein!« krächzte Nadd, kam halb in die Höhe und starrte ihnen nach; in seinen Pupillen glänzte es entsetzt. »Ich habe Nira versprochen …«

»Hast du ihr versprochen, daß sich heute niemand in einen Vogel verwandeln würde?« stieß ich hervor, und meine Stimme klang schrill angesichts der in mir emporsteigenden Hysterie.

»Ich versprach Nira …« Aber der Rest seiner Erwiderung erstickte in einem vibrierenden Kreischen, das gesäumt wurde von weißem Schaum, der ihm auf die Lippen trat.

Ganz langsam und knackend ließ Trebb die Arme sinken und

löste die Füße aus dem Boden. Er starrte uns aus leeren grünen Augen an. Als seine Stimme ertönte, war es kaum mehr als ein blättriges Rascheln. »Wir können es nicht zulassen, daß sie...«

»Wir können sie nicht aufhalten«, zirpte ich – der Vogel in seinem Ästegeflecht.

Während wir mit großen Augen das beobachteten, was sich auf der Wiese zutrug – ein gewichtiger und muskulöser Stier und ein farbenprächtiger, großer Schreivogel, zwei Geschöpfe, die hierhin und dorthin sausten – stand Ronna auf. Ihr Blick war unstet und ihr Gesicht kalkweiß, aber mit großer Konzentration setzte sie einen Fuß vor den anderen, und sie sank erst zu Boden, als sie bereits das Tor erreicht hatte. Dort blieb sie einige Augenblicke lang reglos liegen und stöhnte fast unhörbar. Dann streckte sie die Arme aus, preßte schwach die Hände an den Boden und versuchte, sich auf diese Weise in die Höhe zu stemmen. »Ich weiß, daß ich die Kraft in mich aufnehmen kann«, flüsterte sie. »Ich fühle es. Ich spüre sie bereits als sanftes Prickeln in den Fingern. Ich weiß es...«

Ich starrte sie wie gelähmt an. Ihre Stimme war nur ein heiseres Wispern, mehr nicht. Doch ich vernahm darin etwas, das ich noch nie zuvor gehört hatte, die Andeutung von Stärke.

Steifbeinig trat Trebb auf sie zu. Die schwarze Leere in seinen Augen war erschreckend anzusehen. »Versuch nicht zu gehen, Ronna«, knarrte er. Die Anstrengung verbrannte den trüben Schleier in seinen Augen und ersetzte ihn mit schmerzerfüllter Qual. »Corrie, hilf mir, sie zur Treppe zurückzutragen.«

Warum zögerte ich nur und starrte sie beide stumm an, als sie aneinander gelehnt standen, Trebb ganz steif und hölzern, und Ronna so schwach und schlaff, als besäße sie überhaupt keine Knochen? Trebbs Pein berührte mich an einer Stelle, an der ich noch immer das Bild eines lebhaften Kleinkinds genoß, eines aufgeweckten und niemals zur Ruhe kommenden Jungen, eines ernsten Jugendlichen. Doch ich hatte keine Kontrolle über die Muskeln in meinem Leib. Und auf irgendeine Weise kamen in Ronnas Stimme Kraft und Stärke zum Ausdruck, selbst in ihren blassen Augen. Es war, als habe sie eine bisher verborgene Energiequelle entdeckt und schickte sich nun an, sich daran zu laben.

»Ich weiß, daß ich eine Möglichkeit finden kann«, flüsterte sie erneut, und ich schauderte. Wenn dies der Augenblick war, in dem meine Mutter beabsichtigte, meine zerstörerische Kraft gegen die Schwäche der anderen ins Feld zu führen, bevor Ronna sich zu stärken vermochte...

Zunächst konnte ich mit dem Geräusch überhaupt nichts anfangen, das die anderen erstarren ließ, daß Nadd in ein sich ängstlich duckendes Kind verwandelte, Trebb die Zähne zusammenbeißen und Ronnas aschfahle Wangen noch blasser werden ließ. Es heulte über den überwucherten Spielplatz, ein fast körperlich spürbares stöhnendes Jammern, etwas, dem gebenüber man sich nicht verschließen konnte.

Doch das Geräusch entsprang mir selbst. Ich wurde mir seiner Quelle bewußt, und ich preßte die Hände auf den Mund und erstickte den Laut. Dann schlang ich stumm den Arm um Ronna und half Trebb dabei, sie zur Treppe zurückzutragen. Trebb befeuchtete eine zweite Serviette und wischte damit ihr Gesicht ab, bis sie schließlich die Augen aufschlug und uns leer anstarrte. Nach kurzer Zeit glitt ihr trüber Blick an uns vorbei und richtete sich auf die Wiese. Tief unterhalb der matten Oberfläche ihrer Augen regte sich Besorgnis. Ihre spröden Lippen bebten und formulierten eine lautlose Warnung.

Ich drehte mich um. Herrol stampfte und schnaubte auf der Wiese, und seine zierlichen Hufe stellten einen erstaunlichen Kontrast zu der gewichtigen Masse seines Leibs dar. Feliss sauste immer wieder zu ihm herab und verhöhnte ihn. Helles Sonnenlicht glänzte auf ihrem farbenprächtigen Gefieder. Sie stürzte ihm entgegen, und wenn er mit den Hörnern nach ihr zielte, dann wirbelte sie im letzten Augenblick zur Seite und streifte beinah die Spitzen seines schimmernden Elfenbeins. Daraufhin stieg sie mit ausgebreiteten Schwingen wieder hinauf. Ich blickte empor und konnte ihr spöttisches Lachen hören, während sie ganz weit oben am Firmament dahinsegelte, der Schwerkraft entkommen, von der die anderen und ich an den Boden gefesselt wurden.

Aber Herrols donnernde Wut lockte sie schon bald wieder herab. Mit einem schrillen Schrei stürzte sie ihm erneut entgegen. Er senkte die Hörner, krümmte die muskelbepackten Schultern vor und galoppierte mit stampfenden Hufen durchs Gras, aufgebracht von ihrem ihn verhöhnenden Angriff. Feliss kreischte entzückt und sauste immer und immer wieder auf ihn zu. Sein dunkles Haarfell sträubte sich infolge der Böen, die die goldenen Schwingen über ihn hinwegwehen ließen, und dann flog der goldene Schreivogel erneut nur wenige Zentimeter an den Spitzen seiner Hörner vorbei.
Furcht keimte in mir empor. Ich ließ mich zu Boden sinken und breitete die Arme aus. Herrols donnernde Hufe stampften über die Haut meiner Mutter und sandten eine Abfolge leiser und qualerfüllter Schreie durch die oberen Schichten ihres Leibes. Und jedesmal, wenn Feliss wieder aufstieg und mit ihren Schwingen schlug, nahm die wärmende Kraft des Lichtes meines Vaters, das ich auf dem Rücken spürte, deutlich ab.
»Nein!« Als diese eine Silbe über den Spielplatz schrillte, glaubte ich zunächst, ich selbst hätte sie ausgestoßen. Aber es war Nadd, der nun aufsprang und mit verzerrtem Gesicht den überwucherten Pfad hinunterstapfte. »Nein!«
Dieser zweite Schrei ertönte genau in dem Augenblick, als Feliss zu ihrem letzten Angriff ansetzte. Voller Selbstbewußtsein und Übermut ließ sie sich den Elfenbeinhörnern entgegenfallen, aber diesmal gelang es ihr nicht, noch rechtzeitig genug auszuweichen. Das Bewegungsmoment ihres Leibes war zu groß. Anstatt zur Seite abzudrehen und rasch fortzufliegen, spießte sie sich selbst auf den Hörnern auf und trieb das Elfenbein tief in ihren gefederten Bauch hinein. Mit einem schrillen Schrei warf sie den mit einem Federkamm versehenen Kopf zurück und breitete in qualerfüllter Pein die Schwingen aus. Herrol blieb mitten in seinem Lauf zur Gegenattacke stehen und rollte mit den Augen. Bevor ich mich zu rühren vermochte, legte Trebb seine Starre ab und rannte an mir vorbei. Er stürmte über die Wiese, und das hohe Gras wogte lebhaft und erregt. »Herrol, zieh die Hörner ein!«
Herrol wirbelte herum und warf ihm einen peinerfüllten Blick

zu. Er grollte – der vergebliche Versuch zu sprechen. Blut rann nun in dahinquellenden Rinnsalen an seinen elfenbeinernen Hörnern entlang.
»Nimm wieder deine ursprüngliche Gestalt an!« schrie Nadd und eilte Trebb nach. »Verwandle dich in einen Menschen zurück!«
Aus einem Reflex heraus warf Herrol den Kopf von der einen Seite zur anderen und versuchte, Feliss auf diese Weise abzuschütteln. Als das ohne Erfolg blieb, senkte er den Kopf und stieß ihn über den Boden hinweg, so als wolle er sie abstreifen. In seinen Augen glühte es wild. Und sein donnerndes Grollen schien den Boden erzittern zu lassen. Trebb erreichte ihn und fand irgendwie die Kraft, den massigen Schädel Herrols wieder in die Höhe zu stemmen. Während er sich anstrengte und in Herrols Ohr brüllte, schlossen sich Feliss' Schwingen in einem jähen Krampf. Ihr von bunten Federn bedeckter Körper begann sich aufzulösen. Zuerst schälten sich einzelne Federn ab, schwebten einen Augenblick lang in der Luft, wurden dann plötzlich lebendig und flatterten fort. Unmittelbar darauf waren sie von einem Schwarm Schreivögel umgeben, der erschrocken zirpte und krächzte. Nadd schloß zu den drei anderen auf, wehrte die verwirrten und ängstlichen Vögel ab und trieb sie zurück. Seine Stimme war ebenso schrill wie die Feliss', seine Anweisungen genauso konfus.
Doch die völlig verwirrten Schreivögel widersetzten sich Nadds Abwehrbemühungen. Gleich einem bunten Dunst wogten sie immer wieder zurück, um Feliss zu umschwärmen, die nackt im Gras lag, mit zwei klaffenden Wunden in ihrem Bauch. Herrol stand über ihr. Hufe und Hörner waren verschwunden. Er hatte wieder menschliche Gestalt angenommen – eine Verwandlung, die von einer seinen ganzen Leib erschütternden Angst ausgelöst worden war. Feliss starrte ihn an, ihr Blick angesichts des Schocks trüb und leer, jeweils eine graue Hand auf die blutenden Verletzungen gepreßt.
»War das alles, Feliss?« fragte ich sie, als ich zu ihr gelangte. »War das alles, was du wolltest?«
Ihre Augen rollten und blickten mich an, und plötzlich bedeck-

ten sie sich mit einem Vorhang aus Tränen. Sie versuchte, meinen bitteren Vorwurf zurückzuweisen, aber der Schock hatte ihr die Lippen betäubt. Sie konnte nur wimmern und mich anklagend anstarren. Dann sah sie an mir vorbei und riß die Augen weit auf.
Ich drehte mich um und blickte zur Sonnenkindhütte zurück. Ronna stand hochaufgerichtet auf dem überwucherten Weg, den Kopf weit in den Nacken gelegt, die Arme dem Himmel entgegengestreckt. Sie hatte die Hände aneinandergelegt und machte den Eindruck, als wolle sie damit das Licht der Sonne schöpfen. Sie warf den Kopf von der einen Seite zur anderen, und ihr dünnes Haar wogte wie ein Schleier im sanften Wind. In dieser Positur blieb sie eine Weile stehen. Ihr Blick galt allein dem Himmel, ihr abgemagerter Körper schwankte.
Dann wandte sie den Kopf langsam zur Seite, bis sie direkt in die Sonne blickte. Es war unglaublich: Ihre vorher so trüben Augen schienen ganz tief in den Pupillen die Sonne selbst zu liebkosen. Sie wurden größer und heller und strahlender und funkelten in einem fast blendenden Schein. Nachdem sie einige Minuten lang direkt ins Antlitz der Sonne geblickt hatte, erweiterten und verengten sich ihre Augen in einem raschen Rhythmus. Jedesmal dann, wenn sie ganz groß waren, neigte sie den Kopf wie in einem symbolischen Zerren zurück, und wenn sie die Augen zusammenkniff, kippte ihr Haupt ruckartig nach vorn.
Feliss wimmerte, aber Ronna fuhr damit fort, den Kopf nach hinten und dann wieder nach vorn zu beugen, nach hinten und nach vorn, und ihre gleißenden Augen weiteten und verengten sich dabei simultan – bis ein heller Lichtstrahl sichtbar wurde, der sie mit der Sonne selbst verband. Langsam legte sie den Kopf wieder in den Nacken und hob den strahlenden und funkelnden Blick, bis sie zu ihren aneinandergelegten Händen emporstarrte. Der Lichtstrahl glitt langsam davon – so als werde er von einer imaginären Hand gesteuert – und fokussierte sich schließlich auf ihre schöpfenden Finger. Daraufhin schloß sie die Augen und blieb eine Weile reglos stehen, während der Glanz zunächst ihre Hände, dann auch die Handgelenke und

Arme erglühen ließ. Dann schließlich breitete sie die Arme aus und beschrieb mit den Händen jeweils einen Halbkreis in der Luft. Als sie die Arme ganz sinken ließ – wobei die Hände noch immer so gewölbt waren, als schöpfe sie Wasser mit ihnen –, stand sie in einem schimmernden Halo.

Als sie die Augen wieder aufschlug, verwandelte sich der Halo in eine Kugel – eine blendende Manifestation, die von Ronnas ausgemergeltem Leib ausging und einen Radius von mehreren Metern hatte. Innerhalb dieser Lichtkugel knisterte das Filigrangras und verdorrte, und ein einzelner Glanzbusch entflammte zu einem grünen Lodern. Es war ganz deutlich zu sehen, wie das Klettergerüst von der Hitze versengt wurde, und die Fenster des Gebäudes begannen zu schmelzen.

Und Ronnas abgemagerter Leib, so bemerkte ich nun, war nicht länger dürr und schwach. Genährt von der Sonne wurden ihre knöchernen Glieder wieder voller und glatter. Die Wölbungen ihres neugeformten Körpers preßten sich gegen den Coverall, den sie trug. Die Konturen ihres Gesichts wurden runder, während ich den Vorgang beobachtete, und die Proportionen von Nase, Kiefer und Stirn veränderten sich, bis Ronna beinah nicht mehr wiederzuerkennen war. Halb verborgen in der sie mit neuer Stärke erfüllenden Wolke aus Sonnenenergie, warf Ronna das Haar zurück, das nun zum erstenmal voll war und glänzte. *»Ich kann die Kraft in mich aufnehmen«, hatte sie gesagt, und nun nahm sie sie in sich auf.*

Feliss krümmte sich, und langsam kehrte Farbe in ihr bis dahin aschfahles Gesicht zurück. »Ronna?« tropfte es unsicher von ihren Lippen.

Mit einem sonderbaren Lächeln – einem Lächeln, das Wissen verkündete, Triumph, Ruhe und Gelassenheit, all jene Dinge, die Ronna nie zu eigen gewesen waren – hob sie erneut die Arme und verwandelte die sie einhüllende Kugel in einen kompakten Feuerball, den sie in die Sonne zurückschleuderte. Als er mit dem Lodern am Himmel verschmolz, flackerte ein Lichthalo um sie herum auf – blauweiß und trüb. Sie ließ die Arme sinken und atmete heftig durch; sie inhallierte das geisterhafte Leuchten, saugte es tief in sich hinein.

Dann glitt sie den Pfad hinunter. Ihre Augen glühten noch immer, und ihr Gesicht erstrahlte in einer fast überirdischen Schönheit. Das ihre vollen Lippen umspielende Lächeln versprach Großzügigkeit, Wohlergehen, Stärke und Gesundheit. Mit offensichtlichem Vergnügen ließ sie ihr kastanienbraunes Haar zu den Schultern hinabwogen.
Sie brauchte eine Ewigkeit, um mit ihrer sonderbar gleitenden und wie dahinschwebenden Gangart die kurze Distanz zurückzulegen, die sie von uns trennte. Als sie uns erreichte – und in ihren Augen noch immer eingefangenes Sonnenlicht funkelte –, fiel mir auf, daß sie jetzt fast einen halben Meter größer war als zuvor. Der Saum ihres versengten Coveralls reichte ihr kaum bis zu den Waden, und die Ärmel ihrer Bluse waren aufgeplatzt. Sie streifte sich die Schuhe ab, die ihr ebenfalls zu klein geworden waren. Und sie blieb vor uns stehen, als eine Göttin mit dem Lächeln einer Sphinx. Das Sonnengleißen in ihren Pupillen umspann uns mit einem Kokon aus zärtlicher Wärme. »Feliss, weißt du eigentlich, wieviel Kraft erforderlich ist, um die tödliche Wunde eines Sonnenkindes zu heilen?« Ihre Stimme war ein volltönender Alt.
Feliss kniff die Augen zusammen, und Tränen rannen ihr über die grauen Wangen. »Ich wollte mir keine Verletzungen zufügen.«
Die goldenen Augen musterten sie ruhig. »Ist es deine Absicht gewesen, jene Menschen zu verletzen, die du verletzt hast?«
»Ich habe niemandem ein Leid zugefügt«, protestierte Feliss verdrießlich. »Die Leute wollen etwas von mir – sie wollen dauernd etwas von mir, und ich gebe ihnen das, wonach es sie verlangt.«
»Aber erst nachdem du sie veranlaßt hast, dich auf den Knien darum zu bitten«, erinnerte sie Ronna, ohne daß in ihrer Stimme ein Vorwurf zum Ausdruck gekommen wäre. »Das ist doch ganz typisch für dich, nicht wahr? Du magst es, andere zu verspotten, sie aufzuziehen...«
»Nun, dann gefällt es den Leuten ganz offensichtlich, verspottet zu werden! Schließlich kommen sie immer wieder zu mir zurück!«

»Die Leute mögen es auch, geheilt zu werden, aber ich verlange nie, daß sie mich darum anflehen«, erwiderte Ronna sanft. »Ich fordere sie niemals auf, sich mir gegenüber demütig zu zeigen, bevor ich ihnen helfe.«

Feliss kam in der Zwischenzeit immer mehr zu Kräften. Ihre Stimme wurde lauter, und ihre Wangen röteten sich wieder. »Aber du verlangst es doch jetzt, oder nicht? Von mir!«

»Und gefällt es dir? Magst du es, selbst einmal verspottet zu werden?«

Feliss' Züge verzerrten sich entrüstet. »Du weißt doch, daß ich Herrol das nicht geben kann, was er wirklich will. Ließe ich mich dazu hinreißen, dann würdest du es Nira und Aldred erzählen, und ich müßte damit rechnen, nie wieder die Hütte verlassen zu können!« Ihre Stimme war immer lauter geworden und erreichte ihren Höhepunkt in einem aufgebrachten Kreischen. »Was soll ich eurer Meinung nach machen? Corrie behauptet dauernd, ich sei ein verzogenes und weinerliches Baby, aber ihr folgen die Leute nicht, um sie zu bitten, die Vögel für sie tanzen zu lassen. Ihr machen keine älteren Männer den Hof, kaum hat sie Draes Kreuzung betreten. Sie braucht nicht einmal jeden Abend nach Hause zu kommen, um sich vor dem Abendessen umzuziehen und zu waschen. Sie braucht sich nicht mit Leuten abzuplagen, die sie dauernd beobachten, die wie Kletten an ihr kleben ...«

»Es gefällt dir doch!« entgegnete ich gereizt. »Wenn du plötzlich keine Beachtung mehr fändest, dann würdest du alle nur möglichen Anstrengungen unternehmen, um wieder Aufmerksamkeit zu erregen. Aus dem gleichen Grund bist du in jenen Sachen zum Picknick gegangen – weil du wußtest, daß Herrol versuchen würde, sie dir vom Leib zu reißen. Wenn du wirklich nicht von ihm belästigt werden wolltest, warum hast du dann nicht deinen alten Coverall und die Arbeitsbluse angezogen?«

»Dann wäre er überhaupt nicht mitgekommen«, erwiderte Feliss schrill. Sie erhob sich aus dem Gras und vergaß es, weiterhin die Hände auf die Wunden zu pressen. »Glaubst du etwa, er wäre nur mitgekommen, um gemeinsam mit dir und Ronna zu

essen? Du kämmst dir nicht einmal das Haar, und das Ronnas ist so abscheulich, daß...« Sie biß sich plötzlich auf die Lippe und warf Ronna einen unsicheren Blick zu.
Und das Ronnas war so häßlich... Ich holte tief Luft und starrte ungläubig auf das hohlwangige Mädchen, das erschöpft an der Seite Trebbs schwankte. Das Feuer in den glühenden Augen war erloschen, und die versengte Kleidung hing lose und haltlos an einem abgemagerten Leib. Ronna hob den Blick und deutete mit der einen knochigen Hand ins Gras hinab. »Trebb...«
Feliss schnappte nach Luft und strich sich mit den Händen über den nackten Bauch. Von ihren beiden Wunden waren nur zwei Falten übriggeblieben. Ihr Gesicht stellte eine Maske widerstreitender Empfindungen dar: Erleichterung, Freude, Beschämung, Groll. Stumm beobachtete sie Trebb, der Ronna ins Gras sinken ließ und umdrehte, auf daß sie ihr Gesicht der Sonne zuwenden konnte. Ronna preßte die Hände an die Hüften.
Sie atmete rasselnd und zischend. Es dauerte einige Minuten, bevor sie wieder die Augen aufschlug. Sie lächelte müde. »Ich wußte, daß ich die Kraft in mich aufnehmen konnte. Ich war so schwach, so müde während des ganzen Monats. Aber an jedem Tag spürte ich das Prickeln in den Fingern. Und heute, als es erforderlich wurde, wußte ich, was zu tun war. Ich wußte, wie man die Kraft direkt aus der Sonne bezieht.«
Trebb kniete sich neben ihr nieder und strich ihr eine Strähne staubfarbenen Haars aus der Stirn. »Kannst du es erneut bewerkstelligen? Kannst du dir erneut das Aussehen wie vorhin geben? Wann immer es dir gefällt?«
Sie schloß kurz die Augen. »Ja«, erwiderte sie leise. »Ich kann es erneut vollbringen, aber ich muß noch ein wenig warten. Die Veränderung...«
»Tut es weh?« fragte Feliss, und in ihrem Gesicht zeigte sich so etwas wie Sorge.
Ronna lächelte dünn: »Es... brennt. Es brennt in mir. Ganz tief in mir, wo es niemand sehen kann.«
»Und ich bin die einzige, für die du das jemals gemacht hast?« fragte Feliss in eigensüchtigem Erstaunen.

»Du bist die erste. Später werde ich es erneut machen. Später. Jetzt noch nicht. Jetzt nicht noch einmal. Nein...«
»Du solltest nicht sprechen«, riet ihr Nadd und sah sich übereifrig um. »Hol den Stuhl vom Spielplatz, Herrol; dann können wir sie zurücktragen.«
Herrol hatte Furcht und Besorgnis gerade einige Augenblicke zuvor abgestreift und leugnete jede Schuld gegenüber Ronna. Seine schmale Stirn furchte sich in wachsendem Unmut. Er hatte Nadds Übereifer nie gemocht. »Ich muß mich um meine Kälber kümmern«, verkündete er. Dann drehte er sich um und marschierte mit zotteligem Haarpelz über die Wiese.
Nadd rief ihm nach, aber Trebb schüttelte den Kopf. »Corrie, hol du den Stuhl. Du kannst mir dabei helfen, sie ins Dorf zurückzutragen.«
Ich wich seinem ernsten und durchdringenden Blick aus, als eine panikartige Empfindung in mir emporzuquellen begann. Ich hatte nur einen Wunsch: Ich wollte mich zurückziehen in die anheimelnde Modrigkeit meiner Blauweide und alles vergessen, was ich an diesem Morgen gesehen und erlebt hatte.
»Ich gehe nicht in die Siedlung zurück«, erklärte ich und versuchte, meine Stimme so fest und entschlossen klingen zu lassen wie die Herrols.
Aber Trebb konnte mich auch dann bezwingen, wenn niemand sonst dazu in der Lage war. »Du mußt, Corrie. Nadd ist zu klein, um das andere Ende des Liegestuhls zu tragen. Und allein werde ich nicht damit fertig. Dazu ist es zu weit bis nach Draes Kreuzung.«
Ich saß in der Falle und blickte von einem zum anderen. Ronna lag wie ein knorriges Bündel im Gras – grau und vertrocknet und kantig. Feliss hatte sich mit einer Wolke aus Schreivögeln umhüllt. Sie hockten ihr auf den Armen und der Schulter und klammerten sich auch an Bauch und Rücken fest, wobei sie leise zirpten. Nadds Augen waren groß und drückten tiefe Besorgnis aus, und Trebb kniete neben Ronna, während das Gras an seinen Fußknöcheln entlangraschelte.
Trebb... eine marternde Faust umklammerte mein Herz. Meine Eltern hatten die Möglichkeit gehabt, Feliss zu vernich-

ten, aber sie waren gescheitert. Trebb war ebenfalls davongekommen, wie Nadd und Herrol und ich selbst. Selbst Ronna war kein Leid geschehen.
Hatte ich das Drängen meiner Eltern falsch verstanden? Hatte ich sogar ihr letztendliches Ziel nicht richtig interpretiert?
Ich versuchte, aus den Ereignissen jenes Morgens Hoffnung zu schöpfen. Aber als ich zum Spielplatz zurückkehrte, konnte ich unter meinen Füßen das zitternde Beben meiner Mutter spüren. Der ganze Vorplatz war versengt, das Gras infolge der Hitze verdorrt. Ich sah mich niedergeschlagen um, erkannte die verbrannten Reste des Picknickkorbes und neben der Treppe das, was von Ronnas Tragestuhl übriggeblieben war. Das Klettergerüst war der heißen Sonnenglut beinah vollständig zum Opfer gefallen, ebenso wie die Kleidung Feliss'. Die Wand der Hütte hatte sich mit einer grauschwarzen Ascheschicht überzogen, und die Fensterscheiben waren geschmolzen.
Trebb sah mich fragend an, als ich mit leeren Händen auf die Wiese zurückkam. »Es ist nichts mehr da«, berichtete ich. »Der Stuhl ist verbrannt.«
»Dann müssen wir eine Bahre konstruieren«, stellte er fest. »Wir nehmen dazu am besten einige Latten des Zauns. Und wenn wir als Bespannung etwas Segeltuch auftreiben können...«
»Wir haben hier einige Schlechtwettervorhänge zurückgelassen, als wir nach Draes Kreuzung umzogen«, warf Nadd ein.
Trebb nickte. »Dann sieh zu, ob du sie finden kannst, Nadd. Ein paar von ihnen sind sicher schon ganz schimmelig geworden, aber vielleicht läßt sich noch der eine oder andere verwenden.« Damit wandte er sich wieder zu mir und warf mir ein kostbares, aufmunterndes Lächeln zu.
Doch als Trebb und ich Ronna später auf einer behelfsmäßigen Trage nach Draes Kreuzung zurückbrachten, gefolgt von Nadd und Feliss, da wußte ich, daß Trebb ebenso sensibel war für die Stimmung des Bodens zu unseren Füßen. Und ich wußte, daß er mein nervöses Unbehagen angesichts unserer Zukunft als Söhne und Töchter unserer leidenden Mutter Schicksal teilte.

# *NADD*

Frühjahr 0226

Wir waren noch nicht sehr weit gekommen, als sich Feliss an Ronnas Bahre vorbeischob und vorauslief, gefolgt von einem zirpenden Schwarm aus Schreivögeln. Ich starrte ihr nach, als sie über den Weg sprang und tanzte, und ich schauderte, unfähig dazu, die apokalyptischen Visionen zu verdrängen, von denen ich erfaßt worden war, kurz bevor sie sich auf die Hörner Herrols aufgespießt hatte. Wenn die Bilder, die zu jenem Zeitpunkt an meinem inneren Auge vorbeigeglitten waren, sich in Wirklichkeit verwandelt hätten, dann wären wir nun nicht unterwegs nach Hause. Dann lägen wir nun mit weit aufgerissenen Augen auf der Wiese, in Regenfluten ertrunken vielleicht, von Blitzen erschlagen – Opfer eines Unwetters, das heftiger war als alle anderen, die die Menschen auf Schicksal bisher heimgesucht hatten.

Aber meine Vision hatte sich nicht erfüllt. Feliss sang glücklich und zufrieden mit ihren Vögeln, und Corrie wanderte angesichts der Bürde, die auch auf ihren Schultern lastete, sanft wie ein Lamm mit uns. Und die Sonne lächelte auf uns alle herab.

Die Sonne glänzte mit einer außergewöhnlichen Intensität, und ihre Strahlen wirkten zunehmend beklemmend auf mich. Zweimal wandte ich mich um und blickte zurück. Einmal schien ich dabei in ein glühendes Gesicht zu starren, in schimmernde und hypnotische Augen. Schaudernd drehte ich mich wieder um. Und als ich kurz darauf erneut zurücksah, galt mein Blick nur einer unbewegten Kugel, einem fernen und ausdruckslosen Leuchten.

Ich hatte trotzdem immer noch den Eindruck, als habe sie diesen Tag gewählt, um mit besonderer Eindringlichkeit auf uns herabzugleißen, als bewirke sie eine tiefgründige Veränderung nicht nur in uns, sondern auch im Netzwerk des Werdens und Vergehens, der Zeit selbst. Es war, als dehne sie sich daraufhin und als werde der kurze Rückweg nach Draes Kreuzung zu ei-

ner Ewigkeit. Ich erbebte und versuchte das Gefühl zu verdrängen, daß wir gerade einen Punkt in unserer persönlichen Entwicklung erreicht hatten, vom dem aus keine Rückkehr mehr möglich war. Von hier an, von jetzt an, gab es nur noch die Flucht nach vorn.
Aber welche Zukunft lag vor uns? Welche Vollendung unseres Schicksals erwartete uns?
Wir kletterten einen grasbewachsenen Hügel empor, und auf der Kuppe ließen Trebb und Corrie die Bahre Ronnas zu Boden sinken. Dann wichen sie sofort einige Schritte zurück; Trebbs Züge wirkten hölzern und starr, und in Corries Miene kam Erstaunen zum Ausdruck. Ich schloß zu ihnen auf und blickte auf Ronna hinab. Sie hatte sich nicht wieder in die Göttin verwandelt, als die sie sich uns auf der Wiese dargeboten hatte, aber in der kurzen, seit unserem Aufbruch von der Sonnenkindhütte verstrichenen Zeit waren ihre Wangen wieder voller geworden, und ihr Haar war dunkel und weich. Als sie aufstand, endete der Saum ihres Coveralls erneut über den Fußknöcheln.
Ich sah auf und spürte erneut den Druck des strahlenden Blicks der Sonne. Sonnenlicht: Es berührte uns mit tastenden Fingern, Fingern, die sich tief in unsere Leiber hineinbohrten und Potentiale zum Leben erweckten, die zuvor tief geschlafen hatten. Gähnend erwachten sie, streckten sich, und dann...
Ronna schien Trebbs Verblüffung und das Erstaunen Corries kaum zu bemerken. »Weiter braucht ihr mich nicht zu tragen.« Sie schenkte uns ein geistesabwesendes Lächeln, so als sei sie halb in einem Traum gefangen und sich unserer Anwesenheit nicht ganz bewußt. »Ich fühle mich jetzt schon wesentlich kräftiger.«
»Ronna...« Corries Stimme klang gepreßt, und ihre Lippen bildeten einen dünnen weißen Strich.
Ronnas Blick konzentrierte sich kurz auf Corrie, und ihr Lächeln schien plötzlich eine überirdische Qualität zu gewinnen, so tiefgründig und umfassend wirkte es. Langsam streckte sie den Arm aus, und es war, als wolle ihre Hand nach der geballten Faust Corries greifen. Corrie zuckte wie erschrocken zurück, und ihr Gesicht lief rot an. »Nein!«

Ronna wollte sich nicht zurückweisen lassen. Ihr Lächeln wirkte nun verträumt. »Ich werde dich nicht berühren, wenn du noch nicht dazu bereit bist, Corrie.«

Inzwischen war Feliss tanzend und springend zu uns zurückgekehrt. Ihre nackten rosafarbenen Brüste glänzten, und ihre Vögel flatterten aufgeregt umher. »Es gibt viele Leute in Draes Kreuzung, die du berühren kannst, wenn du dich wieder stark genug fühlst«, bemerkte sie klug. Corries aschfahles Gesicht und ihren entsetzten Blick schien sie nicht zur Kenntnis zu nehmen. »In diesem Frühjahr sind viele krank geworden. Drei von ihnen...«

»Feliss!« zischte Trebb.

»Schon gut«, meldete sich Ronna zu Wort, und noch immer umspielte jenes engelhafte Lächeln ihre Lippen. »Ich weiß, daß jene drei begraben werden mußten. Ich bin so schwach gewesen in letzter Zeit, und es gab so viele Leute, die meiner Hilfe bedurften. Aber es handelte sich um eine vorbereitende Schwäche, einen letzten Test. Jetzt werde ich stark – sehr stark. Bald schon werde ich dazu in der Lage sein, allen zu helfen, selbst den Bewohnern der entferntesten Siedlungen, jenen Menschen, die den neuen Weg noch nicht akzeptiert haben. Aber es dauert nicht mehr lange, dann erklären auch sie sich mit ihm einverstanden.« Sie drehte sich um und sah mich an. »Ist es nicht so, Nadd?«

»Ich...« In meinem Hals steckte ein Kloß. Ihr Blick glich Sonnenlicht, das zu einer heißen Sonde konzentriert worden war. Ich konnte spüren, wie sich die Energie durch mein Inneres tastete, wie sie verborgene Potentiale zischend zum Leben erweckte, sie stimulierte. Ich schnappte nach Luft, und Bilder glitten durch mein Bewußtsein, so viele Bilder, daß ich sie nicht auseinanderzuhalten vermochte. Die Visionen rasten so rasch an meinem inneren Auge vorbei, daß ich nicht die Zeit hatte, ihren Inhalt in mich aufzunehmen. Ich wurde schier überwältigt von dahinhuschenden Eindrücken, die hundert widersprüchliche Zukünfte beschrieben – und alle waren sie von gleicher kontrastreicher Eindringlichkeit. Im gleichen Moment wußte ich, daß diese alternativen Zukunftsentwicklungen nicht neu für mich waren. In meinem Bewußtsein hatten sich schon immer die Bilder und Visionen Hunderter und Tausender möglicher Zukünfte zusammengeballt. Ich hatte, um meines eigenen Seelenfriedens willen, bis auf die deutlichsten Eindrücke alle anderen Wahrscheinlichkeitsmosaike verdrängt. Jetzt aber, angesichts des durchdringenden Blickes von Ronna... Mit einem erstickten Schrei preßte ich mir die Fingerknöchel an die Schläfen. Für kurze Zeit ließ die unaufhörliche Flut an Visionen ein wenig nach.

Bäume. Überall um uns herum wuchsen Bäume und kamen uns immer näher. Bäume mit Borken aus zerlumpten schwarzen Roben. Bäume mit fauligem Fleisch und knochigen Beinen. »Es gibt keinen Platz mehr!« schrie ich, und Panik wallte in mir empor, als ich den zunehmenden Druck der sich an uns heranschiebenden Leiber spürte. »Wir haben keinen Platz für die Pilger. Wir haben nicht genug Wasser, nicht genug Lebensmittel. Wir...«

»Aber das wird sich schon recht bald ändern«, sagte Ronna ruhig. »Aus diesem Grund sind wir geboren worden – um die Menschen hier zu verwurzeln, um sie endlich einzupassen in ihre Umwelt, um das Verbindungsglied zu schaffen, das sie selbst nicht schmieden können. Ich wurde geboren, um mich um ihr Wohlergehen zu kümmern, Trebb und Herrol, um sie mit Fleisch und Korn zu versorgen.«

»Und ich wurde geboren, um ihnen den Tod zu bringen!« zischte Corrie und wich mit hochgezogenen Schultern von Ronnas prophetischer Präsenz zurück. Ihr Haar glich lebendigen Schlangen, die sich von ihrem Haupt herabringelten. In ihren Augen lauerte Gewittertod, und die düsteren Wolken in ihren Pupillen schienen sich jederzeit ablösen und den Himmel bedecken zu können. Doch in ihren Zügen kam keine verzerrte Boshaftigkeit zum Ausdruck, sondern Furcht – eine Angst, die ebenso umfassend war wie die meine.

»Und Regen«, sagte Ronna sanft. »Du bescherst Dracs Kreuzung den Regen. Bald schon wirst du damit auch alle anderen Siedlungen segnen.«

»Ich werde ihnen Stürme und Gewitter bringen!« rief Corrie.

*»Ich werde ihnen Stürme und Gewitter bringen«, drohte Corrie.*

Kein leeres Versprechen, denn Corrie ist anders. Sie hat die Macht über die Natur. Und was ist mit Ihnen? Sie können Wind und Wetter nicht beeinflussen, sagen Sie?
Dann wird es höchste Zeit!
Als Meister des Schwarzen Auges gebieten Sie nicht nur über Naturgewalten, sondern über das unerschöpfliche Arsenal einer ganzen Phantasiewelt...

*Bitte umblättern* ☞

Corries Stimme klang schrill und hysterisch. In ihrer Miene stand noch immer blankes Entsetzen geschrieben, tränenfeuchte Panik.

»Ich werde Unwetter beschwören«, rief sie, »ich werde die Häuser einstürzen lassen und sowohl Menschen als auch Vieh zerfetzen. Und ich rufe Blitze herbei, die alles vernichten, was meinen Böen entkommen ist, Regen, um die dann noch Lebenden zu ersäufen. Ich werde es so tosend donnern lassen, daß alle, die selbst dann noch nicht dem Tode anheimgefallen sind, nie mehr einen Ton hören können. Ich...«

»Das ist nur ein Aspekt deines Potentials«, sagte Ronna und ließ sich nicht aus der Ruhe bringen. »Wenn ich in die Zukunft blicke, dann sehe ich Leben, denn ich bin eine Geborene des Lichts. Und du siehst Tod, weil du ein Kind der Dunkelheit bist. Jeder von uns kann eine andere Vision der Zukunft betrachten.«

»Und ich sehe sie alle!« platzte es voller Verzweiflung aus mir heraus. Denn plötzlich stürmten sie alle auf mich ein: Ronnas Bilder des Lebens, Corries Todesträume, Herrols Visionen von großen Herden, Feliss' Vorstellungen von Schwärmen aus Schreivögeln, die so gewaltig waren, daß sie den Himmel verdunkelten. Vor meinem inneren Auge wanderte ich über die Wiese und spürte, wie sich zu meinen Füßen die geplagte irdene Mutter Trebbs regte. In meinen Gedanken entstand sogar das Wunschbild des Erfahrenvaters Schuster von einer Bevölkerung, die zu einer starken und glücklichen menschlichen Gemeinschaft verschmolz. Ganze Armeen von Siedlern trampelten über mich hinweg, und ihre Stiefel stampften mich in den Boden. Sie breiteten sich auf der Ebene bis hin zu den Bergen aus, und sie drängten alles beiseite, was sich ihnen in den Weg stellte.

*Die Sonne glänzte herab.* Die Sonne berührte mich dort, wo ich noch nie zuvor berührt worden war. Die Sonne strahlte mir aus Ronnas Augen entgegen, und ich sah alle Zukünfte, die je von Menschen oder Sonnenkindern erblickt worden waren – oder erblickt werden mochten –, in Träumen oder Visionen des Schreckens. Jede mögliche und wahrscheinliche Zukunft brandete an die Küsten meines Bewußtseins, donnernd und krachend und schäumend. Die sich mir entgegenwälzenden Visionenfluten drohten mich zu ertränken und zu zerschmettern. Und doch stand ich noch immer auf der Kuppe des grasbewachsenen Hügels, eingetaucht in hellen Sonnenschein.

»Ja, du siehst sie alle«, sagte Ronna. Aus ihrem Blick schien mir – abgesehen von der potentialisierenden Wärme des konzentrierten Sonnenlichts – eine besondere Sanftmut entgegenzutropfen. »Aber in einem Jahr wird nur eins der vielen Heute, die du jetzt siehst, Realität geworden sein. Die anderen haben sich dann aufgelöst und als weniger wahrscheinlich erwiesen. Deine Funktion...«

»Aber es gibt sie alle!« protestierte ich. »Und jedes der Bilder ist so real wie das andere. Was du siehst, ist ebenso wirklich wie das, was Corrie betrachtet. Trebbs Mutter ist ebenso real wie die Herden Herrols. Die Unwetter, die Bäume, das irdene Zittern... die Pilger...«

Ronna schüttelte den Kopf, und ihre Stimme war noch immer ganz zart und sanft. »Sie alle erscheinen dir jetzt als wirklich, aber wie sollte das tatsächlich möglich sein? Nur eine der Zukünfte, die sich dir jetzt darbieten, wird sich auf Schicksal herabsenken. Nur eine. Gleite tiefer hinab, Nadd. Denke nach. Von jedem einzelnen Punkt des Zeitstroms gehen Hunderte verschiedener Zukünfte aus, und jede davon ist ebenso möglich wie alle anderen. Aber wir können nur einen Weg gehen, und wenn wir uns für einen entschieden haben, werden alle anderen nichtexistent.«

»Aber ich kann nicht herausfinden, welche Zukunft die echte ist«, stöhnte ich. War es meine Bestimmung, während meines Lebens von Visionen heimgesucht zu werden, die sich später als falsch herausstellen mochten?

»Weil es keine echte Zukunft gibt. Es gibt nur die eine, der wir dadurch eine reale Grundlage geben, indem wir uns entscheiden, in ihr zu leben. Deine Funktion besteht darin, alle möglichen Zukünfte zu sehen, sie zu bewerten und uns an jedem Punkt entlang des Weges die Konsequenzen unserer Wahlentscheidungen und Handlungen aufzuzeigen.«

»Ich . . .«
»Es ist deine Funktion, außerhalb des Zeitstroms zu stehen und uns anzuleiten.«
Aber ich vernahm ihre Worte nur wie aus weiter Ferne. In stummem Protest schüttelte ich den Kopf. »Nein. NEIN. Es ist alles ein einziges Durcheinander. Alles bildet einen gewaltigen, ineinander verschachtelten Stapel. Nichts ergibt Sinn. Ich kann es nicht trennen und sortieren.« Selbst während ich sprach, wirbelte weiterhin Chaos durch mein Bewußtsein. Visionäre Splitter sausten an meinem inneren Auge vorbei, flüchtige Eindrücke, düstere Vorahnungen – und sie alle widersprachen sich. »Ich bin nicht dazu in der Lage . . .«
»Du kannst es«, erwiderte sie mit zärtlicher Gewißheit. »Vielleicht jetzt noch nicht, nicht in diesem Augenblick. Aber bald. Wir alle befinden uns in einem Reifeprozeß. Wochenlang habe ich die Fähigkeit, Kraft direkt aus der Sonne zu beziehen, als ein Prickeln in meinen Fingern gespürt, und heute endlich hat sich diese Gabe entwickelt. Heute habe ich gelernt, jene Kraft in mich aufzunehmen, sie zu kanalisieren und einzusetzen. Und morgen bin ich erneut dazu in der Lage, die umfassende Stärke, die ich brauche, von der Sonne zu beziehen. Wenn du dann dazu bereit bist, sie zu empfangen, dann werde ich dich in die Lage versetzen, die sich dir offenbarenden Visionen zu sortieren und dich für einen Weg für uns alle zu entscheiden. Wenn wir beide dazu bereit sind, mache ich dich morgen zu einem Seher.«
Ich starrte sie groß an, betrachtete das volle und glänzende Haar, das ihr bis zur Taille hinabreichte, ihre geschmeidigen und mit dünnem Haarflaum bedeckten Arme. »Du . . .« Ich keuchte.
»Ich bin der Katalysator«, sagte Ronna. »So wie Corrie die Zerstörerin ist.«
Corrie: Wir drehten uns alle um und sahen sie an. Sie duckte sich, als habe sie Todesangst, und sie preßte sich die eine Faust an die zusammengebissenen Zähne.
»Ich bin der Katalysator«, wiederholte Ronna. »Wenn es an der Zeit ist, werde ich selbst Corrie helfen, ihrer Bestimmung ge-

recht zu werden. Ich muß es. Sieh in dich hinein, Nadd. Dann wirst du es auf jedem Pfad in die Zukunft erkennen – eine Corrie, deren Schicksal sich erfüllt.«

Feliss' Vögel hatten zuvor ihr Zirpen eingestellt. Jetzt begannen sie erneut ihre melodischen Stimmen zu erheben, als Feliss aufgeregt fragte: »Und ich? Sorgst du auch dafür, daß sich meine Bestimmung erfüllt?«

Bevor Ronna eine Antwort darauf zu geben vermochte, gab Corrie ein verzweifeltes Heulen von sich. Dann sprang sie fort, rannte den Weg hinunter und stürmte über die Wiese. Ihr Haar war ein ihre Schultern umwehender Schleier. Ronna sah ihr ruhig und gelassen nach, dann richtete sie ihren von strahlendem Sonnenglanz erfüllten Blick wieder auf mich.

Und ich sank auf die Knie, plötzlich bestürmt von Visionen, die mir eine Corrie zeigten, deren Schicksal sich erfüllte, Visionen von Gewittern und Tod, von einer schier unfaßlichen Zerstörung. Nur am Rande war ich mir des schrillen Schreis bewußt, der sich meiner Kehle entrang, des Schaums auf den Lippen, meiner zuckenden und sich hin und her windenden Glieder. Die anderen versuchten währenddessen, mich zu beruhigen. Dann krümmte sich mein Leib angesichts der versengenden Hitze eines visionären Blitzes zusammen. Fast dankbar gab ich mich der Schwärze einer barmherzigen Ohnmacht hin, die außerhalb des stetig dahinfließenden Zeitstroms angesiedelt zu sein schien. Eine Ewigkeit lang genoß ich die warme Dunkelheit und sammelte Kraft für die lange Reise zurück zum wachen Bewußtsein, zurück zu der Marter aus mich umbrandenden Bildern und Visionen.

Als ich erwachte, schwankte ich auf der Bahre, die Ronna und Trebb trugen. Eine Zeitlang betrachtete ich den strahlenden Morgenhimmel. Dann senkte sich erneut Dunkelheit über mich.

An die Ereignisse der folgenden Stunde kann ich mich nur undeutlich erinnern. Die Sonne loderte weiterhin auf uns herab, durchtränkte den Morgen mit kraftvoller Energie und verwandelte ihn in etwas ganz Besonderes. Als wir uns Draes Kreuzung näherten, begrüßten die Gräser, Büsche, Sträucher und

Bäume Trebb mit einem erregten Rascheln, und manchmal schien es, als wollten sie ihre Wurzeln aus dem Boden reißen, um ihm näher zu kommen. Aus einer Entfernung von vielen Dutzend Kilometern schwebten riesenhafte Vogelschwärme heran und gesellten sich zu der Wolke, die bereits zu einem ständigen Begleiter Feliss' geworden war. Die Schreivögel bildeten einen wirbelnden Kegel aus bunten Federn, der Hunderte von Metern in den Himmel hinaufragte. Viehherden säumten knurrend den Weg.

Die Bewohner der Siedlung spürten unser Kommen, lange bevor wir den Rand des Dorfes erreichten. Schweigend verließen sie ihre Häuser, um uns zu beobachten. Ich war inzwischen wieder zu mir gekommen, schloß nun aber die Augen und versuchte, die Ehrfurcht zu vergessen, die in den Gesichtern der Männer, Frauen und Kinder zum Ausdruck kam. Aber ich wußte – und auch sie waren sich darüber klar – daß sich unser Leben veränderte, von Grund auf und für immer. Ich gab mir zwar Mühe, war aber dennoch nicht in der Lage, in die sanfte und dunkle Umarmung der Bewußtlosigkeit zurückzukehren.

Wir erreichten die Hütte, und Trebb und Ronna ließen die Bahre sinken. Ich stand mit zittrigen Gliedern auf und sah mich im Kreis der Menschen um, die uns umringten. Ich griff mir an den Hals und versuchte, eine imaginäre Fessel zu entfernen, die mir die Kehle einschnürte.

Nira und Erfahrenvater Schuster bahnten sich rasch einen Weg durch die um uns herum Versammelten. Nira blieb abrupt stehen, als sie Ronna erblickte. Die Farbe wich aus ihrem Gesicht, und sie preßte sich die eine Hand auf den Mund. Als Erfahrenvater Schuster nach ihrer anderen Hand griff und sie drückte, drehte sie sich um und sah ihn groß an. »Du hast damit gerechnet, Aldred«, stieß sie vorwurfsvoll hervor. Ihr Blick richtete sich wieder auf Ronna. »Aldred, du...«

»Ich habe... irgend etwas erwartet«, sagte er. Als er Ronna ansah, preßte er die Lippen zu einem dünnen Strich zusammen. »Aber nicht heute. Nicht so schnell.« Rasch blickte er sich auf dem Vorplatz um. Jeder Halm des Filigrangrases, der nicht von den Füßen der Dorfbewohner niedergetreten worden war, neigte sich zitternd Trebb entgegen. Beide Gehölze – sowohl das der Blauweiden als auch der Fingerpalmen – rauschten und erhoben für ihn ihre seufzenden Stimmen. Das Knarren und Knistern der Glanzbüsche übertönte deutlich das Flüstern der Menge. »Nicht so schnell«, wiederholte Erfahrenvater Schuster, und in der zwischen diesen beiden Bemerkungen verstrichenen Zeit hatte er das Offensichtliche akzeptiert und war bereit dazu, sich damit abzufinden. »Feliss, ich glaube, du solltest dich nun wieder ankleiden«, sagte er und meinte damit die schlanke Gestalt, die in dem wogenden Durcheinander aus Schreivögeln beinah unsichtbar war.

Feliss lachte und wischte den Vorhang aus farbenprächtigem Gefieder beiseite. »Mit Federn oder einem Coverall, Aldred?« Unterwegs hatte sie irgendwo ihre zerrissene Hose fortgeworfen. Sonnenschein spiegelte sich aufreizend auf ihrem nackten Leib. Sie lächelte zu Erfahrenvater Schuster empor und rechnete damit, sich an seiner Verwirrung laben zu können.

Aber Erfahrenvater Schusters Lächeln war ebensowenig verwirrt wie fassungslos. »Wie würde es dir denn gefallen, Feliss?«

Sie warf ihr langes schwarzes Haar zurück und lächelte anzüglich. »Ich habe heute bereits Federn und auch normale Kleidung getragen. Ich glaube, ich werde einfach so bleiben wie ich bin: nackt. Der Wind fühlt sich gut an auf der Haut.«

Es war die laue Brise Tausender schlagender Flügel. Tiefe Furchen fraßen sich in Niras Stirn. »Junges Mädchen …«

»Ich bin kein junges Mädchen mehr, Nira«, verbesserte Feliss mit einem perlendem Gelächter. »Ich bin ein goldener Vogel, und ich segle am Himmel dahin.«

»Du bist so lange ein junges Mädchen, bis du im kommenden Winter das Alter der zweiten Reife erreichst«, sagte Nira barsch. »Du wirst nun ins Haus gehen und deine Blöße bedekken.«

»Ich bin ein goldener Vogel, und ich fliege dorthin, wo es mir gefällt«, gab Feliss spitz zurück. Mit einem rebellischen Kichern erhob sie sich auf die Zehenspitzen und begann sich um die eigene Achse zu drehen. Ihr rosafarbener Leib schimmerte im Sonnenlicht. Schreivögel flatterten in strahlenden Spiralen um sie herum und zirpten mit melodischen Stimmen, als sie sich schneller und immer schneller drehte. Innerhalb weniger Augenblicke war ihr ganzer Körper mit Federn bedeckt, und sie sah uns aus den frechen schwarzen Augen eines Schreivogels an. Sie warf Nira ein spöttisches Lächeln zu, dann breitete sie die Schwingen aus und stieg zu ihrem Schwarm in die Luft empor.

Ich war der einzige, der das leise Seufzen Niras vernahm, mit dem sie in Ohnmacht fiel. Alle anderen sahen dem gleißenden Schwarm aus Schreivögeln nach, der unter dem Firmament dahinsegelte und dem großen goldenen Vogel folgte, dessen Federn im hellen Sonnenlicht funkelten. Der Schwarm gab ein vielstimmiges und begeistertes Zirpen von sich und flog davon. Nicht ein einziger Nachzügler blieb zurück.

Nira war ins Gras gesunken. Ich bahnte mir einen Weg zu ihr, kniete mich nieder und bettete ihren Kopf in meinen Schoß. Ihre Wangen waren blaß, und ihre Lider bewegten sich kaum. Auch Erfahrenvater Schuster kniete sich kurz neben ihr nieder, dann schob er rasch den Arm unter Niras reglosen Leib und hob sie hoch. »Tretet zur Seite«, wies er die Dorfbewohner an, die uns umdrängten. »Laßt mich durch.«

Sie wichen widerstrebend vor ihm zurück. Im Innern der Hütte legte Erfahrenvater Schuster Nira ins große Bett. »Hol eine Decke für sie«, forderte er mich auf. Als ich seinem Verlangen nachgekommen war, beugte er sich über sie, berührte ihr Gesicht, den Hals. »Es ist alles in Ordnung mit ihr, Nadd«, sagte er schließlich. »Ich möchte, daß du bei ihr bleibst. Sie hat nur das Bewußtsein verloren. Sie sollte jetzt nicht allein bleiben, und ich muß mich um die anderen draußen kümmern.«

Allein mit den Bäumen, mit jenen Bäumen, deren dunkle Fleischborke sich langsam zersetzte. »Erfahrenvater...«

Er umfaßte kurz meinen Arm, und sein Kopfschütteln deutete an, daß er diesmal keine Rücksicht auf meine Schwäche zu nehmen bereit war. »Es gibt Zeiten, zu denen jeder von uns einmal stark sein muß. Diesmal ist es an dir, Nadd.«

Und ich wußte, daß er recht hatte. Nira lag bewußtlos unter der handgestrickten Decke; sie atmete ganz flach, und ihr Gesicht war so weiß, daß es fast wie das eines Toten wirkte. »Ja, ich ... ich weiß«, erwiderte ich und versicherte ihm: »Ich werde stark sein.« Und ich kämpfte gegen die in mir aufsteigende Hysterie an.

»Gut.« Und damit war er verschwunden.

Später wurde jener Tag zu einer Legende. Später erfuhr ich von der Massenheilung, die Ronna auf der Wiese vor der Hütte durchführte. Ich hörte von dem Vieh, daß sich auf den Weiden zu gewaltigen Herden zusammendrängte, von dem riesenhaften Schreivogelschwarm, der dann und wann zu sehen und zu hören war, von dem saftigen Gras, das so rasch in den Bereich des von der Dürre verbrannten Bodens hineinwuchs, daß man praktisch sehen konnte, wie sich die grüne Grenze langsam hinausschob. Ich hörte von Bäumen, die um einige Meter wuchsen, als Trebb auf den Schultern der Dorfbewohner durch die Siedlung getragen wurde. Ich hörte von der lebenden Wolke, die Feliss am Himmel schuf, wenn sich Leute zu einem Lobgesang versammelten, von Sonnenlicht, das auch dann noch erstrahlte, wenn das glühende Auge der Sonne längst hinter dem Horizont versunken war. Ich hörte von der neuen Litanei, die ganz spontan angestimmt wurde, und ich hörte, wie sich der Boden zu Füßen der Preisenden bewegte, als sie zum erstenmal ertönte.

Von all diesen Dingen erfuhr ich später, aber ich sah sie nicht mit eigenen Augen. Statt dessen hockte ich neben Nira, während sie darum kämpfte, sich jene geistige Gesundheit zu erhalten, die in ihrem Fall noch nie gefährdet gewesen war. Stundenlang sprachen wir über ganz einfache Dinge: wie viele Krüge mit Bohnen von dem im vergangenen Jahr erfolgten Einmachen noch übriggeblieben waren, ob Angelicus ein neues Hemd brauchte, das sie zu unserer Schulabschlußfeier tragen sollte, ob Ledigfrau Tetner auch wirklich das Baby aufziehen konnte, das sie überraschenderweise noch in ihrem fortgeschrittenen Alter empfangen hatte. Es waren Dutzende von solchen nebensächlichen Angelegenheiten. Als der Tag zur

Neige ging und wir von dem noch unbepflanzten Feld südlich der Hütte die Psalmodie erklingen hörten, hatte sie ihre Fassung endgültig wiedergewonnen. Sie lächelte mich an und berührte meine Wange. »Danke, Nadd. Eine Zeitlang glaubte ich... eine Zeitlang glaubte ich, daß ich mit der Realität nicht mehr gut auskommen könnte. Jetzt aber bin ich wieder stark genug, um zumindest eine Weile weiterzumachen. Wenn du nun gern zum Essen gehen würdest, dann mach dich nur auf.«
Ich sollte in den Wald laufen? Ich sollte mich den Bäumen ausliefern, auf daß sie sich immer enger um mich drängten und mir schließlich die Luft zum Atmen nahmen? Ich schüttelte stumm den Kopf und zog mich in mein Zimmer zurück. Dort fiel ich in einen Schlaf der Erschöpfung. Ich wachte nicht einmal dann auf, als die anderen gegen Mitternacht zurückkehrten.
Als ich schließlich erwachte, war die Hütte eingehüllt von der Stille allgemeinen Schlafes. Ich setzte mich auf, sah mich in dem trüben Zimmer um und versuchte herauszufinden, woher das Geräusch kam, das mich geweckt hatte. Kurz darauf ertönte es erneut, und ich sah Trebb, der draußen am Fenster stand und mit den Fingerspitzen an die Scheibe klopfte. Die Züge seines Gesichts wirkten starr und hölzern, und sein Haar rankte sich Efeu gleich über die Ohren. »Nadd!« zischte er, als er sah, daß ich wach war.
Aus der Richtung von Herrols Bett erklang ein kehliges Schnaufen. Ich verdrängte das in mir haftende und mit Furcht einhergehende Widerstreben und schlich ans Fenster. Trebb stand bis zur Hälfte in hohem Filigrangras, das noch immer wuchs und kleine grüne Reben nach ihm ausstreckte. »Was...?«
»Komm mit mir zum Fluß, Nadd«, sagte er, und es schien ihn große Mühe zu kosten, diese Worte zu formulieren. Warum klang seine Stimme so hohl? Und warum war der Blick seiner Augen so leer? »Komm mit mir.«
»Nein, danke«, lehnte ich instinktiv ab und blickte an ihm vorbei auf die ineinander verschlungenen Grashalme. Wenn ich nach draußen ging, würde ich mich darin verheddern, während

sie versuchten, zu Trebb zu gelangen. Um uns herum mochten Bäume ihre Äste und Zweige erheben und nach uns beiden ausstrecken. Wenn ich hinausging, würde ich mich in einem Labyrinth aus hin und her tastenden Ranken verlieren. »Nein, Trebb.«

»Komm«, beharrte er. »Meine Wurzeln... ich spüre, wie sich der Boden für meine Wurzeln öffnet. Ich fühle...« Er winkte mit den Armen und suchte nach den passenden Worten. »Vielleicht ist dies die letzte Nacht, in der ich frei herumlaufen kann. Morgen schon könnte ich für immer an einen Ort gebunden sein. Morgen könnten sich meine Wurzeln im Boden verankert haben.« Seine Hände bewegten sich schwerfällig, und es machte auf mich den Eindruck, als beständen seine Arme nicht mehr aus elastischem Fleisch, sondern aus zähen Fasern. Tränen glänzten in seinen starren Augen. »Komm mit mir, Nadd.«

»Aber du... du wärst doch bestimmt nicht...«, setzte ich an, brach dann aber ab. Wäre es unmöglich, daß Trebb für immer an einen Ort gebunden war? Aber während des vergangenen Tages waren schon ganz andere, ebenso undenkbare Dinge geschehen. Und noch immer lag das Knistern von Veränderungen in der Luft. Ich sah es im Mondschein, der das wachsende Filigrangras mit einem Schleier aus Silber überzog. »Ich komme«, sagte ich, berührt von der Furcht in seinen Augen.

Wir waren noch nie so wild und toll miteinander gelaufen. Kaum hatte sich Trebb von der Stelle außerhalb des Fensters gelöst, da wurden seine Arme und Beine wieder biegsam und geschmeidig. Mit wedelnden Armen und stampfenden Beinen sauste er durch das ihn verehrende Gras davon und rief zu mir zurück.

Wir liefen durchs Dorf, dann über die daran angrenzenden Felder. Wir liefen durch Wiesen, deren Grün um uns herum flüsternd raschelte. Wir liefen am Rande der grünen Grenze entlang, und jene Grenze schob sich mit zunehmender Geschwindigkeit in den Dürrebereich hinein. Trebb erhob seine heulende Stimme, während er dahinstürmte; es waren schrille Schreie, in denen sowohl Freude als auch Angst zum Ausdruck kamen, und manchmal ging beides derart ineinander über, daß ich das eine nicht vom anderen zu unterscheiden vermochte. Dann und wann zog ein Busch oder ein Sprößling die Wurzeln aus dem Boden und folgte uns mit schwerfälligen und knarrenden Bewegungen, während sich Äste, Zweige und Blätter schlangengleich hin und her wanden. Einmal blickte ich mich um und sah eine ganze Ansammlung von Blauweiden, die uns hinterherstakten. Kurz darauf aber verhedderten sich ihre Wurzeln in dem wuchernden Filigrangras, und sie stürzten um.

Wir liefen so lange, bis meine Lungen stachen und sich die Beine in zwei empfindungslose Werkzeuge verwandelt hatten.

»Trebb!« keuchte ich und ließ mich ins Gras sinken.

Wenn er mich gehört hatte, so achtete er nicht darauf. Er rannte weiter. Ich versuchte, wieder auf die Beine zu kommen, aber ich war zu erschöpft. Mit einem zischenden Seufzen ließ ich mich zurücksinken, blieb liegen und starrte zum sternenübersäten Himmel empor, bis ich Kraft in meine Beine zurückströmen spürte.

Er hatte mich gebeten, ihn zum Fluß zu begleiten. Tatsächlich neigten sich die Grashalme und Baumkronen alle in Richtung der alten Hütte und des Flusses. Meine Brust hob und senkte sich noch immer in raschem Rhythmus, und ich verspürte nur den einen Wunsch, nach Hause zurückzukehren, ins Bett. Aber wenn dies wirklich die letzte Nacht war, in der sich Trebb frei bewegen konnte, dann durfte ich ihn nicht allein lassen. Ich erhob mich und schwankte durch das hin und her wogende Gras.

Als ich die verlassene Hütte erreichte, blieb ich kurz stehen und betrachtete die versengte Treppe und die geschmolzenen Fenster. Dann blickte ich auf die Wiese hinaus. Im Mondschein wallte das Gras wie ein Meer aus flüssigem Silber, und jeder einzelne Halm war deutlich als eine funkelnde Nadel zu erkennen. In der Ferne machte ich eine schattenhafte Gestalt mit menschlichen Konturen aus. »Trebb!« rief ich und lief wieder los.

Und als ich lief, fuhr eine nächtliche Brise mit einem raschelden Seufzen durch das Gras, und sie vergoß metallisch glitzernde Lichtspritzer um meine Fußknöchel. Ich schirmte mir die Augen ab, geblendet von dem sich in ständiger Bewegung befindlichen Muster aus wogenden Funken. Das Gras wallte mit zunehmender Heftigkeit und neigte sich in Richtung Fluß. Es flüsterte mit zischender Stimme, und ich schauderte unwillkürlich.

Diesmal aber war es nicht Trebb, der das Gras auf diese Weise erregte. Mitten auf der Wiese stand Ronna, und um sie herum bildete sich eine immer heller glänzende, silberne Wolke. Als ich näher kam, sah ich, daß sie das Haar in den Nacken geworfen und die aneinandergelegten Hände hoch erhoben hatte, so wie schon während des vergangenen Morgens auf dem Spielplatz. Diesmal jedoch bewegte sie sich in einem langsamen und stilisierten Tanz. Ihre erhobenen Hände und glühenden Augen galten zunächst dem ersten Mond, dann dem zweiten und schließlich dem dritten, und jeder kroch durch einen anderen Bereich des Nachthimmels. Ich blieb abrupt stehen und fürchtete mich davor, noch näher zu kommen, davor, in das unsichtbare Netz aus Kraft integriert zu werden, mit dem sie ihren Leib umspann. Schwankend drehte sie sich, und das Haar glitt ihr sanft über die nackten Schultern. Während dieser Bewegung wurde ihr Körper auf rätselhafte Weise voller und größer. Ihre nackten und bereits wohlgerundeten Brüste nahmen noch üppigere Formen an. Ihr Haar verwandelte sich in einen seidenen Schleier, in einen Vorhang aus festem Metall. Aber als sie sich schneller drehte und ihre hoch erhobenen Hände in rascher Folge jedem der drei Monde zuwandte, wirbelten die Strähnen locker um ihren Kopf herum – als eine Wolke aus feinem Silber.

Ich konnte mich nicht von der Stelle rühren, als ihr anmutiger Tanz immer weitere Bereiche der Wiese in jenes dunstige Funkeln hüllte. Der Wind lebte auf, und unter seinen Böen verneigte sich das Filigrangras vor ihr, und die Glanzbüsche knisterten erregt mit ihren harten Blättern. Als der Wind beinah die Ausmaße eines Sturms annahm, fuhr er mir fauchend durchs Haar, zerrte an meinem Coverall und trieb mich in das

gleißende Energienetz hinein. Ich schnappte erschrocken nach Luft und erinnerte mich an das verdorrte Gras und den verbrannten Picknickkorb.
Aber im Innern der silbernen Wolke erwartete mich keine Hitze, sondern schneidende Kälte. Sie stürzte sich einem schneebepelzten Ungeheuer gleich auf mich und raubte mir die Körperwärme. Meine Finger wurden taub, und von meinen Füßen stieg frostige Starre in mir empor. »Ronna...«, flehte ich, und mein Atem war eine kondensierende Fahne, die mir von den mit Rauhreif bedeckten Lippen wehte.
Sie ließ die Arme sinken, und mit einem Sprung beendete sie ihren wirbelnden Tanz. Sie kam auf mich zu, und sie überragte mich und hielt in ihren ausgestreckten Händen eine Kugel, die ganz aus blendendem Glanz bestand. Die nackte Haut schien ihren Leib wie ein Tuch aus Silber zu umspannen – ein kostbarer Metallkokon, in dem ihre Augen wie zwei große Quecksilbertropfen leuchteten. Als sie ihre Stimme erhob, sprach sie wieder in jenem volltönenden Alt, und der rauhe Klang wirkte fast hypnotisch auf mich. »Nadd, weißt du eigentlich, daß du alles andere als vollkommen bist?«
Ich befeuchtete mir die eisigen Lippen. »Ronna, ich dachte, du...«
»Du glaubtest, ich könnte die Kraft nicht so rasch erneut in mich aufnehmen?« Sie lachte sanft, und es klang wie leises Glockengeläut. »Heute morgen, nachdem ich Feliss geheilt hatte, war ich ebenfalls davon überzeugt. Ich dachte, ich könnte das Brennen in mir nicht schon so bald wieder ertragen. Aber ich wurde heute gepriesen von allen Leuten, die ich heilte, und als ich in der Nacht erwachte, spürte ich Mondschein in meinen Fingerspitzen prickeln. Ich kam hierher auf die Wiese, und es folgte mir, bereit dazu, wieder mir zu gehören. Und so saugte ich es in mein tiefstes Inneres hinein. Ich nahm es ganz in mich auf, und jetzt bin ich endlich das, was ich sein sollte. Meine genetische Bestimmung hat sich erfüllt. Du aber bist noch immer unvollkommen, Nadd.«
Meine Stimme war ein von Frost erstarrtes Krächzen. »Das stimmt nicht. Ich...«

»Doch, es stimmt, Nadd. Ich kann in der menschlichen Psychologie ebenso klar und deutlich lesen wie andere in einem Buch. Ich vermag verborgene Wunden zu entdecken, indem ich einfach nur die Hand auflege, und ich heile solche Verletzungen auf die gleiche Weise. Ich bin dazu in der Lage, eingedrungene Mikroorganismen aufzuspüren und abzutöten, ohne auch nur den entsprechenden Wirtskörper zu berühren. Und jetzt habe ich jenen Entwicklungsstand erreicht, der mich dazu befähigt, den genetischen Code zu lesen und zu sehen, was jeder einzelne von uns sein sollte, wenn es bei dem Betreffenden nicht zu Störungen in Hinsicht auf seine geistige und körperliche Entfaltung gekommen ist.« In einem stummen Lachen offenbarte sie ihre silbernen Zähne. »Möchtest du nicht wissen, was du sein solltest, Nadd?«

Ich versuchte, von ihr zurückzuweichen, mich von dem so schrecklich kalten Glanz abzuwenden, den sie in ihren hohlen Händen hielt. Aber meine Füße regten sich nicht. Und ja – ich wollte es wissen. Ich wollte es erfahren. »Sollte ich... sollte ich groß sein?« gab ich dem Drängen in mir nach und sah zu ihr auf.

»O ja. Ja. Es war vorgesehen, dir den Körper eines Gottes zu geben, mit Beinen wie Säulen und Armen und Schultern so stark wie die eines Ochsen. So stark wie die Herrols. Du solltest Augen haben, die kilometerweit ganz scharf sehen können, und Hände, die mit einem Schlag den Schädel eines Stiers zerschmettern können, andererseits aber auch so feinfühlig sind, um auf einer Harfe zu spielen.« Sie trat lächelnd auf mich zu, die aneinandergelegten Hände ausgestreckt – eine Gabe, die sie mir anbot. »Ich habe die Kraft in mich aufgenommen, die nötig ist, um dich vollkommen werden zu lassen, Nadd. Wenn du deine Hände ausstreckst, wenn du Sonnenlicht von mir entgegennimmst, Sonnenlicht, das nun hinter dem Horizont erstrahlt, wenn du es all deinen verdurstenden Zellen deines Leibes erlaubst, mit mir zu trinken, das zu trinken, was ich anzubieten habe, *Sonnenlicht, Mondschein, Sternenlicht, Lebenslicht...*«

Ihre rauhe Stimme wurde zu einem einschmeichelnden Singsang. Aus einem Reflex heraus streckte ich die Arme aus, erfaßt von einem Durst, den ich in diesem Ausmaß nie zuvor verspürt hatte; ein alles umfassender Durst war es, der meine Gedanken selbst verdorren ließ, verheerend und drängend.

Das Funkeln, das sie mir anbot, war von einer blendenden Intensität, und ihrer Stimme haftete eine hypnotische Wirkung an. »Labe dich an meiner Kraft, und dann wird sich dein Geist öffnen, Nadd: *Sonnenlicht, Mondschein, Sternenlicht, Lebenslicht.* Nähre dich davon, und dann wird sich die Dunkelheit auflösen und hell werden und die Helligkeit transparent. *Sonnenlicht, Mondschein, Sternenlicht, Lebenslicht.* Das Verborgene wird offensichtlich, und das Offensichtliche eröffnet sich deinem Verständnis. Wenn du meine Hände berührst und einen Teil meiner Kraft in dich aufnimmst, Nadd, dann bist du dazu in der Lage, den eigentlichen Zeitstrom zu verlassen. Dann wird die Zukunft zum Jetzt, und das Jetzt zum Immer. *Sonnenlicht, Mondschein, Sternenlicht, Lebenslicht...*«

Benommen ließ ich es zu, daß sie die feinen und zarten Maschen eines Banns um mich wob. Bilder von Kraft und Stärke wirbelten an meinem inneren Auge vorbei. Als ich ihre Hände berührte und damit auch die frostige Energie, die von ihnen umschmiegt wurde, als Knochen und Muskeln meines Leibs zu wachsen begannen, als sich meine Visionen intensivierten und meine Gedanken mühelos die Barrieren sowohl der materiellen Welt als auch die der Zukunft überbrückten...

Plötzlich erbebte ich, und meine Hände zuckten von den ihren zurück, als eine unterschwellige Visionenflut durch mein Bewußtsein brandete, mit einer verheerenden Wucht. Die Bilder verkündeten Dinge, die kein Mensch zu sehen sich wünschen konnte, jetzt oder auch in der Zukunft. Wenn ich mich an der von Ronna angebotenen Energie labte und all den Schrecken und Tod sah, der im Potential des Möglichen enthalten war, wenn ich das so deutlich erkennen konnte wie das Wiesengras, so klar wie die Sterne am Himmel, wenn ich dieses Bild niemals wieder aus den Gedanken zu verdrängen vermochte, wenn die Zukunft damit zum Jetzt wurde, zum immerwährenden Jetzt, zu einer Zukunft, die mich Tag und Nacht bedrängte und meine Träume mit allem nur erdenklichen Entsetzen durchtränkte ...

Sie hatte mich an jenem Morgen mit dem Gleißen in ihren Augen berührt, und die Flut aus Visionen und Bildern hatte mich jäh und mit überwältigender Heftigkeit durchschäumt. Um wieviel intensiver mochte sie sich mir darbieten, wenn ich tatsächlich das Licht aus Ronnas Händen nahm?

»Nein!« rief ich – und der schrille Schrei zerfaserte die Wirkung ihres Banns lange genug, um mich in die Lage zu versetzen, aus ihrem aus Mondschein gesponnenen Netz herauszustolpern. »Nein!« Ich wollte nicht zu einem Einsiedler am Rande des Zeitstroms werden, einem Einsamen, auf dem der Fluch lastete, mit all den schrecklichen Möglichkeitspotentialen konfrontiert zu sein, die von jedem Ereignis ausgingen, von jeder einzelnen Handlung. Eher wollte ich für den Rest meines Lebens ein ängstlicher Gnom bleiben, der sich hinter Niras Rockzipfeln verbarg.

»Das Licht, Nadd!« rief Ronna mir nach, aber meine Beine hatten sich bereits in Bewegung gesetzt. Stampfend trugen sie mich über die Wiese, durch das hin und her wogende Gras, fort von dem gräßlichen Licht, das sie in ihren Händen hielt.

## *NADD*

Frühjahr 0226

Als ich aus sicherer Entfernung zurückblickte, sah ich, daß sie ihren anmutigenden und wirbelnden Tanz fortsetzte. Abwechselnd streckte sie die aneinandergelegten und hohlen Hände jedem einzelnen Mond entgegen, und ihr Haar wallte einem Schleier aus Silber gleich um ihre Schultern. Sicherlich bildete ich mir nur ein, daß der Wind, der ihr aus allen Richtungen zuflüsterte, nun eine jammernde Stimme erhob und mit seinen imaginären Händen traurig und bekümmert durch das Gras strich. Sicherlich bildete ich mir nur ein, daß sich das Licht der Monde trübte, als sie mehr und mehr ihres perlmuttenen Glanzes in das Netzwerk aus Kraft einflocht. Sicherlich bildete ich mir nur ein, daß der Boden zu meinen Füßen erzitterte, als ich floh.

Blindlings rannte ich durch die Nacht, verfolgt von allen Aspekten der Zukunft. Ich stürmte dahin, bis Ronna zu einer schemenhaften Gestalt inmitten einer silbernen Wolke geworden war. Dann ließ ich mich ins Gras sinken und schnappte nach Luft.

Erst nach einer ganzen Weile setzte ich mich auf und sah mich um. Ich war nun einige Dutzend Meter vom Flußufer entfernt. Das Wasser gurgelte mit zornigem Zischen, als es an den wachsenden jungen Schößlingen vorbeifloß, die wie stumme Wächter zu beiden Seiten des Flusses standen. Ich erhob mich langsam und runzelte die Stirn. Es dauerte eine Zeitlang, bis ich den Grund meines Erstaunens erfaßte. Es handelte sich nicht um zarte Schößlinge, sondern vielmehr um verblüffend hohe junge Bäume. Und sie wuchsen weiter. Ihre Stämme, deren Konturen sich als Kontrast gegenüber dem silbergrauen Himmel abzeichneten, wurden breiter, während ich sie beobachtete, und ihre Äste und Zweige schufen ausladende Kronen. Kleine Mooszungen bildeten sich und leckten mit unheilvoller Boshaftigkeit durch die Luft.

Ich befeuchtete mir die trockenen und spröden Lippen. Trebb mußte ganz in der Nähe sein. Flußabwärts waren die Schößlinge noch immer klein und zart, aber flußaufwärts waren die Bäume denen in meiner unmittelbaren Nähe um einige Wachstumsstadien voraus. Ich strich mir mit den Fingerkuppen sanft über die Schläfen, und eine Vision von riesenhaften Blauweiden flog meinem inneren Auge entgegen. Einhergehend mit einem überwältigenden Gefühl der Unwirklichkeit verdrängte ich dieses Bild, bahnte mir einen Weg durch das dichte Buschwerk am Ufer und lief mit wachsender Unruhe flußaufwärts. Zweimal stolperte ich über aus dem Boden ragende Wurzeln. Beide Male kämpfte ich mich wieder in die Höhe, verdreckt und furchterfüllt, und dann lief ich weiter. Die

Bäume wurden immer größer, während ich flußaufwärts stürmte, und sie wiesen auch immer dichtere Moosbärte auf. Bald schon vermochte das Licht der Monde nur noch dünne und blasse Finger durch das verfilzte Blattwerk zu schieben. Und während die Bäume einen immer imposanteren Eindruck machten und mir Moosfladen übers Gesicht glitten und sich an meinem Coverall festhafteten, wurde ich mir eines ekligen Geruchs bewußt, eines modrigen und scharfen Aromas. Ich hielt mir die Hand vor die Nase, aber der heimtückische Duft glitt an meinen Fingern vorbei und ließ mich bei jedem Atemzug keuchen.
Das seltsam schwebende Gefühl einer Entrücktheit stieg in mir empor, als ich schließlich eine Stelle erreichte, an der die neu gewachsenen Bäume in erhabener und alter Würde standen, ihre Äste und Zweige zu weiten Kronen wölbten und so eine natürliche Kaverne formten. Ich blieb stehen. Meine Finger- und Zehenspitzen prickelten, und mein Kopf schwankte haltlos auf dem dünnen Hals. Ich ließ die Arme sinken, atmete tief durch und stellte mit einer geistesabwesenden Überraschung fest, daß sich meine Furcht auflöste und von einer unheimlichen Gemütsruhe ersetzt wurde. Hier war Frieden, und es schien, als verkörperten die Bäume die Ewigkeit selbst, als seien sie nicht die Wächter einer heiligen Macht, sondern selbst ein integraler Bestandteil davon. Und die Macht, *die Macht...*
Langsam betrat ich die erhabene Kathedrale, die das Blattwerk der Bäume hier bildete, langsam und mit gleitenden Bewegungen, wie von einer unsichtbaren Hand gelenkt. Trotz des dichten Geflechts aus Ästen, Zweigen und Blättern war das Innere der Kaverne in ein geisterhaftes, graues Licht getaucht. Eine unstete Brise ließ die oberen Zweige knarren, und ganz weit oben neigten sich altehrwürdige Moosbärte würdevoll von einer Seite zur anderen und ließen in einem stummen Segen grauen Staub auf mich herabrieseln.
Ich sog mir die Luft tief in die Lungen und keuchte nun nicht mehr. Als die Magie des Staubes Einfluß auf mein Nervensystem zu nehmen begann, hatte ich den Eindruck, als sei ich zehn Meter groß, ein Riese mit Beinen wie Säulen und Armen

wie Dreschflegeln. Langsam drehte ich den massigen Schädel und sah mich um. Der Fluß gurgelte mit rhythmischem Zischen und Wogen, so als würden die Fluten von einem mächtigen und tief im Innern des Bodens verborgenen Herzen dahingepumpt.
Ich marschierte flußaufwärts, und der Geruch jener scharfen Modrigkeit folgte mir. Und als ich einen Fuß vor den anderen setzte, wurde ich mir des donnernden Pochens jenes Herzens bewußt, von dem die Wasser des silbernen Stroms in Bewegung gehalten wurden. Zweimal blieb ich stehen und berührte mit Händen und Stirn einen Baumstamm. Ich schien mich aus meinem eigenen Leib zu lösen und erlebte das Schäumen von Saft durch hölzerne Kapillare – ein Saft, der von dem gleichen Herzen bis hin in den kleinsten Ast gepumpt wurde, das auch das Wasser des Flusses dahingurgeln ließ.
Als ich mich wieder in Bewegung setzte, wurde das Pochen lauter, und schließlich hatte ich den Eindruck, als könne ich es direkt als deutliches Zittern zu meinen Füßen wahrnehmen. Mit jedem Schlag erbebte der Boden, und die Fluten des Stroms schäumten und spritzten. Selbst hier, im Zentrum der blättrigen Kathedrale, wuchsen die Bäume noch immer; die Stämme waren mit einer dicken Borkenpatina überzogen, und die Äste und Zweige wurden immer dicker und länger. Ich blickte über das gurgelnde Wasser hinweg und beobachtete, wie sich an jedem wuchernden Zweig dunkle Blätter entrollten und dann rasch verwelkten und von den Fluten davongetragen wurden.
Dann wandte sich meine Aufmerksamkeit wieder in eine andere Richtung. Einige Meter vom Ufer des Flusses entfernt nahm das graue Licht, das die Blätterkathedrale erfüllte, eine schimmernde Qualität an. Eingehüllt in den silbrigen Glanzkegel waren zwei Gestalten. Die eine kauerte am Boden, und verfilztes Haar fiel ihr in schmutzigen Strähnen über die Schultern; die andere lag zusammengerollt auf der Seite, die Knie angezogen, den Kopf geneigt.
»Trebb?« Als ich näher kam, schienen meine Beine zu schrumpfen und die Arme kürzer zu werden, bis ich schließlich

kein Riese oder Gott mehr war. »Trebb?« Meine Stimme durchwehte zitternd die staubgeschwängerte Luft und war nicht mehr als ein heiseres Flüstern.
Er drehte den Kopf, um mich anzusehen. Seine Stimme klang monoton, und seine Augen waren zwei mit Silber überzogene Juwele, in denen sich das Glühen matt widerspiegelte. »Die Bäume sind wieder da«, sagte er, und die Worte glichen einem unsteten Windhauch.
»Sie... *ja.* Sie wachsen wieder.« Mit erneut in mir aufflakkerndem Schrecken bemerkte ich, daß seine Arme und Beine nicht mehr schlaksig und geschmeidig waren, sondern dürr und abgemagert, so als hätten sich die Bäume von seinem Fleisch genährt. Und warum zitterte der Boden zu meinen Füßen in zunehmender Erregung? »Trebb...«
Corrie erhob sich auf die Knie und strich sich das zottelige Haar aus dem Gesicht. Trotz der silbrigen Blässe ihrer Miene glichen ihre Augen zwei dunklen Gruben. Ich schien am Rande ihrer Abgründe zu schwanken. »Wie weit flußabwärts sind sie gewachsen, Nadd?«
»Ich... ich weiß nicht«, wich ich aus und kämpfte um mein Gleichgewicht. »Ich bin mir nicht ganz sicher, wie lange ich unterwegs gewesen bin.«
»Zehn Minuten? Fünfzehn? Hat es so lange gedauert, Nadd?«
So lange – und vielleicht noch länger. Eine Ewigkeit. »Ich weiß es nicht«, wiederholte ich und hatte Mühe, den Blick von ihr abzuwenden und wieder Trebb anzusehen. Er starrte mich aus leeren Augen an, und in seinen von Silber überzogenen Pupillen rührte sich nichts. Hatte er dies mit den Worten gemeint, der Boden öffne sich für ihn? Übergab er die Substanz seiner Existenz den Bäumen am Fluß? »Trebb, bist du... Warum hast du...«
Er schloß die silbrigen Augen kurz. Dann streckte er sich und setzte sich auf. Geistesabwesend strich er mit der einen Hand über die Borkenschuppen auf seinem Unterarm. »Es ist die einzige Möglichkeit. Es ist die einzige Möglichkeit, sie zu retten.«
Voller Unbehagen preßte ich die Lippen zusammen. »Un-

sere ... Mutter?« Wie konnte ich ihre Realität verleugnen, ihre Präsenz, obgleich ich doch, von den Fußsohlen ausgehend, ihren pochenden Herzschlag meinen ganzen Körper erschüttern zu fühlen vermochte?

Er nickte. »Ich habe mir Gedanken darüber gemacht, wie es sie belasten muß, unsere Felder und Wiesen grün werden zu lassen, und ich habe auch darüber nachgedacht, wie es sie schmerzt, die Felder und Wiesen jenseits der grünen Grenze verdorren zu lassen und zu verbrennen. Ich habe überlegt, wieviel Energie wir jeden Tag verbrauchen, einfach nur, um zu existieren und das Überleben der Siedler zu sichern. Aber bis heute begriff ich nie, wie sehr wir sie verletzten, als die Pilger die Bäume am Fluß niederbrannten. Ich habe nie geahnt, wie sehr sie geweint und geschrien haben muß, als zum erstenmal ungefiltertes Sonnenlicht auf ihre Wasser fiel. Ihre Stimme – das war das Zirpen eines Schreivogels, das Rascheln des Grases, und ich verschloß die Ohren davor. Ich schenkte dem einfach keine Beachtung.

Heute aber, als die Siedler ihre spontane Litanei anstimmten, vernahm ich die Stimme unserer Mutter, gerade in dem Augenblick, als die Psalmodie am lautesten war. Sie bat mich darum, ihr die Bäume zurückzugeben, die Bäume, die ich nun für sie wachsen lasse. Ich gebe sie ihr alle zurück, Nadd, jeden einzelnen. Und die Büsche – ich lasse auch die Büsche für sie wachsen, ebenso wie die Flechten und Moose. All das, was zerstört wurde an jenem Tag, an dem wir unsere Macht entdeckten. Dann ist sie wieder ganz. Dann sind ihre Wasser wieder geschützt. Dann ist sie wieder in der Lage, es regnen zu lassen. Dann kann sie es wieder regnen lassen und damit die Buschfeuer löschen und den Durst des Grases stillen. Sie ...«

»Sie wartet«, zischte Corrie. »Sie wartet darauf, daß wir all das wiederherstellen, was wir zerstörten, Nadd. Und dann kann sie uns zerstören.«

Plötzlich schien ein ganzer Schwarm von Pfeilen in der Luft zu schweben, und ihre silbernen Spitzen waren nur wenige Zentimeter von meiner Brust entfernt. »Zerstören?« Es war nur ein rauhes Flüstern.

»Es bleibt ihr keine andere Wahl«, erwiderte Corrie. »Nenne mir eine andere Mutter, die ihre Kinder von dem ernähren würde, was ihr eigenes Leben ausmacht, und das über so lange Zeit. Vierzehn Jahre lang, Nadd, ohne zu klagen. Nenne mir nur eine.«

»Nira«, brachte ich stotternd hervor. Mußten die Pfeile letztendlich ihre Ziele finden und treffen? Gab es keine Möglichkeit, ihnen auszuweichen, ohne den Mutterboden zu unseren Füßen zu zerstören?

Corrie lachte schrill. »Nira würde uns von dem ernähren, was ihr Leben ausmacht? Wir haben unsererseits Nira genährt, Nadd. Trebb läßt den Weizen wachsen, den sie zu Mehl mahlt. Herrol läßt das Vieh gedeihen, das die Milch für sie produziert. Obst und Gemüse, Fleisch und Talg – alles. Ist es dir denn noch nicht aufgefallen? Je älter wir werden und je mehr sich unsere Gaben entwickeln, desto fetter wird Nira.«

»Sie... alle Leute werden mit zunehmendem Alter dicker«, wandte ich ein.

»Wenn sie etwas zu essen haben, ja. Wenn sie uns haben. Aber wir können nicht damit fortfahren, alle zu uns kommenden Flüchtlinge fett werden zu lassen, während unsere Mutter leidet. Sie müssen nun wieder zurückkehren zu ihrem alten Leben. Sie werden um jeden Bissen kämpfen müssen, und manchmal gibt es dann überhaupt nichts zu essen. Manchmal können sie ihren Hunger stillen und manchmal eben nicht.«

»Du... du willst die Siedler hungern lassen?«

Trebbs Stimme glich dem gleichgültigen Rascheln von Blättern und Zweigen. »Zu Anfang haben sie nicht gehungert, Nadd. Nicht vor der Dürre.«

Doch ich erinnerte mich an eingefallene Pilgergesichter und tief in den Höhlen liegende Augen. Und ich erinnerte mich auch an den freudlosen Dogmatismus ihres Glaubens, die traurigen Psalmodien und ernsten Litaneien. Erfahrenvater Schuster hatte einmal gesagt, die Pilger seien als glückliche Religionsgemeinschaft nach Schicksal gekommen, voller Freude darüber, der Mühsal und dem Chaos auf der sterbenden Erde zu entkommen, nur von dem einen Wunsch beseelt, einen

Platz zu finden, an dem sie der flüsternden Stimme ihrer Heiligen Macht lauschen konnten – jener Göttin, die von den anderen Menschen auf der Erde nicht verehrt wurde. »Aber die daraus folgende Sterblichkeitsrate...« Ich brach ab.

»Diese Rate war unter Berücksichtigung der entsprechenden Umstände durchaus normal«, krächzte Corrie. »Was konnten sie denn anderes erwarten, als sie hierherkamen und der Sphäre allseits präsenter und hochentwickelter Technologie den Rücken kehrten? Über Jahrhunderte hinweg vermischten sich auf Damalserde Schwache und Starke. Leute mit genetischen Schäden wurden durch die Medizin dem Tode entrissen, um dann zu den Eltern von noch kränklicheren und schwächeren Menschen zu werden. Umfangreiche Hilfsprogramme steigerten die Zahl der Unfähigen und begünstigten ihre Vermischung mit den Schwachen. Jetzt ist die Zeit gekommen, die Spreu vom Weizen zu trennen. Hier auf Schicksal müssen die Menschen sterben, die im Kampf um das Leben unterliegen. Trebb und Herrol können sie nicht mehr ernähren, und Ronna vermag sie nicht mehr zu heilen. Denn die Kraft, die sie dazu verwenden, um die Siedler zu schützen, gehört nicht *ihnen*. Sie entziehen die Kraft ihren Eltern, und Mutter Schicksal und Vater Sonne können sie nicht länger entbehren.«

»Sie können sie nicht mehr entbehren«, bekräftigte Trebb. »Wir müssen für eine Wiederherstellung des Gleichgewichts sorgen und uns zerstören lassen. Denn sonst fällt alles dem Untergang anheim.«

Alles. Ich schauderte und versuchte, eine plötzlich vor meinem inneren Auge aufflammende Vision zu verdrängen: eine felsige Welt, die leblos durchs All trieb, die Bäche und Flüsse ausgetrocknet, der grüne Schleier zerrissen und fortgezerrt; nicht einmal Flechten und Moose waren übriggeblieben, um die nackte Kruste zu verhüllen. Ich vermochte das Bild nicht aufzulösen. Die Vision verharrte zwischen meinen Gedanken und nahm immer deutlichere Konturen an. Ebensowenig war ich dazu in der Lage, das Beben unter meinen Füßen zu ignorieren. Mutter Schicksal zitterte nicht im Todeskampf, sondern in stummer Rebellion.

Ein Stöhnen entrang sich meiner Kehle, und an der Grundfeste meines Ichs breitete sich eine gähnende Leere aus, die alle Visionen mit einem Tuch aus Dunkelheit umhüllte. Ich zwinkerte, und für kurze Zeit sah ich nur die Realität, die mich umgab, eine Wirklichkeit, die ungetrübt war von Vergangenheit oder Zukunft: ein gischtender Fluß, ein auf mysteriöse Weise wachsender Wald, und meine beiden Sonnengeschwister – Corrie, die Verkörperung der Zerstörung, und Trebb, die Präsenz der Wiederherstellung. Zwei entgegengesetzte Kräfte, die hier zu einer Übereinkunft gekommen waren.
Während ich ihn beobachtete, verdunkelte sich der silbrige Glanz in Trebbs Augen, und er wandte den Kopf und sah an mir vorbei. Corrie folgte seinem Blick und kam halb in die Höhe. Verwirrt drehte ich mich um und schenkte dem unterirdischen Murmeln für eine Weile keine Beachtung.
Ronna wanderte schweigend an den Stämmen der Bäume vorbei, und ihre Energiewolke hatte sich zu einem dichten, silbernen Kokon konzentriert. Sie befand sich im Zentrum dieser Umhüllung; das seidene Haar floß ihr wellenförmig auf die nackten Schultern herab, und ihre Augen, die wie Quecksilber wirkten, glänzten hell. Sie verlor sich beinah in dem gleißenden Netz aus Energie, in das sie sich gesponnen hatte, aber als sie dicht vor uns stehenblieb, konnte ich ihr Lächeln erkennen, jene ruhige Heiterkeit, die in ihren schimmernden Zügen zum Ausdruck kam. »Ich habe die Kraft in mich aufgenommen, Trebb«, summte sie. »Bist du bereit?« Sie hob die Arme. In ihren Händen ruhten zwei Lichtkugeln, die einen derart intensiven und konzentrierten Glanz ausstrahlten, daß ich sie nur ganz kurz betrachten konnte. »Bist du bereit dazu, das zu werden, was für dich vorgesehen ist, Trebb?«
Trebb erhob sich wie benommen. Er starrte in das blendende Licht, das ihre Hände umschmiegte, und Borke kroch ihm langsam den Nacken empor. »Ich... bin es bereits«, erwiderte er mit einer hohl und hölzern klingenden Stimme. Mit einer steifen Hand deutete er auf die neu gewachsenen Bäume. »Und ich habe das hier vollbracht.«
Ronna schüttelte den Kopf. »Nein, das ist nicht deine letztend-

liche Bestimmung. Es ist nur ein Ausdruck deiner eigenen Beschränkung. Aber es ist nicht nötig für dich, diese Selbstbeschränkung zu akzeptieren, Trebb. Bist du noch nicht bereit dazu zu fühlen, wie sich deine Wurzeln tief in den Boden unserer Mutter bohren und nach dem süßen Wasser tasten, das dort verborgen ist? Bist du noch nicht bereit dazu, deine Glieder dem Himmel entgegenzustrecken, zu spüren, wie das Licht der Morgensonne auf deine Blätter fällt? Bist du noch nicht bereit dazu, das zu sein, was du sein sollst, Trebb?«
Seine Lippen zitterten stumm, aber bevor er noch eine Antwort darauf zu geben vermochte, erhob Corrie ihre scharfe Stimme: »Und was ist mit mir?«
Ronna warf ihr seidenes Haar zurück. Ihr Lächeln war noch immer ruhig und fast unbewegt. »Heute nachmittag wolltest du es nicht zulassen, daß ich deine Hand berühre. Bist du nun bereit dazu, mein Licht in Empfang zu nehmen?«
In Corrie schienen widerstreitende Empfindungen miteinander zu ringen. Sie betrachtete die silbrige Kugel in Ronnas linker Hand, trat einen Schritt vor und streckte den Arm aus. Gleichzeitig aber spiegelte sich in ihren Augen eine Vision wider, die sie nicht zu sehen wünschte. Sie berührte sich an der Schläfe, als wolle sie einen dort pochenden Schmerz vertreiben. »Wie... wie sieht meine Bestimmung aus?« Es war eine klagende Frage. Gab sie sich jetzt noch der Hoffnung hin, vielleicht zu hören, sie sei nicht die Zerstörerin? Daß ihr Lebenssinn, wenn er sich einmal erfüllt hatte, von anderer Beschaffenheit war, als sie bisher immer erklärt hatte?
Ronna ließ ihr seidenes Haar wallen, und ihr Lächeln vertiefte sich. »Du brauchst mich nicht dazu aufzufordern, dir zu sagen, was der Ursprung deiner Macht ist und in welche Richtung sie dich zu führen vermag, Corrie. Das alles weißt du schon – du mußt nur dazu bereit sein, es auch zu akzeptieren. Die Wahrheit wartet auf dich; du brauchst dich nur dafür zu entscheiden, ihr gegenüberzutreten.«
»Aber du weißt es ebenfalls«, beharrte Corrie, und in ihrer Erwiderung lag deutliches Widerstreben. »Du weißt, daß ich ein Kind der Dunkelheit bin. Du hast es selbst gesagt.«

»Ja«, bestätigte Ronna schlicht.
»Du...« Corrie befeuchtete sich die Lippen, und ihr funkelnder Blick war unstet. Als sie sich wieder zu Wort meldete, kam ihre Stimme einem Windhauch gleich, einer bitterkalten Bö. »Du kennst meinen Ursprung, und du weißt auch um meine Bestimmung. Und trotzdem willst du mir helfen, mein Schicksal zu erfüllen, wenn ich dich darum bitte?«
»Ja«, sagte Ronna.
Wie gelähmt betrachtete ich das Bild, das sich meinen Augen darbot: Ronna, die majestätisch im Innern des strahlenden Funkelns ihres Energiekokons schwebte; Trebb, der mit leeren, silbrigen Augen auf das Gleißen starrte, das sie anbot; Corrie, die den einen Arm ausgestreckt hatte, aber zögerte und von dem zurückweichen wollte, nach dem es sie so sehr verlangte. Die Szenerie war mit scharfen Konturen abgegrenzt, Silber auf Schwarz, Schwarz auf Silber. Ich sah nur das Jetzt dieses Bildes, jenen einen Augenblick, in dem die Gabenentfaltung angeboten wurde; darüber hinaus war alles verschwommen. Furcht schnürte mir den Hals zu. Ich keuchte und versuchte, den säuerlichen Geschmack der Angst hinunterzuschlucken. »Trebb, wenn du das Licht nimmst...«
»Ich werde es dazu verwenden, alles in Ordnung zu bringen«, knarrte er. »Du siehst ja, wie schwach ich jetzt bin. Und du weißt, wie viele Bäume insgesamt niedergebrannt worden sind.« Seine Stimme wurde zu einem knisternden Murmeln. »Ich werde jeden Baum neu wachsen lassen, der damals von den Flammen verzehrt wurde, jeden einzelnen Moosschleier, jede Flechtenansammlung. Ich werde die Wächter an den Ufern wieder Aufstellung beziehen lassen, und dann kann das Herz unserer Mutter ohne Furcht pochen. Ich übergebe die Felder wieder dem Gras, die Wiesen den Glanzbüschen und die Gehölze den Bäumen. Alles Holz, das gefällt wurde und aus dem man Häuser errichtete, soll wieder grünen und erblühen. Das Dorf wird sich in einen Wald aus grünen und wachsenden Hütten verwandeln. Jeder Zaunpfahl soll Wurzeln schlagen, und die Räder von Karren und Wagen werden nicht mehr rollen. Lattenwände...«

»Trebb...«, krächzte ich.

Aber er ging ganz auf in seinen Pflanzenvisionen, in den Bildern einer sich wieder im Gleichgewicht befindlichen Welt, einer besänftigten Mutter. Seine Stimme fuhr fort, murmelnd und seufzend und beschwörend, bis er schließlich das ganze Angesicht Schicksals wieder mit einem grünen Pelz überzogen hatte. Dann wurde sein monotoner Singsang zu einem rauhen und hölzernen Seufzen, das tief aus dem Innern seines Stammes drang. Ich sah an ihm herab und erkannte, daß sich seine Zehenspitzen über den Boden ausbreiteten – knorrige Wurzeln, die nach Halt suchten. Die Züge seines Gesichts waren hinter dicker Borke verborgen, und das Haar hatte sich in ein miteinander verflochtenes Blattwerk verwandelt. Nur seine Arme waren noch deutlich als die eines Menschen zu erkennen, trotz der rauhen Rinde, mit der sie sich überzogen hatten. Langsam und steif streckte er den Arm nach der Lichtkugel in Ronnas rechter Hand aus. »Meine Wurzeln«, flüsterte er mit einer Sehnsucht, die sich nun mit Erfüllung konfrontiert sah. »Ich möchte meine Wurzeln in den Boden graben, Ronna.«

Als Ronna mit ausgestreckten Armen auf ihn zutrat, verzerrte sich Corries Miene in einem jähen Anfall von Qual. Sie stand wie erstarrt, als Ronna die Kugel aus Licht Trebb entgegenhielt und sich in ihrem silbernen Kokon wallende und wirbelnde Bewegungen zeigten. Im letzten Augenblick, als Trebbs Zweighände sich anschickten, den Glanz zu berühren, stürzte Corrie auf ihn zu, und ein kummervoller Schrei bahnte sich aus ihrem tiefsten Innern einen Weg bis hinauf zu den Lippen. »Nein!«

Nein! Nein, nein, *nein, nein,* NEIN! Mein Schrei erklang nur in mir selbst, war aber nicht weniger von Pein erfüllt. Als Trebb die Lichtkugel mit seinen knorrigen Händen umfaßte, brandete eine ganze Flutwelle von Visionen durch mein Bewußtsein – Bilder, die zu entsetzlich waren, als daß sie ein Mensch zu ertragen vermochte. Doch ich konnte mich ihnen nicht entziehen. Mit schäumender Gischt wogten sie durch meine Gedankenwelt, donnernd und grollend und heulend; sie formten die Hölle selbst, loderten mit alles versengenden Flammen, waren zu gräßlich, um sie zu betrachten, andererseits aber auch zu real, um sie zu verdrängen. Ich versuchte, gegen sie anzukämpfen und die Stimme zu erheben, doch als ich den Mund öffnete, gab ich nur einen langen und wimmernden Schrei von mir, der kaum etwas Menschliches an sich hatte.

Es war zu spät. Die Kugel aus Licht war bereits auseinandergeborsten und gab ihre Energie in einer einzigen, grellen Entladungsflamme frei. Ich riß die Arme hoch, um mir die Augen abzuschirmen. Pure Kraft stob von der geplatzten Lichtkugel davon und waberte um Trebb herum. Sie wirbelte und knisterte, verhüllte ihn mal mit ihrem blendenden Glanz, zischte dann zur Seite, um seinen gefangenen Leib zu offenbaren. Sein Blattwerk überzog sich mit Rauhreif, und seine bebenden Glieder kamen in einer frostigen Starre zur Ruhe; Eis schimmerte auf ihnen. Seine Wurzeln rollten sich schmerzerfüllt zu knorrigen Knoten zusammen und gaben ihre nervösen Bemühungen auf, sich in den Boden zu bohren.

Und als ich ihn weiterhin beobachtete, noch immer unfähig dazu, auch nur ein Wort über die Lippen zu bringen, verwandelten sich seine Wurzeln wieder in Füße, die Zweige in Arme und die Blätter in Haare. Was zuvor ein borkiger Stamm gewesen war, wurde nun zu einem menschlichen Torso. Unter der harten Rinde offenbarte sich sein Gesicht, das nun wieder aus Fleisch bestand. Es zeigte einen Ausdruck, den ich nicht zu deuten vermochte. Qual? Oder war es Ekstase?

Um was auch immer es sich handelte, es hielt nicht lange an. Als ich mich bemühte, die mich fesselnde Starre zu überwinden, reifte Trebb vor meinen Augen. In der einen Sekunde war er noch ein Heranwachsender, dann ein Jugendlicher und schließlich ein Jungvater. Sein schmales Gesicht wurde voller, und die Züge verloren ihre weichen Linien. Aber dieser Reifeprozeß schritt immer weiter voran. Mit verblüffender Geschwindigkeit wurde Trebb zu einem Erwachsenen. Es lief alles so schnell ab, daß ich Mühe hatte, Details zu erkennen. Nach wenigen Augenblicken war Trebb ein alter Mann mit schrumpeligem Gesicht und faltigen Händen.

Erschrocken versuchte ich, den verwirrenden Vorgang mit einem Schrei zu unterbrechen. Aber Trebb war bereits als uralter

und bärtiger Mann auf die Knie gesunken und hinter dem wirbelnden und schimmernden Vorhang aus Energie kaum mehr zu erkennen.
Als die Schwaden wieder zur Seite wogten, war Trebb verschwunden. Nur ein dünner, grüner und mit braunen Flecken gesprenkelter Halm zeugte noch von ihm. Kurz darauf keimte ein zweiter Halm empor, dann ein dritter. Die biegsamen kleinen Stengel schoben sich begierig aus dem Erdreich heraus und schufen überall innerhalb der Blätterkathedrale Ableger, die sich voller Freude von einer Seite zur anderen neigten. Bald schon war die ganze Kaverne erfüllt von ihrem knisternden Rascheln, ihrem bebenden und pochenden Lobgesang auf das Leben selbst. Das zitternde Rauschen wurde immer lauter, erfaßte schließlich auch die Bäume, ließ die Blätter weit oben erglühen und die langen Moosbärte tanzen und schwingen.
Ein kalter Schauer lief mir über den Rücken. *Mutter Schicksal hatte seine Wurzeln in sich aufgenommen,* und er keimte nun überall. Ich blickte flußabwärts, und ich sah, wie auch dort neben jedem Baum die grünen und mit braunen Tupfern versehenen Halme wuchsen und sich mit atemberaubender Geschwindigkeit ausbreiteten. Aus dem vibrierenden Freudenrascheln wurde ein Chorus, ein Choral, und alle Bäume und Büsche stimmten darin mit ein. Glanzbüsche knisterten in sprödem Glück. Uralte Bäume erhoben ihre hölzernen Stimmen, und ihre dunklen und borkigen Stämme gaben ein dumpfes Pochen von sich. Ich spürte, wie die einzelnen Organe meines Körpers in frustiertem Schweigen erbebten und fühlte, wie die einzelnen Knochen meiner Wirbelsäule aneinanderschabten.
Benommen von der hämmernden Verzauberung des Augenblicks, bemerkte ich kaum, daß Corrie vorgetreten war und die Hand nach der zweiten Lichtkugel ausstreckte. Das grelle Leuchten spiegelte sich auf ihrem Gesicht wider, und in ihren Zügen rangen begieriger Eifer und Furcht um die Oberherrschaft. Sie ergriff die zweite Kugel aus Licht, und eine weitere silbern lodernde Flamme erleuchtete die Blattkathedrale und riß die borkigen Konturen breiter Stämme aus der Dunkelheit. Corrie stand inmitten einer wogenden Wolke aus schimmern-

dem Gleißen. Ihre Pupillen waren zwei gähnende Abgründe, und das Haar schlängelte sich wie eine lebende Masse auf ihre Schultern herab.
Bedrückt wich ich zum Fluß zurück. Energieschlieren umwirbelten Corrie, verbargen sie vor meinen Blicken, enthüllten sie dann wieder – und der Boden zu meinen Füßen bebte währenddessen. Irgendwo ganz in der Tiefe ertönte ein scharfes Knakken, und dann grollte und rumorte es im Untergrund. Das Wasser des Stroms floß nicht mehr in rhythmisch pulsierenden Wellen dahin, sondern gischtete nun mit schäumender Wut.
Und Corrie wurde zu einem Sturmgewitter. Sie warf den Kopf in den Nacken, und ihre Haare verwandelten sich in knisternde schwarze Wolken. Sie hob die Arme, und Blitze zuckten ihr von den Fingerspitzen. Als sie den Mund öffnete, löste sich ein hallendes Donnern von ihren Lippen, und ihre Stimme glich dem kehligen und heiseren Flüstern eines heranziehenden Unwetters; Bäume duckten sich in erwartungsvoller Furcht. Der Boden erzitterte und vibrierte, und es war, als beschleunige sich der Herzschlag unserer Mutter Schicksal. Im einen Augenblick flutete der Fluß noch mit solcher gurgelnden Wildheit dahin, daß er die Ufer überspülte. Unmittelbar darauf aber wurde er zu einem anämischen Rinnsal, das dünn und bleich in einem nunmehr viel zu großen Bett dahinsickerte.
Wenn ich schrie, so ging meine Stimme in dem allgemeinen Chaos unter. Corrie hatte sich auf ihre Zehenspitzen erhoben, und das silberne Strahlen umwehte sie nach wie vor. Den Kopf weit in den Nacken gelegt, begann sie sich zu drehen, und das sie einhüllende Gleißen wurde zur tosenden Kegelfontäne eines Tornados. Als glühender Konus ragte er bis weit zu den Baumwipfeln empor; Donner rumorte in seinem Innern, und vom Scheitelpunkt lösten sich grelle Blitze.
»Die Bäume . . . !« rief ich. Tödliche Zungen aus feurigem Licht leckten nach ihnen und verbrannten die windgebeutelten Blätter.
Corrie hieb mit ihren Sturmarmen auf mich ein; in meiner Kehle glühte die Hitze plötzlicher Dürre, und meine Lippen

wurden spröde und rissig. »Die Bäume müssen sterben, Nadd, und ich bin das Werkzeug des Todes.«
»Nein, Corrie!«
»Ich bin das Werkzeug des Todes!« Wirbelnd tanzte sie um mich herum, zerrte mit ihren Tornadoböen an meinen Haaren und dörrte mir die Haut aus, bis sie sich wie brüchiges Pergament um meinen Leib spannte.
»Aber Trebb...«
Die verfilzten Strähnen ihres Schopfs wehten vor ihrem Gesicht und verbargen die Züge. Als sie vom Wind kurz beiseite gestoßen wurden, verzerrte sich ihre Miene in großem Schmerz. »Ich muß es tun, Nadd. Wenn wir weiterleben, dann zerstören wir den heiligen Kreislauf und tanzen in den Ruinen all dessen, was schön und prächtig war. Wenn wir weiterleben, dann wird eines Tages die Kruste dieser Welt auseinanderbrechen, und die Sonne wird den Himmel einem geblendeten Gott gleich einstürzen lassen.« Ein weiteres Mal warf sie das Haar zurück. Und plötzlich sah ich den Pfeil, genau zwischen uns – und seine silberne Spitze glitt auf mich zu.
Aber es war kein Pfeil, wie ich kurz darauf begriff. Es hatte sich nie um einen Pfeil gehandelt. Es war ein Blitzfinger, feurig und tödlich. Und er zielte nicht auf mich. Er galt den trockenen Moosfladen, die an den Bäumen klebten, den Blättern, denen Corries Tornado alle Feuchtigkeit entzogen hatte. Die Spitze zielte auf Trebb, auf die bebenden und raschelnden Halme, in die er sich verwandelt hatte und die überall aus dem Boden sprossen.
»Nein!« schrillte ich und stürzte auf Corrie zu.
Aber wer ist schon dazu in der Lage, den Wind zu packen? Sie heulte von mir fort, warf mir noch einen Blick zu und offenbarte mir die Qual, die sie empfand. »Ich wollte es nicht!« schrie sie. »Ich wollte nicht die Zerstörerin sein!« Dann wurde sie von den ausgebreiteten Armen ihres Tornados emporgehoben und sauste durch die oberen Bereiche der Blätterkathedrale. Ihre Blitz-Finger gleißten und knisterten.
Die Moosschleier begannen bereits zu verdorren und zu verbrennen, als Erfahrenvater Schuster aus den Schatten der

Bäume trat. Überrascht wurde ich mir darüber klar, daß er sich schon eine ganze Weile dort aufgehalten haben mußte, schweigend und reglos, das Leben nur auf die Augen beschränkt. »Du brauchst nicht der Todesbote zu sein, Corrie«, sagte er, und seine Stimme übertönte das Heulen der Böen. »Es ist nicht notwendig, daß all dies hier geschieht.«

Corrie war verblüfft über sein Auftauchen, seine an sie gerichteten Worte, und sie ballte den Wind zu einer stillen Wolke zusammen und blickte auf ihn hinab. »Warum bist du hier?«

»Weil ich wußte, daß du heute nacht diesen Ort aufsuchen würdest. Hier hat alles begonnen. Hier hast du die Pilger bei der Verehrung der Heiligen Macht beobachtet, und später kamen sie hierher zurück, um die Bäume niederzubrennen.« Ohne ein Anzeichen von Furcht sah er zu ihr auf. »Und jetzt sage ich dir folgendes: Ein zweites Abbrennen ist nicht erforderlich. Es ist keine unabdingbare Notwendigkeit.«

»Warum stöhnt und zittert dann meine Mutter Schicksal?« fragte Corrie und schwebte noch immer einige Meter über dem Boden. »Und warum hat sich ihr Lebensblut getrübt?«

»Aus dem gleichen Grund, aus dem du in all den vergangenen Jahren Unruhe um dich herum verspürt hast. Deine Eltern setzen der Heiligen Macht ihren letzten Widerstand entgegen.«

»Eure falsche Göttin!«

»Unsere wahre Göttin, die Göttin aller Menschen«, hielt er ihr entgegen. »Sie existiert in vielerlei Gestalt und für viele Rassen. Sie ist in vielen Sprachen verehrt und mit ebenso vielen Namen gepriesen worden. Unsere Ahnen machten den Fehler zu glauben, nur sie wüßten um die wahre Heilige Macht, und deshalb verehrten sie nur einen Aspekt von Ihr. Sie priesen Ihre Stimme, deren Flüstern in der Nacht zu vernehmen ist. Damit verschlossen sie die Augen vor der ganzen Pracht der Göttin. Sie kam mit ihnen hierher nach Schicksal, und Sie schützte sie während der ersten beiden schwierigen Jahrhunderte. Gleichzeitig aber bereitete Sie sich darauf vor, sich mit den Mächten Schicksals zu verschmelzen, auf daß die Gottheiten dieser Welt und die der Menschen zu einer einzigen werden. Doch die Kräfte Schicksals widersetzten sich unserer Heiligen Macht – und auch uns –, und ihre Abwehrbemühungen wurden immer verzweifelter. Ganze zweieinviertel Jahrhunderte dauerte es, um sie in die Knie zu zwingen. Und selbst jetzt noch haben sie sich nicht völlig mit der Vereinigung abgefunden, zu der es letztendlich kommen muß.«

»Es wird niemals geschehen! Ich lasse es nicht zu, daß Mutter Schicksal und Vater Sonne zerstört werden!« Corries Stimme glich einem zornigen Zischen, und sie sank nun wieder herab. »Ich bringe dich um, zusammen mit allen anderen. Ich werde Draes Kreuzung niederbrennen. Ich...«

»Nein, Corrie, es wird keine solchen Zerstörungen geben. Unsere Heilige Macht paßt sich langsam an Schicksal und die hier beheimateten Kräfte an – ebenso wie sich Schicksal, widerstrebend, an uns anpaßt. Ihr Sonnenkinder habt nur einen Prozeß beschleunigt, der seit dem Augenblick unserer Landung hier unausweichlich war. Wir müssen nur noch die Zeit dieses letzten Widerstandes überstehen, und dann bricht für uns ein goldenes Zeitalter an, das Zeitalter der vereinten Götter, von Mächten, die zum Wohle der menschlichen Gemeinschaft zusammenarbeiten.« Er drehte sich um, und sein aufmerksamer Blick fand mich an jenem Ort, an dem ich hinter einem moosigen Baumstamm kauerte. »Sag es ihr, Nadd. Sag ihr, was die Zukunft für uns bereithält.«

Ich starrte ihn ungläubig an und erbebte unwillkürlich. Ich sollte die Zukunft sondieren und den Tod nicht nur in der realen Gegenwart erleiden, sondern ebenso in Tausenden von quasiwirklichen Visionen? Weit oben entzündeten sich Blätter mit einem jähen Knistern. Die an ihnen festhaftenden Moosschleier loderten auf, wehten in flammender Erregung hin und her und ließen das Feuer rasch von Baum zu Baum springen. Sollte ich den Feuertod zweimal sterben und das so rasch hintereinander, daß reales und visionäres Vergehen ineinander übergingen? »Nein«, flehte ich ihn an. »*Nein.* Zwing mich nicht dazu, in die Zukunft zu sehen!«

»Hast du gehört?« rief Corrie, und ihr Gesicht verzerrte sich in feuriger Qual. »Er weiß, was er sehen wird. Er weiß, daß er zweimal verbrennt, wenn er einen Blick in die Zukunft wirft.«

»Nein, er verbrennt, wenn er sich weigert, seine Gabe einzusetzen.« Erfahrenvater Schuster umfaßte meinen Arm und zog mich in die Höhe. Sein Blick war von hypnotischer Eindringlichkeit. »Blicke in dich hinein, Nadd, und dann sag uns, was du siehst.«

Ich krümmte mich zusammen und versuchte, seiner Autorität zu widerstehen. »Nein! Selbst wenn ich in die Zukunft sehe und selbst wenn ich dir sagen würde, was ich dort erblicke – es entspräche nicht der Wahrheit. Ich sehe ... ich sehe soviel! Alles ... alles öffnet sich nach allen Richtungen hin. Ich sehe jede mögliche Zukunft, und ich vermag nicht zu bestimmen, welche mehr und welche weniger wahrscheinlich ist. Ich ...«

»Du kannst sie voneinander unterscheiden, wenn du mein Licht annimmst«, sagte Ronna. Ihr silbriger Kokon hatte sich aufgelöst, und einsam und vergessen stand sie inmitten der Schatten. Nun trat sie vor und streckte den einen Arm aus. Eine Kugel aus purer Energie erwachte in ihrer Hand zu flakkerndem Leben – ein Geschöpf wie aus einer anderen Dimension. »Wenn du mein Lebenslicht entgegennimmst, dann siehst du die in die Zukunft führenden Straßen deutlich vor dir liegen. Und dann weißt du auch, wohin die einzelnen Wege führen. Du wirst sehen, was geschieht, wenn Corrie die Bäume niederbrennt, und es offenbart sich dir auch die Konsequenz des gegenteiligen Falls. Du wirst sehen, was geschieht, wenn Trebb verbrennt, wenn du verbrennst, wenn Erfahrenvater Schuster verbrennt. Und ebenso deutlich wirst du erkennen, was folgt, wenn niemand von uns dem Feuer anheim fällt. Du wirst alles sehen, was du sehen mußt, um uns anzuleiten.«

»Nein!« wehrte ich mich. Die Verantwortung lastete zu sehr auf meinen schmalen Schultern. Ich konnte niemals diese Bürde auf mich nehmen und weiterleben. Ich stolperte von der mir dargebotenen Hand zurück. Aber Erfahrenvater Schuster gab mich nicht frei. Und wohin hätte ich auch schon fliehen können? In die Flammen der brennenden Bäume hinein? In der Verwirrung des Augenblicks begriff ich eins ganz deutlich: Wenn die Bäume weiterhin loderten, dann konnte ich ihrer Glut nicht entkommen, ganz gleich, wohin ich mich auch wandte.

»Sieh in dich hinein, Nadd«, sagte Erfahrenvater Schuster und hielt mich aufrecht. »Sieh in dich hinein.«
Feuer leckte über das trockene Blattwerk über unseren Köpfen. Die in mir rumorende Angst war so umfassend, daß ich mir erst dann darüber bewußt wurde, nach dem Licht gegriffen zu haben, als Funkenkaskaden um mich herumsprühten. Frostiger silberner Glanz regnete auf mich herab. Ich erstarrte mit offenem Mund, und meine Augen waren weit aufgerissen. Die furchtbare Kälte bohrte sich mir tief in den Leib hinein und belegte mich mit einem Bann völliger Regungslosigkeit. Es kostete mich große Mühe, den Arm auch nur einen Zentimeter zu heben, und in den Gelenken knackten Eiskristalle.
Monatelang stand ich im Zentrum der Kälte, ganze Jahre – und andererseits doch nur wenige Augenblicke. Dann sickerte glühende Wärme heran, und mein Körper begann zu wachsen. Die Beine wurden immer stämmiger und sprengten schließlich die Säume der Hose. In den Armen zuckten mächtige Muskeln, und auch meine Brust dehnte sich aus und zerriß das zu eng gewordene Hemd. Mir wurde kurz die Luft abgeschnürt von einem sich neu bildenden Muskelring, der sich mir um den Hals schlang. Dann wurde die Haut elastischer und paßte sich dem neuen Körper an, und ich konnte wieder atmen.
Es erfolgten auch noch andere Veränderungen – Veränderungen, über die ich mir erst später klar wurde. Obgleich meine Hände zu breiten und kraftvollen Pranken geworden waren, wußte ich zu jenem Zeitpunkt noch nicht, daß sie gleichzeitig über ein außerordentlich hochentwickeltes Feingefühl verfügten. Ich ahnte nicht, nun auch über die Fähigkeit zu verfügen, meine Augen derart fokussieren zu können, daß ich noch am Horizont Details auszumachen vermochte, die außer mir niemand sehen konnte.
In jener Nacht richtete ich diesen Blick furchtsam in die Zukunft und rechnete mit dem Schlimmsten.
Statt dessen aber erblickte ich die Götter Schicksals und die Heilige Macht, Götter des Planeten und der Menschen – und sie schlichteten ihren Zwist, vereinten sich und wurden zu den Drei-die-eins-sind. Keine dieser drei Präsenzen gab ihre ein-

zigartige Identität auf. Doch zwischen ihnen entstand eine Einheit, die sie in die Lage versetzte, die Bedürfnisse der Menschen mit denen der Welt in Einklang zu bringen, so daß niemals mehr das eine am anderen leiden mußte.
Danach sah ich eine Corrie, die von den Drei-die-eins-sind aufgefordert wurde, die Dürre zu beenden. Ich sah Regen, der den trockenen Boden wieder benetzte, ausgedörrte Wiesen, die sich wieder mit grünem Flaum überzogen, erlöschende Buschfeuer. Ich sah Trebb, der überall emporkeimte. Ich sah Feliss, die Schwärme von Schreivögeln und Fahlmotten dorthin lenkte, wo sie gebraucht wurden. Ich sah Herrols Herden, die sich über weite Ebenen ausbreiteten und deren Hufe dem Boden nun keine Schmerzen mehr zufügten. Und ich sah mich selbst, wie ich über Dorfstraßen wanderte, den Blick nach innen gerichtet, mit den Gedanken um Jahre vorauseilend; und ich wies Siedler und Sonnenkinder an, jenen Weg in die Zukunft einzuschlagen, der zu Frieden und Wohlstand führte.
Corrie ergriff mich am Arm. »Es gibt keine drei«, stieß sie zwischen zusammengepreßten Zähnen hervor. »Schicksal, das sind zwei, Mutter und Vater.«
»Und auch die Heilige Macht«, fügte Erfahrenvater Schuster mit sanfter Stimme hinzu.
Ich hatte gesprochen, ohne mir dessen bewußt gewesen zu sein. Jetzt aber verkündete ich meine Vision. »Und die drei sind eins«, intonierte ich. Dann tropften mir alle Einzelheiten von den Lippen – die Schönheit, die allgemeine Zufriedenheit, der Friede. Männer, Frauen und Kinder breiteten sich über das Land aus, und sie verkörperten einen Höhepunkt der Schöpfung, die an diesem Ort bisher ohne Empfinden und Denken gewesen war. Und sie erhoben ihre Stimmen zu Psalmodien und Lobpreisungen, bis schließlich die Schicksalsmächte vergaßen, daß es einst eine Zeit gegeben hatte, zu der ihre Schöpfung stumm und ohne ein waches Bewußtsein gewesen war. »Wir leben, um für die Schicksalsmächte zu sprechen«, sagte ich. »Wir sind gekommen, um ihnen Stimme und Intelligenz zu geben.«
Corrie blickte empor und betrachtete die Flammen, die die hohe

Decke der Blätterkathedrale verzehrten. »Du lügst«, knirschte sie. »Du lügst, Nadd.«

Aber ich war nicht länger der Gnom, den sie noch im Gedächtnis hatte, nicht länger das Kind, das sich vor dem eigenen Schatten fürchtete. Sie mußte sich emporstrecken, um nach meinem Arm zu greifen, und ich sah zu ihr hinab. »Dann versuch es doch einmal mit dieser Vision, Corrie«, donnerte meine Stimme. »Stell dir eine Kugel als Fels und Erde vor, die sich leblos um die Sonne dreht. Stell dir öde Felder, sterbende Bäume und Bäche und Flüsse vor, die vollkommen ausgetrocknet sind. Stell dir eine Welt Schicksal vor, die alles Lebendigen beraubt ist, auf der nichts mehr grünt.«

Sie wich zurück, aber ihre Finger gruben sich noch immer in meinen Unterarm. »Wer... wie?«

»Wer Mutter Schicksal alles Lebendigen beraubt – und wie? Du, mit deinem Feuer – wenn du uns verbrennst, dann werden über unseren verkohlten Leichen die Kräfte Schicksals und die Heilige Macht aufeinanderprallen. Dann wird ihr Zwist niemals geschlichtet. Dann werden sie auf dieser Welt alles Lebende sterben lassen, die eine Seite kummererfüllt, die andere voller Zorn. Dann stirbt wirklich alles, auch die kleinste Flechte. Dann wird Schicksal für immer tot sein und stumm und schweigend und einsam um Vater Sonne kreisen.«

»Sie... nein! Nein.«

»Doch«, bekräftigte ich, und in meiner Stimme kam eine alles andere ausschließende Überzeugung zum Ausdruck. »Du mußt es jetzt regnen lassen. Du mußt deine Feuer löschen, denn sonst wird alles zerstört.«

Ihr Blick glitt unstet über die Lichtung und saugte sich flehend an jedem von uns fest. »Aber ich bin die Macht der Dunkelheit. Ich bin die Zerstörerin! Ich bin...«

»Du stellst eine Dualität dar, Corrie«, erwiderte Ronna sanft, und ihre Quecksilberaugen glühten. »Sieh in dich hinein – du hast die Kraft dazu. Du hattest sie immer. Sieh in dich hinein, und dann wirst du dein anderes Gesicht erblicken. Du bist die Hüterin über Feuer und Wasser.«

»Und sie bringen den Tod!«

»Aber auch Leben. Wenn man sie richtig einsetzt, sind beide Faktoren unerläßlich für die Menschheit. Und deine Bestimmung besteht nicht darin, uns mit den entfesselten Gewalten dieser Elemente zu konfrontieren, sondern darin, ein Gleichgewicht zwischen ihnen herzustellen, dafür zu sorgen, daß beide klug verwendet werden, zu unserem Nutzen.«

»Ich...« Hoffnung erschimmerte in Corries Gesicht und schälte schwarze Schuppen aus Zorn und Furcht ab. Fasziniert sah ich zu, wie die schwere Bürde langer dunkler Jahre von ihr abfiel. War sie schon immer so alt gewesen – so alt wie der Boden selbst?

Jetzt aber wurde sie jung. »Du beherrschst die beiden Aspekte der Macht des Todes, vor denen wir uns am meisten fürchten«, sagte Ronna. »Gleichzeitig jedoch stellen sie auch die beiden Lebensfaktoren dar, denen gegenüber unsere Abhängigkeit am größten ist.«

»Du hast zwei Gesichter, Corrie«, bemerkte Erfahrenvater Schuster. »Das des Todes hast du uns bereits gezeigt, und damit hast du dir selbst ebensoviel angst gemacht wie allen anderen. Jetzt ist die Zeit gekommen, uns das Gesicht des Lebens zu zeigen.«

»Jetzt *mußt* du uns das Gesicht des Lebens zeigen«, verkündete ich mit dröhnender Stimme.

Corries Haar wand sich von ganz allein hin und her und glitt schlangenartig über ihre Schultern. Sie widersetzte sich noch ein wenig länger meinem Drängen, dem Drängen ihres zweiseitigen Wesens. Dann seufzte sie. »Ja«, und die letzten Fetzen aus Bitterkeit und Wut lösten sich auf. Sie trug nun das Gesicht eines Kindes zur Schau, strahlend, unschuldig, lieblich, empfindsam. Sie lachte, und es war ein für sie erstaunliches Geräusch. »Ja. Ich bin zwei. Und ich werde regnen.«

Und unmittelbar darauf tropften um uns herum ihre frohlokkenden Tränen herab. Corrie lachte, und es regnete. Sie lachte, und die Nässe ihrer Freude löschte die Flammen, die über das Dach der Blätterkathedrale hinwegzüngelten. Zum erstenmal drückte ihr Lachen weder Boshaftigkeit noch Qual aus. Zum erstenmal war es ein Lachen umfassenden Glücks – ein Lachen

des Lebens. »Ich werde regnen!« rief sie und erhob sich auf den ausgebreiteten Armen ihres Windes, den Kopf in jubelnder Ekstase zurückgeworfen. »Ich werde regnen!«
Und es knisterte und knarrte im Boden zu unseren Füßen, und das Wasser des Flusses schwoll an und strömte wieder pulsierend dahin, und die Baumkronen seufzten erhaben, und da wußten wir, wir alle, daß die drei eins geworden waren und daß sie sich freuten.

Jetzt lächelt Corrie manchmal, wenn sie durch die Straßen von Draes Kreuzung geht und ihr lachende Kinder folgen. Manchmal läßt sie Unwetter grollen, und dann schließen ängstliche Siedler die Fenster und verriegeln die Türen. An einem warmen Frühlingsmorgen nimmt Feliss gelegentlich menschliche Gestalt an und tanzt auf der Dorfwiese. Viel öfter aber ist sie als ein geflügelter Schemen in der Ferne zu sehen, ein goldener Schatten, der unter den Wolken dahinsegelt. Herrol hält sich inmitten seiner Herden auf, wochenlang oftmals, und dann erscheint er wieder als muskulöser junger Mann und pflegt seinen glänzenden Haarpelz, um einer jungen Dame der Siedlung den Hof zumachen. Und Trebb...

Als ich dieses Manuskript begann, machte ich mir Sorgen über die Sonnenstürme, die ich in der Zukunft sehe, und ich fürchtete die Geburten, die ihnen folgen werden. Jetzt aber weiß ich, daß eine andere Art von Genesis unmittelbar bevorsteht.

In einem kleinen Dorf nördlich von Wursterville sieht ein junges Mädchen einer jungfräulichen Geburt entgegen. Die Betreffende behauptet steif und fest, sich nicht mit einem Mann eingelassen zu haben. Spät in einer Nacht, so beteuert sie, sei sie erwacht und habe gesehen, wie überall um ihre Hütte herum mit braunen Tupfern gesprenkelte grüne Halme aus dem Boden wuchsen. Während sie wuchsen, raschelten und knisterten sie für sie – ein wortloser Gesang, der sie verzauberte. Als der Schein des ersten Mondes und dann auch das Licht des zweiten auf die sich wiegenden Halme fiel, öffneten sich Blüten und gaben einen goldenen Pollenstaub frei, der ihr entgegenwehte und sich an ihrem Körper festhaftete, auch an jenen Stellen, die sie für gewöhnlich keusch bedeckte. Und nun war sie hochschwanger – mit Trebbs Kind.

Ich kann nicht sagen, in wie vielen anderen bereits ebenfalls ein solcher Samen keimt. Vielleicht in vielen, vielleicht auch nur in wenigen. Mit der Zeit wird es sich herausstellen.

Mit der Zeit wird sich eine Menge herausstellen: Ob die Siedler, die einst fromme und demütige Pilger gewesen sind, sich mit der Geburt von einem Dutzend Kinder abfinden können, Kinder, die ebenso sonderbar sind wie wir, möglicherweise sogar noch seltsamer; ob irgend jemand von uns Gegenwart und Entwicklung von Gaben zu akzeptieren vermag, die zunächst als bizarr oder unheilvoll erscheinen mögen; ob die ersten Sonnenkinder sich an die kommende Generation anpassen können, ohne daß sie neidisch sind, oder es zu einem Konflikt kommt.

Und mit der Zeit wird sich auch noch mehr herausstellen. Obgleich Aldred behauptet, nur über einen gut entwickelten Verstand, eine ausgeprägte Intuition und keine besonderen Begabungen zu verfügen, sah er in jener Nacht in der Blätterkathedrale die Zukunft ebenso deutlich wie ich. Oft hat er gesagt, im durchschnittlichen Siedler schlafe ein fast ebenso großes und bisher noch nicht gewecktes Potential, wie auch in uns Sonnenkindern zu Beginn jenes letzten Tages. Ronna vermag Erfahrenvater Schuster und auch die anderen zu heilen, aber sie ist nicht dazu in der Lage, ihre latenten Fähigkeiten zu entwickeln, so wie es bei uns der Fall war.

Aber vielleicht wird eines Tages ein Kind geboren, das über dieses alles crweckende Talent verfügt. Vielleicht werden eines Tages alle menschlichen Bewohner Schicksals das sein, was sie sein sollen.

Vielleicht ist eines Tages jeder von uns ein Gott, zu Hause auf einer Welt, bei der es sich um einen noch mächtigeren Gott handelt.